ANTES DE DESAPARECER

LISA GARDNER

ANTES DE DESAPARECER

TRADUÇÃO DE Rodrigo Seabra

Título original: *Before She Disappeared*

EDITORA RESPONSÁVEL
Flavia Lago

EDITORAS ASSISTENTES
Samira Vilela
Natália Chagas Máximo

PREPARAÇÃO DE TEXTO
Samira Vilela

REVISÃO
Luanna Luchesi

CAPA
Alberto Bittencourt
(sobre imagem de Shutterstock / ichiro.saich)

DIAGRAMAÇÃO
Christiane Morais de Oliveira

Dados Internacionais de Catalogação na Publicação (CIP)
(Câmara Brasileira do Livro, SP, Brasil)

Gardner, Lisa
Antes de desaparecer / Lisa Gardner ; tradução Rodrigo Seabra. -- 1. ed. -- São Paulo : Gutenberg, 2023.

Título original: Before She Disappeared
ISBN 978-85-8235-702-6

1. Ficção norte-americana I. Título.

23-154463 CDD-813

Índices para catálogo sistemático:
1. Ficção : Literatura norte-americana 813
Aline Graziele Benitez - Bibliotecária - CRB-1/3129

A **GUTENBERG** É UMA EDITORA DO **GRUPO AUTÊNTICA** 

São Paulo
Av. Paulista, 2.073 . Conjunto Nacional
Horsa I . Sala 309 . Bela Vista
01311-940 . São Paulo . SP
Tel.: (55 11) 3034 4468

Belo Horizonte
Rua Carlos Turner, 420
Silveira . 31140-520
Belo Horizonte . MG
Tel.: (55 31) 3465 4500

www.editoragutenberg.com.br
SAC: atendimentoleitor@grupoautentica.com.br

Para todos aqueles que buscam,
de modo que outros possam encontrar.

CAPÍTULO 1

A sensação da água no meu rosto é como uma carícia fria. Aos pontapés, me afundo mais na escuridão, meu cabelo comprido se arrastando atrás de mim como uma enguia escura. Estou usando roupas. Jeans, tênis, uma camiseta e, por cima, uma jaqueta desabotoada que se abre e retarda minha descida. Minhas roupas vão ficando cada vez mais pesadas, até que eu mal consigo bater as pernas e agitar os braços.

Por que estou usando roupas?

Traje de mergulho.

Cilindros de oxigênio.

Pensamentos vagam pela minha mente, mas não consigo capturá-los.

Tenho de chegar ao fundo do lago. Lá onde a luz do sol não mais penetra e criaturas sinuosas se espreitam. Preciso encontrar... preciso fazer...

Meus pulmões estão tão pesados agora quanto minhas pernas. Uma sensação de pressão se avoluma em meu peito.

Uma velha caminhonete Chevy. Amassada, surrada, com o teto da cabine tão queimado pelo sol que sua cor parece a de um céu mal iluminado. É essa a imagem que aparece em minha mente, e eu me apego a ela firmemente. É por isso que estou aqui, é isso que procuro. Um laivo de prata em meio à lama do lago.

Eu comecei usando um sonar. É outro pensamento aleatório, mas, enquanto me afundo naquele abismo aquático, consigo imaginar isso também. Sou eu, pilotando um pequeno barco que havia alugado por conta própria. Fazendo longas varreduras pelo lago por dois dias inteiros, que era só o que eu podia pagar, investigando uma teoria que todos os outros haviam descartado. Até que...

Onde está meu traje de mergulho? Meu tanque de oxigênio? Alguma coisa está errada. Eu preciso... preciso...

Não consigo me agarrar a esse pensamento. Meus pulmões estão ardendo. Sinto como se eles estivessem colapsando em meu peito, e o desejo de sugar o ar é desesperador. Um único suspiro da água escura e turva. Não mais lutar contra o lago, mas me tornar uma só com ele. E aí não terei mais de nadar. Vou despencar para o fundo e, se minha hipótese estiver correta, vou me juntar ao que procuro como mais uma alma perdida a nunca mais ser vista novamente.

A velha caminhonete. O teto da cabine tão queimado pelo sol que sua cor parece a de um céu mal iluminado. Lembre-se disso. Concentre-se. Encontre.

Será um vislumbre de prata que vejo ali, parcialmente escondido por uma densa parede de gramíneas ondulantes?

Tento ir naquela direção, mas me enrosco na minha jaqueta esvoaçante. Paro por um momento, agitando as pernas freneticamente enquanto tento soltar os braços do aperto da jaqueta.

O peito ficando mais apertado.

Eu não tinha um tanque de oxigênio?

Não estava usando um traje de mergulho?

Alguma coisa está muito errada. Preciso firmar o pensamento, mas o lago está me vencendo e meu peito está doendo e meus membros estão cansados.

A água é suave no meu rosto. É como se ela me chamasse, e eu me sinto respondendo.

Minhas pernas estão lentas. Meus braços se estendem para cima. Sucumbi ao peso das minhas roupas, ao chumbo no meu peito. Começo a afundar mais rápido. Para baixo, para baixo, para baixo.

Fecho os olhos e me deixo ir.

Paul sempre dizia que eu lutava demais. Que eu deixava tudo muito mais difícil. Até mesmo o amor dele por mim. Mas, é claro, eu não dava ouvidos.

Agora, um calor curioso me preenche as veias. O lago, afinal, não é escuro e sombrio. É um santuário, me envolvendo como um amante e prometendo nunca mais me soltar.

Então...

Não é uma mancha de prata. Não é o teto de uma velha caminhonete já cem mil quilômetros além de seu auge. O que enxergo, em vez disso, é um laivo preto aparecendo e desaparecendo em meio a um cenário todo verde-escuro. Espero até que as plantas do lago ondulem para a esquerda, e então vejo, novamente, uma faixa escura, depois outra, e outra. Quatro formas idênticas descansando no fundo do lago.

Pneus. Estou olhando para quatro pneus. Se não estivesse tão cansada, começaria a rir histericamente.

O sonar tinha dito a verdade. Ele havia me retornado uma imagem granulada de um objeto com aproximadamente o tamanho e a forma corretos descansando nas profundezas do lago. Só não me ocorreu que esse objeto pudesse estar de cabeça para baixo.

Agora, como que empurrando minha letargia para o lado, a urgência desencadeou em mim um último impulso de determinação. Me disseram que eu estava errada. Zombaram de mim, os moradores locais, e foram assistir, rolando os olhos, quando eu, sem jeito nenhum, descarreguei ali um barco que eu não tinha nem ideia de como pilotar. Me chamaram de louca bem na minha cara, e provavelmente falaram coisas piores pelas minhas costas. Mas agora...

Mexa-se. Encontre. Nade. Antes que o lago vença a batalha.

Traje de mergulho. Essas palavras tremulam lá no fundo da minha mente. Tanque de oxigênio. Alguma coisa aqui está errada. Errada, errada, errada. Mas, no meu confuso estado de consciência, não tenho como consertar.

Me jogo para a frente, lutando contra a água, lutando contra a privação de oxigênio. Eles têm razão: eu sou louca mesmo. E indomável, teimosa e imprudente.

Mas eu não cedi. Ou, pelo menos, ainda não.

Chego ao primeiro pneu. Agarro-me à borracha viscosa para me situar melhor. Tenho de ser rápida agora, não tenho muito tempo. Pneu traseiro. Como um caranguejo, percorro a extensão da estrutura coberta por algas até finalmente chegar à cabine dianteira.

Então, fico apenas olhando.

Lani Whitehorse. 22 anos de idade. Garçonete, filha, mãe de uma criança de 3 anos. Uma mulher com um histórico já bem longo de péssimo gosto para homens.

Ela desapareceu há dezoito meses. Fugiu, conforme os moradores locais decidiram. Nunca fugiria, declarou sua mãe.

E agora ela era encontrada, presa no fundo do lago que ficava ao lado da curva bastante fechada pela qual passava dirigindo, todas as noites, depois de terminar seu turno às 2 horas da manhã no bar. Bem como eu vinha supondo depois de me debruçar durante meses em entrevistas, mapas e relatórios policiais extremamente vazios.

Teria Lani calculado mal a curva pela qual ela já dirigira tantas vezes antes? Teria se assustado com um veado passando na pista? Ou simplesmente apagou ao volante, exausta daquela vida que tanto exigia dela?

Não tenho como responder a todas as perguntas.

Mas pelo menos posso dar isso à sua mãe, à sua filha.

Lani está de cabeça para baixo, o rosto perdido em meio ao halo flutuante de seus cabelos bastante pretos, o corpo ainda atado pelo cinto à cabine onde ela entrou dezoito meses antes.

Meus pulmões não estão mais ardendo. Minhas roupas não estão mais tão pesadas. Sinto apenas reverência quando passo os dedos ao redor da maçaneta da porta e puxo.

A porta se abre facilmente.

Exceto que... portas não se abrem debaixo d'água. Traje de mergulho. Tanque de oxigênio. O que está errado, o que está errado... Meu cérebro toca o alarme tardiamente: Perigo! Pense, pense, pense! Só que eu não consigo, não consigo, não consigo.

Estou inalando agora. Respirando o lago. Acolhendo-o dentro dos meus pulmões. Eu me tornei uma com ele, ou ele se tornou um comigo.

E Lani Whitehorse vira a cabeça.

Ela olha para mim com suas órbitas vazias, a boca aberta, o rosto esquelético.

"Tarde demais", ela me diz. "Tarde demais."

Então seu braço ossudo pula para fora e agarra meu pulso.

Eu chuto a água e tento me jogar para trás. Mas já larguei a maçaneta da porta. Não tenho nada no que me apoiar. Meu ar se foi, e agora não sou nada além de água do lago e plantas aquáticas.

Ela me puxa para dentro da cabine da caminhonete com uma força inacreditável.

Um último grito. Eu o vejo emergir como uma bolha de ar que flutua para cima, para cima, para cima. É tudo o que resta de mim.

Lani Whitehorse fecha a porta com uma batida.

E eu me junto a ela para sempre na escuridão.

*

Estrondo. Guincho. Um súbito anúncio em volume máximo: "Próxima parada: Estação Sul!".

Me contorço para despertar quando o trem para. Piscando os olhos, olho para baixo e vejo minhas roupas perfeitamente secas.

Um sonho. Um pesadelo. Alguma coisa. Não foi o primeiro nem será o último no meu ramo de trabalho. Ele se vai e me deixa com uma sensação muito ruim enquanto apanho minhas malas e saio já tardiamente, seguindo o restante dos passageiros para fora do trem.

Tinha encontrado Lani Whitehorse três semanas antes, trancada em seu veículo no fundo de um lago. Isso depois de meses de intensa pesquisa em uma reserva indígena onde nunca fui bem recebida pela população e era presença indesejada pela polícia local. Mas eu tinha topado por acaso com aquela história na internet, e me vi tocada pela firme convicção da mãe da vítima de que Lani jamais deixaria a própria filha. Lani podia ser uma pessoa complicada e com péssimo gosto para homens, mas era, acima de tudo, mãe. Nunca vou entender por qual razão as pessoas sempre presumem que essas duas coisas não podem andar lado a lado.

Então me mudei para aquela região, fui trabalhar no bar onde Lani trabalhara e comecei a fazer minha própria investigação.

A mãe de Lani me abraçou no dia em que a polícia içou a caminhonete para fora do lago em meio a um dilúvio de lama e horror. Se desmanchava de chorar, sentindo o alívio de finalmente ver a filha de volta. Fiquei por ali até o dia do funeral, me postando à parte da pequena multidão de enlutados, como que provando que, quando a gente tem razão, isso quase sempre significa que outra pessoa estava errada, o que dificilmente vai nos ajudar a fazer amigos.

Bom, eu fiz o que precisava fazer. Depois fui para a biblioteca local, onde liguei o computador e voltei aos fóruns nacionais nos quais familiares, vizinhos preocupados e pessoas loucas como eu trocam informações sobre vários casos de desaparecidos. E são tantos. Gente demais, às vezes, o que sobrecarrega os recursos de cada região. Sendo assim, cada vez mais pessoas como eu preenchem essas lacunas.

Li um pouco. Postei algumas perguntas. Em questão de poucas horas, já sabia qual seria meu próximo destino.

Como eu dizia, são tantos os casos de pessoas desaparecidas. Gente demais.

E isso me trouxe aqui, a Boston, uma cidade que eu nunca visitara. Não tenho ideia de onde estou ou do que estou fazendo, mas isso não é novidade nenhuma. No momento, apenas sigo a massa de humanos que percorre a plataforma de desembarque até as placas de saída, com todos os meus pertences mundanos empacotados em uma única peça de bagagem que segue rolando atrás de mim. Em certo ponto da vida, eu tive uma casa, um carro, uma cerquinha de estacas brancas. Mas o tempo corrói, e agora...

Digamos que eu aprendi a viajar com pouca bagagem.

Na calçada ensolarada, eu paro, pisco, depois fecho meus olhos completamente. Desembarcar assim, diretamente no centro de Boston, é um verdadeiro ataque aos sentidos. Pessoas, buzinas, cruzamentos de pedestres barulhentos. O fedor de diesel, de peixe frito, da salmoura do porto. Tinha esquecido como era a sensação de esmagamento que vem de uma selva de concreto, mesmo quando ela dá de frente para a água cintilante.

Me esforço para respirar fundo, estremecendo. Esta será minha nova casa até que eu complete a nova missão. Solto o ar lentamente. Em seguida, abro os olhos e aprumo os ombros. Os últimos fiapos do meu pesadelo e do torpor da viagem se vão. Estou pronta para começar de novo, o que é ótimo, considerando a enxurrada de pedestres irritados que passa por mim.

Da minha bolsa de couro surrada, retiro a pasta cheia de papéis que imprimi há uns dias. Entre eles um mapa de Boston, dados demográficos da cidade e uma foto de uma garota que sorri timidamente, com a pele escura bem lisa, lindos olhos castanhos e o cabelo bastante preto em uma cascata espessa de cachos cuidadosamente cuidados. Tinha 15 anos quando desapareceu. Teria 16 agora.

Apresento Angelique Lovelie Badeau. "Angel" para os amigos. "Lili" para a família.

Angelique desapareceu há onze meses, no Mattapan, um bairro de Boston. Saiu da escola em uma tarde de sexta-feira em novembro e então... puf. Ninguém viu. Nenhuma pista. Nenhuma atualização no caso. Durante todos aqueles onze meses.

Os bostonianos dirão que o Mattapan é esse tipo de bairro. Barra-pesada. Pobre. Cheio de almas trabalhadoras, é claro, e com uma rica herança cultural advinda da maior população haitiana nos Estados Unidos depois da Flórida. Mas também um antro de gangues e crimes violentos. Se sua intenção for ser baleado ou esfaqueado, o "Mata-mata-pan", como os locais o chamam, é o bairro perfeito para isso. E é exatamente onde agora eu planejo alugar um local, encontrar um emprego e começar a interrogar os vizinhos.

E é assim que espero, por meio de pura coragem, determinação e sorte, encontrar uma garota que o resto do mundo parece já ter esquecido.

Não sou policial.

Não sou detetive particular.

Não tenho nenhuma habilidade ou treinamento especiais.

Eu sou só eu. Uma mulher branca bem comum, de meia-idade, com mais arrependimentos do que pertences, mais histórias tristes do que felizes.

Meu nome é Frankie Elkin, e encontrar pessoas desaparecidas – especialmente as que fazem parte de minorias – é o que eu faço. Quando a polícia já desistiu, quando o público nem se lembra mais, quando a mídia deixou de se preocupar em dar atenção, é aí que eu começo a procurar. E não é por dinheiro nenhum, por reconhecimento nenhum, e, na maioria das vezes, com ajuda nenhuma também.

Por que eu faço o que faço? Tantos de nossos filhos desapareceram. Muitos deles nunca serão encontrados, e tantas vezes apenas pela cor de sua pele. Talvez a pergunta não deva ser por que eu faço isso, e sim por que não estão todos procurando.

Angelique Lovelie Badeau merece voltar para casa.

Consulto meu mapa uma última vez. Preciso encontrar o trem que vai para a rua Morton. O mapa do Sistema T de Boston, que é como os locais chamam o metrô, mostra uma linha com a cor roxa – que, é claro, não corresponde a nada que eu esteja vendo em volta. Giro para um lado. Giro para o outro. E então percebo: não deveria ter saído da Estação Sul. Volto para trás.

Não me importo de ficar perdida. Ou confusa. Ou mesmo com medo.

Depois de todos esses anos, estou acostumada.

Paul me advertiu que eu afastaria todos a quem amava, que acabaria me colocando em perigo, que não faço isso para salvar os outros, e sim como uma forma de autopunição.

Paul sempre foi um homem muito inteligente.

Localizo o mapa gigante do sistema de metrô, sigo a linha roxa com o dedo e vejo meu alvo. Uma vez no caminho certo, me dirijo ao Mata-mata-pan.

CAPÍTULO 2

Já são 16 horas quando chego à minha primeira parada. É o bar Stoney's, conforme anuncia a placa lá fora. A tinta vermelha do prédio de dois andares está descascando, e as letras brancas mais sugerem do que afirmam. Em outras palavras, o prédio é igual aos seus vizinhos abandonados e invadidos, que se enfileiram muro a muro dos dois lados do quarteirão. A calçada é mais larga do que eu imaginava e fica quase vazia nessa hora do dia. De acordo com os artigos que li, esperava ver gangues e traficantes encostados em todas as portas. Na verdade, o que vejo são pessoas aleatórias preocupadas com suas tarefas diárias, a maioria delas olhando para mim, uma mulher branca sozinha, com um quê de curiosidade.

Fico feliz por sair da rua, empurrando a porta e puxando minha bagagem para o interior pouco iluminado do prédio. Durante a maior parte da minha vida adulta, trabalhei em bares, atendendo no balcão. É um trabalho fácil de arranjar para uma nômade como eu, e, nos últimos dez anos, também se mostrou uma boa maneira de obter informações sobre as redondezas. Além disso, é um trabalho de que eu gosto. Bares ficam inevitavelmente cheios de pessoas sozinhas e solitárias. Me sinto em casa.

No momento, posso detectar o cheiro de cigarro profundamente arraigado nos poros do velho prédio. À minha frente há um conjunto de mesinhas redondas de madeira com cadeiras descombinadas. Há quatro cabines na parede à minha direita, com almofadas de vinil vermelhas bem descascadas, mas ainda pelejando para ter alguma serventia. Outras três cabines se postam à esquerda em condições muito parecidas.

Estimo que haja meia dúzia de clientes ali. Todos homens negros, sentados ao acaso no pequeno espaço, com a atenção firmemente focada nas bebidas à frente de cada um. Quando entro, todos levantam a cabeça apenas por tempo suficiente para me notar. Enquanto os transeuntes lá fora me olhavam com curiosidade, o que recebo aqui são olhares de gritante desconfiança.

Neste bairro, sou minoria. Mas também foi assim no ano passado, e no ano anterior, e no ano anterior àquele. Estou acostumada a receber esses olhares, o que não significa que seja sempre algo fácil de lidar.

Pelo menos esse pessoal que se embebeda de dia tem problemas mais sérios a tratar. Então, um a um, eles retornam às suas angústias individuais, o que me deixa a sós com o balcão de madeira escura bem à minha frente, onde um homem negro enxuga sozinho, um a um, os copos de cerveja em uma bandeja.

Me dirijo a ele.

O homem, magro, tem cabelos grisalhos e uma barba de cores salpicadas. Seus olhos escuros são fortemente delineados, e ele tem um ar de quem já viu de tudo e sobreviveu para contar.

– Stoney? – Eu presumo.

– Tá perdida? – Ele abaixa um copo e pega outro. Está usando um avental branco amarrado na cintura e empunha o pano de prato com uma destreza que requer prática. Definitivamente é o proprietário, e parece ser um trabalhador de taberna de longa data.

– Estou aqui para o trabalho de *bartender*.

– Não. – Ele pega o copo seguinte.

Trago minha mala para junto do balcão e me sento em um banco. A resposta dele não me surpreende. A maioria das minhas conversas começa assim.

– Vinte anos de experiência – eu digo. – Além disso, não tenho problema nenhum em limpar, fazer café ou trabalhar com a fritadeira. – A comida frita é o parceiro natural da bebida, e ali, tão perto da cozinha, o ar parece até espesso de tanta gordura. Frango frito, batatas fritas, talvez até bananas fritas, tendo em vista a comunidade haitiana.

– Não – diz ele novamente.

Faço que "tudo bem" com a cabeça. Há outro pano ali do lado. Pego-o, escolho o copo molhado mais próximo e começo a enxugar.

Stoney olha feio, mas não me impede. Nenhum empresário recusa mão de obra gratuita.

Seguimos enxugando em silêncio. Eu gosto daquele trabalho. Da sensação rítmica de girar o copo, polindo-o com o pano. Mesmo depois de seca, a borda dos copos guarda uma tênue linha branca. Anos de espuma de cerveja, de lábios humanos. Mas eles estão limpos. E isso me agrada em Stoney e seu estabelecimento. Além disso, ele tem um quarto para alugar logo acima do bar, a um preço que eu quase posso pagar. Encontrei-o num anúncio afixado em um quadro de mensagens público.

– Eu não bebo. – Convido-o para a conversa. A primeira bandeja de copos já está pronta. Stoney a retira do balcão. No lugar, coloca uma segunda bandeja de copos úmidos.

– Abstêmia? – pergunta Stoney.

– Não.

– Está aqui para "nos salvar"?

– Você pergunta isso presumindo que eu mesma já esteja salva.

Ele grunhe ao meu ouvir. Ambos voltamos ao enxugamento. Pelo que pesquisei, boa parte da população do Mattapan, sendo do Caribe, fala francês, *créole*, *patois*, etc. Mas não ouço nada disso na voz de Stoney. Ele tem o sotaque da maioria dos habitantes da região da Nova Inglaterra. Talvez tenha vivido em Boston a vida inteira, ou tenha se mudado de Nova York ou da Filadélfia para abrir seu próprio negócio aqui. É sempre perigoso fazer suposições, mas também quase impossível não fazer.

– Em recuperação – respondo de boa vontade depois de terminarmos os copos de uísque. Uma bandeja com dezenas de copos de dose toma o lugar da anterior. Ambos voltamos ao trabalho. Rápido, ligeiro, sem nem pensar. O exercício meditativo perfeito.

Stoney não responde. Ele enxuga mais rápido que eu, mas não muito.

– Copos de água agora? – pergunto quando acabamos os copos de dose.

Ele levanta uma sobrancelha. Entendi. Não é exatamente um estabelecimento onde se servem bebidas não alcoólicas. Bom saber.

– Você tem um quarto para alugar aí em cima – eu continuo, já apoiando os cotovelos firmemente no balcão bastante envernizado.

– Vá para casa.

– Não tenho. Estou pensando o seguinte: trabalho para você quatro noites por semana, das 15 horas até o fechamento, em troca de alojamento gratuito.

Stoney é um homem que pode dizer frases inteiras com um só movimento da sobrancelha.

– Você está preocupado por eu ser branca. – Eu preencho as lacunas que ele deixa. – Ou por eu ser mulher. Ou ambos. Acha que eu não sei me cuidar.

– Eu tenho um negócio bem pequeno. Frequentado por moradores locais. Você não é local.

Faço graça girando o banco em que estou sentada.

– Sabe, é engraçado, porque não vejo muitos moradores locais na fila para o cargo. E você já colocou aquele anúncio há duas semanas. O quarto está vago há mais tempo ainda, o que deve significar alguma coisa, considerando que todo mundo por aqui está desesperado para ter onde morar. – Olho para ele com ar de curiosidade. – Alguém morreu lá em cima ou coisa assim?

Ele balança a cabeça. Sem mais copos para enxugar, cruza os braços sobre o peito e me olha diretamente. Ainda sem dizer uma palavra.

– Eu trabalho duro. – Faço um gesto com o dedo, cortando itens de uma lista imaginária. – Chego na hora, especialmente porque vou morar bem aqui em cima, e não vou beber sua bebida. Sei servir rápido, sei trocar um barril e sou uma excelente ouvinte. Todo mundo gosta de uma boa ouvinte.

– Eles não vão gostar de você.

– Nem você gostou, mas já está reconsiderando. Me dê um mês. Depois disso, ninguém vai notar minha pele branca ou meu gênero superior. Vou ser só mais um acessório atrás do balcão.

Ele levanta outra sobrancelha, mas não diz que não. Por fim:

– Por que você está aqui? Há muitos outros bairros em Boston.

– Tenho uma coisa a fazer aqui.

Ele olha fixamente para mim outra vez.

Eu o encaro de volta. Gosto do Stoney. É um sobrevivente. Ele é o meu tipo de pessoa, e mais cedo ou mais tarde vai enxergar a mesma coisa em mim.

– Cinco noites por semana – diz ele. – Das 15 horas até fechar.

– O aluguel inclui luz e água – eu contraponho. – E uma refeição grátis por dia. E eu fico com minhas gorjetas.

Ele me encara um momento a mais, depois estende a mão abruptamente. Nos cumprimentamos. Definitivamente ele é meu tipo de pessoa.

– O quarto vem com um colega de quarto – me informa Stoney.

– Isso não estava no anúncio.

– Agora você sabe.

– Homem ou mulher?

– Felina.

– O quarto vem com um gato? E é por isso que ninguém quer?

Pela primeira vez, Stoney sorri. Isso faz enrugar sua barba salpicada e suaviza seu rosto cansado.

– Você ainda não conheceu essa gata.

*

Stoney me conduz ao andar de cima. À primeira vista, a acomodação minúscula de um quarto só é exatamente o que eu esperaria de um apartamento em um bairro superlotado e economicamente empobrecido como aquele. Uma cama de casal encostada na parede mais ao fundo. Uma solitária mesinha de canto de um lado, cortinas pretas bem amarradas do outro. Uma barra de metal aparafusada na parede servindo como roupeiro em frente à cama e, ao lado da porta de entrada, uma pequena cozinha com uma geladeira padrão europeu e um micro-ondas. Não há forno, mas pelo menos vejo uma cafeteira e uma chapa elétrica, o que me serve bem. Do outro lado da porta há uma cortina branca lisa passada por um varão curvo preso ao teto, formando algo parecido com o que se vê em um quarto de hospital. Uma rápida espiada atrás da cortina revela um banheiro com o espaço para chuveiro mais estreito do mundo e uma pia minúscula. Mas é assim mesmo o começo da vida numa cidade grande. Não se tem muito espaço nem privacidade, mas o preço é justo.

Isso sem falar que o quarto está impecavelmente limpo e que a cama está coberta por uma colcha surpreendentemente colorida feita à mão. Novamente, concluo que há mais no Stoney do que se percebe à primeira vista.

Olho ao redor.

– E onde está minha colega de quarto?

– Ela não é muito sociável.

– Ela tem nome?

– Piper.

– E este quarto é dela?

Ele dá de ombros.

– Ele a serve bem.

Ainda não sei bem o que pensar disso. Em teoria, gosto de gatos. Mas os avisos do Stoney me deixaram cautelosa. Rolo minha mala para o centro do quarto sobre o velho chão rangendo, e paro por um instante.

Então me inclino, levanto cuidadosamente a colcha e espreito debaixo da cama.

Levo um instante, mas logo enxergo um par de olhos verdes brilhantes me encarando ameaçadoramente no canto oposto. Está muito escuro para ver o tamanho ou a cor daquela mocinha. Fico com a impressão ainda maior de que ela é pura hostilidade.

– Piper – eu a cumprimento.

Ela abaixa as orelhas e solta um rosnado grave do fundo da garganta, seguido por um silvo bem distinto. Entendi a dica, melhor soltar a colcha.

– Está certo, então.

Stoney já está voltando para o corredor.

– Espera. E comida de gato, água, caixa de areia, essas coisas, do que eu preciso?

– De nada. Piper sabe se cuidar. Ela não é boba. Só odeia as pessoas.

– Há quanto tempo ela mora aqui?

Stoney alisa a barba.

– Há bastante tempo.

– Você a pegou na rua?

– Ela veio sozinha da rua. – Ele gesticula mostrando a porta aberta, que, só então percebo, tem um pequeno buraco do tamanho de um animal de estimação cortado na base. – Piper sabe se cuidar – ele repete.

– Hã, não combinamos que dia eu começo.

Não sei por quê, mas de repente senti uma pontada de pânico. Não por ficar sozinha com um gato. Seria, então, apenas por ficar sozinha? Mas o negócio é que eu estou sempre sozinha. É o meu modo de vida. Não teria razão para não fazer isso agora.

– Amanhã – diz ele. – Ah, e a fechadura dessa porta não é lá muito boa. Se você tiver um computador nessa mala, sugiro escondê-lo muito bem antes de sair todo dia.

Faço que sim com a cabeça.

– A água quente vai e vem. Na maior parte do tempo, não tem.

– Tudo bem.

– É proibido fumar.

– Eu não fumo.

– Nada de armas.

– Não tenho.

– E se tiver algum problema?

– Aí vou confiar na minha personalidade encantadora.

Ele grunhe.

– Eu mantenho um taco de beisebol atrás do balcão. Para o caso da sua sagacidade falhar.

– Sempre bom saber.

Um aceno final com a cabeça e ele está claramente pronto para voltar aos seus clientes lá embaixo, deixando ali eu e a gata feroz.

Ele me surpreende voltando o corpo no último segundo.

– Pode descer quando estiver pronta e se servir de alguma comida. Não tenho tempo de servir uma cliente não pagante, mas você mesma pode fazer um sanduíche. Mantenho todos os ingredientes à mão.

Essa foi a maior quantidade de palavras que ele me disse de uma vez só. Me pergunto se Piper recebeu a mesma oferta quando apareceu ali. Talvez Stoney tenha um fraco pelos abandonados. Ou talvez, como a maioria dos garçons, ele saiba reconhecer uma alma perdida quando se depara com uma.

Aceno em agradecimento. Ele se vai. Fico de pé no meio da minha nova casa. Serão semanas? Meses? Não tenho a menor ideia. Começar é a parte mais difícil. E, por mais que já tenha feito isso antes, não posso deixar de me sentir sobrecarregada.

E isso faz com que a fera sombria do meu vício se remexa na minha barriga, abrindo um olho só a fim de avaliar suas oportunidades. Enquanto eu estiver lá embaixo fazendo um sanduíche, poderia me servir de uma cerveja. Ou, ainda melhor, de uma vodca, uma tequila ou um uísque puro. Alguma coisa potente e ardente que transformaria meus músculos em líquido e afugentaria todos os meus medos.

Eu penso em Paul. Sinto aquela dor tão familiar apertando meu peito. Inspirar profundamente, expirar profundamente.

Depois, deixo minha mala à mercê de uma gata selvagem e, já que ainda há luz do sol lá fora, volto para a rua, onde consulto novamente meu mapa impresso e vejo onde está o X vermelho que marca a casa da tia de Angelique.

Retomo minha caminhada, consciente mais uma vez de todos os olhares que recaem sobre mim e do profundo arrepio que se insinua em meu pescoço. Mantenho a cabeça erguida e meus ombros para trás. Sorrio como que em saudação. Digo a mim mesma que sou forte o suficiente.

E rezo para que, desta vez, eu realmente seja.

CAPÍTULO 3

Tudo o que sei a respeito desta região é o que pesquisei antes de chegar. O Mattapan é densamente povoado, com mais de trinta e cinco mil pessoas amontoadas em apartamentos, alojamentos urbanos e os chamados *triple-deckers* – predinhos de três andares, cada um com um apartamento geralmente independente do outro. A maioria dos moradores é imigrante, o que acrescenta pitadas de comida étnica e salões de cabeleireiro especializados. Há pequenos bolsões de latino-americanos e asiáticos, assim como um grupo ainda menor de caucasianos.

O Google Earth revelou algumas concentrações de área verde em meio à massa de ruas superlotadas – o Parque Harambee, o Zoológico Franklin Park e o Centro de Natureza de Boston. Uma vez que não estou muito acostumada a esta vida urbana, provavelmente me sentiria mais confortável nessas outras áreas, mas mal posso pagar por aquele quartinho com um gato hostil em cima do bar. Um apartamento com vista está fora de questão.

Minha principal preocupação são as estatísticas de criminalidade da área. Meia dúzia de ataques com facas por semana, sem falar dos tiroteios mensais e da taxa anual de homicídios. Isso se deve principalmente à atividade das gangues, mas predadores são predadores em qualquer lugar e situação, e eu, como mulher de meia-idade, não intimido ninguém.

O melhor que posso fazer ao me orientar pela bagunça confusa das ruas da cidade é utilizar regras básicas de segurança pessoal. Primeiro, não carrego nada de valor. Nada de *smartphone*, nada de eletrônicos, nada de bolsa. Só tenho o Tracfone mais idiota do mundo, que é uma das razões pelas quais eu sou bem à moda antiga quando se trata de pesquisa e navegação. No lugar da bolsa, levo minha carteira de motorista e um par de notas enfiadas no bolso da frente. Se algum garoto vier exigir todos os meus bens materiais, toma, está tudo aí. Não tem como tirar de alguém coisas que ela desistiu de ter há muito tempo.

Enfiado no bolso do meu casaco está um apito vermelho contra estupro, porque há coisas piores do que um assalto. Também uso "grampos táticos" de aço inoxidável no cabelo. Cada um ostenta minúsculos dentes de serra, uma chave inglesa, uma régua e uma minúscula chave de fenda pelo preço ridiculamente baixo de 3,99 dólares. Não tenho ideia se grampos de cabelo podem mesmo ser tão eficazes, mas espero nunca ter de descobrir.

Por fim, tenho minha correntinha com uma cruz de ouro lisa que consegui em uma loja de penhores anos atrás, e agora uso enfiada debaixo da camiseta. Nunca é demais reforçar que, às vezes, as coisas mais simples podem ser o melhor dissuasor.

Outro truque: fique junto de outras pessoas sempre que possível. Predadores preferem um alvo solitário, portanto nunca pareça estar muito isolado.

Ao fim da tarde, essa estratégia é fácil de adotar. São 17 horas, os ônibus freiam nas paradas e derramam pilhas de moradores locais cansados e gratos por estarem voltando para casa. O sol ainda está no céu, mas mais baixo, e uma brisa de outono começa a bater, trazendo consigo o fedor de diesel, sujeira e suor humano.

Consigo distinguir, ainda, o cheiro de comida frita e especiarias salgadas. Meu estômago ronca novamente. Nunca comi comida haitiana. A julgar pelo cheiro, porém, estou ansiosa para experimentar.

Por enquanto, continuo a bater perna. Ainda não entendo bem todo o sistema de transporte público de Boston e tenho pelo menos um quilômetro e meio a percorrer do Stoney's até a rua marginal onde mora a tia de Angelique. Para todo lugar que eu olho, só vejo edifícios gastos e rostos cansados. Pouco a pouco, começo a identificá-los. Os grupos de adolescentes olhando para o nada, com os olhos sombriamente cobertos por capuzes de moletom. Ruas largas cravejadas de luzes de freio e buzinas berrantes. Explosões intermitentes de música alta, do reggae ao rap, berrando de vários veículos. Um grupo maior de homens negros mais velhos, provavelmente retornando de algum projeto de construção local, considerando toda a poeira em suas roupas, riem e dão tapinhas nas costas uns dos outros, gratos pelo fim do dia de trabalho.

Diante de mim, mais um ônibus urbano freia com um grito e para. Desta vez, um grupo de mulheres negras usando aventais cor-de-rosa de hospital e lenços de cores brilhantes na cabeça desembarca. São trabalhadoras locais da saúde. Entro numa espécie de fila atrás da última mulher enquanto elas adentram a noite. A mulher percebe a lentidão dos meus passos quando eu deslizo para trás dela. Ela acena uma vez com a cabeça, aceitando minha presença. É como se reconhecesse que não sou uma ameaça para ela, entendendo claramente minha estratégia. A segurança de andar em bando.

Penso nisso com muita frequência, vagueando de uma comunidade a outra, sendo sempre a estranha e nunca a vizinha. As pessoas, seja de onde forem, são sempre as mesmas. Elas querem se apaixonar. Ficam felizes por sobreviver a cada dia. Rezam para que seus filhos tenham uma vida melhor do que a delas. Essas verdades nos unem a todos. Ou pelo menos eu gosto de pensar assim.

O sol se afunda mais baixo no horizonte, mas a rua fica mais brilhante: são mais luzes de carros, de lojas, de postes de iluminação pública. Minha companheira à frente se retira para a direita e dá um aceno com a cabeça como que em despedida. Retribuo o gesto, continuando sozinha.

No final do quarteirão seguinte, preciso novamente puxar meu mapa impresso. Odeio fazer isso a céu aberto porque é como anunciar para todo mundo que estou perdida, e mesmo agora já consigo sentir os olhares fuzilando minhas costas.

Eu não estava mentindo para o Stoney quando disse que tudo o que eu precisava fazer era confiar na minha ágil perspicácia. E é curioso que isso pode ser muito útil quando lidamos com pessoas acima de 25 anos, mas completamente irrelevante quando se trata de alguém mais jovem.

Eu não cresci em cidade grande. Muito menos imaginei, quando criança, que faria esse tipo de trabalho. Fui criada em uma cidadezinha no norte da Califórnia. Meu pai era um bêbado. Hoje, na posição de adulta que pode olhar para trás, passei a reconhecer o vício dele enquanto aprendia a lutar contra o meu próprio. Mas, durante a maior parte da minha infância, associava meu pai a aventurazinhas bestas e sorrisos abobalhados, assim como ao cheiro de cerveja.

Minha mãe era a parte intensa da relação. Trabalhava em dois empregos, o primeiro como secretária em um escritório de advocacia e o segundo fazendo a contabilidade para algumas pequenas empresas locais. Não me lembro de vê-la sorrindo, ou brincando, ou mesmo fazendo uma pausa por tempo suficiente para me dar um abraço. Ela acordava cedo e trabalhava até tarde e, em seus breves momentos em casa, passava a maior parte do tempo irritada com os pratos na pia que meu pai não tinha lavado, com as refeições que ele não tinha preparado, com as roupas sujas que não tinham sido lavadas.

Eu acho que meu pai amava minha mãe por sua ferocidade e que ela o amava por seu senso de diversão. Até o momento em que isso deixou de acontecer.

Eu corria muito ao ar livre. Atravessava bosques e arbustos e riachos sinuosos. Na minha infância, não tínhamos o Alerta AMBER[1] de crianças desaparecidas ou o "nunca fale com estranhos". Mesmo crianças de 7 anos se sentiam livres para sair correndo pela porta de casa e andar de bicicleta por quilômetros. Eu tinha amigos cujos pais não chegavam em casa até umas 21 horas, porque não havia perigo. A gente não se preocupava. Apenas éramos crianças o tempo todo.

Acho que nenhum de nós percebia, então, como eram mágicos aqueles momentos que as crianças do futuro nunca chegariam a experimentar. Certamente não entendíamos que coisas ruins espreitavam lá fora. Até que um dos meus colegas de sala desapareceu durante o ensino médio. E depois outra garota na cidade vizinha. E então, rapidamente, mais quatro garotas depois daquilo.

A polícia pegou o assassino quando eu tinha 25 anos. Àquela altura, eu já tinha me mudado para Los Angeles sem nenhum plano de vida a não ser deixar para trás aquela vidinha de cidade do interior e botar para quebrar como se fosse uma estrela do rock. E acabei me tornando muito boa nessa história de botar para quebrar. Era bonitinha o suficiente para que outros comprassem bebidas para mim, pagassem minhas refeições e até mesmo um vestido novo ou dois, às vezes.

Gostaria de poder dizer que aqueles foram meus dias de "espírito livre", mas a verdade é que eu não me lembro muito bem daquela

---

[1] O America's Missing: Broadcast Emergency Response Alert, ou Alerta AMBER, é um sistema de alertas urgentes ativado, nos Estados Unidos, em casos de sequestro de crianças. O sistema utiliza sinais eletrônicos rodoviários, emissoras locais de rádio e televisão e ferramentas *wireless* (como SMS) para anunciar detalhes como a descrição da criança sequestrada, do veículo utilizado e dos suspeitos envolvidos. (N.T.)

época. Era uma confusão de drogas, bebidas e sexo, a tal ponto que estar viva hoje é...

Foi Paul. Ele me salvou. Pelo menos até que eu ficasse forte o suficiente para salvar a mim mesma.

Casa, cerquinha de estacas brancas, aquela felicidade suburbana. É engraçado como há coisas que você pode crescer sem nunca querer, até que, de repente, passa a ansiar por elas como se fossem uma obsessão.

Mais engraçadas ainda são as coisas que você acaba conquistando para só então perceber que tinha razão antes, quando não pensava em nada daquilo.

Mas eu amava Paul. Ainda o amo. Mesmo agora.

Chego ao meu alvo, um quarteirão que se bifurca da avenida principal em uma diagonal acentuada. Definitivamente não há nenhum sistema de planejamento urbano aqui. As ruas só se juntam e depois explodem em um sistema louco de distribuição aleatória. Já vi que este lugar não vai ser como aqueles onde aprendi a me orientar rápida ou facilmente. Na melhor das hipóteses que consigo imaginar agora, daqui a algumas semanas ainda vou me sentir tão atordoada e confusa quanto me sinto neste momento. Talvez os bairros de Boston não devam mesmo ser compreendidos. Ou a pessoa sabe onde está ou não sabe. Eu definitivamente não sei.

Agora, as filas de edifícios invadidos ao lado dos predinhos comerciais foram substituídas por um paredão só de *triple-deckers*, alinhados muro a muro como se fossem uma fila de velhos rabugentos. Consigo identificar algumas cercas feitas de tela de alambrado, alguns pátios com chão de terra e os degrauzinhos capengas que delineiam cada residência. Alguns dos prédios têm um revestimento aparentemente novo em tons de azul-pálido e amarelo-manteiga. Outros aparentam estar a uma brisa mais forte de ir para o chão. Existe uma razão para dizerem que o Mattapan tem algumas das últimas moradias acessíveis na cidade.

A quinta casa ao fundo do quarteirão, com janelas salientes e um alpendre frontal de aspecto mais robusto. É ela que procuro. Verifico duas vezes o número só para ter certeza, depois percebo a luz brilhante vinda do apartamento do segundo andar, que consta como pertencente à tia de Angelique Badeau.

Este é o momento em que a realidade bate à porta. O momento em que eu passo de "pessoa bem-intencionada" a alguém totalmente comprometida com uma causa. Não sei o que vai acontecer a seguir.

Uma tentativa tímida de boas-vindas, uma dura recusa. Uma torrente lamuriante de tristeza desesperada, ou então uma suspeição enorme com olhares frios. Já vivenciei todas essas situações, e nem por isso fico menos tensa.

A partir deste ponto, meu trabalho é ouvir, aceitar, me adaptar.

E torcer, torcer muito mesmo, para que eles não me odeiem demais.

A mãe de Lani Whitehorse me abraçou no fim de tudo, embora o conselho local tenha me dado as costas.

Lembro a mim mesma que sou boa no que faço.

Juro a mim mesma que farei a diferença.

Penso, com desconforto, que, como qualquer viciado, mentir é o que eu faço melhor.

Me dirijo aos degraus da entrada.

*

Na varanda da frente, encontro seis campainhas, o que significa que o *triple-decker* não foi dividido apenas por andar, mas também dentro de cada andar. Sob as campainhas há uma fileira de caixas de correio pintadas de preto, todas firmemente trancadas. É um sistema simples, mas eficiente para moradores de apartamentos. Tento abrir a porta da frente só para ver se seria fácil assim, mas, claro, não me surpreendo ao encontrá-la bem trancada. Em seguida, aperto as primeiras campainhas, já preparada para me anunciar como entregadora e ver se tenho sorte assim, mas ninguém responde.

Só me resta, então, uma abordagem mais direta. Aperto o 2B. Depois de um momento, uma voz masculina, mais jovem e aguda, responde.

– Pois não?

– Estou procurando Guerline Violette.

– Ela te conhece?

– É a respeito de Angelique.

Uma pausa. Angelique tinha um irmão mais novo, Emmanuel, também adolescente. Acho que é ele no interfone, especialmente porque ele já assume um tom defensivo com um toque de agressividade. Ele soa como alguém que já foi obrigado a lidar com profissionais demais, com muita gente bem-intencionada, e se frustrou com todos.

– Você é repórter? – Ele exige saber.

– Não.

– Policial?

– Não.

– Minha tia está ocupada.

– Estou aqui para ajudar.

– Já ouvimos essa antes. – Eu quase posso sentir o garoto revirando os olhos pelo interfone. Definitivamente, é um adolescente.

– Dedico meu tempo de graça e tenho experiência.

– O que isso quer dizer?

– Se eu puder falar com Guerline, ficaria feliz em explicar pessoalmente.

Outra pausa. Então, uma voz feminina assume o interfone.

– Quem é você e por que está nos incomodando? – A voz de Guerline ondula com traços de mar e areia. Sua sobrinha e seu sobrinho imigraram para Boston quando crianças, há uma década, junto a dezenas de milhares de haitianos, depois que a cidade de Porto Príncipe foi praticamente arrasada por um terremoto. Emmanuel cresceu em Boston e soa como nativo, mas sua tia manteve o sotaque musical de sua ilha natal.

– Meu nome é Frankie Elkin. Sou especialista em pessoas desaparecidas. Tenho acompanhado o desaparecimento de sua sobrinha e acredito que possa ajudar.

– Você é repórter, não é?

– Não, senhora. Não trabalho para nenhuma agência de notícias nem veículo de comunicação. Meu único interesse é encontrar Angelique e trazê-la para casa.

– Por quê?

A pergunta não soa defensiva, mas cautelosa. Ela me dilacera, trazendo uma enorme carga de exaustão em um questionamento tão simples.

Gostaria de ter uma resposta para dar a ela. Algo simples, como um "Porque...", ou mais emotivo, como "Toda criança merece ser encontrada", ou desafiador, como em "Por que não?". Mas a verdade é que ela provavelmente já ouviu todo tipo de coisa a essa altura. Uma torrente inteira de palavras e razões. E tudo isso lhe foi dado no lugar da única coisa que ela realmente quer: respostas.

O silêncio cresce. Eu deveria tentar argumentar de alguma forma, mas nada de persuasivo me vem à mente. Então, ouço um barulho de dentro do edifício. As escadas rangem quando um peso leve desce rapidamente. Será outro morador ou...?

Ouço o clique da fechadura se destravando. A porta principal se abre e me vejo frente a frente com um adolescente haitiano. Alto, desajeitado, cabelos escuros bem curtos e olhos profundamente castanhos que casam perfeitamente com os de sua irmã. Ele leva um segundo para me olhar através da fenda da porta aberta, mostrando-se tão cauteloso agora quanto sua voz soara no interfone.

Ele se vira, já largando a porta. Cabe a mim segurar a beirada, empurrá-la e segui-lo pelas antigas escadas de madeira até o segundo andar.

*

Guerline Violette está de pé no centro de uma sala de estar apertada, com os braços cruzados sobre sua formidável figura. Estimo que ela tenha entre 40 e 50 anos, mas sua pele escura bem lisa e seus traços clássicos dificultam ter certeza. Está vestida com um avental roxo com as bordas alaranjadas e usa sandálias de borracha verde-brilhante nos pés. É uma mulher intimidadora, especialmente com o cabelo amarrado em um coque grosso no topo da cabeça, o que desvia minha atenção para suas maçãs do rosto altas e suas belas sobrancelhas. Mas, ao observá-la mais atentamente, percebo as manchas roxas de longas noites em claro e dias cheios de pavor que lhe contornam os olhos. Ela me observa com uma mistura de suspeição e temor enquanto me aproximo. Não posso dizer que a culpo.

Emmanuel fecha a porta atrás de mim e se posta desajeitadamente ao lado da tia. Aos 13 anos, ele já tem a minha altura, com aquela figura esbelta de uma criança que passou recentemente por um estirão de crescimento. Em contraste com o conjunto colorido de sua tia, Emmanuel está usando o "uniforme oficial" dos adolescentes do gênero masculino: jeans, tênis e uma camiseta surrada. Ele parece jovem, de traços simples e bem determinado. É o homem da família, mesmo que isso o assuste. São exatamente casos desse tipo que me partem o coração.

Estendo a mão para um cumprimento com certo atraso. Guerline a toma brevemente, mais por cortesia do que como um gesto de boas-vindas. O apartamento de um quarto abriga três pessoas, o que fica bastante óbvio só de olhar. Guerline aponta para o cômodo apertado, lotado de objetos, que claramente serve como sala de estar, quarto de dormir e sala de jantar, tudo combinado em uma coisa só. Mas se o espaço falta na sala, as cores aparecem em excesso. Paredes amarelas, uma cadeira estofada de veludo vermelho, um sofá com colchas de dormir de cores brilhante empilhadas, tudo bem berrante ao lado de armários de cozinha turquesa à direita.

Escolho a cadeira vermelha, que está posicionada em frente à janela. Na parede ao meu lado há uma prateleira de madeira bem alta com fotos de santos em molduras douradas, alguns ícones religiosos e um único rosário dependurado. Abaixo dela, estendendo-se primeiro sob a estante e depois junto ao rack que dá suporte à TV, há um certo tumulto de plantas tipicamente domésticas, o que contribui para compor o ambiente da sala. Em meio a um bolsão de folhas verdes, percebo um discreto ajuntamento de velas brancas, dispostas em um semicírculo, com uma tigela de água e flores recém-cortadas diante delas. A foto emoldurada de Angelique é aquela mesma, com a menina timidamente sorridente, usada nos folhetos de pessoas desaparecidas, posicionada ao lado das velas.

Guerline me pega olhando para o altar improvisado e eu rapidamente desvio o olhar. De acordo com o que li, muitos haitianos praticam uma mistura de catolicismo e vodu, mas não sei muito a respeito disso.

Volto minha atenção para as bugigangas que entulham a sala. Há um frasco transparente cheio de areia – será um lembrete da ilha nativa de Guerline? Então vejo aquela típica foto de escola de Emmanuel, com os dentes brancos brilhando. Junto a ela há uma foto menor de uma mulher adulta, com as cores desbotadas e o fundo difícil de se identificar. O sorriso da mulher, no entanto, parece familiar. Se fosse para adivinhar, diria que é a mãe de Emmanuel e Angelique, que ainda vive no Haiti. Por fim, vejo uma foto de um casal mais velho, emoldurada por palmeiras. São os pais de Guerline e de sua irmã, fotografados, talvez, na frente de casa antes de ela ser destruída por um terremoto.

– Você diz que pode ajudar, é isso? – Guerline pergunta, sentando-se no sofá e pousando a mão sobre a pilha de colchas. Emmanuel segue logo atrás. Ele obviamente se sente protetor em relação à tia. Me pergunto se ele sentia o mesmo por sua irmã mais velha ou se foi o desaparecimento dela que o fez perceber a necessidade de cuidar bem de seus entes queridos.

– Meu nome é Frankie Elkin – repito para os dois. – Viajo pelo país inteiro cuidando de casos como o de sua sobrinha.

Guerline franze o rosto, tentando compreender o que eu disse.

– Você é investigadora particular? – ela pergunta, por fim, em seu inglês temperado por francês.

– Não sou detetive licenciada. Faço isso voluntariamente. – Nunca sei ao certo como explicar essa parte. – Na verdade, há muitas pessoas como eu. Somos leigos que se dedicam a ajudar nas investigações de pessoas desaparecidas. Há quem use cães de busca, aviões, e há aqueles que vão com as próprias pernas. Existem organizações e fóruns de discussão para pessoas desaparecidas, nos quais damos atenção a casos como o de sua sobrinha.

Guerline ainda está franzindo o rosto.

– A minha Angelique... Ela apareceu em um fórum de discussão?

– Na internet, *matant* – Emmanuel murmura junto ao ombro da tia. – Ela está falando de mensagens com detalhes dos casos publicadas na internet.

Eu confirmo com a cabeça.

– Segundo relatos, Angelique deixou a escola na sexta-feira, dia 5 de novembro. Às 15h15. Ninguém mais a viu desde então.

– A polícia procurou e procurou – Guerline me garante, seus dedos se retorcendo a esmo. – Ricardo, nosso agente de contato com a comunidade, prometeu que eles trariam minha Angel para casa. Mas isso já tem muitos meses e não tivemos mais notícias.

– Eles encontraram a mochila dela.

– Sim. Debaixo de um arbusto no terreno da escola.

– A mochila estava com o celular dela, os livros escolares e a roupa que ela tinha usado na escola naquele dia?

Guerline faz que sim com a cabeça. Eu olho para Emmanuel, me perguntando se ele sabia que sua irmã tinha levado uma muda de roupa naquele dia e, portanto, já devia estar planejando algo para aquela sexta-feira à tarde. Mas seu rosto permanece completamente inexpressivo.

– Nenhum sinal de violência? – pergunto com cautela, considerando que nem todos os detalhes vêm a público.

Guerline nega.

– Nada... Eles não encontraram nada, mesmo no telefone... Ricardo me disse que eles conseguem ler as mensagens, ver as ligações, mas não tinha nada sobre aonde ela estaria indo, o que estaria fazendo.

Seus amigos juram não saber de nada. Angel foi para a escola, depois deveria voltar para casa e ajudar com o jantar. Só que...

Guerline parece tão perdida agora quanto deve ter se sentido onze meses atrás. Suas mãos tremem. Ela as aperta com força, um exemplo de graça, mesmo em toda a sua dor.

– Angelique tinha amigos íntimos? – Eu vou mais longe.

– Kyra e Marjolie. Boas meninas, também – ela responde, mas percebo uma ponta de hesitação nessa última afirmação, o que me intriga.

– Namorados?

– Ela é muito reservada. Nada de meninos, festas, esse tipo de preocupações. Ela é uma menina muito boa. Uma irmã carinhosa, uma sobrinha amorosa.

– Eu sinto tanto, Sra. Violette. Ela vinha tendo problemas com alguém ultimamente? Algum colega de sala, professor, treinador?

Guerline balança a cabeça negativamente. Emmanuel fixa o olhar no chão de uma maneira que parece planejada. São mais perguntas para eu fazer mais tarde.

– Algum draminha entre meninas? – Eu tento uma última vez. – A senhora sabe como os adolescentes podem ser. A melhor amiga de hoje é a arqui-inimiga de amanhã.

– Não a minha Angelique. Aquela ali tem uma cabeça boa em cima dos ombros. Ela quer ir para a faculdade. Quer ter um futuro. Você sabe como é.

Guerline olha diretamente para mim e eu entendo. Angelique não queria voltar para o Haiti. Queria entrar na faculdade e tinha esperança de conseguir um visto de estudante para poder permanecer no país e contar com todas as suas oportunidades.

– Eu sou assistente de enfermagem – Guerline diz gentilmente. – A enfermagem é um bom trabalho, mas a Angel, um dia ela vai ser médica. Talvez uma cirurgiã. Ela tem inteligência para isso. É por isso que minha irmã mandou seus filhos para mim, embora lhe doa o coração o fato de seus bebês crescerem tão longe dela. Eles devem ter alguma esperança na vida. Nosso lindo Haiti... O terremoto levou muita coisa, e a reconstrução é lenta.

Emmanuel segura o ombro da tia.

– A polícia tem alguma pista, talvez um possível suspeito? – eu continuo.

Guerline nega.

– Alguma hipótese mais provável? Angelique teria sumido voluntariamente ou sem querer?

– Ela nunca iria querer ir embora – Guerline afirma com toda certeza. Então, cruza os braços sobre o amplo peito roxo e assume a postura ligeiramente desafiadora que eu já testemunhara em seu sobrinho.

Eu não insisto. Não vale a pena discutir com as crenças ou perspectivas familiares. Eles precisam ser capazes de viver um dia depois do outro, o que torna a verdade uma companhia indesejável.

– Como você pode ajudar? – Emmanuel solta abruptamente, o queixo levantado, também me desafiando. – O que você pode fazer que a polícia não fez?

– Tenho certeza de que a polícia fez um bom trabalho – eu digo calmamente, embora não tenha nenhuma certeza daquilo. – Mas tenha em mente que mesmo os melhores detetives têm dezenas de casos que exigem sua atenção. Especialmente agora, passado tanto tempo. Já para alguém como eu, sua irmã é o único foco. Estou aqui para encontrá-la e não vou embora até conseguir.

– Você está morando aqui, neste bairro?

– Aluguei um quarto em cima do Stoney's.

O menino não consegue esconder a surpresa em seus olhos, seguida quase que imediatamente por uma careta de desaprovação.

– Você é louca.

Guerline dá uma leve pancada no ombro do sobrinho.

– Não insulte nossa convidada.

– Ah, fala sério. Olha para ela, *matant*. Ela não é policial, ela não é daqui, ela nem é...

"Uma de nós", eu completo mentalmente.

– Ninguém vai falar com ela – Emmanuel continua, implacável. – Ela só vai irritar as pessoas. Como isso vai trazer minha irmã de volta?

Sua voz se afina estridentemente no final da frase, a raiva como um testemunho do pesar. Percebo que sua tia o entende, assim como percebe que eu também entendo. Por um instante, nos vemos unidas naquilo. Duas mulheres mais velhas, mais sábias, lamentando a dor que o mundo está causando aos nossos filhos.

– Fico feliz por saber que a polícia se esforçou neste caso – eu continuo. – Mas a verdade é que já faz quase um ano. A polícia não tem novas pistas, ou já teria dito à senhora. Portanto, mesmo que vocês não gostem de mim ou não me entendam... O que têm a perder? – Eu encaro Emmanuel nos olhos, pois ele parece ser o mais hostil. – Você quer sua irmã de volta. Eu quero ajudar. Por que não me usam?

Emmanuel não tem resposta para isso; a julgar por sua expressão, no entanto, ele ainda não está convencido. Mas sua tia está lentamente concordando com a cabeça. Eu não diria que ela acredita em mim, mas é claramente uma mulher prática. Forjada por uma infância de privação e uma vida adulta de incertezas, ela pelo menos parece comovida pela minha lógica.

Um profundo pesar toma os olhos de Guerline. Onze meses depois, ela já está desesperada. Ela não divide esse peso com Emmanuel; ambos permanecem fortes um para o outro. E agora, aqui estou eu, perturbando seu frágil ecossistema, oferecendo esperança. Emmanuel não está pronto para aceitar, mas a tia sabe que não deve desistir tão fácil.

Conseguir a permissão de quem fica nem sempre é algo simples. Já fui expulsa de algumas casas. Já tive garrafas de cerveja jogadas na minha cabeça, ameaças bem maldosas atiradas na minha cara. Para alguns, a raiva é o jeito mais fácil de lidar com tudo isso. E muitas famílias têm segredos a esconder.

Mas não acho que Guerline seja uma dessas pessoas. E Emmanuel... Ele sabe mais do que está dizendo, aposto nisso. Mas também aposto que ele pensa estar protegendo a irmã com seu silêncio, o que significa que meu verdadeiro trabalho aqui será convencê-lo do contrário.

Eu me levanto. Não quero sobrecarregar Guerline nem afugentar de vez Emmanuel. Não quando já compreendi que ambos, na verdade, querem respostas.

Me concentro em Guerline.

– O Ricardo, seu agente de contato. Você pode me passar algumas informações sobre ele e dizer que irei procurá-lo? Ou eu posso passar meus dados para a senhora encaminhar a ele, se preferir.

Guerline confirma com a cabeça e eu lhe dou o número do meu telefone.

– Se a senhora também puder ligar para a escola de Angelique, por favor, peça permissão para o diretor ou um conselheiro escolar falar comigo.

Outra concordância tênue.

– Estou morando em cima do bar do Stoney – repito, percebendo a exaustão começando a tomar conta deles. – Também trabalho lá à noite durante a semana. Se a senhora precisar falar comigo pessoalmente, por favor, fique à vontade para me encontrar lá. Não estou aqui só por Angelique, mas também por vocês.

Emmanuel murmura algo sarcástico para si mesmo, mas Guerline agarra minha mão com firmeza desta vez. Sou uma surpresa e uma completa desconhecida para ela, mas ela já é uma mulher sem nada a perder.

É assim que começa a maioria dos casos: com uma bolha de esperança desesperada e uma confiança hesitante. Como as coisas prosseguem depois disso, ou como Guerline e Emmanuel me verão daqui a alguns meses, aí já é outra história...

Emmanuel me acompanha de volta escada abaixo. Ele não diz uma palavra, apenas confia nos ombros firmemente erguidos para irradiar sua desaprovação.

– Você ama Angelique – eu afirmo gentilmente quando chegamos à porta do prédio. – Ela é uma boa irmã mais velha. Ela toma conta de você.

Ele me olha de canto, mas percebo um brilho em seus olhos. Toda a dor que ele está se esforçando para não demonstrar.

– Você realmente já fez isso antes? – ele pergunta grosseiramente.

– Muitas vezes.

– E quantas pessoas já encontrou?

– Quatorze.

Ele aperta os lábios, claramente surpreso ao ouvir o número.

– Boa noite, Emmanuel. E se você se lembrar de algo que eu deva saber... – Eu estendo a mão em cumprimento. Desta vez, ele a toma.

Saio do prédio para a fria noite de outono, após o sol ter se posto. Luzes brilhantes piscam ao longe. Mas, neste quarteirão, nenhum poste está funcionando. Não é a melhor ideia do mundo uma mulher andar sozinha por ali depois de escurecer, mas eu não tenho escolha.

Aprumo os ombros e volto rapidamente para o Stoney's, agradecida por não ter ocorrido a Emmanuel fazer o que seria, pela lógica, a pergunta seguinte: não apenas quantas pessoas eu já tinha encontrado, mas quantas eu tinha encontrado vivas.

Nenhuma.

Pelo menos, até hoje.

CAPÍTULO 4

Ao deixar o apartamento de Guerline, consigo apenas distinguir bandos sombrios de pessoas nos degraus da frente enquanto desço. Ando com as mãos bem enfiadas nos bolsos da frente da minha jaqueta verde-oliva. Ficaria mais aquecida se eu a abotoasse, mas não quero arriscar qualquer coisa que restrinja meus movimentos. Especialmente depois que a primeira forma sombria se levanta da frente de um prédio, sai pela cerca aramada e começa a andar bem atrás de mim.

Eu não paro nem me viro. Vou diretamente para o final do quarteirão, onde o semáforo vermelho para pedestres me obriga a diminuir a velocidade. Passos atrás de mim. Mais perto, mais perto.

Dou um passo para a esquerda, deixando um espaço ao meu lado. A pessoa para no lugar vazio. Homem e negro. Com alguma idade entre 18 e 25 anos. Alto, ombros largos, com um moletom grande demais dos Patriots que o faz parecer ainda mais alto e mais largo.

Ele me olha de relance sob o capuz. Eu mantenho o olhar fixo à frente.

O semáforo de pedestres fica verde. Ele atravessa a rua. Cada uma de suas passadas tem facilmente o dobro das minhas.

Havia apenas começado a relaxar, agora andando atrás dele, quando percebo que ainda consigo ouvir passos atrás de mim. É outro tipo de passada, o que me deixa imediatamente paranoica: será que estava lá esse tempo todo e eu não tinha notado? Atravesso o cruzamento e percebo que o quarteirão seguinte de *triple-deckers* é tão pouco iluminado e ameaçador quanto o anterior.

Será que dou meia-volta e confronto a pessoa? Ou escolho uma porta qualquer e finjo que é para lá que estou indo?

Opções. Eu deveria escolher uma, tomar algum tipo de cuidado, pois os passos rapidamente encurtam a distância até mim.

Me viro no último segundo, já preparada para enfrentar a possível ameaça de frente.

A garota negra atrás de mim para abruptamente. Está usando uma calça jeans *skinny*, camiseta de algodão bem apertada com uma estampa qualquer e enormes argolas prateadas nas orelhas, além de um casaco preto de couro e botas de salto agulha combinando.

Ela levanta a sobrancelha finamente desenhada.

– A senhora está louca? Aqui não é lugar para andar sozinha depois que escurece. Aí, Jazz, espera aí.

Ela passa por mim, alcançando o rapaz de ombros largos e dando o braço a ele. Eles continuam pelo quarteirão.

Digo a mim mesma que estou bem.

Na maior parte do caminho de volta, só me apresso o máximo possível pelo labirinto de ruas até o bar do Stoney.

*

Sou uma alcoólatra em recuperação. Precisei de algumas tentativas, mas agora já estou sóbria há nove anos, sete meses e dezoito dias. Mesmo assim, ainda adoro passar pelas portas dos bares e sentir o cheiro de um autêntico botequim de bairro. A sensação é como a de voltar para casa.

Muitos dos meus colegas do AA só conseguem se recuperar evitando totalmente bebidas alcoólicas e qualquer situação que envolva álcool. No início, era o que eu fazia também. Bom, mais ou menos. Passava horas circulando do lado de fora do meu botequim preferido, querendo desesperadamente entrar e só ficando do lado de fora por pura força de vontade. Foi assim que conheci Paul. Ele me viu e entendeu o que eu estava passando. E, por um tempo, ele acreditou em mim, mesmo quando eu ainda não estava pronta para acreditar em mim mesma.

Fiz o exercício dos noventa dias. Consegui um padrinho. Depois, outro padrinho. Decidi que aquele programa não era para mim. Ficar sóbria, mas desesperada, não era para mim. Na maior parte do tempo, em silêncio, percebi desesperadamente até que ser eu mesma não era para mim. Eu não sabia como fazer aquilo. Nunca tinha feito.

Depois de mais de doze anos de AA e dois recomeços, descobri em primeira mão que há mais de um caminho para a sobriedade. No entanto, a simples verdade do AA – que é admitir que não se consegue lutar contra o álcool e buscar força em um poder maior – continua sendo o melhor ponto de partida que eu já experimentei. Participo de reuniões. Leio o Grande Livro. Encontro conforto na companhia de pessoas que vivem vidas honestas e confusas e difíceis sem tomar uma gota e ficando bem mesmo assim. E até encontrando alguma alegria.

Eu tinha de voltar a trabalhar em bares. Servir bebida é um dos trabalhos mais fáceis e relativamente bem pagos que existem, considerando meu estilo de vida sempre transitório. Além disso, só ficar perto da bebida não é um dos meus gatilhos. São noites como esta, quando estou me sentindo sobrecarregada, perdida e um pouco triste que me desafiam.

Stoney ergue os olhos quando eu passo pela porta da frente. Outros ali fazem o mesmo. A noite trouxe dezenas de clientes. A maioria das mesas e dos bancos no balcão estão tomados agora. Há pessoas solitárias, casais, grupos de amigos. Há quem esteja se divertindo e quem esteja enchendo a cara.

Não me misturo nem os condeno. Estou ali, mas à parte. Esse comportamento sempre foi fácil para mim. Como muitos bêbados, passei a maior parte da vida me sentindo sozinha mesmo em lugares cheios de gente. Beber era uma maneira de facilitar a vida.

Me dirijo à cozinha para perguntar a Stoney se a oferta de comida já está valendo. Não como desde o café da manhã, e agora que o drama do dia já passou, me pego faminta. Descubro ali uma mulher negra, de avental branco, trabalhando na grelha com uma espátula de metal em uma mão e uma colher de madeira na outra.

Ela levanta os olhos quando eu entro.

– Você é a menina nova?

– Começo amanhã.

– Meu Deus do céu, como você é magrinha. Tá com fome?

– Sempre. Mas posso me virar sozinha aqui. Parece que você está ocupada.

– Não se preocupa, linda. Hambúrguer ou frango? Se já estou fazendo quatro, cinco não vai fazer diferença.

– Meu nome é Frankie. E, se você não se importa mesmo, vou querer um hambúrguer.

– Viv. Já conheceu sua colega de quarto?

– Brevemente. Ela olhou pra mim como se eu fosse o diabo. Ou talvez eu tenha olhado assim para ela.

Viv solta uma risada grave que sacode todo o seu um metro e meio de altura.

– Ela gosta de mim.

– Sério?

– Fígado de frango cortado bem pequenininho. Funciona sempre com ela.

Viv vira quatro hambúrgueres e adiciona um quinto ainda congelado, tudo num piscar de olhos. Respeito qualquer pessoa que consiga cozinhar assim tão rápido.

– A vida inteira? – pergunto, apontando ao redor, querendo saber se ela sempre trabalhou na cozinha.

– Sim, senhora.

– Eu também. No balcão.

– Stoney diz que você não bebe.

– Cumpro os Doze Passos.

– Ah, sim. Meu marido dança esses mesmos passos. Você precisa de uma lista das reuniões locais do AA?

– Olha, seria ótimo. – Eu já havia imprimido algumas informações a respeito antes de chegar ali, mas, quando se trata desse assunto, aprendi a aceitar ajuda. – O que você coloca nos hambúrgueres? – pergunto, me afastando da porta.

Viv mostra a ilha de preparo feita de aço inoxidável, onde vejo um bloco de queijo fatiado, um frasco de picles e um saco de pãezinhos. Há uma pilha de pratos brancos e finos de acrílico em uma das extremidades, perto de latas cheias de talheres. É uma cozinha pequena, mas montada de maneira eficiente. Viv passa da grelha para a fritadeira e coloca um cesto de batatas dentro do óleo quente.

Eu lavo as mãos e começo a empratar os pãezinhos. Corto os picles em rodelas e separo as fatias de queijo. Acrescento um quinto prato para mim. Enfiada ali na cozinha, com aquele cheiro de hambúrgueres e batatas fritando, me descubro ainda com mais fome.

– Tem alface e tomate na geladeira – Viv me informa e brinca cochichando: – E o meu molho especial. Guardo um pote só para o Stoney. E para os amigos dele.

– Já gostei de você.

Solto um suspiro de satisfação. Viv joga os quatro hambúrgueres prontos nos pratos, vira o quinto na grelha e pega as batatas fritas. Ela é muito boa.

Entrego os quatro pratos ao Stoney enquanto Viv termina o meu. Ele nem pisca ao me ver de pé do outro lado do balcão entregando a comida. Era como se nós três já trabalhássemos juntos há anos. Eu adoro essa sensação tanto quanto a temo. Existe uma razão para eu ser sempre a forasteira. Muitos membros do AA falam sobre a necessidade de substituir um vício por outro como uma forma de lidar com as coisas. Eu parei de beber, mas, no lugar disso, passei a estar sempre de mudança.

Pedra que rola não cria musgo. Paul me dizia isso o tempo todo. E depois me acusava de não ouvir. Mas eu ouvia tudo. Eu sempre ouvi tudo.

Viv passa para a fritura das asas de frango congeladas. Ela cantarola enquanto trabalha, com um brilho de suor iluminando sua testa. Seus movimentos são sem pressa, suaves. Stoney aparece com duas comandas na mão. Olha para o meu hambúrguer, agora sendo montado, e então me entrega as comandas e desaparece.

Leio os pedidos para Viv, depois aperto o pão de cima do meu hambúrguer para cair de boca.

– Tem um banco ali no canto – canta Viv.

É verdade, há um velho banco de madeira escondido na sombra da geladeira. Eu o puxo para junto do balcão e me sento. E, já que Viv me provou que não tem problemas em falar enquanto trabalha...

– Ouvi dizer que uma menina desapareceu – digo.

– Angelique Badeau – ela confirma. Ouço o chiado da carne fresca quando ela joga mais dois hambúrgueres na grelha.

– O que aconteceu?

Ela gira a espátula de metal no ar.

– A garota saiu da escola um dia e puf, ninguém mais a viu ou ouviu falar dela desde então.

– Algo a ver com drogas ou gangues? – pergunto.

Viv se vira apenas o suficiente para me olhar de esguelha.

– Só porque ela é negra?

– Meninos brancos também formam gangues – eu afirmo. – Aliás, a maioria dos grupos faz isso, incluindo gente de classe média, como aqueles caras brancos de meia-idade que de repente viram motoqueiros. Poderíamos até dizer que gangues são um de nossos denominadores comuns.

– E você é o quê, uma socióloga? Ou coisa pior? – Viv me fareja com desconfiança. – Alguma benfeitora branca que veio aqui para nos "salvar de nós mesmos"?

– Eu nunca presumiria que uma mulher que empunha uma espátula com tanta habilidade precise ser salva.

Viv faz um breve aceno com a cabeça, virando dois hambúrgueres e depois tirando a cesta de frango do óleo.

– A polícia ainda está procurando essa menina? – Emendo outra mordida.

– Ah, eles dizem que sim. Mas há meses não dão notícias.

– E qual é a história que rola pela vizinhança?

Ela dá de ombros.

– Parece que a menina era boa aluna, inteligente, do tipo que não se mete com gangues. Mas são tempos difíceis para uma imigrante, especialmente se ela for dos haitianos dos dez anos.

– Haitianos dos dez anos?

– Os que vieram depois daquele terremoto. Esta área sempre teve uma grande comunidade haitiana. Então, depois do terremoto, muitos fugiram para cá, onde tinham família que pudesse ajudá-los. Entraram com um visto especial para sobreviventes de desastres naturais. Mas o visto só valia por dez anos, e aí, adivinha, esse prazo acabou. A esta altura, muitos deles, especialmente os mais jovens, já têm a vida formada aqui. Empregos, amigos, comunidade. É claro que eles não querem voltar. Mas você acompanha as notícias. É uma época complicada para ser imigrante. Uma deportação em massa destruiria o sistema de saúde local, mas isso não significa que não vá acontecer. Alguns advogados já estão entrando com processos em nome dos imigrantes para que o prazo seja estendido enquanto os tribunais resolvem o problema. Mas depois disso... – Viv dá de ombros. – Muitas famílias daqui não sabem mais o que o futuro reserva para elas. E ficar no limbo não é divertido para ninguém.

– Então essa menina de 15 anos fugiu para evitar a deportação?

– Bom, ela trocou de roupa. – A voz de Viv ficou mais grave. – Pelo menos foi o que eu ouvi. E deixou o celular para trás. Isso, para mim, é sinal de que a garota tinha algum plano. Deus sabe que eu nunca conseguiria arrancar o celular das mãos dos meus netos.

Concordo com a cabeça e mastigo meu hambúrguer. Esses detalhes também me incomodam. Parece algo premeditado. A pergunta permanece: será que ela sumiu intencionalmente? Será que a própria Angelique colocou sua mochila debaixo daquele arbusto, ou será que alguém a arrancou de suas costas e a chutou lá para evitar ser pego? Se a polícia tem algum vídeo mostrando o que aconteceu, não divulgou nada. Mas eu aposto que nem eles sabem essa resposta. Se houvesse alguma prova sólida de sequestro, o caso teria disparado imediatamente um Alerta AMBER. O fato de a polícia ter levado dias para se envolver totalmente me diz que havia muita dúvida no início. Talvez Angelique já tivesse um histórico de desaparecimentos. Isso não é algo que eu perguntaria à família em nosso primeiro encontro. No segundo, por outro lado...

– Então o pessoal daqui acha que Angelique fugiu para evitar uma possível deportação?

– A menina passou a maior parte da vida aqui. Você acha que ela iria querer voltar?

– A mãe dela ainda mora lá – eu digo, e acrescento rapidamente: – Pelo menos foi o que eu li.

Viv revira os olhos para mim, apontando a espátula de metal para a pilha de pratos brancos. Apressada, abaixo meu jantar comido pela metade, lavo rapidamente as mãos e volto a empratar os pães. Viv levanta as batatas fritas.

– A menina desaparecida tem um irmão e uma tia aqui. Se ela queria ficar nos Estados Unidos, por que deixaria os dois para trás? – pergunto, abrindo os pãezinhos nos pratos. – Agora ela está completamente sozinha. – Viv joga os bifes nos pães e eu acrescento rapidamente o restante dos ingredientes. Nenhum dos pedidos veio com observações especiais, pelo que eu tinha visto. Stoney comanda seu estabelecimento sem frescuras.

Viv faz sinal para mais dois pratos. Divide as asas de frango fritas entre os dois, depois acrescenta mais batatas em cada. Do lado dos talheres, ela pega um frasco de plástico e esguicha um molho vermelho bem escuro em tigelinhas minúsculas como acompanhamentos. O cheiro lembra ligeiramente o de molho para churrasco, mas é mais ralo e mais picante.

– Esse é o seu molho secreto? – pergunto.

– O Stoney cuida do molho das asas. O meu é o do sanduíche.

– Posso inventar um?

– Precisa fazer por merecer. Mas o que uma magrinha feito você sabe de cozinha?

– Não muito. – Especialmente pelo fato de eu já não ter panelas e frigideiras, e muito menos uma casa, há quase uma década.

Equilibro três pratos ao longo do braço, pego o quarto com a mão direita e giro para fora da porta para entregá-los. Stoney acena com a cabeça enquanto enche um copo de cerveja na máquina, depois aponta com o queixo para outra comanda ali perto. Eu pego o pedido de mais asinhas e volto para a cozinha, onde Viv já está de volta à grelha.

– Uma garota bonita daquela... – diz Viv, voltando ao assunto de Angelique. – Acho que é um menino, sabe? Ela se apaixonou. Não quis deixá-lo. Então, eles fugiram juntos.

– Mas aí não seriam dois garotos desaparecidos?

– Presumindo que seja só um garoto. Porque, como eu dizia, uma garota bonita daquela...

Viv levanta uma boa questão. A família insistiu que Angelique não tinha namorado, mas, como eu já tinha visto muitas vezes antes, a família costuma ser a última a saber. Melhor fonte de informações sobre uma adolescente? Seus amigos.

Tenho certeza de que a polícia os questionou também, mas aqui está uma área em que eu levo vantagem: muita gente não se sente à vontade em falar com a polícia, enquanto eu sou só uma mulher aleatória fazendo perguntas. Pode ser estranho, mas não é ameaçador. Descobrir os melhores amigos de Angelique será a minha prioridade amanhã. Depois que eu dormir um pouco.

Agora, engulo o resto do meu jantar e cuido de lavar meu prato. A cozinha é muito pequena para uma máquina de lavar louça do tipo industrial, mas a potente torneira pulverizante sobre a funda pia de aço inoxidável é o suficiente para higienizar praticamente qualquer coisa.

– Precisa de mais alguma ajuda? – pergunto a Viv enquanto seco as mãos.

– Acho que pode deixar para amanhã.

– Vejo você amanhã, então.

Hesito por um instante. É hora de subir, minha primeira noite no meu novo espaço, com minha nova companheira de quarto.

– Fígado de frango? – indago Viv.

Ela ri.

– Não se preocupe. Sua amiga vai passar a noite fora.

– Ela tem vida social?

– Ela tem é um emprego. Controle de roedores. Por que você acha que o Stoney a deixa ficar aqui?

– Achei que ele tivesse um fraco por vagabundos.

– Ha! "Stoney" quer dizer "coração de pedra", e ele faz jus a isso.

Eu me demoro por mais um momento. Gosto da cozinha, da companhia de Viv. É quente e aconchegante. Confortável.

Por outro lado, o conforto nunca me coube bem.

Então, dou um sorriso de despedida para Viv e subo as escadas com determinação. Lar doce lar. Sinto a fera da bebida se agitando incansavelmente em minha barriga, desencadeada pela ansiedade. Não esta noite, eu digo a ela. Hoje estou forte o suficiente. Amanhã vou encontrar uma reunião do AA.

Destranco a porta do meu novo quarto, fecho e tranco por dentro. Faço uma verificação rápida debaixo da cama. Nenhum sinal da gata. Levo um momento para desembalar meus poucos pertences, separo minha escova de dentes e o creme dental. É um ritual realizado tantas vezes que me deixa tanto confortável quanto exausta.

Nova cidade, novo emprego, novo caso.

– Por que você está fazendo isso? – Paul exigiu saber. – Por que eu não posso ser suficiente para você?

Eu ali, parada, incapaz de responder.

– Você é uma viciada – ele responde amargamente à própria pergunta. – É por isso. Sempre vai ter alguma coisa de que você precisa mais, algo lá nas alturas que você precisa perseguir. Pelo amor de Deus, Frankie. Eu te amo.

Eu, ainda ali, parada, incapaz de responder.

Paul virando as costas. Paul se afastando.

Eu não o seguindo.

Troco de roupa e visto o short e a camiseta surrada que uso para dormir. Apago as luzes, depois rastejo sob os lençóis, que causam uma sensação de arranhamento e infamiliaridade contra minha pele.

A besta se agita novamente.

– Shhh – sussurro para minha mente, que corre em alta velocidade, e para minha sede tão perigosa. – Shhh...

Então fecho os olhos e me obrigo a dormir.

Mais tarde, acordo com lágrimas descendo pelo rosto.

Mais tarde ainda, retorno à consciência apenas o suficiente para perceber que há um peso ronronante no meu peito e olhos verdes brilhantes olhando para mim.

– Shhh – murmuro novamente e então caio de volta no tumulto de meus sonhos.

CAPÍTULO 5

Quando acordo na manhã seguinte, não há qualquer sinal de Piper em nenhum lugar da cama. Bocejo, me espreguiço, vejo as horas. São 9 horas da manhã. Pode parecer tarde para algumas pessoas, mas não para alguém que costuma trabalhar até as 3 horas da manhã. Rastejo pelo colchão só o suficiente para abrir as pesadas cortinas pretas e dar uma olhada pela janela. A pouca luz que entra é tão brilhante que quase me encolho. É um lindo dia de outono. Isso deveria me animar. Em vez disso, sinto uma leve ressaca, efeito de uma má noite de sono e dos muitos pesadelos. Não foi a primeira vez, não será a última.

Saio da cama. Uma pata com a pontinha branca irrompe de baixo do colchão e arranha, com as garras bem abertas, meu calcanhar descalço. Solto um uivo, dou um pulo, bato na quina do balcão da cozinha, disparo meia dúzia de palavrões. Pelo menos agora sei onde está minha colega de quarto.

Chego junto ao pé da cama, levantando cuidadosamente a borda dos cobertores, e espreito lá embaixo. Os olhos verdes me olham de volta com um ar ameaçador. Piper está sentada bem embaixo do colchão, em perfeita posição de ataque.

– Precisava mesmo? – pergunto a ela.

Ela boceja, mostrando os dentes brancos afiados. Então, inocentemente, começa a se assear.

– Então é assim que vai ser.

No dia anterior, eu não tinha conseguido perceber bem a coloração dela. Agora vejo que ela é, na maior parte, cinza, com salpicos de laranja e o peito e as patas brancas. Ela não é tão grande, mas claramente pode ser bem perigosa. Imagino que seja hora de começar a dormir de meias. Eu me arrasto até a pia da cozinha e deixo correr um pouco d'água.

Molho uma toalha de papel e cuido do meu calcanhar sangrando. Os arranhões não são profundos. Foram mais para eu ficar esperta.

– Você não vai me assustar tão fácil assim – informo à figura debaixo da cama.

Me dirijo ao velho chuveiro. Dez minutos depois, tremendo um pouco ao sair do fino esguicho mais morno que quente, prendo meu cabelo comprido em um rabo de cavalo, ajeito minhas presilhas cheias de ferramentas dos dois lados da cabeça e aplico um hidratante facial. O rosto que me encara do espelho não é jovem ou descansado ou mesmo bonito. Tenho traços magros, olhos castanhos comuns, um pouco de sardas no nariz. Há vinte anos, minha tez pode ter sido mais viçosa, mas anos demais de bebedeira me custaram caro. Mesmo com o hidratante, tenho finas linhas marcando meus olhos, minha testa e os cantos da boca.

Estou com cara de cansada, penso, daquele tipo que descanso nenhum fará diferença. Passo os dedos pelo meu queixo, sentindo a pontinha de pelos que não estavam ali dez anos antes, além de uma ligeira protuberância flácida de pele abaixo da linha da mandíbula. Não sei bem o que estou procurando aqui. Seria algum sinal da garota que eu costumava ser, ou alguma prova da mulher que sou hoje?

Às vezes, gostaria de conseguir me enxergar como Paul me via naqueles anos lá atrás.

No fim, acho que ele também queria o mesmo.

Me afasto do espelho e saio do banheiro sem cortinas.

Depois de todos esses anos na estrada, criei uma espécie de uniforme. Duas calças jeans bem gastas, uma calça cargo e uma calça preta *legging* daquelas de ioga. Tenho também três tops de manga curta e três de manga longa, todos intercambiáveis. Minha jaqueta de lona verde-oliva é do tipo "meia-estação" – protege, mas falta aquele forro mais grosso para passar o inverno. Pelo menos deve me ajudar a ficar bem pelo próximo mês. E posso facilmente acrescentar um cachecol ou luvas, se precisar. Em termos de sapatos, tenho um par de tênis e um par de botas marrons mais robustas. Sete itens de roupa íntima, todos definitivamente usados demais. Sete pares de meias, cada um mais surrado que o outro. Talvez eu devesse ficar por aqui tempo suficiente para juntar o dinheiro necessário para renovar meu guarda-roupa. Mas isso vai depender mais de Angelique Badeau do que de mim.

Até o momento, estou começando a entender por que os relatos da mídia sobre seu desaparecimento foram tão poucos e tão vagos. Não há narrativa nenhuma a ser feita. Angelique era uma boa garota. Pode ter fugido. Pode ter tido sua mochila roubada. Ela mesma pode tê-la abandonado depois de trocar de roupa.

Quem era essa menina? O que aconteceu com ela em um dos bairros mais densamente povoados de Boston?

E, quase um ano depois, como ela pode continuar desaparecida desse jeito, sem deixar rastros?

Amarro o cadarço dos tênis, depois encho uma tigela com água e a coloco no chão. Stoney disse que a gata não precisa de nada, mas isso me pareceu estranho.

Pego minha chave e enfio meu celular no bolso interno do casaco, assim como minha identidade e uma modesta quantia de dinheiro. Depois, saio em busca do café da manhã.

*

Localizo a lanchonete mais próxima, que acaba sendo uma Dunkin' Donuts toda rosa e laranja bem chamativa. Não vou a uma dessas faz muito tempo, mas me lembro de o café ser excelente e os *donuts* só razoáveis. Peço um copo de café grande, cheio de creme e açúcar, e me sento ao lado da janela com vista para a Avenida Morton, onde começo a planejar meu dia.

Mesmo tendo pedido a Guerline Violette para passar meu contato para seu amigo policial do bairro, o tal Ricardo, não me sinto bem em ficar esperando o telefone tocar. Em vez disso, ligo para a delegacia de polícia do distrito B-3 de Boston e peço para falar com o policial Ricardo, que faz o vínculo com aquela comunidade. Faz-se uma pausa do outro lado da linha.

– A senhora quer dizer o policial O'Shaughnessy?

– O nome dele é Ricardo O'Shaughnessy? – pergunto, confusa.

O atendente ri.

– Sim. É o encarregado de comunicação com a comunidade haitiana, certo? Temos uma série de encarregados dos contatos comunitários. Um é porto-riquenho, outro é LGBTQIA+, outro é salvadorenho...

Por um instante, fico genuinamente pasma. A maioria das comunidades que visitei tem se esforçado para conseguir empregar um, no máximo dois policiais para tratar de toda e qualquer coisa, mas nunca especialistas para cada grupo comunitário. Acho que esse mundo é totalmente novo para mim.

Eu confirmo que se trata, sim, do policial Ricardo O'Shaughnessy, depois forneço meu nome e número de telefone. Quanto à minha mensagem, hesito e então declaro: "Estou ligando com a permissão de Guerline Violette para acompanhar o desaparecimento de Angelique".

Digo desse jeito mesmo, como se soubesse exatamente do que estou falando, talvez até na posição de velha amiga da família.

O atendente não comenta, apenas anota tudo. Coloco meu telefone sobre a mesa pegajosa enquanto tomo meu café e começo a fazer uma lista de perguntas iniciais para as quais gostaria de respostas. Acabo de sublinhar três vezes a palavra "celular" – porque notei duas lojas de operadoras de celular ontem à noite, e que tipo de adolescente abandona seu celular antigo sem pelo menos tentar arrumar outro? – quando meu telefone toca.

Atendo rapidamente, já me deparando com a voz nada feliz do policial Ricardo O'Shaughnessy do outro lado da linha.

– Quem é você?

– Meu nome é Frankie Elkin e...

– O que você quer com isso? Está procurando dinheiro? Porque desse mato não sai cachorro.

– Olha, se pudermos nos encontrar pessoalmente, eu...

– Escuta, isso é bobagem. A família já passou por muita coisa.

– Estou aqui para ajudar.

Uma baforada.

– Escuta o que estou te falando...

– Só me encontra pessoalmente. – É a minha vez de interromper. – Só cinco minutos. Anota aí o número da minha carteira de motorista, minha descrição física, tudo que você precisa para pesquisar sobre mim. Mas tenho certeza de que, quando Guerline ligou para você esta manhã, ela disse que eu tinha permissão para falar com você. Então, por ela, por favor, pode me conceder pelo menos um minuto para eu me apresentar? Só quero fazer uma pergunta ou duas. É só isso, uma pergunta. Depois eu te deixo em paz.

Mais um bufo duvidoso, seguido de silêncio. Se o policial O'Shaughnessy realmente se importa com essa família ou com sua investigação, ele se sentirá pelo menos compelido a me interrogar. E sua desconfiança será meu ponto de entrada.

Mais uma pausa, depois um suspiro pesado.

– Você conhece a Le Foyer?

– Claro. – Não faço ideia do que seja.

– Me encontra lá em uma hora.

– Com certeza.

Ele desliga, o que me dá tempo para terminar meu café, pegar minhas anotações e ir até os seis funcionários agrupados atrás do balcão, que estão olhando para essa mocinha branca aqui com declarada curiosidade.

– Alguém sabe o que é Le Foyer? – pergunto, esperando uma afirmativa.

Quatro dos seis levantam a mão. Estendo meu mapa. A gerente, uma mulher de aparência imponente cujo crachá a identifica como Charadee, o pega, anota alguma coisa e o devolve. Com isso, eu saio para a luta novamente.

*

Estou aprendendo rápido que Boston não é uma cidade de ruas planejadas e bem-ordenadas. Na verdade, as linhas do meu mapa me fazem pegar uma diagonal atrás da outra. Tenho de parar e consultá-lo com frequência.

Andar por essas calçadas durante o dia é uma experiência muito diferente da que tive ontem à noite. Por um lado, quase não vejo uma alma viva. Por outro, várias das ruas sinuosas mostram filas de casas bem conservadas, a maioria parecendo ter saído diretamente dos anos cinquenta, com carros que eu sonharia em poder pagar estacionados na garagem. Passo por uma casa pintada de azul, cujas bordas brancas estão decoradas com corações recortados, depois por uma com um alpendre frontal decorado com uma tela de madeira trançada em vermelho e dourado, esculpida em forma de flores. Também há mais área verde do que eu esperava, desde jardins particulares muito bem-cuidados a terrenos comunitários e parques gramados.

Não me sinto nada receosa ao caminhar por estas ruas. Na verdade, começo a achar que este bairro pitoresco pode ser um dos segredos mais bem guardados de Boston. Talvez haja uma razão totalmente diferente para os moradores locais quererem forasteiros longe daqui. Afinal, se eu vivesse em uma vizinhança encantadora e economicamente acessível como esta, certamente iria querer guardá-la só para mim.

Estou chegando ao cruzamento principal com a Avenida Blue Hill quando passo por uma cerca de arame à minha esquerda. Ao sentir o cheiro, penso primeiro em uma oficina mecânica. Meus pés param por conta própria. Inalo uma segunda vez. Massa de confeitaria, açúcar, especiarias. Meu estômago já está roncando quando percebo que aquele edifício com fachada de tijolos é meu alvo. Confeitaria Le Foyer. Se o gosto das coisas for tão bom quanto o cheiro, vou adorar.

Não sei como é o policial O'Shaughnessy. Acho que só vou conseguir reconhecê-lo pelo uniforme. Quanto a mim, sou a única pessoa branca que vi a manhã inteira, então suponho que também seja fácil de identificar.

Entro na padaria, onde o cheiro intoxicante é ainda mais forte. Observo várias vitrines cheias de retângulos enormes, parecidos com bolachas, que parecem polvilhados com açúcar. Ao lado, há bandejas lotadas de pés de moleque, tanto de amendoim quanto de castanha-de-caju. Não vejo nenhum rótulo, preço ou cardápio. Pelo jeito, tenho de reconhecer o que estou vendo para escolher o que quero.

As duas pessoas à minha frente estão fazendo pedidos com muita convicção em uma língua que suponho ser *créole* haitiano. Um terceiro está falando ao telefone, também em *créole.*

A porta se abre atrás de mim. Aparece um policial uniformizado, 30 e poucos anos, robusto. Policial O'Shaughnessy, eu presumo. Ele acena para mim de imediato, depois abre um largo sorriso que, percebo tardiamente, é para a menina jovem e bonita no balcão atrás de mim. Ela sorri de volta alegremente.

Sinto que sei por que estamos nos encontrando nesta padaria.

– Frankie Elkin? – O policial O'Shaughnessy se aproxima e estende a mão. Cumprimenta com a cabeça os dois clientes que estão terminando de fazer seus pedidos. Difícil dizer se é porque os conhece ou só está sendo educado.

– O cheiro aqui é maravilhoso – digo, apertando a mão dele.

– Você já comeu carne à moda haitiana?

Nego com a cabeça.

– Então você nem sabe o que te espera. Boi, frango ou arenque?

– Hm, frango.

O'Shaughnessy se aproxima do balcão e faz sua mágica com a amiguinha atendente. Ambos conversam em francês, ou em algum dialeto que não conheço, enquanto ela coloca, em um saco de papel pardo, quadrados de massa folhada dourada que estão na estufa sobre a bancada. Ainda não vi nenhum cardápio ou preço, mas pelo jeito sou a única aqui que liga para isso.

A moça finaliza o pedido. O'Shaughnessy pega a sacola de papel, que já começa a escurecer com manchas de gordura. Um último sorriso brilhante para a garota bonita. O sorriso corado dela de volta. Só então ele se volta para mim, carregando sua bolsa de tesouros. Não vejo nenhum lugar para sentar ali dentro, então sigo o policial até o lado de fora, onde ele se senta ali mesmo, nos degraus de concreto. Ele estende a sacola amarronzada, eu timidamente estico o braço para tirar um dos quadrados de massa. O cheiro é maravilhoso.

O'Shaughnessy me olha em silêncio enquanto dou a primeira mordida, seguida rapidamente por outra.

– A melhor comida da cidade – ele me informa.

Faço que sim com entusiasmo. A massa é leve e quebradiça, o recheio de frango é tanto adocicado quanto salgado. Talvez eu tenha de comer vários outros para conseguir identificar todos os sabores. Não seria exatamente uma tarefa árdua.

O'Shaughnessy se acomoda mais confortavelmente. Comprou quatro daqueles pastéis de carne. Agora é a vez de ele mesmo pegar um.

– Nos fins de semana, as pessoas vêm de tudo quanto é lugar só para se empanturrar desses pastéis da Le Foyer. Compram até na dúzia. Já eu paro aqui três ou quatro vezes por semana. Mas não conte para a minha mãe. Sou obrigado pela lei familiar a jurar que a comida dela é melhor.

Novamente, faço que sim com a cabeça. Seu segredo está seguro comigo. Ficamos sentados em silêncio, mastigando alegremente.

O policial Ricardo O'Shaughnessy faz muito jus ao seu nome: parece um pouco disso misturado com um pouco daquilo. Sua pele é mais clara que a de Guerline, seu cabelo castanho é ondulado, suas feições são complicadas. Com certeza é um rapaz bonitão. A garota da padaria deve estar entusiasmada.

– E esse nome, "Ricardo O'Shaughnessy"? – pergunto, enfim.

– Mãe haitiana, pai irlandês. Bem-vinda a Boston. Aqui é assim.

– Pai policial?

– Sim, e mãe enfermeira. E aí, só para misturar mais, tenho uma irmã trabalhando na polícia e um irmão estudando enfermagem.

Balanço a cabeça, reconhecendo a curiosidade do fato.

– E você é o encarregado dos haitianos?

– Cresci neste bairro. Só conheci isso aqui a minha vida toda. Muito da família da minha mãe ainda está por aqui, também. A verdade é que tenho um relacionamento íntimo com esta comunidade. E grande parte da população das Índias Ocidentais no Mattapan, dos veteranos aos mais jovens, se sente mais à vontade aceitando ajuda de um rosto familiar.

– E você fala francês?

– *Créole*. E também sei dançar muito bem – diz, sem alterar a expressão. Ele termina o segundo pastel e começa a limpar a gordura da ponta dos dedos.

Eu o vejo como um policial até muito bem-intencionado, mas ainda jovem. Mais atitude do que experiência. Dá vontade de pegar sua mão e dizer que não importa o que eu descubra do caso de Angelique, a culpa de ele não saber de nada não é dele.

– Documento com foto? – ele pede de súbito, aparentemente pronto para começar a me tratar com mais profissionalismo.

Tiro minha carteira de motorista do bolso da frente com a mão esquerda e a estendo para ele. Ele verifica.

– Califórnia? Você está bem longe de casa.

Dou de ombros, termino um dos melhores cafés da manhã da minha vida e apanho um guardanapo.

Ele coloca minha carteira de motorista no degrau entre nós e tira uma foto com o celular. Seus dedos deslizam pela base da tela. Desconfio de que ele mandou a foto para algum amigo fazer uma checagem básica. É o que eu faria se fosse ele. Ele enfia o celular no bolso do casaco e me devolve o documento.

– Por que você está aqui? – ele pergunta.

– Emprego. Aluguel barato. E, hã, um gato. – Suspiro profundamente. Não existe um jeito fácil de ter essa conversa. Eu sou civil, ele é policial. E a maioria dos policiais vai me dizer que nenhum civil deve se meter, jamais, em trabalho de policial.

Então, digo do melhor jeito que posso.

– Olha, você vai receber do seu amigo um relatório dizendo que eu não sou ninguém interessante. Pago meus impostos. Possuo apenas o que cabe em uma mala de viagem. E já faz quase uma década que não me preocupo com casa, carro ou cartão de crédito. Sou apenas quem eu sou. E faço o que eu faço. Durante os próximos meses, isso vai envolver serviço de bar várias noites por semana, enquanto sigo morando acima do bar do Stoney e procurando por Angelique Badeau.

– Você a conhece?

– Nunca conheci. Assim como também nunca conheci Lani Whitehorse, uma esforçada mãe trabalhadora do povo Navajo, ou Gwynne Margaret Andal, filipina orgulhosa e a mais velha de três filhos, ou Peggy Struzeski Griffith, uma loira meio doidinha e fanática por livros. Mas eu encontrei essas três, também. Procure pelos nomes. Você vai entender o que estou tentando dizer.

Ricardo franze o cenho.

– Eu vou mesmo procurar esses nomes – ele adverte.

Estendo minhas mãos em sinal de que não tenho nada a esconder. Então me encosto na grade metálica para ver melhor o rosto dele e para que ele possa ver o meu.

– Você e seus amigos policiais não vão gostar de mim – digo. – E eu entendo isso. Mas tenho o direito de fazer perguntas como qualquer outra pessoa. O que eu descobrir, é claro, vou compartilhar com as autoridades competentes. Não tenho nenhuma jurisdição aqui. Não é como se eu tivesse liberdade de revistar casas ou interrogar pessoas que não estão dispostas a conversar, ou menos ainda de efetuar alguma prisão. Eu simplesmente quero descobrir a verdade e conseguir um encerramento de caso para a família. E vou cooperar com a polícia a cada passo do caminho.

– Sabe quantos assassinatos nós temos por aqui? – pergunta Ricardo.

– Muitos. Assim como um número alarmante de esfaqueamentos não letais.

– E sabe por quê?

– Porque esta área é um antro de atividade de gangues.

Ele faz que sim com a cabeça.

– Eles se organizam por quarteirão. Quarteirão D. Quarteirão H. Esta rua, aquela rua, aquela outra... Estamos falando de todo tipo de gangue. Tem os negros, os haitianos, os porto-riquenhos, diabos, tem até uma esquina ocupada pelos chineses. E você sabe o que eles todos têm em comum?

– Não gostam de policiais? – Tento adivinhar.

– Eles não gostam de gente de fora. – Ele faz um gesto com a mão, me indicando de cima para baixo. – E você, Frankie Elkin, é uma forasteira.

– Minha segurança é minha responsabilidade.

– Isso até você se meter em problemas e alguns bons policiais terem de se meter em situações perigosas só para salvar sua pele.

– Bom, eles fizeram um juramento. Não acredito que tenha sido para servir e proteger só quem faz boas escolhas na vida.

– Deixe essa família em paz. Eles já passaram por muita coisa.

– Não cabe a eles decidir isso?

– Olha, deixa de teatro. Quer dizer que você está aqui só para ajudar? Por quanto tempo? Até descobrir o rastro de alguma pista ou testemunha que mostre a localização exata de Angel, que você só irá revelar se a família tiver como levantar os, sei lá, quinhentos, mil, dez mil dólares necessários para selar o negócio?

– Analise os meus antecedentes. Minha ficha é limpa.

Notei que ele chama Angel pelo apelido. Como alguém que conhece a família muito bem. Como alguém que realmente se importa com eles.

– Só porque você não foi pega ainda, não significa que é inocente.

– E só porque você está desconfiado, não significa que eu seja culpada. – É a minha vez de me inclinar para a frente. – Você acha que estou aqui para te ridicularizar ou, pior ainda, para explorar a família. Não tem nada que eu possa dizer que vá mudar a cabeça de qualquer policial desta comunidade ou de qualquer detetive. Então, por enquanto, vamos concordar em discordar. Você faz o que tem de fazer e eu vou fazer o que eu faço. O que eu descobrir, vou compartilhar. E, quem sabe, só para adicionar alguma coisa à discussão, talvez uma forasteira como eu possa descolar alguma informação que fará avançar o caso. Seria ganho para todos os envolvidos, mas especialmente para a família.

– Fique longe de Guerline e Emmanuel – Ricardo me adverte. Ele enfia nossos guardanapos engordurados dentro do saco de papel e fica de pé.

– Espera aí. E quanto à minha vez? Nosso acordo era você me dar um sermão em troca de responder a uma única pergunta.

– Você quer saber qual a recompensa por qualquer informação que leve à descoberta de Angelique Badeau? – ele pergunta secamente.

Me esforço para não perder a paciência, lembrando de quantas vezes tive essa mesma conversa na minha vida.

– Angel desapareceu em uma sexta-feira à tarde depois da escola – eu começo. – Mas a investigação da polícia não se intensificou até a segunda-feira de manhã. Por que esse atraso? O que vocês encontraram, ou não encontraram, na sexta-feira à tarde que os impediu de emitir imediatamente um Alerta AMBER?

O policial O'Shaughnessy me olha por um minuto, então solta:

– Dan Lotham.

– Quem é Dan Lotham?

– O detetive-chefe do caso. É para ele que você precisa perguntar.

– E eu não creio que você vá interceder junto a ele em meu favor, não é? Ou então, quem sabe... – Faço uma pausa significativa. – Sempre posso perguntar à Guerline.

O olhar que Ricardo me dirige poderia colocar uma pessoa menor para correr. Mas mantenho a mesma expressão no rosto, sem agressividade. Ser boazinha nem sempre é o melhor jeito de conseguir as coisas. E se isso convencer o policial O'Shaughnessy de uma vez por todas de que eu sou uma vadia manipuladora, bom, ele não será o primeiro a pensar isso. Nem o último.

As famílias sempre acham que querem saber a verdade, mas já trabalhei o suficiente nesses casos para entender que, às vezes, a verdade dura e fria pode cortar a carne bem mais fundo do que o esperado. Meu contrato não é com a polícia. Não é com a família. Não é com a comunidade.

Meu contrato é com Angelique.

– Cuidado com o que você deseja – O'Shaughnessy murmura de repente, como se estivesse lendo meus pensamentos. – Vou passar seu contato ao detetive Lotham. Mas, aqui entre nós, eu esperaria sentado.

Tem sido assim a minha vida inteira, eu acho.

O'Shaughnessy desce os degraus e entra em sua viatura. Observo enquanto ele dirige para longe.

CAPÍTULO 6

O sistema de ensino público de Boston é um mistério para mim. Cresci em uma comunidade pequena. Só havia uma escola de educação infantil, uma de ensino fundamental e uma de ensino médio para a região inteira. A gente parava em uma esquina, o ônibus chegava e nos levava para onde precisávamos ir junto às outras crianças do bairro. Em Boston, por outro lado...

Há escolas públicas, escolas *charter*,[2] escolas internacionais... E você nem precisa se limitar à geografia local, como o Mattapan. Pelo que li, um estudante de ensino médio pode frequentar literalmente qualquer escola pública da cidade de Boston, usando um processo de inscrição maluco que provavelmente leva os pais mais interessados a quererem dar um tiro na cabeça e os desinteressados a... bom, a ficarem ainda mais desinteressados.

Dada a loucura desse sistema, os estudantes de ensino médio não contam só com os tradicionais ônibus escolares amarelos norte-americanos. Em vez disso, eles carregam passes de estudante que valem em todo o sistema de transporte público da cidade, o MBTA, conhecido localmente pelo apelido de "T". Só de ler a respeito me deu dor de cabeça. E essa dor de cabeça está querendo voltar agora, enquanto contemplo o mapa do sistema MBTA de Boston.

Os artigos sobre o desaparecimento de Angelique informaram que sua escola era a Academia de Boston, cujo programa de ensino se orgulha de ajudar estudantes advindos de minorias a se prepararem para o futuro na área de saúde, medicina, esse tipo de coisa. Se Angelique

---

[2] Modelo de escola mantido com recursos públicos, mas cuja gestão é privada. (N.T.)

queria mesmo ser médica, então sua escolha de escola fazia todo o sentido do mundo. Pelo que consegui entender, a Academia de Boston fica a apenas vinte minutos do Mattapan – e muitos ônibus e confusas estações de metrô de distância. Só para deixar tudo mais interessante, cheguei em Boston justamente no momento em que estão fazendo uma atualização massiva no MBTA, o que é garantia de atrasos, paralisações e imprevistos totalmente caóticos.

Me guio por um de meus mapas impressos até uma estação de metrô local, onde me sento devidamente ao lado dos trilhos, assistindo a pedaços de lixo voarem de um lado para o outro. Identifico alguns grafites mais adiante, sem mencionar adesivos aleatórios pregados em bancos e placas, já desbotados com o tempo. Um cartaz esfarrapado está fixado perto do logotipo do T, no qual se lê "PROCURA-SE" em letras grandes. Abaixo, pouco visível depois de onze meses, está a foto oficial de Angelique usada nas buscas. Sinto uma nova tristeza súbita. Não só porque essa menina está desaparecida, mas porque, deste ponto em diante, ela será definida por aquela única imagem. Será que ela estava feliz no dia em que a foto foi tirada? Estaria pensando na escola, sonhando com meninos ou planejando sua próxima aventura com os amigos?

Ou, se seu desaparecimento foi de fato algo planejado por ela mesma, será que ela já estaria bolando os detalhes do sumiço no momento em que a foto foi tirada? Estaria esperando que ninguém fosse olhar muito de perto e descobrir alguma coisa? Será que temia que alguém pudesse notar algo?

Tento estudar um pouco mais a foto manchada a fim de obter alguma resposta, mas é claro que ela não me oferece nada.

Ouço um estrondo ao longo dos trilhos, então meu trem chega. Só que, para mim, não parece um trem. Está mais para um trólebus. Laranja, com um só vagão, todo bonitinho. Devo entrar nesse vagãozinho, passar por algumas paradas e depois pegar um ônibus. Certa vez, investiguei um caso em um parque estadual onde toda a área de busca era acessível apenas a cavalo. Então, o quão difícil pode ser isto aqui?

Já faço besteira não descendo na minha primeira parada – ironicamente, estava distraída estudando o maldito mapa. Desço na seguinte e volto a pé, exausta e com pressa, pois não tenho muito tempo se quiser pegar os colegas de escola de Angelique durante o intervalo do almoço. Minha outra opção seria esperar por eles depois das aulas, mas é bem na hora em que tenho de voltar ao trabalho. Acho que o Stoney não iria tolerar que sua funcionária chegasse atrasada logo no primeiro dia, mesmo ela já tendo sobrevivido à sua colega de quarto felina na noite anterior.

Faço minha segunda tentativa de localizar o ônibus certo apenas para descobrir que, agora, estou indo na direção errada. Já estamos na terceira parada, e justo quando estou começando a ficar realmente assustada, me esforçando para não demonstrar, uma senhora afro-americana mais velha, com o cabelo encaracolado cinzento cuidadosamente arrumado e um batom vermelho perfeitamente aplicado, se estica de seu assento e gentilmente puxa a bainha do meu casaco.

– Precisa de ajuda, querida?

– Sim, por favor!

Me sento ao lado dela e entrego meu mapa impresso todo amassado. Ela examina com cuidado, depois o devolve.

– Nunca fui muito boa com mapas, mas tenho tudo aqui dentro – ela diz, batendo em sua têmpora com a unha bem-cuidada. – Me diga para onde você vai, minha jovem, que eu te ajudarei a chegar lá.

Seu nome é Leena. Ela é recepcionista aposentada e está indo visitar a irmã. A figura dela me remete à de uma grande dama. Não apenas impecavelmente arrumada, mas também com o tipo de autocontrole que só se conquista depois de árduas batalhas e perdões ainda mais difíceis. Conversamos por três minutos, tempo suficiente para eu decidir que quero ser ela quando crescer.

Equipada com as instruções de Leena, eu parto novamente. Levo apenas um momento para perceber que ela tem razão: se eu colocar minha cabeça na direção para onde quero ir, meus pés me levarão ao lugar certo. Ao olhar o mapa novamente, no entanto, nenhum plano se sustenta. Talvez porque o mapa de trânsito não guarde nenhuma semelhança com a verdadeira superfície das ruas. Ele só oferece uma coleção simplificada de setas azuis, verdes, vermelhas e amarelas que são arrumadinhas demais para o mundo real de uma cidade histórica que cresceu além da conta e é cheia de passagens aleatórias.

Ainda viro em duas ruas erradas, mas finalmente chego à Academia de Boston em South Dorchester. A escola fica no alto de um morro gramado, um dos poucos pontos verdes que vejo por aqui. Se o Mattapan é densamente povoado, com alto índice de criminalidade e se encontra lá embaixo no totem socioeconômico, South Dorchester parece ser seu primo mais próximo.

A academia ostenta uma imponente fachada de três andares com amplas janelas e enormes portas de vidro que conduzem diretamente a dois detectores de metais idênticos. Atrás da entrada entalhada em granito, o corpo principal do edifício se desdobra em uma série de alas com paredes altas. Cada janela exterior tem o mesmo tamanho, e são todas igualmente espaçadas, fila após fila.

O terreno da escola oferece um perímetro de grama verde meio falha aqui e ali, entremeado por amontoados de arbustos lenhosos. Há alguns rododendros, hortênsias e o que parecem ser forsítias. Nada disso está lá muito bem-cuidado, mas ainda assim dá um bom descanso de todo o tijolo e concreto. Ouço uma sirene soar do fundo da escola, sinalizando algo. Mas os alunos não saem das salas aos borbotões, então continuo minha inspeção.

Estou curiosa para saber um monte de coisas. Primeiro, me pareceu que o deslocamento diário de Angelique para a escola a deixava a dois quarteirões da academia. É uma caminhada em linha reta do ponto de ônibus até as portas do instituto – que, dada a presença dos detectores de metais, certamente todos os alunos são obrigados a usar. Só tem uma entrada e uma saída. Todas as escolas, mas em especial aquelas do hipercentro da cidade, são muito exigentes com controle de entrada.

Vou seguindo o que espero terem sido os mesmos passos da menina, passando por uma mercearia de esquina, uma loja de bebidas, um salão de manicure e uma barbearia. Também noto uma placa para um quiroprático e uma franquia de uma rede de farmácias grande na esquina oposta, o que torna a região bem ativa em termos de comércio.

Angelique tinha de atravessar a rua para chegar aos degraus da frente de sua escola. Se fizesse isso no cruzamento da esquina, então caminharia cerca de trezentos metros pelo terreno gramado da escola por detrás de uma cerquinha baixa de ferro. Uma série de pequenos arbustos iam delineando o perímetro, mas, como seguem junto da rua, ficam cheios de copos de café descartáveis, garrafas plásticas de água, até mesmo miniaturas de bebidas alcoólicas. Conto um uísque Fireball, três tipos de vodca e um Jim Beam, que é das antigas, mas muito bom. Teriam vindo dos estudantes ou dos vizinhos? Não sei nem se quero saber a resposta.

Guerline havia dito que a mochila de Angelique foi encontrada debaixo de um arbusto junto ao terreno da escola. Então, se eu fosse aluno e quisesse esconder algo...

Olho do outro lado da rua para a fila de lojas que dá de frente para a escola. Um quarteirão inteiro delas. Ou seja, são dezenas de olhos atentos, testemunhas potenciais e câmeras de segurança. O que quer que tenha acontecido naquela sexta-feira, onze meses atrás, definitivamente não aconteceu neste ponto. Tudo aqui é muito visível.

Continuo dando a volta no quarteirão, já na lateral do prédio de tijolos. Estou com meu caderninho espiral na mão, tomando notas rapidamente de uma coisa ou outra. Acima de tudo, estou contando câmeras de segurança, marcando possíveis saídas e mapeando os arbustos entre ambas. De vez em quando, desvio para dentro do terreno da escola, pisando sobre a borda baixa de ferro a fim de verificar os ajuntamentos de arbustos. Não há árvores, eu noto. Nada para interferir a linha de visão. Inteligente.

– Frankie Elkin?

Levanto o olhar e vejo um cara grande com um terno cinza-carvão me encarando da calçada. Ele é alto, provavelmente 1,88 m, ombros largos, a compleição de um homem de 40 e poucos anos que já esteve muito em forma e ainda tem um ótimo físico. Sua postura alinhada e seu cabelo preto raspado nas laterais o identificam como ex-militar, enquanto seus traços... Talvez seja afro-americano ou latino ou alguma mistura entre os dois? Não sei dizer. Um cara bem-apessoado. Ou seria, se não estivesse me encarando com tanta indignação. Então, ele casualmente desliza o casaco para expor o escudo dourado preso na cintura.

– Detetive Dan Lotham. – Tento provar que também sei fazer boas suposições.

– Você tem permissão para estar nas dependências da escola?

– Hã... Meu cachorro comeu meu dever de casa?

Ele me lança outro olhar. Obedientemente, saio do terreno para a calçada. Já me sinto como uma menina que foi pega chegando depois do toque de recolher.

Não espero que o detetive Lotham goste de mim. Uma civil se metendo em uma investigação policial? Terei sorte se ele não me algemar e me acusar de invasão de propriedade.

Me surpreendo por um instante com o quanto me pego estudando seu rosto. Há algo em seus olhos, na maneira como me olha, um jeito muito frio e paciente. Ele me remete a batalhas decisivas ou a um bastião em meio a uma tempestade.

Paro a pouco mais de um metro dele. Por um momento, me sinto tentada a me aproximar. O instinto me pega desprevenida e fico um pouco encabulada. A culpa é minha. Já faz muito tempo desde que me permiti algum contato humano. E só porque escolhi ficar sozinha não significa que nunca me sinta solitária.

– A mochila dela estava aqui. – Minha afirmação soa titubeante. Engulo em seco e continuo em um tom mais assertivo. – Por volta do quarto arbusto. Ainda é possível ver uma leve clareira desgastada no chão, e alguns ramos inferiores da azaleia estão quebrados.

Claramente, meu comentário o surpreende. A localização exata da mochila recuperada de Angelique não saiu nos jornais, o que prova que sou capaz de descobrir algumas coisas sozinha. Continuo rapidamente, sem dar a ele qualquer chance de exigir que eu me afaste ou de me passar um sermão sobre deixar os profissionais fazerem seu trabalho.

– A frente da escola é coberta por pelo menos seis câmeras, juntando o sistema de segurança da academia com o das lojas do outro lado da rua. Os outros lados são um pouco menos monitorados, mas as câmeras de trânsito ainda conseguem capturar o movimento de cada esquina, e depois, outra vez, há mais estabelecimentos do outro lado da rua. Em termos de vigilância de perímetro, a academia é bem supervisionada. Mas isso até chegarmos neste ponto. – Faço um gesto indicando a área onde estamos de pé. – Não há lojas do outro lado da rua. Nem câmeras de trânsito no meio do quarteirão, nem vigilância escolar.

Ele não me interrompe, apenas estreita os olhos. O que significa que provavelmente eu tenho razão, e isso o irrita ainda mais.

– Há uma porta lateral na metade desse trecho da escola, uma saída de emergência que, suponho eu, está trancada por fora por questões de protocolo. Isso obriga os alunos a entrar pelas portas da frente, onde ficam sujeitos a detectores de metais e inspeções corporais. Resumindo, ou não tem nenhuma arma ou traço de drogas nessa única escola, dentre todas, ou então... – Eu dou de ombros.

O detetive Lotham revira os olhos. Não há nenhuma instituição neste mundo que esteja totalmente livre de contrabando e nós dois sabemos disso. Os administradores implementam controles e, quase tão rapidamente, os detentos descobrem como contornar o sistema.

Eu engato a segunda marcha e continuo:

– Me parece que os alunos escondem suas armas, facas e narcóticos debaixo desses arbustos aqui, provavelmente logo de manhãzinha, e esperam por um intervalo entre as aulas. Então, fica fácil abrir a saída lateral, correr bem rápido e recuperar os bens ilícitos sem que ninguém veja. O que significa que muitos alunos sabem sobre este local. Incluindo Angelique.

– Há um segundo esconderijo cerca de dezoito metros adiante – resmunga o detetive Lotham, provavelmente só para provar que eu não sei tudo.

Dou de ombros outra vez. Aqui ou a dezoito metros, não importa. A mochila de Angelique foi deixada em um local estratégico conhecido pelos alunos, não pela administração. O que significa que alguém sabia bem o que estava fazendo. Significa também que esse alguém poderia muito bem ter sido a própria Angelique, escondendo seus pertences pessoais onde ela achou que eles estariam seguros. Antes de ela...?

Essa é a parte que eu ainda não sei. A parte que ninguém sabe.

Ignoro o detetive Lotham e seu olhar incansável enquanto giro em um breve círculo, tentando entender o resto da história em minha mente.

– Angelique trocou de roupa – murmuro. – As roupas que ela tinha usado na escola estavam na mochila, junto com o celular. Ou seja, uma vez que ela saiu pelas portas da frente da escola, ela veio aqui, na lateral do prédio, para esconder a mochila. Certo... Exceto pelo fato de que ela teve de trocar de roupa em algum lugar nesse meio...

Olho para o outro lado da rua, depois para a esquina, onde há uma concentração maior de pequenas lojas. Ainda estou tentando recriar o cenário todo na minha cabeça.

– Se Angelique tivesse entrado numa loja para trocar de roupa, teria sido vista pela câmera, e esse seria seu último local conhecido. Mas não foi assim; a escola é o marco zero. Então ela deve ter dado a volta no quarteirão, vestida com a roupa da escola, de mochila na mão, e depois...

Minha voz falha. Olho para o detetive. Acho que sei o que aconteceu. Ele não confirma com palavras, mas seu olhar desvia para a porta lateral.

– Ela voltou para dentro da escola. – Eu preencho a lacuna. – Alguém tinha deixado aquela saída aberta. Ela deu a volta no prédio, se abaixou por essa entrada lateral, trocou de roupa e saiu outra vez. Durante quanto tempo ela ficou de volta na escola?

O detetive Lotham não responde, então percebo que é porque ele não sabe. Este é o ponto cego, é claro. Não há como ver nem como saber exatamente o que aconteceu aqui.

Mas estou começando a ligar alguns pontos. Não apenas sobre o que Angelique provavelmente fez, mas também sobre o que um policial pensaria a respeito.

Menina de 15 anos não volta para casa. Várias horas depois, a tia entra em contato com o policial encarregado daquela comunidade. Ele aparece, faz algumas perguntas. É só uma adolescente atrasada para o jantar... Não dá para soar os alarmes só por isso.

Mas o protocolo exigiria uma ligação para a delegacia local relatando a situação. Naquele momento, um detetive teria sido chamado. Talvez até mesmo o detetive Lotham. Ele teria coletado o depoimento de Guerline e Emmanuel. Talvez Guerline já até tivesse ativado o aplicativo "Encontre Meu Telefone" no celular de sua sobrinha, talvez a polícia o tivesse localizado. Mas isso traria a polícia aqui, para um último local conhecido sem sinais de violência, mas com muitas evidências de uso constante. Um esconderijo dos alunos bastante conhecido.

Uma breve pesquisa entre as lojas, talvez até uma primeira olhada nas imagens de segurança disponíveis, o suficiente para mostrar que Angelique tinha saído pela porta principal da escola, depois caminhou na direção oposta à de seu ponto de ônibus por vontade própria. Nenhum sinal de violência, mas muitas evidências de planejamento, o que certamente deu outro direcionamento ao ponto de vista da polícia sobre o desaparecimento.

Para piorar, tudo aconteceu numa sexta-feira, no fim da tarde. A noite de sexta não é notória apenas em termos de festas e estripulias adolescentes, mas também por ser o fim da semana de trabalho normal de um detetive. Uma situação na qual uma adolescente está desaparecida há apenas algumas horas, e provavelmente por vontade própria, dificilmente ganharia aprovação para fazerem horas extras.

Então o detetive foi para casa e deixou alguns uniformizados para continuar a vasculhar a vizinhança e rever os vídeos de segurança.

Sábado. Domingo. Até segunda-feira de manhã, quando o detetive voltou ao trabalho e soube que a adolescente permanecia desaparecida e que o rastro já estava frio 48 horas depois.

A situação, então, se tornara grave. Pior para o Departamento de Polícia de Boston. Pior para Angelique e sua família.

– Você vai me pedir para sumir – digo imediatamente. – Para ir cuidar da minha vida.

– Sim.

– Não vai funcionar.

– Ouvi dizer.

– Tenho permissão da família. E também tenho o direito de fazer perguntas.

– Parece que você já tem tudo planejado.

– Não é minha primeira vez.

– Também ouvi dizer.

– Você procurou os nomes que eu passei ao policial O'Shaughnessy?

– Decidi verificar tudo a seu respeito por mim mesmo. Depois fui ver o que os outros tinham a dizer.

– Boa estratégia para um detetive.

– Também não é minha primeira vez.

– E daí...?

O detetive Lotham levantou seus enormes ombros e os deixou cair.

– Me parece que você está a cerca de cinco minutos de resolver este caso e encontrar uma adolescente que o resto de nós foi claramente burro demais para localizar. Então, por favor, continue.

Dou um sorriso fraco.

– Sua hipótese inicial de trabalho era a de que Angelique tinha ido por vontade própria, na sexta-feira à noite, para algum lugar desconhecido por sua tia. – Pauso por um instante. – E muito provavelmente pelo irmão dela também. Porque, embora Emmanuel claramente saiba de alguma coisa, ele ama a irmã e já teria contado a você se soubesse aonde ela foi naquele dia.

– E isso tudo você descobriu conversando com a família por, o quê, uns cinco minutos?

– Uns vinte, na verdade.

O detetive Lotham me olha por um momento, sua expressão inalterada.

– Vá para casa.

– Aqui é a minha casa. Eu aluguei um quarto acima do bar do Stoney.

– É errado dar falsas esperanças à família.

– E como você sabe que são falsas?

– Porque aqui você está totalmente fora da sua alçada. Porque você só pensou em checar câmeras de segurança, quando na verdade esta área é vigiada por muito mais do que câmeras. Isso aqui não é um fim de mundo jogado no meio dos Estados Unidos. É a merda de Boston, e nós sabemos o que estamos fazendo.

– Então, onde está Angelique?

– Vá para casa – repete ele.

– Você tem dados do LPR? – Um novo pensamento me ocorre quando considero o comentário dele a respeito da vigilância. O LPR é um sistema de leitura de placas de veículos. Normalmente é instalado em viaturas da polícia, veículos de policiamento ostensivo, talvez até mesmo em ônibus urbanos. A tecnologia captura continuamente as placas enquanto os veículos circulam, criando instantâneos de cada um dos carros estacionados em determinado momento ou lugar. São mais dados de vigilância, segundo o detetive. Já ouvi falar desse tipo de coisa, mas nunca trabalhei em uma área suficientemente grande ou sofisticada onde isso se aplicasse.

– Não tenho liberdade para discutir uma investigação em aberto – o detetive me informa com firmeza.

O que significa que, sim, Boston usa um sistema LPR. E isso teria dado aos investigadores cada carro, van, picape, táxi, motorista de carro de aplicativo e demais veículos da cidade que estivessem na área. Também permitiria que os detetives identificassem os proprietários, investigassem seus antecedentes e interligassem históricos possíveis nos dias e semanas após o desaparecimento de Angelique. É um bocado de dados. Bem mais do que se consegue em um fim de mundo jogado no meio dos Estados Unidos, como bem disse o detetive. E, ainda assim, onze meses depois, não foi o suficiente para ajudar. Me equilibro sobre os calcanhares, contemplando.

– Todas essas câmeras, toda essa vigilância... – divago em voz alta. – Vocês já deveriam ter conseguido refazer os passos exatos de Angelique a essa altura. Mesmo que ela tivesse saído da escola por este ponto cego, no momento em que ela andasse para a direita ou para a esquerda, ela teria aparecido na câmera. Mesmo que ela estivesse a pé, no lado do passageiro de um carro, enfiada na parte de trás de um Uber... qualquer coisa...

O detetive Lotham não diz nada.

– Ela poderia ter pegado um ônibus ou caminhado até a estação de metrô – continuo falando em voz alta. – Mas você teria conseguido rastrear isso também. O caminho que ela fez até a estação, depois a pé lá dentro, sem mochila, usando as roupas que trocou. E é claro que, se ela embarca e paga a viagem com seu passe de estudante, isso teria criado mais um rastro a ser seguido.

– Presumindo que ela tenha usado seu cartão. – Lotham parece aborrecido com a conversa. – É possível que ela tenha usado dinheiro para um bilhete único. E também temos câmeras em ônibus, metrôs e trens. E temos toda uma força policial do MBTA muito bem treinada para interpretar essas imagens. Boston é esperta assim.

Ele está sendo sarcástico, mas eu levo o comentário a sério.

– Em outras palavras, Angelique não pegou nenhum meio de transporte público, senão você a teria visto. Ela também não pode ter ido andando e nem dirigindo. O que nos deixa...

Eu franzo o cenho. Penso um pouco. Franzo novamente.

– Essa calçada não pode tê-la engolido – digo finalmente, frustrada.

– Neste momento, excluímos a calçada como suspeita – disse o detetive, impostando a voz. Engraçadinho.

– Então você deixou de notar alguma coisa – anuncio firmemente, nunca perdendo a chance de comprar uma briga. – A tecnologia pode ser ótima, mas não é infalível. Talvez a merda de Boston, a cidade mais inteligente do mundo, tenha se tornado muito dependente de seus brinquedinhos. Não sei mesmo. Mas uma garota de 15 anos não pode ter simplesmente desaparecido da face da Terra. Existe uma resposta para este enigma. Sempre tem. – Pauso por um instante e depois faço que sim com a cabeça vigorosamente. – Estou feliz por ter vindo para cá. Quer você saiba ou não, você precisa de mim.

– Como é...?

– De acordo com você mesmo, você tem um monte de recursos e experiência, sem mencionar toda a tecnologia à sua disposição.

Ele me olha furioso.

– E onze meses depois, onde isso te levou?

– Escuta aqui...

– Olha, eu não entendo metade das porcarias que você faz como policial de cidade grande. Eu já li sobre LPR, mas só li, e sei menos ainda sobre as mil outras traquitanas que a polícia de Boston pode apresentar para a gente. Mas nada disso importa. As melhores práticas que vocês têm falharam nesse caso.

– Que porra você pensa que é?

– Só uma forasteira. Mas é preciso apenas isso para encontrar a maioria das nossas crianças desaparecidas, no fim das contas.

– Fique longe da minha investigação – adverte o detetive.

– Não.

– Se mexer com a família ou atrapalhar o nosso caso...

– Que caso?

– Vai se foder! – Ele diminui a distância entre nós, os braços já afastados, a postura agressiva, seja intencionalmente ou não. Ele é bem maior do que eu. Mais forte, mais furioso. Mas isso não me assusta. Na verdade, eu gosto disso nele. Ele tem mesmo que estar puto de raiva. Realmente deveria ser o protetor daquela família. Isso prova que ele se importa com essas pessoas. Mas também me preocupa, porque a incompetência policial teria sido uma resposta fácil para esse enigma. E, até o momento, o detetive Lotham não me pareceu nem corrupto nem preguiçoso.

Então, o que aconteceu com essa adolescente inteligente e tímida? Em certo momento, ela esteve ali, exatamente onde eu estou agora. E depois?

– Vou manter contato – informo ao detetive.

Seus olhos escuros quase saltam da órbita com tamanho ultraje. Eu sorrio. Sou a primeira a admitir que esses momentos altamente conflituosos nem sempre são divertidos para as outras pessoas. Ainda assim, sempre são divertidos para mim.

– Você não precisa falar comigo – completo, já recuando. – Mas também não pode me impedir. Então, a verdadeira questão aqui é: você quer que eu ande por aí sozinha ou quer garantir algum controle, oferecendo alguma cooperação? A escolha é sua. De qualquer forma, vou fazer o que eu vim fazer, que é encontrar Angelique Badeau.

– Você é louca.

– Um pouco de loucura nunca faz mal.

– Mas fazer as perguntas erradas pode fazer.

Ele tem razão. Ouço outra campainha vindo de dentro da escola, seguida de mais barulho: a agitação de centenas de garotos rangendo cadeiras, abrindo portas, andando em corredores. É a pausa para o almoço. Isso me traz de volta à minha tarefa original, além de ser mais um motivo para abandonar a ilustre presença oficial da polícia.

Sinalizo minha partida com um tchauzinho e vou em direção à esquina. O detetive Lotham fica onde está, me observando partir.

Eu desapareço em meio ao trânsito dos alunos que irrompem das portas da academia e descem as escadas. Conto até cinco. Quando olho para trás, o detetive não está mais à vista. Como eu esperava.

Eu me permito um único sorriso. Depois, volto ao trabalho.

CAPÍTULO 7

Adolescentes são barulhentos. Para mim, parece haver centenas deles do outro lado da rua, como em um enxame, formando grupos menores na calçada e então inundando a mercearia da esquina. Nada de uniformes escolares. Esses meninos usam calças jeans rasgadas ou *leggings* de lycra combinadas com tops esportivos, camisas de flanela ou suéteres compridos de outono. Mas, para ser sincera, eu mesma não estou vestida de maneira muito diferente – o que, dada a diferença de idade, provavelmente não é um bom sinal.

Tento me concentrar nas garotas, analisando cada rosto individualmente. Guerline disse que as melhores amigas de Angelique são Kyra e Marjolie. Infelizmente, não tenho nem ideia de como elas são. O detetive Lotham e seus colegas muito provavelmente já passaram uma limpa nos perfis de Angelique nas redes sociais atrás de cada migalha de informação. Já devem conhecer a vida da menina por dentro e por fora, desde a família e os amigos até suas comidas favoritas, seu signo do zodíaco e seus tiques nervosos. Não tenho nada disso à minha disposição. Pelo menos não ainda.

Me considero alguém à moda antiga. Sou mais de falar com as pessoas em vez de ler suas postagens. Faço perguntas em vez de consultar relatórios forenses. Obviamente, é mais difícil para mim conseguir informações dessa forma. Por outro lado, é comum que, quando eu entro em cena – meses, às vezes até anos depois –, nenhuma dessas pistas tenha feito diferença na busca. Por isso me atenho ao meu telefone e meu espírito detetivesco.

Escolho um lugar próximo ao epicentro daquele vórtice adolescente e continuo com minha estratégia de reconhecimento. Essa população estudantil é a mais diversificada que vejo em um bom tempo. Dezenas de afro-americanos misturados a garotos indianos, latinos e asiáticos. Acho que a maioria está falando inglês, mas, considerando que não consigo acompanhar nenhuma das conversas, tudo me parece um dialeto conhecido apenas por adolescentes. Noto que outros pedestres estão atravessando a rua para evitar a massa de estudantes. Não os culpo.

Angelique tinha 15 anos na época de seu desaparecimento. Daí se conclui que suas amigas também teriam 15 anos na época, o que significa que agora terão 16. Portanto, procuro duas garotas de 16 anos. O problema é que a maioria das meninas nessa multidão parece ter entre 18 e 21. Será que algum dia eu fui assim tão jovem e bonita?

No ensino médio, nunca fui do tipo que anda em grupo ou se junta a equipes disso ou daquilo. Meu pai dizia que eu era um espírito livre, mas a verdade é que eu era desajeitada e tímida. Isso até beber duas cervejinhas. Então, o mundo ficava nas minhas mãos. Trepava com o *quarterback*, matava aula e dançava como se ninguém mais estivesse por perto.

Lembro-me de sentir que minha cidade natal era pequena demais, que eu me sentia confinada na minha pele apertada demais, que eu queria simultaneamente abraçar o mundo e me trancar no meu quarto. Amava meu pai bêbado e irresponsável. Odiava minha mãe exigente e crítica. Desejava ter peitos maiores, a cintura mais fina, o cabelo daquela garota, a pele linda daquela outra. O que quer que eu tivesse, não era o que eu queria. Mas o que eu queria? Eu não tinha ideia.

E tudo o que penso agora é "Ah, essas pobres crianças...". Como se ter essa idade já não fosse confuso o bastante sem ter de lidar com uma colega de sala desaparecida.

Fitas amarelas. Levo um minuto para identificar esse padrão. Não é apenas um acessório aleatório preso ao top de uma garota ou no ombro de um rapaz, mas sim meia dúzia de fitas coladas em vários alunos.

Só pode ser em homenagem a Angelique. No inverno anterior, provavelmente a maior parte do corpo estudantil teria usado isso. Mas agora, um mês depois do início de um novo ano letivo e sem nenhum desenvolvimento do caso...

Os verdadeiros amigos ainda estariam fazendo esse esforço por ela.

Vejo, então, duas garotas usando as fitas, lado a lado em uma conversa animada com uma terceira adolescente. Uma das meninas tem uma bela pele negra, maçãs do rosto altas e cílios bastante espessos. Está segurando as tiras azuis de sua mochila nos ombros, mas examina constantemente a rua mesmo enquanto conversa com as colegas.

Hipervigilância. Sei bem como é isso.

Abro caminho em meio ao grupo de garotos. Alguns fazem que sim com a cabeça. A maioria lança olhares desconfiados. Definitivamente, sou *persona non grata*. Me aproximo do trio de garotas. A inquieta é a primeira a notar minha abordagem. Seus olhos escuros se estreitam. Ela para de falar, depois dá um tapinha na garota ao seu lado para se calar também.

Pouco a pouco, os garotos mais próximos adotam um silêncio desconfiado. Me sinto uma gazela atravessando uma matilha de leões. As mesmas regras de sobrevivência se aplicam. Não faça movimentos bruscos. Não demonstre medo.

Paro diante da garota que segura as alças da mochila. Ela olha diretamente para mim com uma expressão já estudada.

– Marjolie? Kyra? – pergunto.

– Quem quer saber?

– Meu nome é Frankie Elkin. Estou aqui para encontrar Angelique.

A garota solta uma risada. É um som áspero.

– Minha senhora, se estava procurando os subúrbios, você já virou umas quatro ruas erradas.

– Kyra? – tento adivinhar.

A garota mais baixa ao lado dela se assusta. A que conversa comigo revira os olhos.

– Marjolie. Mas valeu a tentativa.

Ela está mentindo. Percebo isso na hora, tanto pelo tom dela como pela reação das meninas que nos rodeiam. Algumas estão surpresas, mas a maioria sorri com escárnio. Propõem um desafio a esta senhora louca, que claramente é burra pra cacete por pensar que pode chegar assim, invadindo o mundo delas, e exigir respostas para coisas das quais ela com certeza não tem a menor noção.

Sei como receber um golpe. Agora não é a hora de revidar.

– A tia de Angelique, Guerline, sugeriu que eu falasse com vocês duas. Se puderem me dar só um momento...

A terceira garota se afasta e vai embora, mas Kyra e Marjolie não se movem.

– Tenho que voltar para a escola – diz a mais alta. Seus cabelos escuros estão amarrados em uma elaborada mistura de tranças, puxados para trás e arranjados em uma coroa, o que enfatiza ainda mais suas maçãs do rosto. A menina é simplesmente deslumbrante. Nunca é fácil lidar com tanta beleza em uma melhor amiga.

– Dez minutos – eu peço, apontando a fita que ela traz em seu top roxo-escuro. – Ou isso aí é só para aparecer?

– Vai se foder.

A garota mais baixa fica agitada. Ela é bonita, mas não deslumbrante. Sem dúvida, ela e Angelique eram figurantes da amiga que chamava muito mais a atenção. Mas isso também significa que, entre as três, ela e Angelique mantinham um laço mais estreito.

– Por favor – peço em um tom mais calmo, estendendo as mãos em sinal de submissão. – São só algumas perguntas. – Dirijo meu olhar para a mais alta e deslumbrante. – Kyra. – Falo com ela diretamente para que entenda que eu percebi que ela mentiu ao dizer seu nome.

A menina mais baixa, Marjolie, olha para a amiga. Seus cabelos pretos brilhantes formam abundantes cachos incrivelmente pequenos. Combina bem com seu rosto redondo e olhos castanho-claros. Sinto vontade de me aproximar e dizer que ela também é linda, mas sei que não é assim que o mundo a percebe. Afinal, sua amiga é lindíssima. E ela é só bonita. Ou seja, Kyra lidera, Marjolie apenas segue. Ela deve sentir muito a falta de Angelique.

– Tudo bem – exclama Kyra subitamente. – Mas você está perdendo seu tempo.

– Por quê? Porque Angelique não quer ser encontrada?

– Porque a gente não precisa de uma doninha branca magricela tentando mergulhar no gueto para salvar a alma dela. Ah, o que foi? Você não tem espelho em casa? Aqui não é sua área – ela diz, com o tipo de desdém que só uma adolescente sabe expressar.

Levo esse segundo golpe já entregando a batalha, mas me concentrando na guerra ao lentamente conduzir Kyra e Marjolie para longe de sua alcateia. Seus colegas ao redor já haviam ficado entediados com o espetáculo. Minha aparição chamou a atenção no início, mas o caso de Angelique já é notícia antiga. Nada de interessante para ver aqui.

– Há quanto tempo você conhece Angelique? – pergunto casualmente.

– Seis anos – Marjolie fala primeiro, a voz suave, o olhar abatido. – Moro perto dela no Mattapan. Minha família é haitiana também.

Kyra dá de ombros.

– Dois anos, desde quando nós duas entramos na Academia de Boston. Eu costumava roubar os cadernos da Angel, até que ela começou a me emprestar por conta própria. Disse que não se importava de ajudar uma amiga. Então, viramos amigas. A Angel é assim. Ela tem esse jeito... – Kyra dá de ombros de novo. – Ela é uma pessoa boa demais para estar, tipo, desaparecida, sabe? Mas ela tem uma grana escondida. Ela vai voltar para casa, pode apostar. – As narinas de Kyra se alargam. Sinto que ela falou mais do que gostaria e que realmente falou sério. Ao lado dela, Marjolie concorda com a cabeça.

– Pois eu já trabalhei em quatorze casos de pessoas desaparecidas. – Me abro um pouco. – Pelo país todo. Crianças desaparecidas, adultos desaparecidos. E sabe a única coisa que todos tinham em comum?

As garotas esperam a resposta. Acho que agora tenho a atenção delas.

– Os próprios familiares das vítimas, mesmo os que mais as amavam e os que elas amavam também, não as conheciam de verdade. Nunca conheciam todas as peças do quebra-cabeça, os problemas mais íntimos sobre isso ou aquilo, os sonhos que ainda estavam em formação. Acho que, no fim das contas, nenhum pai ou mãe ou irmão realmente conhece a fundo aquela pessoa tão próxima. E é aí que entram os amigos. A tia de Angelique e o irmão só enxergam o que sempre enxergaram, e isso combina com o que eles querem ver. Mas vocês duas... Vocês conheceram uma Angelique mais verdadeira. Vocês são a família que ela escolheu para si mesma.

Marjolie parece prestes a cair no choro. Mesmo Kyra perdeu aquela agressividade inicial. Ela parece mais jovem agora. Com menos certeza das coisas. Kyra olha para Marjolie, que agora parece assustada. Mas assustada por quê?

Uma sirene toca, estridente e insistente. Atrás de nós, outros garotos começam a recolher seus pertences.

Eu tento agilizar as coisas.

– Será que Angelique tinha inimigos na escola? Alguém que a ameaçou? Ou alguém que ela própria ameaçou?

– A gente se apoiava – diz Kyra. – Cuidávamos uma da outra. Não fale mal da minha amiga. Angelique nunca ameaçou ninguém na vida.

– E quanto a gangues?

– De jeito nenhum. A academia é terreno neutro para elas. A diretora Bastion diz que, no primeiro sinal ou ameaça de gangues, ela vai acabar com a farra e fazer todo mundo usar uniforme.

Entendo que usar uniforme é a ameaça, e Kyra e seus colegas levam isso a sério.

Marjolie acrescenta:

– Angel não era do tipo que queria chamar atenção. Ela era de boa, sabe? Pensava nos outros, diferente de outras pessoas por aqui que precisam se promover. – Ela e Kyra trocam olhares cúmplices de quem sabe do que está falando. Marjolie continua: – A maioria dos meninos da escola nem sabia o nome da Angel até a polícia aparecer perguntando por ela.

Entendo só metade do que Marjolie disse por causa do barulho. Com aquele mar de meninos se preparando para entrar de volta, não é a melhor hora para repetir.

– Namorado? – Eu arrisco.

As garotas trocam um olhar. Marjolie parece desconfortável. Kyra trinca os dentes.

– Sim, então Angel tinha namorado. – Eu preencho a lacuna.

– Não – Kyra me corrige. – Quer dizer...

– A gente não sabe – Marjolie esclarece rapidamente. – A Angel voltou para a escola... diferente no ano passado. A gente ficava provocando ela para saber...

– Olha, só podia ser um menino – Kyra interrompe sem rodeios.

– Ela disse que não...

– Ela perdeu a virgindade naquela época. Ainda acho que foi isso. – Kyra olha com altivez para a amiga. – Ninguém vai me convencer do contrário. E bom para ela.

– Ela teria contado para a gente – insiste Marjolie. – Por que manteria isso em segredo?

– Talvez o cara fosse feio pra cacete.

Marjolie suspira e se vira para mim.

– A Kyra gosta de fingir que conhece a Angel melhor. Dois anos atrás, no verão, fui eu que passei dois meses com a Angel no centro recreativo. Não tinha menino nenhum envolvido. Quer dizer, ninguém especial.

– E Angelique tinha algum emprego?

– Só como babá. Mas ela também ajudava a cuidar do irmão, então não tinha muito tempo para nada.

– Mas você disse que ela voltou para a escola diferente no outono. Como assim "diferente"?

Mais olhares trocados.

– É tipo no filme A *nova paixão de Stella*, sabe? Stella achou o que queria... – Kyra balbucia.

Marjolie balança a cabeça.

– Ah, ela só estava mais...

– Distraída. Mas muito distraída – Kyra interrompe novamente. – Ela começou a me emprestar o caderno só com metade do material das aulas. E quando eu perguntei por quê, foi como se ela nem soubesse que não estava mais anotando tudo. Ela estava totalmente aérea, viajando, sei lá. Foi de Senhorita-Genial-Indo-Para-A-Faculdade para Senhorita-Onde-Está-Você.

– E ela parecia distraída com medo? Ou distraída do tipo que fica sonhando com alguma coisa?

– Só distante mesmo – Marjolie murmurou. – Ela parecia estar longe o tempo todo, mas também estava... sendo mais ela mesma, sabe? Como se estivesse sozinha mesmo quando a gente estava por perto, embora para ela talvez não fosse assim tão ruim.

Acho que entendo. Ali, mas ausente. Conheço bem essa sensação.

De dentro da escola, a campainha toca em um volume mais insistente. As meninas vão para mais perto da rua. Suas colegas já estão atravessando e, assim, exercendo forte atração gravitacional. Eu falo mais rápido.

– Ela trocou de roupa naquela sexta-feira depois da escola. Vocês sabem por quê?

As duas garotas negam com a cabeça e dão mais alguns passos. Eu as sigo rapidamente.

– Vocês a viram depois que ela trocou de roupa? Talvez ela tenha colocado um vestido, alguma roupa para namorar?

Mais negativas com a cabeça. Mais passos para o outro lado da rua.

– Tudo bem, tudo bem. Só uma última pergunta. A porta lateral da escola. Aquela que vocês usam para contrabandear coisas. Como fazem para abrir? Tem alguma pedra, um pau, um lápis, sei lá, para emperrar a fechadura?

As duas se assustam e me olham fixamente.

– Olha, vocês precisam ir e eu preciso de respostas. Rápido, gente.

Meu tom insistente combinado à sineta exigente fazem um bom trabalho.

– Não dá para manter a porta aberta – Marjolie murmura rapidamente, em voz baixa. – O zelador sempre verifica. Os meninos estão sempre em dois ou três. Dois ficam de olho, enquanto o terceiro corre e pega o que quer que tenha lá.

– Então, quando Angelique voltou para a escola na sexta-feira à tarde, qual de vocês segurou a porta?

Kyra e Marjolie param no meio da passada, o rosto paralisado.

– O quê? – Marjolie pergunta primeiro.

– A polícia sabe que ela entrou de volta na escola usando a porta lateral para trocar de roupa. Depois ela escondeu a mochila. A polícia já sabe disso. Vocês não estão a dedurando.. Por favor. Onze meses já é tempo demais. É hora de colocar tudo para fora.

– Mas a polícia nunca mencionou... – Kyra começa, já soando zangada.

– A polícia não pode revelar informações. Mas eu posso. Me ajudem, então eu manterei vocês informadas – digo, já implorando. Um último alarme estridente de dentro da escola, seguido de carros buzinando na rua, onde agora estamos segurando o trânsito.

Minha vontade é de agarrar o braço de Marjolie, mas me esforço para não fazer isso. Elas sabem de alguma coisa. Não sobre a história da porta lateral, que parece tê-las pegado completamente de surpresa. Mas sobre a tal "nova Angelique" que voltou diferente daquelas férias. Preciso saber mais a respeito. O detetive Lotham tem seus vídeos de vigilância. Eu só tenho isso.

– Não fomos nós – diz Marjolie, de repente. – Não fizemos nada. A gente nem sabia que ela tinha voltado para dentro. Quando a polícia disse que tinha encontrado a mochila dela no terreno da escola, a gente também ficou sem entender. – Ela lança um olhar para Kyra. – Mas, sinceramente, não fazemos nem ideia.

– Nós somos amigas dela – Kyra murmura em um tom abafado. – Melhores amigas.

– Então eu tenho de perguntar de novo: quem eram os inimigos dela? – Mais buzinadas enquanto o último sinal da escola se desvanece.

– A polícia está errada – declara Kyra, sem rodeios. – A Angel não era assim. Ela não guardava segredo, não puxava o tapete das amigas, e ela com certeza... – O que quer que a garota estivesse prestes a dizer, ela engoliu. Um último olhar para mim, então ela agarra a mão de Marjolie e as duas disparam para os degraus da escola.

Fico sozinha no meio da rua, com muitos carros dispostos a me lembrar que estou no lugar errado. Dou o primeiro passo de volta em direção à calçada, ainda pensando.

Estão todos mentindo. As amigas de Angel, seu irmão, todos sabem mais do que estão me dizendo. Ainda assim, eles também parecem genuinamente preocupados e a querem de volta. O que isso significa?

Faço uma rápida parada na mercearia da esquina para tomar água e anotar um monte de coisas no meu caderninho. Então percebo que eu também preciso correr um bocado para chegar ao trabalho a tempo.

Saio da mercearia e dobro a esquina rumo ao que espero ser o ponto de ônibus correto de volta, dando uma última olhada para trás por puro hábito.

E é aí que eu o vejo. Um homem negro, alto e magro, de pé do outro lado, olhando diretamente para mim. Mais de 1,90 m. Idade em qualquer ponto entre os 20 e tantos e 30 e tantos. Vestindo um moletom de nylon azul com uma grossa corrente dourada ao redor do pescoço, como se tivesse saído diretamente do início dos anos 2000.

Os carros zunem entre nós. Assim que eles passam, o homem se vai. Mas uma sensação de mal-estar segue comigo até o bar.

CAPÍTULO 8

Voltar ao interior escuro do Stoney's é como um bálsamo depois de passar metade do dia trançando pela cidade grande. Inspiro profundamente, enchendo meus pulmões de gordura, sal e lúpulo enquanto amarro um avental branco na cintura e me preparo para a batalha. Conheço a fragrância desse bar tão bem quanto a sensação táctil das torneiras de cerveja e o som da sineta que diz "Pedido chegando!". Eu gosto do Stoney's. Não apenas porque é um botequim onde se come e bebe sem frescura, mas porque é um botequim de bairro.

Já trabalhei em dezenas de bares em dezenas de cidades. Poderia ganhar muito mais em algum barzinho de luxo bem pretensioso, mas continuo gostando mais desse tipo de bar que parece a casa da gente.

Quando chego para o meu turno, encontro o Stoney enfiado em um minúsculo escritório ao lado da cozinha. Ele me olha de cima a baixo, talvez procurando algum dano causado por Piper.

– Temos três pratos no menu – diz ele, checando com o dedo uma lista imaginária. – Cheeseburguer e fritas são dez dólares; asas de frango e fritas, dez dólares. Só as fritas, cinco dólares.

Ele se volta para sua mesinha arcaica. Pelo menos está explicada a falta de cardápio.

Eu me demoro um segundo, caso ele queira me instruir sobre mais alguma coisa no funcionamento do local, como algum *drink* personalizado. Não, nada. Pelo jeito, um minuto de instrução é tudo de que preciso para lidar com esse botequim. É justo.

Desço as cadeiras de cima das mesas. Passo um pano em todas as superfícies disponíveis. Porta-guardanapos: em ordem. Saleiros e pimentas: em ordem. Descansos de copos promocionais baratos: em ordem.

Depois, é hora de checar o encanamento dos barris de cerveja e limpar o jato de água gasosa. Em seguida, secar e empilhar copos, encher tigelas de amendoim picante, cortar limões de todos os tipos.

Eu gosto desse trabalho. Rápido e despreocupante. Permite que minha atenção vagueie.

Emmanuel Badeau e seu olhar de desconfiança. O detetive Lotham e seu olhar de hostilidade. A amiga de Angelique, Marjolie, e seu olhar de medo.

Não sei como eu mesma me sinto nesta fase da minha investigação. Confusa? Intrigada?

A maior parte dos meus trabalhos foi feita em áreas remotas onde faltam recursos e sobram delegacias de escopo limitado, cheias daquele tipinho cabeça-dura que nunca estão dispostos a perder tempo com nada mais instigante. Ou então, digamos, uma polícia tribal que crê de pés juntos que forasteiros nem deveriam chegar perto. Na posição de cidade grande, é claro que Boston não é nada disso, mas ainda consigo observar exatamente algumas dessas posturas defensivas.

Será que alguma vez senti o veneno dos comentários maldosos que ouvi nesses lugares? Ou tive medo de ser excluída, de ouvir que eu estava errada ou que era burra? Será que em algum momento me senti culpada por mexer com os brios alheios? Se algum dia senti isso, já foi há bastante tempo.

Foi, por exemplo, antes de ser parada em uma estrada aberta no meio do deserto, com o asfalto ondulando de tanto calor, por um xerife de condado e três de seus auxiliares, que saíram das viaturas com os cassetetes em punho, batendo na outra mão em uníssono à medida que se aproximavam.

Foi antes que o estampido de um rifle estilhaçasse a janela traseira do meu carro alugado, me fazendo derrapar de lado em meio a árvores enormes, com mais janelas implodindo, o *airbag* pulando na minha cara e meu nariz se quebrando.

Foi antes que um homem, aos berros, me arrancasse à força da varanda de sua irmã, me socando e gritando que a culpa era toda minha, e então caindo de joelhos e simplesmente se acabando de chorar porque sua sobrinha de 6 anos nunca mais voltaria, e talvez ele não devesse ter ficado tão inacreditavelmente embriagado naquela noite em que estava tomando conta dela.

As lembranças nos anestesiam. Tenho muitas delas agora. Não são momentos preciosos, mas brasas ardentes que estou sempre retomando e revirando em minha mente. Elas doem. Eu as estudo mais a fundo. Elas queimam mais profundamente. E eu as revisito para senti-las mais forte ainda.

Paul me acusou de continuar viciada mesmo depois que parei de beber. Acho que ele não entendia que é exatamente assim que funciona. Eu sou meus demônios e meus demônios são eu. Em alguns dias, sou eu que me comunico com o mundo, e em outros, é meu monstro que consome toda a bebida. Mas todos os dias, sou sempre eu mesma.

Viv chega cantarolando e dando tchauzinho enquanto os primeiros clientes entram. Recebo olhares cautelosos da maioria. Eu sou, pelo menos por enquanto, a única pessoa branca no salão. Mas mantenho os copos cheios e, à medida que o bar vai ficando mais movimentado, comigo servindo calmamente os chopes, preparando as doses e espremendo limões, todos se acalmam. Entrego as comandas com pedidos de comida para Viv e levo os pratos prontos para as mesas. Stoney e eu passamos a nos comunicar facilmente, apenas fazendo números com os dedos, enquanto ele divide seu tempo entre a cozinha e o balcão.

Rapidamente, passamos de um *happy hour* tranquilo para uma hora do jantar bem atribulada, depois para os clientes tardios que não têm onde estar às dez da noite em pleno dia de semana. Corro para a cozinha com uma bandeja de copos sujos e os coloco no fundo da grande pia de aço inoxidável, encharcando-os com água quente.

Em seguida, volto para o balcão à espera do próximo pedido de bebida.

O detetive Lotham está sentado bem na minha frente. Nada de terno cinza, apenas jeans e um suéter azul-marinho que se estica sobre seu peito amplo. Está fora de seu horário de serviço, portanto.

Ele olha bem para mim. Serei amiga ou inimiga? Ele ainda está debatendo o assunto internamente. O que significa que ainda há tempo para diversão.

– O que posso lhe oferecer? Espera, deixa eu adivinhar: bourbon puro.

Ele franze o cenho.

– Meu Deus, não.

– Corona? – ofereço, embora ele não pareça fazer esse tipo.

– RumChata.

– Sério?

– Aqui nessas bandas, homens de verdade bebem rum.

Balanço a cabeça e pego a singela garrafa branca. Nunca tinha ouvido falar dessa bebida até esta noite. Agora, já recebi vários pedidos dela. Me lembra uma versão caribenha do Baileys, a não ser pelo fato de que tem a cor mais clara e cheira a arroz-doce coberto com canela. Perguntei para Viv a respeito durante uma de minhas incursões na cozinha. Ela sussurrou maldizeres sobre o *crémas*, bebida à base de rum típica do Natal, e pelo jeito a coisa é tão popular que é melhor eu pedir um aumento quando chegar a época de servi-la.

Eu pego um copo americano, coloco uma porção de gelo, derramo aquela doçura branca por cima e empurro para o detetive.

– Uma bebida de mulher para o grandalhão. Já volto. – Vou para a outra ponta do bar, sirvo água para um cliente e cerveja geladinha para outros três. Mantenho meus movimentos ágeis, meu rosto iluminado, e finjo não sentir o olhar do detetive Lotham fuzilando minhas costas.

Vejo um aceno vindo de um banco lá do canto do balcão. Dou a volta para pegar o pedido de três hambúrgueres de um trio de cavalheiros mais velhos que parecem estar se divertindo muito. O que está mais perto de mim faz um gesto para eu me aproximar.

– Você é a garota nova de quem a Viv falou? – Ele tem um bigode fino e cinzento, olhos castanhos cintilantes e um sorriso malicioso. Posso apostar que deve ter dado muito trabalho em sua época. E essa época pode ter sido ontem mesmo.

– Sim, sou a nova garota – eu confirmo.

– Mmm-hmm. Vou te dizer uma coisa, menina. Se aquela Viv te der qualquer problema, pode me procurar. Eu endireito a garota.

– A Viv? Você está se oferecendo para me proteger da Viv?

– Isso mesmo. Ela pode ser meio atrevida. E mandona, também. Sei disso melhor do que ninguém: sou o irmão mais velho dela.

– É mesmo?

– Albert.

– Prazer em te conhecer, Albert. Mas, olha só, vou ter que ser bem honesta: nós dois sabemos que você não é páreo para a Viv. Mas obrigada pela oferta.

Os amigos dele dão risada. O sorriso do meu cliente se alarga. Qualquer que tenha sido o teste, acho que eu passei. Com uma piscadela, vou para a cozinha e entrego a comanda a Viv, informando que ela tem uma mesa de admiradores que inclui seu irmão mais velho, Al. Ela apenas revira os olhos e coloca outro balde de batatas para fritar. Eu escapo antes de o vapor gorduroso revestir minha pele.

De volta ao balcão, noto que Lotham mal tocou sua bebida. Pelo jeito, ele está planejando relaxar ali por um tempo. Com a clientela reduzida aos corujões que ficam até tarde da noite, não há nada que exija minha atenção imediata. Planto meus cotovelos no balcão em frente ao policial.

– Então... de todos os botecos de todas as cidades do mundo, você veio logo aqui.

Ele sorri brevemente.

– Eu estava com um tempinho livre e quis uma bebida.

– Sério? Porque eu acho que você ainda está ouriçado com o fato de que a garota nova está farejando no seu território.

– Você não foi embora da escola depois da nossa conversa.

– Eu não disse que ia.

– E você conversou com as alunas. Kyra e Marjolie.

– Gostei das fitas amarelas que elas usavam.

O detetive toma um gole de seu RumChata. Quando ele expira, seu hálito cheira a canela.

Lotham tem olhos escuros, sobrancelhas grossas e traços vincados. Seu nariz com toda certeza já foi quebrado, provavelmente algumas vezes, e lhe falta um pedaço da orelha, como se alguém tivesse dado uma mordida. Tem alguma história ali, sem dúvida. Gosto disso no rosto dele. É como um mapa dizendo "Já fiz muita coisa". É interessante.

Nos meus dias de bebedeira, tive minha cota de noitadas quentes. Mas, mesmo naquela época, não se tratava de sexo para mim, porque eu costumava ter apenas casinhos sem graça e esquecíveis. Eu gostava era do sossego que vinha logo depois, quando nenhum dos dois falava nada. Quando se ouvia apenas o som de pulmões arfando e batidas de coração se acalmando. Aquele breve momento, tão fugaz, que vem logo antes do arrependimento. Quando você pode sentir o cheiro do suor no seu corpo, agora misturado ao de outra pessoa, e se pergunta como pode ainda se sentir tão fora de si. Como se não fossem seus próprios braços, suas próprias pernas, como se nunca tivesse sido seu corpo, para começo de conversa.

Eu não convidaria um homem como o detetive Lotham para ir ao meu quarto fazer sexo. Mas, mesmo hoje, também não me importaria de passar os dedos por sua orelha mastigada e sua linha do queixo já velha de guerra.

Fico de pé, aumentando a distância entre nós. Depois, me sirvo um copo de água e o bebo de uma vez.

– Procurei os nomes que você deu ao O'Shaughnessy – Lotham começa casualmente.

– E?

– Não diria que encontrei só elogios, mas parece que você é boa nisso. Quero dizer, tão boa quanto uma civil inexperiente e destreinada pode ser.

– Vou tomar isso como um elogio.

– Não procura recompensa financeira nem atenção da imprensa.

Dou de ombros automaticamente.

– Não estou nem aí para a imprensa.

Lotham concorda com a cabeça sem querer e então se contém, fazendo uma expressão de desgosto, como se eu o tivesse ludibriado para ter algo em comum comigo.

– Você é um bom detetive? – pergunto.

Ele não morde a isca.

– Acho que deve ser, sim – continuo. – Você e seu departamento têm todos os recursos que poderiam querer. Isso sem mencionar o acesso a muito mais informações do que eu poderia conseguir. Por exemplo, eu tive de entrevistar Marjolie e Kyra para saber se Angelique tinha namorado. E você provavelmente já sabe de todos os detalhes depois de vasculhar o telefone dela, o *notebook*, as redes sociais. Mesmo assim, você ainda veio aqui esta noite para saber o que as amigas dela me disseram. Interessante.

Me afasto dele, indo para a outra ponta do balcão atender a um novo pedido de bebida e acertar uma conta.

Quando volto, vejo que o detetive Lotham bebericou uma quantidade infinitesimal de sua bebida. E agora não está mais preocupado em fazer rodeios.

– O que Marjolie e Kyra tinham a dizer?

– Eu mostro o meu e você mostra o seu?

Uma sobrancelha se arqueia.

– Vamos fingir que isso significa um sim. – Eu planto os cotovelos no balcão novamente. – Alguma coisa mudou na vida de Angelique no verão antes de ela desaparecer. Ela voltou para a escola mais... autocentrada, distante, distraída. Kyra acha que foi um rapaz, algo sério o suficiente para ter natureza sexual. Marjolie discorda, mas principalmente porque se sente magoada por pensar que sua melhor amiga guardaria um segredo tão grande.

– Por quanto tempo você conversou com elas?

– Uns cinco a oito minutos antes do intervalo do almoço terminar.

– E elas contaram sobre a vida sexual da amiga?

– Pense nisso como uma conversa entre meninas. Está vendo? Ter um investigador civil não é tão ruim assim.

Lotham toma um trago mais significativo de sua bebida. É a minha vez de perguntar.

– Tenho certeza de que você tem cópias das mensagens de texto de Angelique, mas e quanto ao Snapchat? É isso que a maioria dos adolescentes usa hoje para se comunicar longe dos olhos curiosos dos pais. Imagino que eles pensem que é muito mais secreto, já que as mensagens desaparecem e tal. Mas será que é mesmo? Você consegue recuperar uma mensagem que desaparece no momento em que é lida?

– A polícia consegue obter informações do Snapchat.

– Como?

– As mensagens passam por meio do servidor mais próximo, e o servidor captura os dados.

– Mas como você sabe quais servidores acessar quando as pessoas usam os telefones andando para todo lado?

– É sempre bom começar pelas áreas mais próximas da casa, da escola e do trabalho. Não vai te render tudo, mas você consegue o suficiente.

– E as mensagens enviadas por aplicativos, como Instagram ou aplicativos de mensagens?

– É para isso que servem os mandados de busca.

Eu concordo. Faz sentido. Para cada novo meio de comunicação, aparece uma nova maneira de capturar aquela informação.

– Tudo bem. Digamos então que já se passaram, sei lá, onze meses desde que uma investigação começou. Até o momento, você já teria os resultados de seus mandados de busca, dados de servidores, *backup* do celular.

– A menos que envolva ter de desbloquear alguma coisa pela Apple. Nesse caso, o processo ainda estaria correndo na justiça.

Eu sorrio.

– Cara, você é um chato. Me diz: todas essas informações novas que vocês conseguiram com seus mandados de busca e que foram recuperadas dos servidores confirmaram sua teoria inicial sobre o caso ou a alteraram completamente? – Eu o olho nos olhos. – Você ainda acha que Angelique estava trocando de roupa no começo da noite de uma sexta-feira para encontrar um amante misterioso?

É a vez de Lotham sorrir. Ele termina sua bebida de uma vez.

Ele não vai responder a essa pergunta e nós dois sabemos disso. Tudo bem. Queira ele ou não, ele já me fez um favor, porque saber quais informações são conhecidas já é metade da batalha. Posso solicitar cópias dos relatórios recebidos pela polícia e coisas do tipo por meio da Lei da Liberdade de Informação. Neste caso em particular, acho que eu provavelmente não conseguiria nada. Mas também posso perguntar à tia de Angelique, Guerline, se ela estaria disposta a pedir essas cópias. A maioria das famílias não faz ideia do que a polícia faz nos bastidores da investigação e ficam frustradas por serem deixadas no escuro, o que significa que a minha sugestão de que elas peçam algum documento específico quase sempre leva a resultados imediatos, mas também leva mais policiais a me odiarem.

– Você está pensando na hipótese do namorado – eu digo em seguida. – Posso dizer só pelo olhar no seu rosto que o que Kyra e Marjolie me disseram não foi novidade nenhuma para você. Você provavelmente já leu todas as mensagens e fuçou todas as fotos. Pelo amor de Deus, imagino a quantidade de draminha adolescente que você deve ter tido de repassar. Esses meninos guardam tudo no telefone.

Faço uma pausa para aumentar o drama.

– Quero dizer, todos, menos Angelique. Aquele telefone na bolsa dela não era seu celular verdadeiro. Ela tinha algum outro, provavelmente um desses modelos descartáveis baratos. E era nele que sua vida real acontecia, e é por isso que ela se sentiu à vontade para deixar para trás o aparelho aprovado pela família.

Lotham afina os lábios e alarga as narinas. Vim trabalhando nessa linha de pensamento a tarde toda. A julgar pela expressão dele, estou certa. Mas onde isso nos deixa?

Ainda tenho um segundo raciocínio. Mais triste, mais sério. A verdadeira razão pela qual o detetive Lotham está aqui. E é porque ele também entende que, quase um ano depois, ele ainda não está nem um pouco perto da verdade. E isso o perturba – tanto o que ele já viu quanto o que não consegue ver. Ele não quer que eu me envolva, porque nenhum detetive quer isso. Mas, ao mesmo tempo... e se meus passos errantes revelarem alguma coisa?

O detetive Lotham não me aprova. Mas ele também está desesperado. E, como qualquer bom detetive, ele sabe que não precisa gostar de mim para me usar como recurso.

Eu me afasto do balcão mais uma vez, acenando para o cliente que tenta chamar minha atenção. E já que estou a caminho, entrego os hambúrgueres da Viv ao trio de garotões flertadores e percebo que os três sanduíches estão cobertos de molho especial – afinal, compensa mesmo ter conexões familiares especiais. Limpo duas mesas recentemente desocupadas. Esfregar essa superfície com meu pano de prato desfiado me dá mais tempo para pensar.

Já passa das 23 horas. Temos apenas meia dúzia de clientes e quarenta e cinco minutos até o fechamento. Volto ao balcão e retomo minha posição em frente ao Lotham.

– O policial O'Shaughnessy me avisou sobre a atividade de gangues nesta área. Dezenas delas dispostas a matar qualquer um só para dominar um quarteirão. Sabe, eu li algumas coisas por conta própria antes de entrar na toca dos leões sem experiência nenhuma, sem treinamento nenhum. Houve um caso por aqui há alguns anos. Uma gangue precisava atrair um rival para matá-lo. Mas eles e as namoradas deles eram muito conhecidos por todo mundo. Então, eles recrutaram uma menina nova, sem histórico de envolvimento com gangues. Uma das namoradas se tornou amiga dela. Alguns meses depois, a pedido da nova amiga, essa menina nova convida o tal rival para encontrá-la no parque para uns amassos. Ele aparece... e vira estatística.

Inclino a cabeça em direção a Lotham.

– Angelique seria um bom alvo para esse tipo de esquema. Tímida, tranquila, além de inocente e bonita. Talvez tenha se tornado amiga de alguém, talvez tenha sido ameaçada, mas, seja lá por qual razão, acabou caindo em uma situação além de seu controle.

– Eu me lembro desse caso – acena Lotham. – Houve um tiroteio em retaliação pouco depois. Mais três morreram.

– Mas se foi isso – eu imagino, mais uma vez inclinando-me para perto –, por que ela não voltou para casa quando tudo acabou? A menos que algo pior tenha acontecido. Quem sabe um tiroteio seguido de outro tiroteio de retaliação, como você mencionou? Mas, nesse caso, vocês teriam mandado um bando de policiais para essas cenas de crime, e pelo menos um deles teria visto ou ouvido falar de Angelique.

– Verdade. Além disso, há outro problema com esse cenário.

– Por favor, diga.

– Esses bandidos não voam.

Levo um segundo, então entendo. Se Angelique estivesse se encontrando com algum novo amigo ou com gângsteres, ainda haveria alguma imagem capturada em vídeo. Talvez as câmeras tenham perdido aquele segundo no qual Angelique apareceria aqui ou atravessaria ali. Mas, se ela quisesse ir adiante naquela vizinhança, atravessando quarteirões e parques, fosse a pé, de metrô ou de carro... Seria impossível que alguma câmera em algum lugar não tivesse capturado sua imagem. A essa altura, eu não ficaria surpresa em saber que o detetive Lotham assistiu pessoalmente a todos os vídeos possíveis dezenas de vezes. Eu mesma já tive de fazer coisas assim, me debruçando sobre mapas repetidas vezes.

Foi assim que encontrei Lani Whitehorse, porque, no fim das contas, o lago era o único lugar para onde ela poderia ter ido, independentemente de a polícia local insistir que não havia marcas de pneus na lama nem arbustos achatados ao longo da margem que indicassem um acidente e justificassem o custo de uma busca na água. Não sei por que aconteceu assim, nem como uma caminhonete Chevy velha passou uma curva daquelas a quase trinta metros de um lago sem deixar nenhum rastro. Talvez nem tudo seja para ser entendido.

E, é claro, no caso de Angelique, ainda há outro cenário completamente terrível.

– Tráfico sexual – eu murmuro. – Garotas inocentes são frequentemente atraídas para essa realidade. E Angelique se encaixa bem no perfil. Talvez ela tenha pensado que só estava indo a um encontro com um cara novo em sua vida, mas... – Dou de ombros. – Ela nunca mais voltou para casa.

Lotham não responde de imediato. Ele gira seu copo, observando o licor branco revestir as lascas de gelo.

– A polícia de Boston tem uma unidade de tráfico humano. Eles podem pedir ajuda às agências de inteligência maiores, fazer reconhecimento facial e comparar com todos os serviços sexuais locais, fazer parcerias com o Centro Nacional para Crianças Desaparecidas e Exploradas. A prostituição não é mais só coisa de rua. Virou digital, também, como todo o resto. Os clientes fazem *login*, examinam o "menu" e fazem o pedido. É doentio, com certeza, mas isso também nos permite cobrir muito mais terreno usando a tecnologia. Então, digamos que, neste caso, a unidade de tráfico humano não tem nada de novo a relatar.

Stoney aparece na ponta do balcão com suas calças jeans surradas de sempre e camisa de cambraia azul. Ele olha para o relógio. Dois minutos para a meia-noite, pelo que vejo, mas aparentemente já é o suficiente para ele, que bate três vezes no balcão com a mão fechada.

Última chamada. Os clientes viram o final de suas bebidas, se levantam, acertam as contas. Um a um. Até restar somente o detetive Lotham. Stoney o encara, parece decidir que ele não representa ameaça e se retira para a cozinha.

Bocejo.

– Vai me ajudar a limpar? – eu pergunto, começando a empilhar copos sujos.

– Estou tentando te entender.

– Se alguém neste mundo conseguisse...

– Você realmente não trabalha por dinheiro.

– E eu lá desistiria desse tipo de vida imprudente que levo?

– Você literalmente vai de um lugar para o outro, de caso em caso, sem tirar um tempo, sem vida, sem entes queridos, nada no meio? Você é, o quê, algum tipo de justiceira dos tempos modernos?

– Sim, há muitos casos de pessoas desaparecidas em aberto por aí. Eu poderia viajar de cidade em cidade, de uma investigação para outra, para o resto da minha vida, e ainda assim não faria nem diferença no número total.

– Mas por quê? – Lotham vira o resto de sua bebida. Ele se levanta do banco, depois dá a volta no balcão até ficar bem na minha frente. Seus olhos não estão tão inexpressivos agora. Eles são escuros, profundos e infinitos. Ele realmente quer saber a meu respeito. Se ao menos eu tivesse alguma resposta.

– Acho que Kyra e Marjolie estavam certas – eu murmuro. – Se Angelique tivesse conhecido um rapaz, ela teria contado às duas. Talvez não para a tia e o irmão, mas as duas melhores amigas? Ah, elas iriam saber. Mas o mais provável é que ela tenha mesmo conhecido alguém. E que tipo de pessoa uma adolescente hesitaria em apresentar imediatamente ao seu círculo mais íntimo?

– Um homem mais velho?

– Ou uma nova amiga mulher. Alguém que poderia ser bom para Angelique conhecer, mas que representasse alguma ameaça ao seu grupo. Meninas nem sempre aceitam bem esse tipo de mudança.

Lotham me estuda atentamente, ainda tentando me virar do avesso para entender todas as minhas engrenagens. Quer saber exatamente o que me motiva.

Eu gostaria que fosse assim tão simples. Mas ele continua frustrado por não entender, e eu continuo sendo a antiga eu, com meus pensamentos rodopiantes, a pele vibrante, a ansiedade nas alturas.

Ele se afasta. Vai para longe. Em direção à porta.

Eu o sigo, preparando-me para trancar depois que ele sair. Do lado de fora, a rua está inundada por manchas de luz e sombra. O ar está mais frio, o semáforo de pedestres ilumina os vagabundos de sempre, que mantêm a cabeça baixa e os pés ligeiros.

– Vou me concentrar em potenciais novos amigos no mundo de Angelique, assim como um possível celular secundário descartável – digo a Lotham enquanto ele adentra a noite.

– Não é possível comprar um celular pré-pago em Massachusetts com menos de 18 anos.

– Isso nunca foi problema para um adolescente.

Ele balança a cabeça, claramente irritado pela minha persistência, mas não surpreso.

– Tenha cuidado lá fora. Coisas ruins podem acontecer, mesmo durante o dia.

– É engraçado você achar que estou me protegendo por só sair na luz do dia.

Fecho a porta, girando a tranca enquanto Lotham ainda está lá fora em choque com a minha atitude. Dou um último tchauzinho, depois volto ao balcão para terminar a limpeza antes de começar minha próxima aventura.

CAPÍTULO 9

O mundo seria um lugar melhor se mais pessoas passassem o tempo tomando café barato nos porões das igrejas. Muitos pensam que devemos compartilhar as mesmas crenças para conviver bem. Na minha experiência, compartilhar os mesmos medos é uma estratégia muito mais eficaz.

No momento em que tomo caminho pelas escadas da igreja congregacional, já estou um pouco sem fôlego. Reivindico uma cadeira de metal dobrável mais no fundo, de onde posso observar e entender melhor como funcionam as coisas. A sala, como tantas onde já me sentei, tem um carpete comum, um teto rebaixado e paredes cobertas por uma combinação de arte infantil e passagens bíblicas emolduradas. Cheira a café e mofo.

Mais uma vez, sou a única pessoa branca no recinto. Aqui, no entanto, tenho como me desvencilhar do rótulo de forasteira. Nesta sala, etnia, sexo, idade, nível de renda, nada disso importa. Curiosamente, a religião também não. Embora o AA tenha sido fundado com base nos princípios de Deus, ao longo dos anos sua linguagem evoluiu no sentido de reconhecer um poder superior mais geral. Chame esse poder do que quiser; até mesmo os ateus têm algum tipo de espiritualidade. A questão é que estamos todos aqui porque reconhecemos ter um problema com o álcool. Desejamos sobriedade e compreendemos que, quando se trata dessa questão, precisamos de ajuda para superar.

Mal entro na sala e outros AAs já se viram para mim com um aceno em saudação e uma mão estendida em boas-vindas. Temos um velho veterano de guerra grisalho com casaco do exército, um jovem garoto negro vestindo uma camiseta, uma mulher que ainda está dobrando seu avental de cozinha. Nos apresentamos uns aos outros antes do início da reunião. Tenho dificuldade em guardar todos os nomes ou entender todos os sotaques, mas sorrio para eles com sinceridade. Outro princípio básico ali: todos são bem-vindos e são dadas boas-vindas a todos. Somos companheiros de luta travando uma guerra compartilhada contra um inimigo comum. E nos reunimos esta noite para compartilhar os horrores da guerra, enquanto preparamos uns aos outros para mais um dia de batalha.

Há poder na humildade. Foi uma das lições mais difíceis que já tive de aprender. Como as outras almas nesta sala, eu vivo em terreno instável. Cada momento é uma escolha, e, mesmo com todas as minhas boas escolhas, estou a um único erro de distância de precisar recomeçar minha jornada do zero. Como alguém que já recaiu duas vezes, sei melhor do que ninguém que não posso me dar ao luxo de ser arrogante ou negligente. Não importa aonde eu vá, estas reuniões, este grupo, estes "estranhos que não são realmente estranhos" são a chave para a minha sobrevivência.

Cada reunião tem um foco diferente. A de hoje foi listada no panfleto como "Grande Livro", o que significa que leremos do livro em voz alta, um de cada vez, e depois o discutiremos. Perdi a conta de quantas vezes já repassei aquele tomo gigante até hoje, mas este formato de reunião ainda é um dos meus preferidos. Há algo de reconfortante em revisitar palavras escritas há oitenta anos que ainda encontram acolhida hoje. Já posso sentir meus ombros relaxando, a pressão no meu peito se aliviando. Estou finalmente em meio aos meus, em meio a nós, a dúzia de bêbados jovens-velhos-brancos-pretos-brancos-ricos-pobres-ateus.

Um cavalheiro mais velho se senta à mesa principal. Parece ser um veterano desse tipo de encontro. Inicia a reunião com a Oração da Serenidade, que soa ainda mais bonita em seu inglês carregado de francês, e depois passamos para a reunião propriamente dita. É a minha vez de ler em voz alta, embora minha voz esteja um pouco trêmula. Estamos no início do Grande Livro, no capítulo que nos apresenta a verdadeira natureza da doença e a terrível perfídia que reside na mente alcoolista.

Concordo de todo coração. Minha mente é uma besta traidora que devo monitorar o tempo inteiro. Penso em todos aqueles jogos de justificativas que eu costumava jogar: "preciso de uma bebida", "mereço uma bebida", "juro que vou parar depois da primeira".

Esteja louco, triste ou feliz, como se diz, todos bebemos porque nos sentimos sozinhos. Bebemos porque nos apaixonamos. Bebemos para conseguir dormir. Bebemos para acordar.

Eu bebia porque isso me fazia sentir viva. Depois bebi porque não queria mais viver.

Agora, me sento aqui. Um dia de cada vez.

Sinto que aqueles que comparecem a essas reuniões sempre recaem em duas categorias: os que encontram conforto em compartilhar suas histórias e os que encontram conforto em ouvir outros compartilharem histórias que poderiam ser as suas próprias. Eu estou no segundo grupo. Raramente falo durante o tempo de discussão ou ofereço minha história. No entanto, eu realmente gosto de ouvir sobre as histórias dos outros. Sobre o jeito como somos todos diferentes e, no entanto, parecidos.

Essa noite, falando sobre a natureza dessa doença, dessa alergia ou como você quiser chamar, reconheço os elementos clássicos da história da minha própria vida. Um legado familiar de alcoolismo. Um pai que era um bêbado crônico, uma mãe que era uma facilitadora crônica. Chegar àquela fase estranha e cheia de ansiedade do ensino médio sem saber quem eu era ou de onde pertencia – e aí, por isso, entornar com vontade uma cerveja numa festa ou roubar uma dose da bebida dos meus pais antes de entrar no ônibus escolar. Aquela sensação mágica de um quase derretimento que vinha logo em seguida. Aquela sensação tão familiar, quase primitiva. Eu gosto daquilo. Eu quero aquilo. Eu *preciso* daquilo.

Mesmo agora, eu me lembro com saudade das minhas primeiras experiências com a bebida. Aqueles primeiros dias felizes com ela, de puro amor, antes de perceber o quão tóxico e abusivo aquele relacionamento estava prestes a se tornar.

O veterano compartilha sua história de como chegou ao fundo do poço. Sua esposa o chutando de casa, seus filhos se recusando a atender suas ligações. Passou meses dormindo nas ruas até que outro veterano o encontrou e o arrastou ao hospital para começar a desintoxicação. Vejo mais gente concordando pela sala.

Eu não fui tão fundo assim. Foi mais como ir caindo aos poucos em uma série de ondas – para baixo, mais para baixo, um pouco mais para baixo. Aos 20 anos, todo o meu estilo de vida girava em torno da bebida. Eu existia para beber e bebia para existir. Na maior parte, tenho lembranças obscuras e rodopiantes de luzes neon e uma risada estranha e horrível ressoando em meus ouvidos. Somente quando fiquei sóbria percebi que aquela risada era a minha própria, então é claro que voltei a beber.

Depois veio Paul. Estendendo sua mão. Se oferecendo para me salvar. No início, foi o suficiente.

Só mais tarde veio o difícil reconhecimento de que ninguém pode salvar você de si mesmo.

A reunião chega a uma hora de duração. Cada um de nós tira um dólar, coloca na cesta e então se levanta. Estou curiosa: será que esse é um grupo que reza o "Pai-Nosso" ou não? As reuniões mais tradicionais terminam com a oração, mas cada vez mais grupos se afastam dessa orientação. Ah, esse grupo é tradicional. Tomo a mão de uma mulher negra mais velha à minha direita e de um taxista cujo sotaque ainda não identifiquei à minha esquerda. Recitamos as palavras juntos, e uso aquele momento para me concentrar na sensação da mão do meu vizinho segurando a minha, para me lembrar que esta hora conta para algo, que minha sobriedade vale a pena. Que todos nós valemos a pena.

A reunião termina. Ajudamos a empilhar livros e a recolher as xícaras. O veterano do exército tem a tarefa de preparar o café. Paro ao lado dele para enxaguar a cafeteira enquanto ele guarda o leite e o açúcar. Seu nome é Charlie. Eu me apresento novamente enquanto fazemos a limpeza juntos, explicando que acabei de me mudar para a área.

O líder da reunião vem até mim. Ele tem dois panfletos na mão, além de uma folha de caderno.

– É uma lista das reuniões diárias – ele me informa, entregando o panfleto verde. – E mais informações sobre os próximos eventos do AA – entrega o panfleto azul.

Seco as mãos com uma toalha de papel e leio os dois panfletos. A vantagem das grandes cidades é que elas têm grupos robustos de AA. Eu não tinha nenhuma dessas opções no lugar onde estava antes. Mais especificamente, não havia reuniões do meio da noite para contemplar pessoas como nós, da indústria de alimentação, que largam serviço depois da meia-noite e precisam de apoio antes de voltar para casa.

– Arnold – diz o homem, estendendo a mão novamente. Saudações abundantes são um estilo de vida dos AA. Todos sabemos o que é se sentir perdido em uma multidão.

– Frankie. E obrigada pela lista de telefones. – Mostro a folha de caderno.

– O de cima é meu. O terceiro é do Charlie. – O veterano concorda com a cabeça. – O segundo, aqui, é da Ariel. – Ele aponta para a mulher que estava vestindo o avental e ela se aproxima para me cumprimentar.

– Precisando de qualquer coisa... – Arnold aponta para a lista, indicando que eu deveria me sentir livre para usá-la.

– Obrigada mesmo – respondo com toda sinceridade. Dez dias, dez meses, dez anos, nunca se sabe quando a próxima fissura vai bater. Naqueles momentos, uma única conexão com a pessoa certa pode fazer toda a diferença.

Mesmo depois do fim do nosso relacionamento, eu ligava para o Paul com frequência. Uma da manhã, duas, três. Não importava a hora.

Eu ligava para ele. Segurava o telefone no ouvido. Ouvia o som de chamada, seguido do clique de alguém atendendo do outro lado.

Ele não falava nada. Não precisava falar. Sabia que era eu, assim como eu sabia que era ele.

Ficávamos deitados juntos e em silêncio. Eu me concentrava no som de sua respiração, sentia como se seu coração pulsasse contra a palma da minha mão nos tempos em que ainda estávamos juntos, e me pressionava junto a ele no meio da noite para evitar que meu corpo, meus pensamentos, minha própria sanidade fugissem do controle.

Minuto a minuto. Até que fosse o suficiente para mim.

Então eu desligava o telefone e me separava dele mais uma vez.

Duas semanas atrás, após o funeral de Lani Whitehorse, quando meu trabalho estava feito e meu objetivo alcançado e eu estava deitada na cama do meu quarto de hotel barato, sentindo todo o vazio e a tristeza desabarem sobre mim, liguei novamente para o número dele.

Só que, desta vez, não houve silêncio do outro lado.

Desta vez, uma mulher atendeu.

– Você precisa parar com isso – ela disse. Então, de forma mais indelicada: – Você precisa de ajuda.

Desliguei o telefone com o coração disparado no peito. Depois me enrolei em posição fetal e me esvaí em lágrimas.

A verdade pode causar esse efeito na gente.

– Olha – digo agora, dirigindo-me às três pessoas à minha frente. – Preciso comprar um telefone novo. Algo simples e barato, tipo um descartável. Vocês sabem onde posso encontrar isso por aqui?

– Tem uma loja T-Mobile virando a esquina – Ariel responde. Ela está abotoando uma jaqueta leve.

– Será? Lá parece caro.

Arnold não diz nada, mas o veterano Charlie concorda com a cabeça. Imaginei que, se alguém fosse concordar, seria ele. Engraçado como qualquer viciado pode identificar alguém que gosta de pechinchar. Somos ótimos em julgar o caráter das pessoas. Só não nos pergunte sobre nós mesmos.

Fico por perto de Charlie enquanto Arnold e Ariel sobem as escadas.

– Você quer um bem barato mesmo? – pergunta Charlie, chegando ao interruptor de luz.

– Bastante. Acabei de voltar a trabalhar, então estou totalmente sem fundos.

– Eu faço um trabalho voluntário no centro recreativo – diz ele, apagando as luzes e me direcionando para as escadas. – Já ouvi os meninos lá falarem sobre celulares de depois do expediente.

– Como assim "depois do expediente"?

– São vendidos depois do horário de fechamento das lojas. Você vai ver um cara ou dois espreitando do lado de fora das operadoras. Eles têm telefones antigos com cartões SIM novos. Mas estou falando de antigos mesmo. Daqueles com *flip*, esse tipo de coisa.

Faço que entendi com a cabeça.

– Muitos meninos pegam esses. Dá para usar por um mês ou dois, saem a dez ou vinte dólares cada.

Penso que, se eu fosse uma adolescente entrando numa vida secreta com fundos bem limitados, essa faixa de preço estaria excelente.

Baixo a voz para um sussurro bem falso.

– E eu tenho de perguntar por alguém ou é só procurar um cara de sobretudo?

Charlie sorri para mim. Gosto da barba dele. Ela se encaixa bem em seu rosto largo e robusto. Ele daria um excelente ursinho de pelúcia.

– Uma mocinha feito você precisa ter cuidado ao sair perguntando por aí. Alguns desses meninos vivem uma vida bem suspeita, com certeza.

Presumo que ele se refira a gangues. O que faz sentido. Os celulares são financiamento adicional para atividades ilegais.

– Não sou nada ameaçadora – asseguro a ele. – Se algum garoto quiser ganhar reputação, dificilmente vai se preocupar com uma magricela branca de meia-idade. Francamente, seria muito embaraçoso para ele.

Charlie sorri novamente.

– Você não tá errada, mocinha. Não tá mesmo.

– Então você trabalha no centro recreativo? – pergunto quando saímos. Ele tranca a porta da igreja.

– Sou voluntário três tardes por semana. Tento fazer a minha parte para endireitar esses meninos. Vivi aqui a maior parte da minha vida. Vi de tudo, os bons, os maus e os feios. Sei o que eles passam.

– Conheceu Angelique Badeau?

– A menina desaparecida? – Charlie para e olha para mim. – Por que você tá me perguntando dela?

– Ouvi falar sobre o caso dela. Me deixou curiosa.

– Já vi essa menina lá no centro – diz Charlie, lentamente. – Mas não posso dizer que a conheci mais do que isso.

– E eu poderia passar lá para dar uma olhada?

– Não vejo por que não. A melhor hora é depois da escola ou no fim de semana. Isso se você quiser ver os meninos lá.

Charlie me examina. Talvez ele espere que eu queira ser mentora de algumas das meninas, ou que ofereça meu tempo como voluntária, ou que fale de beber com responsabilidade com os adolescentes. No entanto, ele não está entendendo bem a razão das minhas perguntas, e certamente algum radar interno dele apitou. Mentirosos são muito bons em detectar outros mentirosos. Mas ele não me pressiona. Talvez pergunte alguma coisa na próxima vez que nos encontrarmos.

Estamos fora da igreja agora, em uma ampla avenida. Tenho de andar oito quarteirões até o Stoney's. A primeira rua é toda banhada pelas luzes dos postes, mas a vista um pouco mais adiante rapidamente se desvanece em um túnel escuro. Enfio as mãos nos bolsos do casaco e aprumo os ombros. É agora ou nunca.

– Posso ir andando com você – Charlie oferece.

Eu balanço a cabeça.

– Está tudo bem. Não vou muito longe e tenho alguns truques na manga.

Charlie fica claramente dividido quando digo isso. Mas acabamos de nos conhecer, e parte de ser um viciado é aprender a importância de ter limites. O trabalho dele é cuidar de si mesmo, assim como o meu é cuidar de mim. Nós dois ficaremos melhores assim.

Ele finalmente dá de ombros, indo na direção oposta. Deixo que ele se vá primeiro, observando sua figura ampla se misturar à escuridão. Então, parto em um ritmo bem mais rápido.

O primeiro quarteirão está vazio de pedestres. Só carros passam, alguns diminuindo a velocidade, outros aumentando, e ignoro a todos. Estou fora da avenida iluminada agora, em uma rua residencial menor e mais escura. Nenhuma sombra se desprende do escuro. Nenhuma passada ecoa ao meu redor.

Continuo a me apressar, um quarteirão depois do outro. A duas ruas de meu destino, vejo quatro figuras à minha frente. Estão amontoadas perto de uma árvore na esquina de um lote de mato alto. Definitivamente são homens, mas, fora isso, está escuro demais para dizer qualquer outra coisa. A atenção deles está um no outro, e nem parecem me notar quando atravesso para o outro lado a fim de aumentar a distância entre nós.

Há algo tão furtivo naquele grupo que os pelos na minha nuca se arrepiam instintivamente. Um deles está com as calças abaixadas ao redor dos joelhos. Não quero ver, mas não consigo desviar o olhar.

Então espio de novo, vagamente iluminada pela luz de uma varanda distante. Há uma agulha enfiada na parte interna da coxa do homem. Segue-se um olhar extasiado em seu rosto. Seus companheiros se aproximam mais, um deles já pegando a agulha e ansioso pela sua vez.

Eu sigo rapidamente. Eles nem me notam. São só cinco viciados compartilhando um breve momento do qual quatro de nós nunca se lembrarão.

Chego ao meu apartamento. Fecho a porta atrás de mim. Me lembro de não tirar as meias, e finalmente caio exausta na cama.

*

O ruído baixo parecendo um motor. Primeiro eu o ouço, depois sinto o peso bem sólido e quente sobre meu peito.

– Boa noite, Piper – eu murmuro.

Mais do barulhinho.

Então, ambas adormecemos novamente.

CAPÍTULO 10

Na manhã seguinte, Piper já havia desaparecido mais uma vez. Para evitar repetir o erro do dia anterior, saio da cama pela ponta do colchão, dando o maior passo possível para alcançar o chão lá longe. Nenhuma garra pula em minha direção. Eu me movo cautelosamente até a área da cozinha e noto duas coisas imediatamente: a bacia de água dela precisa ser reabastecida e há dois camundongos estripados no meio do piso. Viv não estava brincando: Piper faz por merecer seu sustento.

– Isso é para me impressionar? – pergunto à minha colega de quarto. – E o que eu faço com esses cadáveres agora? Jogo fora? Tiro as orelhinhas e faço um colar?

Encontro uma sacola plástica em uma das gavetas da cozinha e relutantemente a uso para recolher os restos. Mesmo assim, resta uma mancha vermelho-acastanhada no chão. Um nojo. Corro rapidamente para debaixo do chuveiro antes que minha colega de quarto felina possa fazer mais declarações.

Dez da manhã. Tenho cinco horas antes de me apresentar para o trabalho e muitas rotas de investigação a serem seguidas. Quero ver que história é essa de celulares de "depois do expediente", embora ache que isso vai ter de esperar por uma noite de folga. Também tenho mais perguntas a fazer à família de Angelique, agora que estou mais familiarizada com o terreno. Me pergunto se Guerline me deixaria dar uma olhada no quarto da sobrinha, então me lembro que a menina não tem um quarto de verdade. Mas talvez ainda haja pertences dela na sala de estar ou algo assim.

A maioria das pessoas não percebe como a privacidade é um luxo do ponto de vista financeiro. Quarto individual, tempo para ficar sozinho, espaço dedicado ao trabalho – essas coisas custam dinheiro.

Angelique tinha de dormir em um cômodo compartilhado por toda a família, ao passo que provavelmente fazia os deveres de casa na mesa da cozinha, em um *notebook* de segunda mão, e só depois que o irmão já tivesse terminado.

Isso significa que, se ela quisesse guardar segredos, um diário talvez não estivesse fora de questão. A polícia com toda certeza remexeu as coisas dela, assim como sua tia e seu irmão. Mas é neste ponto que um novo olhar isento não faria mal nenhum.

Talvez eu pudesse conseguir que Guerline se encontrasse comigo em seu apartamento, durante o horário de almoço. Isso faz com que esta manhã seja um bom momento para visitar o centro recreativo. Mesmo que não haja jovens por lá neste horário, será útil conhecer o pessoal que trabalha lá, alguns dos quais talvez se lembrem de Angelique e do verão antes do seu desaparecimento.

Vale a pena tentar.

Amarro os cadarços, visto a jaqueta verde-oliva rapidamente, desço as escadas e saio pela porta lateral do edifício.

Então dou de cara com minha segunda surpresa da manhã.

Emmanuel Badeau, que claramente matou aula, está esperando impacientemente por mim.

– Tenho uma coisa para te mostrar – diz ele sem rodeios, afastando-se do edifício. – Mas você não pode falar para a minha tia.

Não tenho tempo para dizer nem que sim nem que não, pois ele já vai abrindo a mochila e tirando o *notebook* surrado.

Eu volto, destranco a porta e o levo até o bar do Stoney.

– Você não conhece minha irmã – ele começa. – As pessoas acham que, só por ser adolescente, ela é bobinha ou burra ou impulsiva. E ela não é nada disso.

– Água? – eu ofereço.

– Café – ele pede.

– Você tem o quê, 13 anos?

Emmanuel me olha impassível. Pelo jeito, beber café aos 13 não é nada chocante no mundo em que ele vive. Vou à cozinha para preparar uma garrafa de café, porque eu certamente vou precisar de uma xícara, e dou a ele tempo para ligar o *notebook*. Quando volto, ele já está sentado na mesa mais distante da entrada do bar, o rosto franzido diante da tela do computador. A máquina faz um zumbido estranho que não me soa nada natural. Sem se abalar, ele levanta o fino aparelho e o bate na mesa. O rangido para. Noto que a carcaça surrada está coberta de adesivos. Tem de tudo ali, de cafeterias favoritas até a bandeira haitiana, passando pela logo do Red Sox. Dá para aprender muito sobre uma pessoa observando seus adesivos. Até o momento, deduzo que Emmanuel tem os mesmos interesses que qualquer adolescente comum.

– Açúcar? Leite? – pergunto.

A resposta é "Tudo". Emmanuel adiciona os extras em quantidade suficiente para transformar a bebida em um *milkshake* sabor café. Tomo meu primeiro gole do líquido quase fervendo e me convenço de que não ficaria mais gostoso com uma dose de Baileys. Nem de Kahlúa. Nem mesmo daquele tal de RumChata.

Emmanuel vira o *notebook* para o meu lado da mesa. Levo um momento para entender o que estou vendo.

É como um quadro de avisos virtual, cheio de fotos de sua irmã e do que parecem ser cópias digitalizadas de artigos de jornal. Há comentários em balões aqui e ali e palavras fortemente rabiscadas em certas seções em negrito.

Irmã mais velha. Filha carinhosa. Estudante nota 10.

É uma colagem digital. Sem pedir permissão, pego o *notebook* e o aproximo de mim. Estudo cada imagem, cada citação destacada.

Uma foto desbotada de um bebê com o rosto coberto de bananas amassadas. Outra de uma menina sentada em um sofá velho ao lado de um bebê, com a mão na cabeça dele como se ele fosse um bichinho de estimação. Na foto seguinte, Angelique e seu irmão ainda bem pequeno estão de mãos dadas, sorrindo em frente a um balanço caseiro.

Em seguida, fotos mais recentes. Angelique sentada à mesa no apartamento, pronta para começar seu dever de casa. Angelique no sofá levantando a mão exasperadamente, como se quisesse afastar o fotógrafo. Angelique dormindo no sofá, enrolada em uma colcha colorida puxada até o pescoço e com um livro de Anatomia sob o queixo, que deve ter caído quando ela adormeceu.

Angelique sorrindo aquele mesmo sorriso tímido de seu anúncio de desaparecida. Mas também Angelique gargalhando, Angelique trabalhando. Angelique, 15 anos de idade, crescendo, ali, diante dos meus olhos.

Então, começo a examinar as palavras destacadas e entendo tudo.

– Foi você – murmuro, olhando para Emmanuel. – É você que continua postando essas coisas *online*, visitando os fóruns de mensagens. Você e suas postagens que me trouxeram aqui.

– Não era para ser necessariamente você. – Ele franze o rosto em desagrado.

– Me fale mais sobre isso. – Eu empurro o *notebook* de volta para ele. – Como você fez isso? Por quê?

Ele para por um momento, organizando seus pensamentos.

– Naquela sexta-feira, quando minha irmã não voltou para casa, quando minha *mamant* chamou o policial O'Shaughnessy... Eu vi que eles não estavam levando a situação a sério. Diziam "Ah, ela vai voltar para casa". Disseram que talvez ela tivesse ido resolver alguma coisa ou saído com os amigos. Era só "Não se preocupe, não se preocupe, não se preocupe. Essas coisas acontecem com adolescentes". Só que esse tipo de coisa não acontece com a minha irmã. Não com a Lili.

Esse é seu apelido íntimo para a irmã, de quando ele era pequeno e não conseguia pronunciar Angelique. Eu tinha lido sobre isso *online*. Foi um detalhe fornecido por Emmanuel, percebo agora, a fim de humanizar sua irmã. De torná-la mais real não apenas para simpatizantes, mas para qualquer predador que pudesse estar com ela.

– O policial O'Shaughnessy prometeu que perguntaria por aí. Ele até chamou um detetive para deixar minha tia mais tranquila, e mais oficiais apareceram para interrogar nossos vizinhos. Mas eu logo percebi que eles não acreditavam que tivesse algo errado. Pensavam que, a qualquer momento, a porta ia abrir e minha irmã ia aparecer.

– Eles entrevistaram seus vizinhos?

– No quarteirão todo, e nos arredores. Pelo menos aqueles que atenderam à porta.

– É o "bater e perguntar" – murmuro. O início de qualquer busca.

– Pois é, só que eu também fiz meu próprio "bater e perguntar". – Emmanuel se apropria daquelas palavras oficiais. – E também procurei as amigas da Lili. Quando elas disseram que nem tinham ideia de onde ela poderia estar, eu sabia que havia algum problema. E entendi que a polícia não seria capaz de nos ajudar. Mas eu não posso sair batendo em todas as portas de todos os lugares. Não posso obrigar os adultos a falar comigo ou forçar a polícia a me ouvir. Então eu fiz isso aqui. Para manter minha irmã viva. Para que o mundo todo saiba quem ela é. Para que, talvez, alguém nos chame se a vir. Ou então... – Ele apruma os ombros. – Se alguém estiver com ela, vai ver que ela é filha, irmã, sobrinha de alguém. Que ela é gentil e inteligente. E essa pessoa deixaria ela voltar para casa.

– E o policial O'Shaughnessy? Pensei que sua tia gostasse dele.

– Ela gosta do fato de que ele fala *créole*. Que ele bebe suco de graviola e traz para a gente os hambúrgueres caseiros da mãe dele. Ele é amigo da família, mas não é como nós. É um cidadão norte-americano cuja família veio do Haiti. Minha tia, minha irmã, eu, nós somos haitianos que agora vivem nos Estados Unidos. Ele nunca sentiu o chão tremer debaixo dos pés. Ele não entende que isso pode acontecer de novo.

Pela maneira como Emmanuel fala, percebo que ele não está se referindo apenas ao terremoto que arruinou Porto Príncipe dez anos antes. Está falando de sua vida no presente, tomada por um futuro incerto.

– Você está feliz aqui? – pergunto. – Você... você e Angelique... querem ficar?

– Nós queremos ser cidadãos norte-americanos. Queremos muito. A Lili não falava de outra coisa.

– Já ouvi falar das complicações do visto de vocês. Que já venceu uma vez e que ainda pode ser revogado. Angelique estava com medo de ter de voltar para o Haiti? Será que ela sequer se lembra de sua terra natal?

– Você não entende minha irmã – repete Emmanuel.

– Não entendo, mas gostaria – digo com sinceridade. – Gostaria e muito.

Emmanuel suspira. Ele se inclina para a frente e assume aquele olhar que as pessoas reservam especialmente para falar com idiotas.

– Eu não me lembro do Haiti. Eu tinha 3 anos quando saímos de lá. Não lembro nem da minha própria mãe. Reconheço o rosto dela nas fotos, reconheço sua voz no telefone. Mas o resto já faz muito tempo.

Eu entendo.

– O que consigo lembrar é da escuridão. De acordar com um barulho que me assustou muito. Eu não sabia o que era, porque eu era muito pequeno. Mas acordei e entendi, mesmo sem ver nada, que alguma coisa muito ruim estava acontecendo. Então ouvi minha mãe chorando, suplicando. Ela ficava repetindo "não, não, não" um monte de vezes. Depois ouvi outro som terrível. Uma batida forte. Como carne batendo contra carne.

Não sei bem o que dizer.

– Eu não consegui me levantar. Fiz xixi na cama de tanto terror. Então Lili pegou minha mão no escuro. Me disse que era só a TV, ainda que nós dois soubéssemos que não era. Ela cantou uma musiquinha para mim, uma de nossas preferidas, e depois de um tempo eu comecei a cantar com ela.

– Ela tinha quantos anos nessa época, uns 6?

Emmanuel faz que sim com a cabeça. Seu olhar está distante, seu rosto jovem com uma expressão grave.

– Um tempo depois, a terra começou a tremer e os quadros caíram da parede, e lá estava minha irmã novamente, agarrando minha mão, me puxando para fora, para o pátio aberto. Ela me mandou ficar ali. Então desapareceu dentro de casa. Eu queria ir atrás. Estava tão assustado. As pessoas estavam gritando. Achei que eu fosse morrer. Pensei que nós todos fôssemos morrer, e não tinha nada que eu pudesse fazer.

– Você só tinha 3 anos – eu o lembro gentilmente.

– Quando voltei a ver minha irmã, ela estava segurando a mão da minha mãe. Acho que minha mãe não conseguia encontrar minha irmã. Acho que foi Lili quem voltou para buscá-la. Acho que Lili levou a mamãe para fora da nossa casa logo antes de ela desabar.

Angelique, apenas 6 anos. É possível, suponho, mas também me pergunto o quanto dessa lembrança foi turvada pela visão de um garotinho que idolatra a irmã mais velha.

– A gente tinha pai – Emmanuel continua. – Eu nunca vi fotos dele. A Lili, minha tia, minha mãe, ninguém nunca fala dele. Eu me lembro da voz dele. Eu me lembro dos punhos dele. E me lembro que a Lili não o levou para fora da nossa casa.

Essa parte me pega desprevenida. Eu me recosto na cadeira, tentando entender aquilo em que Emmanuel claramente acredita: que Angelique, aos 6 anos, não só salvou a ele e a mãe durante o terremoto, mas também, deliberadamente, deixou para trás seu pai abusivo.

– As pessoas dizem que a Lili é tímida. Ela não é tímida – diz Emmanuel com convicção. – Ela é focada. Ela tem lá suas amigas, mas elas são só umas meninas bestas com sonhos bestas. A Lili tem uma missão. Ela não quer apenas se salvar, mas salvar a nós dois.

– Ela tinha algum plano para proteger vocês dois de uma deportação?

– Ela começou a fazer aulas *online*. – Emmanuel aponta para o *notebook*. – Dois cursos extras por semestre. Ela disse que não podia arriscar que seu visto não durasse mais três anos até a formatura. Mas ela poderia pegar mais pesado para se formar mais cedo, para poder entrar na universidade e conseguir um visto de estudante. Então ela estaria segura.

– E quanto a você e sua tia?

– Minha tia tem um *green card*. Ela já está aqui há bastante tempo. Mas ela diz que, se a Lili e eu formos embora, então ela também voltará para o Haiti. Estamos juntos há tempo demais para ela se separar de nós agora. Somos filhos dela, do corpo da irmã dela, mas do coração da nossa tia.

Imagino como isso deve soar ainda mais bonito em *créole*.

– Então, se Angelique conseguisse um visto de estudante...

– Ela e minha tia estariam a salvo. E aí talvez elas pudessem fazer um pedido só no meu nome, ou ganhar mais algum tempo. Lili me dizia para não me preocupar. Ela sempre me disse para não me preocupar.

– Você não acredita que ela simplesmente foi embora para evitar a deportação?

– Nunca.

Aponto com o queixo para o *notebook*.

– Você e ela compartilhavam isso aí?

– Sim.

– A polícia deve ter examinado.

– Eles levaram o computador, guardaram por meses até que o policial O'Shaughnessy o pediu de volta. Ele sabia que eu precisava dele para as coisas da escola.

– E eles encontraram alguma coisa?

– Não. Mas eu sabia que não iam encontrar.

Olho para Emmanuel muito séria.

– E isso porque você ficou com o *notebook* por pelo menos um fim de semana inteiro antes que a polícia começasse a se esforçar de fato no caso, e aí, nesse tempo, você...?

– Não, eu não deletei nada. Não tinha nada para remover. – Emmanuel toca levemente o teclado. – Minha irmã adora matemática e ciências. Ela lia livros sobre quebrar códigos e fazia intermináveis quebra-cabeças numéricos quando precisava se acalmar. Ela vai ser médica. Nenhum de nós duvida dela. Mas este aqui é o meu superpoder. – Seus dedos dançam por cima do teclado. – À meia-noite daquela sexta-feira, quando Lili ainda não tinha chegado em casa, foi aqui que eu comecei a procurar. Destrinchei cada *gigabyte* de dados do disco rígido. Nada. Quando a polícia pediu o computador na segunda-feira, eu pensei "Para quê?". Como sempre, eles tinham chegado tarde demais.

– Mas sua irmã é muito inteligente. E não é verdade que existem uma infinidade de aplicativos para ajudar os jovens a evitar a espionagem dos pais?

Emmanuel dá de ombros.

– A Lili pode guardar segredos da nossa tia, mas não guardaria de mim.

– E o telefone dela?

– Não está conosco. Estava na mochila dela, ou eu também já teria vasculhado ele todo.

– Você já viu algum celular diferente em casa? Talvez alguma coisa bem antiga, como daqueles de *flip*... – Deixo minha voz se esvair.

– Um telefone de "depois do expediente"? Muitos meninos têm desses.

– Então vocês todos sabem a respeito disso, incluindo Angelique?

– Sim – Emmanuel hesita. – Uma vez, percebi uma coisa que eu achei que poderia ser um telefone escondido debaixo da papelada da escola de Angelique. Mas então sumiu, nunca mais o vi.

– Quando foi isso?

– Há mais de um ano. Talvez em setembro do ano passado.

– Dois meses antes do desaparecimento de Angelique?

Ele confirma.

– E quanto ao centro recreativo?

– O que tem ele?

– Eu soube que Angelique passou lá o verão antes das aulas.

– Eles têm um programa diurno de atividades para adolescentes. – Emmanuel acena com a cabeça. – Nós dois frequentamos.

– Com os amigos da escola?

– Com os amigos do bairro. A maioria dos nossos colegas da escola mora longe.

– Então, muitos meninos novos?

– Sim.

– E você fez novos amigos?

– Sim.

– E Angelique?

Ele encolhe os ombros.

– Ninguém que ela tenha mencionado. Tinha a Marjolie, claro. Elas andavam juntas todos os dias.

– Algum rapaz?

Emmanuel volta a se endireitar na cadeira.

– Agora você está parecendo os trouxas da polícia.

– Desculpe.

– Minha irmã não conheceu nenhum menino. Ela não me deixaria, nem a minha tia, nem os sonhos de fazer medicina só por um garoto qualquer.

Há tanto desdém na voz de Emmanuel que me pergunto se ele não está relutante demais. Mas o que ele diz em seguida me pega desprevenida.

– "Acho que Deus tem um senso de humor doentio, e, quando eu morrer, espero encontrá-lo rindo" – ele cita repentinamente.

Levo um momento para identificar.

– Espera aí, isso não é Depeche Mode? O que essa música da minha época de escola tem a ver com o assunto?

– Música dos anos oitenta é muito popular – Emmanuel diz seriamente.

– Ainda não entendo o que você quer dizer.

Ele olha em volta, como se esperasse o aparecimento repentino de espiões, então sussurra calmamente:

– A Lili não acredita em amor. Também não acredita em Deus. "Ninguém vai nos salvar, *ti fre*", ela me dizia o tempo todo. Quando eu acordava de um pesadelo, quando chorei pela primeira vez com saudades de casa, lá vinha ela: "Ninguém vai nos salvar, *ti fre*, mas está tudo bem, pois nós mesmos nos salvaremos". É nisso que minha irmã acredita. Na sua própria força, na sua determinação, no seu plano. Ela não esperava que nossa tia magicamente garantisse nossos vistos, ou que algum advogado qualquer entrasse com um processo em nosso nome. A Lili só acredita na Lili. A gente vai ficar bem porque *ela* vai trabalhar duro o suficiente para que seja assim. – Ele faz uma pausa. – Mas você não pode dizer isso à minha tia. Isso partiria o coração dela.

Concordo lentamente, inclinando-me para trás em silêncio. A irmã que ele descreve, uma menina que, aos 6 anos, supostamente teve a coragem de salvar a própria mãe e o irmão, e que ainda estava ativamente em busca de um futuro melhor para todos eles...

Acho que eu teria gostado muito de conhecer essa garota. E quero acreditar que ela nunca se desvirtuaria por algo tão volúvel quanto um pouco de atenção masculina. Mas também, claro, 15 anos seria a idade cabível para algo assim. E, quem sabe, talvez a menina que não conseguiu agir como uma criança aos 6 anos tenha escolhido, por um momento, agir de forma insensata e frívola. Eu não a condenaria.

– Você continua a atualizar esse *site*? – pergunto a Emmanuel.

– Sim. A polícia... Eles demoraram demais para começar. E agora, esse tempo todo sem nenhum progresso... Já nem vemos nem ouvimos falar deles mais. Mesmo na escola... É um novo ano. Os outros meninos, os professores, eles seguem a vida. Não é a casa deles que está vazia.

– Você está esperando que isso aqui ganhe interesse nacional. Talvez colocar o caso da sua irmã em um grande programa de notícias, reacender a investigação...

– Eu envio cartas e e-mails todas as semanas. Eles não respondem. Mas minha irmã... – Sua voz falseia ligeiramente. – Ela vale a pena. O mundo inteiro tinha de conhecê-la. O mundo inteiro deveria estar procurando. Por que... Por que eles não estão procurando junto com a gente?

Emmanuel não consegue mais falar. Ele olha para a mesa, piscando rapidamente. Toco a mão dele, dobrando levemente meus dedos sobre ela. Ele não se afasta, mas nós dois sabemos que não é o meu conforto que ele quer.

– Olha, eu não sou do *Bom Dia, América* – digo. – Ou do *48 Horas*, nem de nenhum desses programas nacionais.

– Não é – ele diz amargamente. Nada como um adolescente para lhe dar a real.

– Mas posso te prometer que me importo de verdade com vocês, e que estou procurando, e que não vou sair daqui até que a sua irmã volte para casa.

– Mas ela nem é da sua família.

– Mas eu a escolhi mesmo assim. De acordo com você, ela vale a pena. Isso é o suficiente para mim.

Ele olha para cima, os olhos úmidos de lágrimas.

– Ela não fugiu.

– Eu acredito em você.

– Ela não nos deixou por um garoto.

– Está bem.

– Mas... alguma coisa mudou.

– Com toda certeza.

– Não, quero dizer recentemente. Nessas últimas semanas. Antes, logo quando ela desapareceu, eu monitorava a internet o tempo todo em busca de qualquer sinal de atividade. Mas... isso já tem um tempo.

Concordo com a cabeça.

– Eu tinha parado de prestar atenção. Então você apareceu, perguntou algumas coisas, e aí, ontem à noite...

– O que aconteceu ontem à noite, Emmanuel?

– Entrei em uma das aulas dela – ele murmura. – Eu só queria imaginar a Lili inclinada sobre o computador, digitando alguma coisa. Queria me sentir perto dela novamente. Mas não consegui.

– Você não conseguiu logar no computador ou não conseguiu... sentir a presença da sua irmã?

– O curso dela estava fechado.

– Como você disse, já se passaram onze meses.

– Não, não. Não é que estivesse suspenso ou cancelado. Estava *fechado*. No sentido de trabalho concluído, de que aquela aula não é mais necessária. Em algum momento do mês passado, minha irmã fez o *login*. Ela apresentou o trabalho para passar. Ela passou no teste.

Emmanuel me olha fixamente.

– Na semana passada, minha irmã desaparecida... Eu não entendo... Não consigo explicar... Mas, de todos os sinais que ela poderia dar, Lili completou aquele curso *online*. Ela está lá fora, em algum lugar, ainda fazendo seus trabalhos da escola. Mas não voltou para casa, para nós. Por que ela não volta para casa? De todas as coisas que ela poderia fazer... por quê?

CAPÍTULO 11

O detetive Lotham não está nada feliz em saber de mim outra vez. A notícia de que estou com Emmanuel e que o menino tem algo a compartilhar não melhora seu estado de espírito.

– O que foi? Você conversou com ele por quatro minutos essa manhã e ele desfilou a alma inteira para você?

– Na verdade, ele veio até mim. Essa é a primeira coisa. Não foram necessários quatro minutos.

O detetive bufa. Eu causo esse tipo de reação em agentes da lei.

– Por quê?

Trato a pergunta como retórica. A resposta – que Emmanuel me trouxe sua descoberta justamente porque eu não sou policial – dificilmente vai melhorar o humor de Lotham.

– Fique aí – ordena o detetive. – Vou chamar os técnicos da cena do crime e já estou indo.

– Não precisa de nenhum técnico de cena de crime.

– Mas você disse que ele encontrou algo no computador...

– Na internet. O computador do garoto foi só o ponto de acesso. E se você confiscar pela segunda vez o *notebook* de que ele precisa para fazer os trabalhos da escola, então ele definitivamente não vai compartilhar mais nada com nenhum de nós. Traga apenas a sua pessoa, detetive. Será o suficiente.

Mais resmungos se seguem, mas, surpreendentemente, vinte minutos depois o detetive Lotham bate à porta da frente totalmente desacompanhado. Tirei um tempo para fazer outra garrafa de café e fritar dois pratos gigantescos de batatas. Ainda não tomei propriamente o café da manhã, mas a gente nunca erra servindo batatas fritas. Dada a rapidez com que Emmanuel praticamente aspira a primeira porção, ele concorda.

– Isso é aconchegante – Lotham murmura para mim enquanto adentra a cozinha, sentindo o cheiro do café e da gordura.

– De qual você gostaria primeiro: cafeína ou sarcasmo?

– Cafeína.

– Pelo menos você tem algum bom senso. – Deixo o detetive de olhos arregalados resolver onde prefere se sentar enquanto despejo uma terceira caneca de café. Emmanuel já está olhando para Lotham com receio. Se fosse para arriscar um palpite, eu diria que o adolescente parece magoado.

Será que ele ficou grato quando o detetive finalmente foi ao seu apartamento? Ou com a presença de tantos policiais e peritos forenses? Como um garoto que cresceu assistindo a séries de investigação na TV, ele deve ter presumido que a cena seguinte incluiria o retorno de sua irmã aos prantos.

Mas não. Onze meses depois, o detetive Lotham ainda não havia trazido sua irmã de volta.

Eu não espero que essa conversa seja divertida para ninguém. Olho com um ar de saudade para a parede cheia de prateleiras com garrafas de bebida. Apenas sinta seus sentimentos, como diz o ditado. A não ser pelo fato de que muitos sentimentos são difíceis de suportar.

Enquanto esperávamos pelo detetive Lotham, convenci Emmanuel a ligar para sua tia. Ele me disse que ela não podia atender o telefone no trabalho, então deixou uma mensagem explicando onde ele estava e o que estava fazendo. É provável que ela ouvisse a gravação durante seu intervalo do almoço. Isso nos daria talvez uma hora antes que ela também entrasse esbaforida pela porta. O bar do Stoney é um lugar de acontecimentos.

– Fritas? – pergunto ao detetive, empurrando o segundo prato em sua direção enquanto ele desliza para a cadeira em frente a Emmanuel. Esta manhã, ele está usando um blazer azul-escuro sobre uma camisa azul-clara e uma gravata índigo estampada. Sabe se vestir bem, eu acho, mas ainda prefiro seu nariz quebrado e a orelha esfarrapada. Ao passo que roupas são camuflagens, as cicatrizes são pontos de exclamação repletos de honestidade.

Lotham levanta a caneca de café, me dá uma olhada e depois pega uma batatinha.

Ofereço ketchup. Emmanuel e Lotham tentam pegar ao mesmo tempo. E lá vamos nós para o que interessa.

– Comece pelo início – digo a Emmanuel. E assim ele faz. Deve-se dar o devido crédito a Lotham, que não o interrompe nem faz mais caras feias. Apenas bebe seu café, pega mais fritas e escuta com atenção.

Quando Emmanuel termina, Lotham pega um pequeno caderno em espiral e seu telefone celular. Com o telefone, tira uma foto da tela do *notebook*, com o endereço do *site* da escola de Angelique claramente visível. Em seguida ele empurra o caderno pela mesa e pede que Emmanuel anote o nome de usuário e a senha de Angelique.

– Então Angelique se inscreveu neste *site* de equivalência de diploma de ensino médio para fazer cursos *online*?

Emmanuel faz que sim com a cabeça.

– E isso para se formar no ensino médio mais cedo?

Outro aceno de cabeça.

– E essa aula de História dos Estados Unidos era a que ela começou a cursar antes de desaparecer?

– Ela vinha assistindo a essa aula durante o verão.

– Quem sabia disso?

Emmanuel dá de ombros.

– Minha tia e eu, é claro. Não sei o quanto ela conversava com as amigas sobre os estudos.

Lotham está encarando a tela do computador.

– Não me lembro de ter visto isso nas nossas conversas anteriores ou nos relatórios do exame forense do computador.

– Não teria como ver. Uma aula *online* é uma aula que só acontece *online*, ou seja, de forma remota. O computador não importa; o que importa são os códigos para acessar a aula.

Lotham pega seu caderno de notas. O nome de usuário de Angelique é uma conta básica do Gmail, o que faz sentido. Sua senha, entretanto, parece uma sequência de números aleatórios seguidos por um ponto de exclamação. Lotham me mostra. Eu olho para Emmanuel.

– Você consegue se lembrar disso aqui? – pergunto.

– É um código – ele murmura. – Os números significam letras, de uma cifra que a Lili inventou quando a gente era mais novo. A gente lê como “Doc2Be!”.

– Como em “Futura Doutora”?

– Exatamente.

Lotham faz outra anotação.

– Esta é a senha principal dela? A que ela usa a maior parte do tempo?

– Não sei. Eu só entendo o código dela. A gente sempre enviava bilhetes codificados um para o outro usando essa linguagem. Mas compartilhávamos este *notebook*, então eu já a vi fazer *login* um monte de vezes. E ela sabia que eu sabia. O que isso importa?

– Você consegue ver quando ela logou para essa aula? – pergunta Lotham. – Ou quantas vezes?

Emmanuel vira o computador de volta.

– Normalmente eu verificaria o histórico do navegador, mas considerando que ela não fez o *login* a partir desta máquina para completar o curso... – Ele morde o lábio inferior e seus olhos escuros se estreitam em pensamento. – Ah, aqui. Quando loguei pela primeira vez ontem à noite, ele me informou a última vez que o curso foi acessado. – Emmanuel mostra na tela um registro de data e hora.

Lotham faz mais anotações enquanto eu me aproximo.

– Há duas semanas. Às 15h03. – Eu olho para Emmanuel. – Isso significa alguma coisa para você? Digo, essa data é significativa? A hora do dia? Você disse que sua irmã gosta de códigos.

Os dedos de Emmanuel voam sobre o teclado, mas depois ele balança a cabeça.

– Acho que não.

– Me explique passo a passo como isso funciona – pede Lotham, com a atenção de volta em nós. – Angelique faz o *login* para pegar as tarefas no *site*, e então o que mais? Completa as respostas em alguma sala de aula virtual, ou envia do próprio computador para seu professor corrigir?

– Questões abertas e qualquer tarefa por escrito, ela completa por conta própria e depois faz o *upload*, sim. Provas são mais complicadas, com códigos adicionais que devem ser inseridos por um adulto, como a minha tia, como proteção para ela não trapacear.

– Então, para que esta aula fosse concluída, o trabalho final deve ter sido algum tipo de texto?

– Sim.

– Que ela teve de enviar a partir de um computador – diz Lotham –, o que nos daria um endereço IP. Já é alguma coisa.

No instante seguinte, ele já está com o celular no ouvido, falando com alguém sobre o *site*, os dados de usuário, e emitindo uma intimação para registros adicionais. Emmanuel vai concordando com a cabeça durante a conversa, então aparentemente aquela confusão de jargões técnicos faz sentido para ele.

Eu tenho uma pergunta diferente.

– Quando Angelique desapareceu, você ou sua tia entraram em contato com esse *site*, disseram aos professores que ela havia desaparecido?

– Minha tia recebe e-mails do *site*, para mantê-la informada sobre o progresso de Angelique. Os cursos custam dinheiro, então a escola quer que os responsáveis pelos alunos estejam sempre informados. Quando as tarefas deixassem de ser entregues, ela teria sido notificada. Mas com tanta coisa para a minha tia responder e se preocupar...

– E o que Angelique postou? – Lotham já está desligando o telefone, olhando para nós novamente. – Você consegue puxar o trabalho que ela enviou?

Emmanuel balança a cabeça.

– A aula está fechada. Não tenho como entrar no curso para olhar trabalhos anteriores.

– Consegue entrar em contato com o instrutor do curso? – pergunto. – Quero dizer, você tem o e-mail e a senha da sua irmã. Não dá para simplesmente... fingir ser ela e mandar um e-mail pedindo uma cópia do trabalho final de volta? Porque seu computador travou logo depois do envio, ou um vírus comeu seu disco rígido, sei lá, qualquer coisa assim?

Tanto Emmanuel quanto Lotham parecem impressionados. Pelo jeito, minhas habilidades básicas na internet têm algum mérito.

Emmanuel trabalha no teclado novamente.

– Eu consigo entrar no Instachat – declara ele após um momento. – O professor dessa aula está listado como disponível. Espera um pouco.

Eu bebo meu café. Já é quase meio-dia. Pergunto-me quando é que o Stoney vai chegar e perceber que transformei seu bar em algum tipo de quartel-general investigativo. E também o que ele vai fazer ou dizer a respeito. Talvez este venha a ser o trabalho mais curto que eu já tive.

Bom, teve aquele lugar onde fiquei empregada por nada mais que vinte minutos. Provavelmente o fato de eu ter aparecido totalmente bêbada e chorando histericamente não tenha ajudado. Depois, teve aquele restaurante onde eu pus fogo no cabelo durante meu primeiro turno...

Emmanuel franze o rosto para a tela.

– A professora é a Dra. Cappa. Ela diz que pensou mesmo que eu entraria em contato.

Lotham e eu trocamos olhares.

– "Embora o texto não reflita a qualidade do trabalho anterior" – Emmanuel lê em voz alta –, "não há necessidade de refazê-lo, visto que foi obtida uma nota de aprovação".

– Só pegue o maldito trabalho – rosna Lotham.

Emmanuel escreve com mais fúria. Não tenho ideia do que ele está dizendo para a professora, se ainda está fingindo ser Angelique ou se está agora explicando a real situação, mas, a cada minuto, Lotham fica mudando de posição ao meu lado.

– Ela enviou. Eu tive de abrir o sistema de mensagens. Pronto, aqui vamos nós. O arquivo foi carregado quando Angelique acessou o *site* pela última vez... de... um cibercafé. – Emmanuel empurra o *notebook* para Lotham, que tira uma foto das informações do arquivo e mais uma vez começa a trabalhar em seu telefone.

– Dá para dizer isso tudo só a partir do *upload*? – pergunto a Emmanuel.

– Os cibercafés têm certos códigos de identificação – murmura ele, já de volta ao trabalho. – Espera aí. Aqui está. O ensaio dela. Só que... não é um arquivo Word. É um PDF de uma imagem escaneada.

A tela do *notebook* se preenche com uma imagem. Levo alguns momentos para digerir.

Parece uma cópia feita a partir de pedaços rasgados de um bloco de papel amarelo. Foi escaneado em cores, revelando marcas de dobras e manchas no fundo. O título "*A expansão para o Oeste*" está escrito na parte superior em uma letra pequena e bem-feita, seguido pelo corpo do texto.

– É dela mesmo? – pergunto.

– É a caligrafia da Lili – confirma Emmanuel, ainda examinando a tela. – Mas ela não escreveria à mão o trabalho da escola. Não estou entendendo...

Todos voltamos a examinar o trabalho. Não sei dizer o que o detetive Lotham está pensando, mas eu estou confusa. Todos descreveram

Angelique como uma aluna talentosa. Esse ensaio, por outro lado, não só parece mal-pensado e apresentado de qualquer jeito como também está bem mal-estruturado.

"Nunca um momento foi tão importante na história americana como a expansão em direção ao oeste.

Vou dizer que o avanço era a única opção para os colonos em busca de terras e um novo governo que precisava

Desistir de seus planos de expulsar os índios das terras a oeste do Mississippi de modo a expandir os recursos. O Presidente Andrew Jackson, no entanto, se recusou.

Você teria pensado diferente..."

Eu não entendo. Onze meses após seu desaparecimento, é com isto que Angelique se preocupa? Encontrar uma maneira de responder e postar uma redação para ganhar créditos no ensino médio? Certo, isso nos permite supor que ela tem pelo menos algum acesso ao mundo exterior. E, no entanto, não voltou para casa?

Já testemunhei comportamentos estranhos em minha linha de trabalho, mas esse me deixou perplexa.

– Ela se inscreveu para algum outro curso? – eu pergunto justo no momento em que Emmanuel pula de pé e dá um tapa na mesa.

– É um código! Eu sabia! Ela enviou um código! Minha irmã nos mandou uma mensagem!

– Que... código? – Lotham pergunta, já puxando o *notebook* para perto, tentando decifrar a charada.

– As palavras com inicial maiúscula no começo de cada linha da página. Olha para elas. – Emmanuel começa a circular as palavras na tela com o dedo. Eu acompanho, lendo em voz alta.

– "Nunca. Vou. Desistir. De. Você". – Eu paro de ler e olho para Lotham. – Isso não é uma música...?

– "Never Gonna Give You Up", do Rick Astley, de 1987, sim, sim – Emmanuel diz rapidamente. Ele pegou o caderno do detetive sem pedir e já está anotando a primeira palavra de cada linha na página. Lotham não o interrompe.

– É um *rickrolling* – Emmanuel responde à pergunta que não chegou a ser feita, ainda escrevendo furiosamente. – Foi uma brincadeira na internet uns anos atrás. As pessoas colocavam o *link* para o clipe dessa música em vários sites ou textos de notícias fingindo que ele direcionava para algum outro conteúdo. Era muito engraçado. – Ele acena para mim. – Eu te disse que os anos oitenta são o máximo.

Lotham olha para mim. Eu dou de ombros, confirmando que ambos somos velhos demais para entender do que ele está falando.

– A Lili não ligava muito para memes de internet. Mas ela adorou aquele *paper* de física.

– Um... *paper*? – Lotham morde a isca.

– Um ensaio de física quântica que um estudante escreveu e colocou nas redes sociais. Ele incorporou toda a letra da música com perfeição. A Lili adorou isso, a ideia de um *paper* escrito brilhantemente que também era uma piada. Tipo, que coisa mais inteligente, sabe? E ela gostava dessa música também, costumava cantar enquanto se arrumava de manhã.

Emmanuel para de escrever de repente. Ele levanta os olhos para nós com uma expressão de choque.

– Essas palavras com inicial maiúscula são da música, certo? – ele começa, nos mostrando a lista com a letra que rabiscou. – Se você prestar atenção e souber o que está procurando, a mensagem é engraçada. É só uma coisa idiota que os jovens fazem.

Palavras dele, não nossas.

– Mas duas palavras aqui estão deslocadas. Estão com a inicial maiúscula, mas bem mais para a frente na redação dela, e não fazem parte da letra da música. Ela incluiu isso por conta própria. Esperava que quem estivesse lendo não notasse. – A voz de Emmanuel se reduz a um sussurro enquanto seu olhar se eleva para encontrar o nosso. – "Nos. Ajude." Minha irmã escreveu isso: "Nos ajude". Essa é a mensagem dela. Mas quem são esses "nós"?

CAPÍTULO 12

Lotham está de volta ao seu telefone, um grande detetive trabalhando em um grande caso. Segue andando de um lado para o outro, percorrendo toda a extensão do bar enquanto profere listas de ordens. Eu não tenho subalternos para comandar ou especialistas para convocar, então permaneço ao lado de Emmanuel. O rosto do menino se fechou. Ele olha para o *notebook* como se estivesse tentando ver através dele. Talvez ele deseje que tivesse se conectado antes para encontrar o bilhete da irmã. Talvez esteja arrependido de só tê-lo encontrado agora.

Dou a ele trinta segundos, depois começo a empilhar nossas canecas de café usadas nos pratos vazios.

– Vem comigo.

– Hã?

– Hora de limpar.

Os olhos de Emmanuel se alargam. Que tipo de gente louca se preocupa com pratos em um momento como este? Mas eu não digo minhas palavras como um simples pedido, e ele é muito bem treinado para não desafiar ordens diretas. Então, ele me segue até a cozinha. Eu o coloco para manejar o jato de alta potência e o detergente industrial de lavar pratos.

Enquanto ele cuida da louça, eu vou cuidar da cafeteira e depois da fritadeira.

– Sua irmã enviou aquela mensagem para você – eu digo.

Emmanuel para por um momento e depois pega a caneca de café seguinte.

– Ela mandou aquilo para você – continuo. – Postou sabendo que você veria. Quem mais logaria na conta dela em um curso virtual?

Quem mais pensaria em procurar lá, a não ser o irmão mais novo que a conhecia tão bem?

– Eu não entendo. Para onde ela foi? O que aconteceu? Com quem ela está agora? Eu não entendo.

– Nenhum de nós entende. Mas isso pelo menos é uma boa coisa, Emmanuel. É um contato. Se ela fez isso uma vez, talvez tenha a chance de fazer novamente.

– Minha irmã foi sequestrada – ele diz essas palavras como se as estivesse testando. – Ela conseguiu chegar a um cibercafé, mas ainda deve estar com medo se não pôde simplesmente pedir ajuda. Por que ela não seria capaz de pedir ajuda? E quem são "nós"?

– Isso é uma coisa boa – repito. – Ela está viva.

– Lili não está segura. "Nos ajude, nos ajude, nos ajude". – O estado de choque dele está se dissipando. Eu sei o que vem a seguir.

Me dirijo à pia. Desligo a água, tiro a caneca de sua mão trêmula e a deixo de lado.

– Nós não sabemos o que não sabemos – eu começo, meus dedos segurando os dele enquanto sua respiração começa a ficar pesada e seus ombros tremem. – Ela está usando a cabeça, Emmanuel. Como você mesmo disse, sua irmã não sonha, ela faz planos. Disfarçar um pedido de ajuda como um trabalho de história e esperar o momento certo para carregá-lo na internet para que seu irmão descubra é uma estratégia brilhante. Sua irmã encontrou uma maneira de chegar até você. E você estava lá, Emmanuel. Aconteça o que acontecer depois, você recebeu a mensagem. Você estava lá para ela.

Os olhos dele se inundam. Ele quer chorar, mas não quer parecer fraco. Está quase se desfazendo de medo. Está desesperado para permanecer forte.

Então, ruídos ecoam no salão atrás de nós. Guerline aparece na porta da cozinha, ainda vestindo seu casaco, imponente como de costume. Ela não perde muito tempo olhando para mim, mas passa os olhos pelo espaço apertado e envolve o sobrinho nos braços.

Os ombros de Emmanuel tremem com mais força, embora ele não emita nenhum som. Sua tia acaricia seus cabelos e murmura suaves palavras de conforto. Uma unidade familiar de dois que antes eram três.

Deixo-os com sua dor em comum e vou procurar o detetive Lotham para descobrir o que devo fazer a seguir.

*

Uma hora depois, Guerline e Emmanuel estão sentados no salão, cabeças baixas e juntas, enquanto o detetive Lotham se encontra no canto oposto em uma conversa agitada com o policial O'Shaughnessy. Eles mantêm as vozes baixas, mas a intensidade da discussão faz com que eu e a família de Angelique fiquemos com os ouvidos atentos para qualquer coisa.

Finalmente, os dois policiais fazem uma pausa, murmuram algo que não consigo distinguir, desfazem seu grupinho e se dirigem a nós. Estou atrás do balcão, fingindo empilhar copos e limpando superfícies já desgastadas simplesmente para ter algo para fazer. As batatas fritas caíram meio mal em meu estômago, ou talvez sejam as crescentes implicações do que a mensagem de ajuda de Angelique podem significar.

– O nome "Tamara Levesque" significa alguma coisa para você? – o detetive Lotham pergunta à tia Guerline e a Emmanuel.

Ambos negam com a cabeça enquanto o policial O'Shaughnessy desliza para o banco em frente a eles. Ele aperta a mão da tia e ela permite.

– Muito bem, isto é o que nós sabemos. – Lotham permanece de pé. Eu já notei isso nele. É o tipo de pessoa que pensa melhor enquanto se mexe. Ele é inquieto e, especialmente sob estresse, irradia certa presença selvagem.

– Há duas semanas, uma mulher negra entrou em um cibercafé no bairro de Roxbury. Ela mostrou esta carteira de motorista. – Lotham revela uma fotocópia em preto e branco da carteira de habilitação. Da distância em que estou, só consigo ler o nome "Tamara Levesque". A foto é muito pequena para eu conseguir notar o quanto se parece com Angelique, mas, a julgar pela expressão de todos, deve ser muito parecida.

– De acordo com o atendente, ele tinha acabado de logá-la no sistema e feito uma cópia de sua carteira quando o telefone dela tocou. Ela falou por um segundo, depois lhe entregou abruptamente um bilhete e vinte dólares. Ela disse que tinha de ir embora naquele exato momento, mas seu trabalho de escola tinha de ser postado ou ela seria reprovada no curso. Perguntou se ele poderia seguir as instruções e fazer isso por ela. Disse "por favor" e "obrigado". Então sumiu antes mesmo que ele tivesse tempo de responder. Foi meio chato, mas vinte dólares por dois minutos de trabalho? Ele só foi em frente e fez. Nunca mais viu a garota.

– Minha Angelique – diz Guerline.

Lotham se agacha para ficar frente a frente com a tia sentada.

– Ele não conseguiu identificar a garota como Angelique. Ela estava usando um boné de beisebol vermelho, puxado bem para baixo, e ele não estava prestando tanta atenção. Mas se você olhar a foto na identificação falsa...

– Minha Angelique – Guerline suspira. Há muita tristeza nessa única exalação.

– Ela estava sozinha? – pergunta Emmanuel. Garoto esperto.

– O atendente não se lembra de ter visto mais ninguém. Estamos pegando o vídeo de dentro da loja, assim como daquela área em geral. – Lotham se põe de pé mais uma vez, seus joelhos estalando em meio ao silêncio. Ele esfrega um sem perceber.

– Ela estava andando pela rua sozinha. Entrou na loja sozinha. Pegou o telefone sozinha... – Emmanuel olha para o detetive, sua dor e confusão claramente evidentes.

– Estamos tratando isso com muita seriedade – diz O'Shaughnessy, sentado à mesa. – Nós vamos encontrá-la.

– Emmanuel... – o detetive Lotham diz mais suavemente. – Mesmo que sua irmã estivesse sozinha, isso não significa que ela não estivesse sob coação. Se ela se sente ameaçada o suficiente para escrever uma mensagem codificada, isso pode significar que ela sabe que há olhos sobre ela o tempo todo. Pode significar que ela acredita que deve fazer o que quer que esteja fazendo agora para manter outras pessoas seguras.

– "Nos ajude"? – pergunta Emmanuel. Ele parece muito jovem para essa conversa. Eu bem que gostaria que ele fosse jovem demais para essa conversa.

– Minha sobrinha foi sequestrada? – Guerline finalmente se expressa. – Alguém... a levou? Depois da escola? E outros? Mas suas amigas... Nós já vimos as amigas dela.

– O importante é que Angelique está viva e tem algum grau de autonomia – afirma Lotham. Ele não aborda a questão de levar em conta as amigas de Angelique porque, infelizmente, existem muitas outras possibilidades terríveis. Tráfico de pessoas. Angelique sendo raptada com outras meninas bonitas. Ou engolfada em algo fora de seu controle. Talvez ela tenha encontrado o rapaz errado. Ou tenha feito um novo amigo errado. Aquela mensagem de ajuda é um desenvolvimento muito importante no caso. Mas também é um desenvolvimento sinistro. Indica que estamos lidando com uma situação muito mais grave do que uma adolescente sozinha ter desaparecido ou fugido.

– Algum de vocês já viu esta identidade falsa? – pergunta Lotham a Emmanuel e Guerline. Seu olhar permanece sobre Emmanuel, mas ambos balançam a cabeça.

Trago mais quatro copos de água para a mesa, distribuindo-os em uma mostra de hospitalidade que também me permite ver de perto a fotocópia em preto e branco do documento de identidade falso.

De relance, posso dizer que a identificação é uma carteira de motorista de Massachusetts à moda antiga, em contraposição às verdadeiras identidades mais recentes exigidas pela segurança dos aeroportos. A fotocópia é apenas da frente da identificação e está longe de ser uma reprodução de boa qualidade. Claramente, o atendente do cibercafé estava no piloto automático e mal olhou.

– A-ham... – pigarreia Lotham. Levanto os olhos e o vejo olhando para mim. Minha oferta de água não o enganou nem por um segundo.

– Esse cibercafé ainda tem a identificação original? – pergunto. Agora que já fui pega, é melhor ir mais a fundo.

– Não.

– E quanto ao trabalho de escola, as instruções de *login* e qualquer outro bilhete que ela entregou?

– O atendente jogou tudo fora. O material foi todo escaneado e enviado. Não havia motivo para ele manter as cópias impressas.

– E por que Roxbury? Ela já usou aquele cibercafé antes?

Lotham não se opõe a esta pergunta. Em vez disso, tanto ele quanto O'Shaughnessy olham para a família. Mais uma vez, é Emmanuel quem dá uma resposta.

– Ela nunca me falou nada disso. Não é perto do nosso apartamento nem fica no caminho de casa para a escola. Nem – ele é um jovem atencioso – perto da casa das amigas.

– E a nova amiga dela? – Repetindo: se eu já entrei na festa mesmo, vou participar. – A que ela conheceu no centro recreativo durante o verão?

– Eu não conheço essa amiga – diz Emmanuel.

Guerline também entra na conversa.

– Que nova amiga?

Então eu me calo. Embora seja difícil, dado o olhar que recebo de Lotham. A polícia gosta de ocultar o máximo de informações possíveis, mesmo das famílias. Entendo; afinal, em nove de cada dez vezes, a família é parte do problema, não da solução. Mas também já trabalhei em casos em que tais lacunas de comunicação levaram a investigação a empacar. Se alguém acaba de mencionar a descoberta A ao membro da família B, então o investigador C entende imediatamente a impossibilidade de uma alegação.

Sendo uma civil inexperiente e sem formação, como o detetive Lotham tanto gosta de me lembrar, eu não fico restrita às políticas do departamento. Em vez disso, sigo meus instintos. Dado o genuíno choque, a dor e o medo que vejo nos rostos de Guerline e Emmanuel, acho que eles não têm nem ideia do que aconteceu com Angelique. Qualquer confusão que ela tenha causado ou na qual tenha se enredado, eles gostariam de saber tanto quanto nós.

Também gosto de pensar que eles a amariam independentemente do que tenha acontecido. Mas talvez isso tenha mais a ver com minhas carências do que com as deles.

– As amigas de Angelique afirmam que ela estava diferente no outono em que ela desapareceu – Lotham finalmente entrega. – Distraída. Talvez por alguém que ela tivesse conhecido durante o programa de verão no centro recreativo. Vocês notaram alguma coisa?

Guerline não responde de imediato. Sobre a mesa, O'Shaughnessy ainda está segurando a mão dela. Agora, ele dá a ela um aperto tranquilizador.

– Minha Angel, ela estava... mais quieta – admite Guerline por fim. – Passando mais tempo no computador. Presumi que era por causa da escola. Suas aulas são realmente muito exigentes, e ela insiste em estudar ainda mais na internet. Ela quer estar à frente. É uma coisa boa. Eu não me preocupei. Nem pensei em me preocupar.

Emmanuel inclina a cabeça no ombro da tia.

– Será que Angelique tinha o próprio dinheiro? – pergunto agora.

Guerline me olha de relance.

– Ela era babá, fazia pequenos trabalhos. Não tinha muito dinheiro. Era só para gastos pessoais.

– Você encontrou esse dinheiro depois que ela partiu? Em uma bolsa ou guardado em alguma caixinha?

– Angelique carregava uma pequena carteira com zíper. Ela desapareceu junto. Mas... – Guerline franze a testa.

O detetive Lotham faz o mesmo.

– Quando revistamos o apartamento, não encontramos nenhum dinheiro – ele diz. – Nem a carteira estava em sua mochila. O mais provável é que estivesse com ela quando desapareceu.

– Quanto ela tinha em economias, Guerline? Centenas? Milhares? Quero dizer, se Angelique foi babá por um bom tempo e não era de gastar dinheiro com bobagens...

Mas Guerline nega com a cabeça.

– Angelique gastou seu dinheiro com aulas extras. Eu não concordei com isso. Teria feito questão de pagar por elas, de deixar que ela ficasse com seu dinheirinho só para se divertir. Mas... – Ela balança a cabeça novamente. – Sou só eu para comprar nossa comida, pagar nosso aluguel e mandar dinheiro de volta para casa.

Eu concordo. O'Shaughnessy também.

– Estamos falando de umas poucas centenas de dólares, então? – eu insisto um pouco mais.

Guerline ainda parece incerta, mas Emmanuel faz que sim com a cabeça. Volto minha atenção para Lotham.

– É muito dinheiro para uma pessoa carregar por ruas como essas daqui – murmuro. – Se ela tivesse tudo isso em sua carteira no dia em que desapareceu...

Lotham claramente não gosta desse pensamento, assim como eu. Uma garota tão inteligente como Angelique definitivamente não teria o mau hábito de andar por aí com centenas de dólares em dinheiro vivo. E, ainda assim, se todo o dinheiro que ela tinha sumiu... Ela deve tê-lo tirado de seu esconderijo e o levado consigo para a escola naquela sexta-feira. Para fazer qualquer coisa de especial que planejava fazer depois.

– Eu não entendo... – Emmanuel começa.

– Eu poderia ir ao seu apartamento? – pergunto a Guerline. – Hoje não, eu sei que você está exausta. Mas talvez amanhã? Só... para dar uma olhada. Tentar sentir Angelique ali. É só um novo olhar de alguém que ainda não investigou por lá.

– Espere um pouco – Lotham diz, usando sua voz de "não estou nada feliz com isso".

– Você e meu Emmanuel encontraram esta mensagem? – Guerline me pergunta, interrompendo o detetive. – Esta mensagem de ajuda da nossa Angel?

Emmanuel fez o trabalho pesado, mas eu não hesito em compartilhar o crédito.

– Então você deve vir, sim. E hoje. Agora, por favor. Esta mensagem foi enviada há semanas. Isso é tempo demais. Minha Angelique precisa voltar para casa agora.

A urgência por trás de suas palavras quase me parte o coração. Não sei como poderia faltar ao meu segundo dia de trabalho, mas também não posso negar isso a ela. Mesmo os policiais, com suas expressões idênticas de desaprovação, não dizem uma palavra.

Ouço um barulhinho distante vindo dos fundos. Um segundo depois, Stoney entra pela entrada lateral, com as duas mãos em sua jaqueta. Ele se detém quando vê o estranho grupinho sentado em seu bar fechado. Seu olhar vai da polícia para a família e finalmente para mim.

Abro a boca procurando desesperadamente por algum tipo de explicação. Nenhuma palavra sai.

Ele espera.

– Sua gata matou dois – eu afirmo finalmente.

Ele acena com a cabeça, como se isso fizesse todo o sentido.

– E então... Emmanuel Badeau... Você conhece o Emmanuel? Um de seus vizinhos? Ele descobriu algo no *notebook* que compartilha com a irmã, Angelique, a menina que sumiu. Então ele apareceu aqui, e aí eu chamei o detetive Lotham e depois veio a tia, e o policial O'Shaughnessy, e... e... – Eu perco as forças.

Stoney acena com a cabeça novamente. Ele se vira e se dirige ao seu escritório.

– Ainda tenho um emprego? – pergunto, como que o chamando. – Porque, se sim, vou precisar de umas horas de folga...

Sem resposta.

– Ah, vai ficar tudo bem – eu digo a Guerline e Emmanuel. – Vai ficar tudo bem – repito ao detetive Lotham.

Então eu paro de falar, porque ninguém acredita em mim, e também porque temos problemas bem maiores para tratar.

CAPÍTULO 13

Termino de arrumar o balcão, caso isso possa salvar meu emprego e manter meu alojamento. Stoney é um cara difícil de ler. Eu lhe digo que devo voltar antes que as coisas fiquem movimentadas demais. Ele só acena com a cabeça. Digo a ele que, no mais tardar, até as 17 horas. Ele faz que sim novamente. Eu lhe digo que sinto muito, mas preciso mesmo fazer isso.

Ele me olha demoradamente.

Eu decido que já é conversa suficiente para o momento e saio pela porta. Não fico surpresa ao encontrar o detetive Lotham esperando por mim.

– Você não deveria estar assistindo aos vídeos das redondezas do cibercafé? – pergunto.

– O verdadeiro trabalho policial leva mais tempo que... – Ele para de falar e só acena na minha direção.

Eu sorrio.

– Estou crescendo aí dentro desse coraçãozinho, hein?

Ele revira os olhos.

Chegamos ao seu veículo-padrão de detetive, uma Chevy sem identificação. Balanço a cabeça.

– Por que será que, mesmo sem identificação, a gente consegue reconhecer um carro de polícia a quilômetros de distância, hein?

– Pelo menos não é o caminhãozinho de sorvete.

– Caminhão de sorvete?

– O departamento comprou um há uns anos. Para a Operação Hoodsie Cup.

Não consigo decidir se ele está de sacanagem comigo ou não.

– Para acabar com alguma gangue de creme congelado maléfico antes que eles tomassem conta do mundo?

– Era mais para passear por Roxbury distribuindo sorvetes grátis para as crianças. Não podemos ser só figuras de autoridade arrogantes e incompetentes o tempo todo.

– Eu não disse que você era incompetente. Arrogante, por outro lado...

Ele suspira e abre a porta do lado do passageiro para mim, mas eu nego com a cabeça.

– Num lindo dia feito este? Acho que vou andando.

– Agora você só está se fazendo de difícil.

– Pois é, ouvi falar que eu sou mesmo. Ainda assim, uma bela tarde como essa, e considerando que vou passar o resto da noite dentro de um bar...

Ele me concede a vitória, fechando o veículo e vindo caminhar ao meu lado.

– Passamos um verdadeiro pente-fino por todo aquele apartamento – ele me avisa.

– Ah, eu sei disso.

– Trouxemos até cães farejadores. – Ele enfatiza o suficiente as duas últimas palavras para que eu entenda que quer dizer "farejadores de drogas". É mais um detalhe que ele provavelmente nunca contou à família. Acho que o caso de Angelique Badeau ainda o mantém acordado à noite, e a revelação desta tarde não ajudou.

– O que você acha da mensagem de Angelique? – pergunto diretamente agora. – "Nos ajude". Claramente, isso implica que há mais do que apenas a segurança dela em jogo. Mas, como a própria família de Angelique apontou, todos os amigos dela são conhecidos. Então quem são esses "nós"?

Lotham não fala de imediato. Ele parece um pouco confuso.

– Eu quero que conste que o caso de Angelique Badeau é nosso único caso ativo de pessoas desaparecidas neste momento. Então, mesmo olhando para além do círculo social de uma adolescente... – Ele dá de ombros.

Em outras palavras, não há nenhuma conexão imediata ou óbvia entre Angelique e outras possíveis vítimas. Interessante.

– Pode ser que ela esteja sendo mantida em cativeiro com um grupo de fugitivos. – Eu ofereço hipóteses como em um *brainstorming* em voz alta. – Ou, considerando a prevalência do tráfico de pessoas, com outras meninas imigrantes que foram contrabandeadas para o país para serem colocadas para trabalhar. É um grupo inteiro de vítimas que nunca apareceria nas telas dos radares das investigações até ser tarde demais. Mas como Angelique veio se tornar parte de uma operação assim, ou em que exatamente ela tropeçou para cair nessa...? – Minha voz deriva para o nada. É tudo especulação. No final das contas, a sinistra mensagem de Angelique muda tudo e nada ao mesmo tempo.

A investigação permanece como sempre esteve: empacada. Falta uma hipótese mais coesa. Uma garota de 15 anos desapareceu depois da escola. Como, por quê, onde? As possibilidades são infinitas. O melhor que temos até agora são provas de que Angelique está viva. Apesar de que, se ela foi levada a se arriscar para entregar uma mensagem codificada a essa altura dos acontecimentos, o destino dela – e dos misteriosos "nós" de sua mensagem – pode muito bem estar por um fio.

– Não sei o que vou encontrar quando procurar no apartamento – digo finalmente. – Na maioria das vezes, só espero encontrar alguma coisa, qualquer coisa.

Lotham concorda com a cabeça como se isso fizesse todo o sentido. Ficamos em silêncio, percorrendo facilmente um quarteirão depois do outro.

Eu gosto de caminhar ao lado dele. O conforto de sua figura imensa, a facilidade de suas passadas. As pessoas se afastam ligeiramente na calçada, e isso pode tanto ser uma deferência ao fato de ele ser policial quanto qualquer outra razão. Ele marca muito bem sua presença, e várias mulheres bem-vestidas o observam com o canto dos olhos enquanto ele passa.

– Futebol americano ou beisebol? – pergunto, enfim, porque não consigo decidir qual ele deve preferir.

– Nem uma coisa nem outra.

Mordo o lábio inferior, então percebo que fui meio burra ao perguntar. Afinal, o nariz quebrado, os traços surrados...

– Boxe – eu digo.

– Sou conhecido por ter passado algum tempo no ringue.

– E foi lá que alguém deu um Mike Tyson na sua orelha?

– Isso é coisa do meu irmão mais velho, de quando éramos crianças. Nós lutávamos muito. Só para ter algo para fazer mesmo.

– Quantos irmãos?

– Três.

– Meu Deus, coitada da sua mãe.

– Exatamente.

– Onde você cresceu?

– Foxborough.

– Isso fica por aqui?

– No sul do estado. Meus pais eram professores. Minha mãe ensinava inglês, meu pai era o clássico professor de educação física durante o dia e treinador de time durante a noite. Ele trabalhava em uma escola grande, então treinava todos os níveis. Futebol no outono, basquete no inverno, beisebol na primavera. Mas seu primeiro amor era o boxe. Ele levava meus irmãos e eu para o ginásio nos fins de semana. Sua vez.

– Cresci na Costa Oeste. Minha mãe trabalhava muito, meu pai bebia muito. Ambos já morreram.

Ele me encara com tanta força quando paramos em uma faixa de pedestres que eu acrescento:

– Acidente de carro. Foi culpa do outro veículo, o que foi um choque total para mim, considerando a bebedeira do meu pai e os episódios de raiva de minha mãe. O motorista passou por cima da linha central, bateu de frente com eles. Eles morreram na hora. É engraçado, meus pais tinham um casamento terrível. Não me lembro de nenhum deles ter sido feliz. Ainda assim, o fato de terem morrido juntos me traz certo conforto.

Ele acena com a cabeça, compreensivo.

– Militar – deduzo sobre ele em seguida, inspecionando seu corte de cabelo. – Possivelmente exército, mas acho que esse visual está mais para ex-fuzileiro da marinha.

– Não existe "ex-fuzileiro". Uma vez fuzileiro, sempre fuzileiro – diz ele, respondendo à minha pergunta. – E você, depois da escola? – ele questiona.

– Fiquei ótima em badalar. E agora passo muito tempo em porões de igrejas.

– Mas você trabalha em um bar.

– Ficar perto da bebida não é problema para mim. E atender no balcão é minha única habilidade na vida.

– Então você não tem lar. Ou marido, ou filhos. Você só viaja por aí fazendo... isso.

– Me metendo nos problemas dos outros?

– Exatamente.

– Sem dúvida estou melhorando no seu conceito. E a sua história atual? Esposa, filho, cerquinha branca em volta da casa?

– Meu trabalho é um cônjuge bastante exigente, e minhas sobrinhas e sobrinhos me mantêm ocupado.

– Você é o tio favorito, não é? Aposto que você aparece, joga videogames com eles, entope de refrigerante cheio de açúcar e depois se vai contra o pôr do sol.

– Sou culpado dessa acusação. – Ele levanta uma sobrancelha. É a minha vez de responder. Afinal, todo mundo tem alguém, não é mesmo?

– Eu tenho fantasmas de Natais passados – digo com leveza, e é tudo o que vou dizer sobre o assunto. – Certo, rodada bônus: nesses tempos de tensão racial, fluidez de gênero e polarização política, como você mais se define?

Isso me faz ganhar de volta outra sobrancelha arqueada, mas também uma séria contemplação. Depois de um momento, ele responde.

– Homem negro. Nada de "afro-americano", porque, segundo minha mãe, tem mais nessa mistura, inclusive algum português, embora eu não conheça nada sobre essa cultura nem a da África. Definitivamente, eu sou um policial de Boston. Não do Sul, não da Costa Oeste, puramente da região da Nova Inglaterra. Fora isso... bom filho, tio incrível. E você? Branca, mulher, heterossexual...?

– Jogando verde, você? – É a minha vez de provocar e depois ficar séria. – Demograficamente falando, eu sou branca, mulher, heterossexual, agnóstica, progressista, californiana. Mas, acima de tudo, sou alcoólatra. E isso me ensinou o suficiente de minhas próprias fraquezas para que eu fosse mais compreensiva com os outros.

– É por isso que estranhos falam magicamente sobre as coisas com você?

– Talvez eu seja apenas uma boa ouvinte.

Chegamos ao apartamento dos Badeau. Lotham faz uma pausa antes de subir os degraus da frente. Há um pequeno fiapo branco em sua gravata índigo. Preciso reprimir a vontade de estender a mão e tirá-lo. Ele se define como um policial negro de Boston, mas para mim ele é como um porto seguro em uma tempestade, quer queira, quer não.

Eu gostaria de entrar no silêncio que o cerca. Encostar minha cabeça em seu ombro. Descobrir se sua quietude poderia infiltrar-se em meu próprio ser selvagem e inquieto.

Eu chego mais perto.

– Por que você faz isso? – ele me pergunta suavemente, o olhar sombrio fixado no meu.

– Não tenho ideia.

– O que você está procurando?

– A verdade.

– Mesmo que seja feia?

– Ela é sempre feia.

– Tente não machucar muito a família – murmura ele.

E eu tenho de sorrir ao ouvir isso, porque entendo completamente. Esses casos de pessoas desaparecidas...

Eu viro e subo os degraus da frente. Um pouco depois, ele me segue.

*

Enquanto Emmanuel nos acompanha para dentro do apartamento, Guerline está no fogão, jogando uma coxa de frango empanada na panela de óleo fervente. A coxa borbulhante é rapidamente seguida por mais quatro.

No momento em que aparecemos, entretanto, ela se afasta do fogão e parece tirar do nada uma garrafa de café. Ela nem oferece, apenas enche duas canecas, entregando uma a cada um de nós. Como acabei de consumir meu peso corporal em cafeína, sinto-me tentada a recusar, mas o olhar em seu rosto me faz parar e pensar.

É estoico, mas acolhedor. Ela também está cumprindo passos do programa, assim como eu fiz hoje mais cedo.

Como se estivesse lendo minha mente, Lotham murmura ao meu lado:

– Aceite. É uma coisa dos haitianos. Beba.

Eu pego a caneca e a agradeço profusamente. Considerando que ela não havia me oferecido café na primeira vez em que vim, fico agradecida por agora ter subido na consideração dela, já me perguntando quanto tempo isso vai durar.

A área da sala é pequena demais para quatro pessoas, especialmente quando uma delas é superdimensionada. Lotham entende. Ele bebe de uma vez seu café e desaparece de volta ao segundo andar, onde logo posso ouvi-lo falando ao telefone.

Emmanuel permanece comigo, enrolando os dedos sem saber o que fazer.

– O que você gostaria de ver? – ele pergunta finalmente.

Guerline se afasta de mim em meio ao espaço minúsculo para jogar mais frango na panela. Mais fervura, mais crepitar.

– Me mostra como cada um se arranja aqui.

Emmanuel me mostra a porta que leva ao único quarto, que pertence a sua tia. De frente a ele, há um banheiro apertado com uma única penteadeira, um vaso sanitário e uma combinação de banheira e chuveiro. Há um armarinho de remédios atrás do espelho acima da pia e uma prateleira barata sobre o vaso sanitário. Espaço compartilhado significa espaço bagunçado, o que me deixa com muita coisa para vasculhar.

Por enquanto, sigo Emmanuel de volta à sala da família.

– Aqui é da Lili – ele gesticula para o sofá. Depois, para o chão. – E aqui é para mim. – Uma mesinha de canto ao lado do sofá. – Para a minha irmã. – Segue-se uma cômoda presa ao lado do suporte de TV, depois a prateleira mais baixa do rack, recheada de livros. – Também para a minha irmã.

Restam dois outros móveis, que devem ser de Emmanuel.

Não é uma área grande para se fazer uma busca, mas é muito para processar, dado o tumulto de bens pessoais, fotos de família e quinquilharias diversas. É como espreitar em uma floresta densa e depois, calmamente, tentar escolher uma única folha.

Eu me sento no sofá, depois me levanto novamente.

– Onde sua irmã costumava se sentar? – pergunto a Emmanuel. – Todo mundo tem um lugar preferido.

Ele gesticula para a ponta mais próxima à parede, onde um abajur de cerâmica de tamanho exagerado cobre a mesa de cabeceira, providenciando excelente iluminação para um leitor ávido.

– Como ela se sentava? – pergunto em seguida. – Reto, de lado, encurvada? Pode me mostrar?

Emmanuel levanta uma sobrancelha, meio sem entender, mas vai até o sofá. Ele parece pensar bem a respeito, depois se senta entre as almofadas, fazendo uma pose. De lado, encolhido. Novamente, mais perto da fonte de luz.

Emmanuel salta para fora e eu aceno em sua direção enquanto assumo a posição de Angelique no sofá. Por um longo momento, não faço nada. Apenas sento ali e tento ver o que Angelique veria. Não pilhas de bagunça, mas pedaços de lembranças. Uma menina de 15 anos. Sua família se dividiu entre este país e a ilha que ela chamava de lar.

Emmanuel entra na cozinha, sentando-se à mesa onde seu *notebook* cheio de adesivos está ligado. Estaria fazendo os deveres de casa, ou atualizando o memorial digital de sua irmã, ou talvez monitorando a escola virtual? Me pergunto o que será que os amigos dele pensam. Se ele tem alguém com quem possa conversar.

Redireciono meu olhar para a parede à minha frente. Por fim, me levanto. Abro cada gaveta da cômoda e vou remexendo e examinando tudo. Sinto-me intrusiva, manipulando assim as pilhas de roupas de alguém. O fato de a família estar na mesma sala não ajuda. Mantenho meus movimentos rápidos e minha atenção concentrada. Já é difícil fazer isso uma vez; não quero ter de fazer de novo.

Não me deparo com nada escondido, nenhum bilhete, foto ou diário. Tateio o fundo de cada gaveta em busca de fundos falsos, depois espreito atrás da própria cômoda. Estes são os lugarezinhos de sempre, o básico do contrabando. Vejo se há itens enfiados debaixo das tábuas do chão, ou colados sob as prateleiras, ou por baixo de um objeto, ou atrás daquele outro móvel.

Tiro do lugar a foto emoldurada da mãe de Angelique e, de costas para a cozinha, delicadamente a desmonto. Meus esforços são recompensados com a descoberta de um pedaço de papel-cartão branco. Está preenchido pelo desenho de uma criança, um coração e flores feitos com lápis de cera. Escrito no alto, em letras grandes e bem arredondadas, estão as palavras "*Mwen renmen ou*".

Não preciso saber falar *créole* para entender que se trata de "Eu te amo".

Devolvo o bilhetinho ao seu lugar atrás da foto, me sentindo ainda mais intrusiva que antes. Vagueio pelas estantes, pelo altar improvisado, pelo tumulto das plantas decorando o interior. Certa vez trabalhei em um caso de uma pessoa desaparecida no qual um *pendrive* cheio de fotos ilícitas tinha sido escondido dentro do pote de um falso *ficus*. Mas essas plantas de agora se revolvem em solo úmido e argiloso. E nenhuma parece ter sido remexida recentemente.

Vou para o banheiro, onde verifico o armarinho de remédios e os produtos de beleza espalhados pelas prateleiras acima do vaso sanitário. Sacudo as latas de aerossol procurando por fundos falsos. Abro recipientes de maquiagem só para me certificar. Não há nada no cabo da escova de cabelo, colado dentro do vaso sanitário, nem aparafusado na parte inferior da pia.

Não me esqueço de verificar os rodapés de madeira e os batentes da porta. Depois, vasculho tudo o que está embaixo da pia. Há um monte de produtos de limpeza, papel higiênico e produtos de higiene feminina. Considerando que uma estratégia clássica de viajantes é esconder dinheiro dentro de absorventes higiênicos ou invólucros de tampões, tiro cada item de dentro de suas caixas. Quando olho para cima, o detetive Lotham já voltou e está balançando a cabeça para mim. Dou de ombros e volto ao que estava fazendo.

Existem outros esconderijos clássicos. Dentro do freezer. Dentro da porta do freezer. Enfiado entre estantes embutidas, ou atrás das sancas junto ao teto. Uma vez encontrei um pacote de droga dentro de um aspirador. Acabou que pertencia ao namorado da mãe, e não tinha nada a ver com o desaparecimento do filho dela, mas o homem ficou chateado comigo por meses. E, sim, meu relacionamento com a família inteira foi ladeira abaixo a partir daquele ponto.

Por fim, descobri o corpo do menino de 9 anos trancado no porta-malas de um carro abandonado na propriedade de seu avô. O julgamento do assassinato deve começar em algum momento do próximo ano.

Volto para a área comum e passo a enfrentar o sofá. Desfaço-o, almofada por almofada. Felizmente, não é um sofá-cama, então não preciso reorganizar o quarto inteiro.

Depois, retorno ao meu poleiro na ponta do sofá e volto a pensar como uma garota de 15 anos. É aqui que vejo TV, que navego no meu celular, que fico com minha família. É aqui que fico acordada até tarde, me aconchego na minha cama e daqui encaro todas as manhãs. Neste apartamento inteiro, esse cantinho do sofá, essa mesinha de canto e aquela escrivaninha são só meus. Apenas nacos de privacidade arranjados em um ambiente onde meu irmão mais novo também vive, dorme e acorda bem ao meu lado.

E talvez eu não me importe. Protegi meu irmãozinho do nosso pai. Eu o tirei da casa que estava desabando. Há pouco, mesmo, prometi a nós dois um futuro melhor.

Mas talvez eu tenha conhecido alguém. Ou será que alguém me encontrou?

Talvez, por um momento, eu tenha sonhado meu próprio sonho, tido meu próprio segredo, desejado minha própria vida. Mas como? Em um lugar tão pequeno assim, em um apartamento tão lotado, onde até mesmo meu computador é compartilhado...

Deixo as fotos de lado e passo a inspecionar a fileira de livros. Retiro cada um, lendo o título, folheando as páginas. Alguns são em francês, mas a maioria é em inglês. Nenhum deles é do tipo de livro que eu entenda. Pelo jeito, Angelique gostava de ler tudo, da biografia de Madame Curie à de Elizabeth Blackwell. Folheio um livro de anatomia dentro do qual descubro folhas do bloco de esboços de Angelique, representações incrivelmente realistas de sistemas esqueléticos e grupos musculares. Ela claramente é uma artista talentosa, pelo menos para meu olho destreinado.

Desisto dessa missão em particular e volto para o sofá. Já se passou mais de uma hora. O frango está pronto e, no momento, sendo mantido aquecido no forno. Se antes eu não estava me intrometendo o suficiente, agora com certeza estou. Guerline se juntou ao sobrinho à mesa, ambos claramente ansiosos. Eu deveria deixá-los a sós para que finalmente possam desmoronar em paz.

Última tentativa. Vamos ver: eu tenho 15 anos... conheci uma amiga... um namorado... um desconhecido excitante... eu estou...

Não faço a menor ideia do que Angelique gostava de fato, esse é o problema. Mas sei de uma coisa: ela tinha mesmo um segundo telefone – que precisava esconder da tia e do irmão. Mas certamente dava uma olhadinha nele com frequência...

Eu me contorço. Não há nada enfiado nas almofadas do sofá, nem colado embaixo dele ou da mesinha de centro.

Me inclino para mais perto da pequena mesinha de canto, ligando com um estalo o abajur colorido. E então – assim, do nada mesmo

– percebo tudo. Seu lugar no sofá. A maneira como ela se sentava, sem se inclinar para a frente nem se afundar nas almofadas, mas voltada em direção à parede.

Seria uma luz melhor para leitura, pensei antes. Mas talvez fosse apenas uma luz melhor, ponto.

Eu me levanto e tiro a lâmpada lá de dentro. Depois pego o abajur inteiro, com sua grande base de cerâmica coberta com toques de vermelho, roxo e turquesa. Quando o balanço, não há nenhum som de chocalho nem sensação de algo se movendo. Mas sinto o peso daquilo, tão sólido, tão denso. Vou tateando sob ele até meus dedos se aproximarem do grande parafuso que une todas as peças. Nem preciso de ferramenta. O parafuso já está solto, só esperando.

Eu torço a porca. Puxo lentamente a base. E, do nada, montes de dinheiro enrolados com fita adesiva começam a cair no chão. Um, dois, três, quatro, cinco, seis. Não são só centenas de dólares, mas milhares em dinheiro bem empacotado.

Ouve-se um guincho da cozinha quando Emmanuel empurra sua cadeira para trás. Guerline solta um terrível suspiro, levando a mão à boca.

O detetive Lotham aparece à porta.

Tiro mais três rolos lá de dentro. Todos nós os vemos rolando pelo tapete. Milhares e milhares de dólares em dinheiro vivo. Uma quantia muito maior do que qualquer adolescente poderia ter acumulado por meios legais.

Guerline coloca as mãos na cabeça e começa a chorar.

CAPÍTULO 14

Os clientes do *happy hour* já estão firmemente instalados quando volto ao Stoney's. Apanho um avental, lavo as mãos e vou direto ao trabalho, servindo cerveja e pratos de comida.

Minha mente fica voltando aos rolos de dinheiro escondidos no abajur de Angelique. Quando saí de lá, o detetive Lotham estava ensacando as provas. O fato de que Guerline e Emmanuel não protestaram contra a remoção daquelas grandes somas de seu humilde apartamento confirma que o dinheiro não era deles e que isso tem implicações perturbadoras.

Como não sou uma investigadora oficial, só posso especular que tipo de testes forenses serão realizados com o dinheiro. Busca por impressões digitais, com certeza. Entendo que notas mais novas podem revelar impressões úteis. Qualquer coisa em circulação por muito tempo, no entanto, já foi tocada por demasiadas mãos gordurosas, revelando apenas uma bagunça de impressões parciais.

Provavelmente também testarão cada nota em busca de resíduos químicos. Vestígios de drogas. Talvez algum tipo muito incrível de mofo que só pode ser encontrado em um único porão em toda Boston. Ou não.

Li sobre um caso em que os números de série nas notas foram rastreados até um caixa eletrônico bem específico, o que permitiu à polícia conseguir o vídeo e identificar a pessoa que sacou o dinheiro. Isso seria ótimo. No entanto, considerando como o dinheiro estava bem amarrado, tenho a impressão de que aquelas notas muito provavelmente não são novinhas em folha, ou não têm números de série consecutivos, ou, sejamos francos, que não revelem qualquer informação útil.

Parecia haver centenas, talvez milhares de dólares por rolo. Isso totaliza algo em torno de dezenas de milhares. O que neste mundo uma adolescente poderia estar fazendo para ganhar tanto dinheiro?

Prostituição é o primeiro pensamento que me vem à mente. E se encaixaria em uma narrativa maior de tráfico humano. Mas eu definitivamente não encontrei nenhum sinal de roupas sensuais ou parafernália sexual. Mais ainda: em que momento de seu dia ela faria isso? Angelique dividia seu quarto de dormir com o irmão. Se ela estivesse saindo às escondidas, com certeza ele já teria falado conosco a respeito. Sem contar que dezenas de milhares é muito dinheiro mesmo para uma hipótese dessas. Nenhum cafetão quer sua empregada alcançando independência financeira.

– Hã, moça, você vai continuar servindo a cerveja até...?

A voz me tira do meu devaneio. É verdade, já enchi todo o copo e agora só estou jorrando espuma pelos lados. Solto a torneira e entrego a bebida.

Quando volto, Stoney está com uma cara de quem andou se perguntando se aquela minha "ajuda" não seria pior do que ajuda nenhuma. É justo.

– Stoney, renda ilegal. Quais são as opções aqui nas redondezas? – pergunto.

Ele parece levar minha pergunta a sério enquanto empilha copos sujos em uma bandeja para entregar na cozinha.

– Drogas.

– Não há sinais disso, e os cachorros farejadores teriam conseguido sentir o cheiro se o dinheiro tivesse entrado em contato com metanfetamina, cocaína ou qualquer coisa assim.

Eu alinho quatro copos americanos, encho-os com gelo e começo a distribuir o rum.

Stoney não questiona a afirmação.

– Sexo.

– Possível, mas não provável.

– Mercadoria roubada.

Não tinha pensado nisso. Cubro o rum com Coca-Cola, depois dou a volta no balcão para entregar as bebidas na mesa. Quando volto, Stoney já terminou com os copos sujos e agora está fazendo um pedido de um cliente.

– Que tipo de mercadoria roubada? – pergunto.

– Eletrônicos. Celulares. Armas.

– Não sei se a nossa menina teria esse conjunto de habilidades ou recursos. Ela é do tipo estudiosa. Quer ser médica quando crescer.

Viv chega da cozinha, em uma de suas raras aparições, e me entrega três pratos. Levo-os para a ponta do balcão e aproveito para pegar um pedido de uma jarra de cerveja na volta.

– Vender um rim? – pergunta Stoney na sequência.

– Acho que a família teria notado.

Começo a encher a jarra. Eu poderia perguntar à família sobre cirurgias recentes. Quem sabe Angelique tivesse sofrido de alguma apendicite que não fosse realmente apendicite? Ou de uma amigdalite em que as amígdalas não foram removidas de verdade? Parece muito improvável, no entanto, que ela pudesse elaborar um ardil dessa magnitude em aposentos tão apertados.

– Fraude com cartão de crédito – Stoney oferece em seguida. – Ou roubo de identidade.

Digno de consideração. Sabemos que Angelique tinha uma identidade falsa, então por que não um cartão de crédito em nome de outra pessoa? Ela poderia comprar itens *online*, mandar entregar em sua casa e depois devolvê-los em lojas físicas em troca de dinheiro ou crédito. Mas parece o tipo de atividade que já teria chamado a atenção e sido compartilhada com a polícia. A menos que ela usasse a casa de outra pessoa para a entrega. Uma co-conspiradora? A outra metade de "nós"? Interessante.

De todas as opções, um crime de colarinho branco parece ser o que melhor se encaixa na imagem de Angelique que estou construindo na minha cabeça. Mas, convenhamos, essa imagem é baseada em informações vindas de sua família e seus amigos. E eles claramente não sabem tudo sobre ela.

Angelique frequentava o ensino médio de dia e fazia cursos *online* à noite. É bastante estudo, real e virtual, para uma adolescente. Será que isso representa alguma dica? Atividade ilegal disfarçada de trabalho escolar? Talvez ela vendesse respostas para provas e trabalhos escolares. Mas dezenas de milhares de dólares? Será que há garotos suficientes no ensino médio ou na plataforma *online* para fornecer esse tipo de renda?

Continuo rodopiando as opções em minha mente, mas não consigo encontrar um empreendimento, ilegal ou não, que possa explicar aquela quantidade de dinheiro.

E se ela encontrou o dinheiro? Ou o roubou? Talvez ela não fosse uma traficante de drogas, mas digamos que ela trabalhou de babá para um barão do tráfico, descobriu um esconderijo de dinheiro e pensou que poderia escapar se surrupiasse um pouquinho. Até que o traficante descobriu e...

Agora eu tenho muitas possibilidades a considerar, embora a maioria resulte em um cenário em que Angelique é baleada como um recado para outros, e não sequestrada por onze meses. Traficantes de drogas não são do tipo sutil.

Distribuo doses, renovo bebidas. Opero à base de memória muscular, pois sou uma mulher que passou a maior parte da vida adulta em bares, e enquanto isso deixo minha mente rodopiar, fumegar e ponderar.

Nada disso me traz paz.

"*Nos ajude*", Angelique codificou em sua redação escolar. Claramente uma atitude de uma garota em apuros e desesperada por ajuda. Eu concordo com o que o detetive Lotham disse: só porque ninguém entrou no cibercafé com uma arma apontada para a cabeça de Angelique, isso não significa que ela não estivesse sob coação.

Então me ocorreu outra possibilidade, mais assustadora e triste do que todas as anteriores. Ela pode ter sido raptada para servir de isca de recrutamento. Uma adolescente tranquila e bonita e imigrante. Mantida sequestrada contra sua vontade, depois enviada a pontos de ônibus e estações de trem para encontrar outros adolescentes insuspeitos e atraí-los para conhecer seus "amigos": traficantes sexuais, cafetões, traficantes de drogas. Que efeito corrosivo isso teria em uma protetora natural como Angelique, uma menina que resgatou a própria mãe e o irmão?

Se a ameaça contra sua família aqui ou no Haiti fosse significativa o suficiente, ela não teria outra escolha a não ser obedecer.

Esse cenário hipotético não explicaria por que Angelique tinha rolos de notas escondidos em um abajur, mas explicaria seu desaparecimento, bem como seu súbito reaparecimento em busca de ajuda.

Em relação à como ela poderia ter se envolvido com tráfico sexual, só consigo pensar no centro recreativo. De acordo com suas amigas, ela se tornara distante depois de passar pelo programa de verão de lá.

Seria porque tinha conhecido alguém? Viu alguma coisa? Não faço ideia, mas parece um ponto de partida tão bom como qualquer outro. Amanhã de manhã devo encontrar meu novo amigo Charlie, do AA, então seguirei em frente. Como Angelique, funciono melhor quando tenho um plano.

E isso me leva a pensar em onde Angelique estaria neste momento. Aterrorizada ou determinada? Com saudade do irmão ou resignada com seu destino?

E o misterioso "nós"? Outra menina? Várias meninas? Dezenas de meninas? Todas esperando que alguém as resgate da escuridão?

As implicações disso, a responsabilidade por todas essas vidas, quando eu nunca resgatei sequer uma alma viva...

Não consigo pensar nisso.

Angelique. Outros mais. Sozinha lá fora.

Por favor, por favor, por favor, para o bem deles, me deixe corrigir essa situação.

*

Quando os clientes das altas horas já estão quase porta afora, já me sinto mais reflexiva e quieta. Esfrego o balcão, dou brilho, empilho coisas e varro em silêncio. Viv está na cozinha, esfregando, enquanto Stoney fecha o caixa.

Foi um longo dia. Eu deveria ir à reunião e depois dormir um pouco. Ou talvez pudesse sair para correr. Está tarde e escuro e perigoso, mas isso nunca me impediu antes. Às vezes meu sangue corre muito à flor da pele. Consigo sentir minhas terminações nervosas cintilarem e estalarem e a pressão aumentar no meu peito.

Era uma vez eu em algum bar, virando doses de tequila e dançando como se não houvesse amanhã. Dançava-bebia-dançava. Ou talvez tenha sido bebia-dançava-bebia. Até sair do ar. Era isso o que eu buscava, o que ainda busco.

Era um momento precioso quando eu não estava mais tão presa dentro da minha cabeça. Sabendo de coisas de que não queria saber. Lembrando de coisas de que não queria lembrar. Me preocupando com coisas que não podia mudar.

Como faço com muita frequência, acabo pensando em Paul. A sensação de seus lábios sussurrando alguma coisa pertinho do meu pescoço. As cócegas de seu cabelo, a força de suas mãos. Aquele começo, quando ele fazia eu me sentir segura. O fim, quando parti seu coração e quebrei meu último vestígio de amor-próprio.

Não quero ir à reunião. Não quero correr. Quero é pegar uma garrafa de Hornitos, rastejar lá para cima e ligar para ele. A dor será rápida e brutal. Como uma navalha contra a minha alma. Assim eu poderia apenas ficar deitada me sentindo sangrar e entornando tequila. Beber e chafurdar. Talvez Piper, a gata assassina, também goste de grandes momentos de sentir pena de si mesma. Nunca se sabe.

Viv sai às pressas, já enfiando os braços no casaco. Seu marido está lá fora esperando para acompanhá-la até em casa. Algo tão gentil e encantador, e que funciona como sal jogado sobre minha ferida aberta. Viciados são particularmente bons nesse joguinho de achar que a vida de todo mundo é mais fácil, melhor, mais feliz. Se pudéssemos ser os outros, não precisaríamos mais beber.

A culpa é de todos os outros. Do universo. Nunca é nossa.

Anda, vá à reunião. Basta sair pela porta e ir. Eu olho para as fileiras de garrafas forrando a parede do fundo. Sinto a besta se remexer em minhas entranhas, abrindo seus olhos, mostrando suas garras.

Foi um dia difícil. E estou cansada e sozinha. E branca feito cera. Meu Deus do céu, quando foi que eu fiquei tão branca assim, parecendo um tubo neon que brilha no escuro, que todos olham para mim automaticamente, sem nem me conhecer? Aqui, a cor da minha pele fez de mim o inimigo, como se eu fosse um anúncio ambulante de arrogância e privilégios, embora eu não sinta nada disso. Me sinto como sempre me senti: defeituosa. Como se o resto do mundo soubesse de algo que eu não sei. Como se todos sentissem coisas que eu não consigo sentir. Como se todos se conectassem de maneiras que eu nunca soube como fazer.

É claro que, a essa altura, já passei tempo suficiente em comunidades marginalizadas para entender que há algo mais nessa história. Que, mesmo com toda a minha angústia, a verdade é que eu cresci com medos limitados e sonhos ilimitados. Eu tinha uma fé implícita nas autoridades e nunca pensei em questionar o sistema. Tinha uma compreensão inata do mundo e do lugar que ocupo nele. E nunca senti falta de um teto sobre a minha cabeça, de comida na geladeira e de um bairro seguro onde eu pudesse crescer.

O que é, de fato, um privilégio.

Eu deveria ir à reunião. Basta sair pela porta, encontrar meu grupo e aliviar meu fardo. Respire. Respire fundo.

O dragão inquieto, agora totalmente desperto, começa a se desenrolar dentro de mim. Ele sussurra lembranças da minha primeira bebida, um gole do Jack Daniel's com Coca do meu pai, que eu mesma, aos 8 anos, servi para ele quando ele já estava falando enrolado. A sensação da cafeína com bourbon deslizando pela minha garganta, o quente e o frio ao mesmo tempo, derretendo tanto quanto sacudindo. A euforia que lentamente se dispersava, trazendo rubor ao meu rosto irrecuperavelmente jovem.

Não uma garrafa. Só uma dose. Ou duas ou três. Depois vou dormir. Dormir é bom. Vou me sentir melhor depois de uma boa noite de descanso.

– Senta. – Stoney está de pé à minha frente. Ele pega a cadeira que acabei de empilhar sobre a mesa, a vira de volta para o chão e aponta para o assento de madeira dura. – Senta aí.

Eu me sento.

Uma segunda cadeira, jogada num tranco ao lado da primeira. Depois uma pausa, enquanto ele desaparece lá para dentro e eu fecho os olhos, conto até cem de cinco em cinco, e, quando isso não funciona, de sete em sete. Acabo de chegar a oitenta e quatro quando Stoney reaparece com duas canecas de café.

– Descafeinado. – Ele fica com uma, me passa a outra. Senta-se de frente para mim. Nós dois bebemos em silêncio.

– Você é casado? – pergunto por fim. A pressão está diminuindo no meu peito, mas me agarro à caneca com força, como se ela fosse uma âncora. Tenho outro truque: descrever cinco coisas que estou vendo no momento com o máximo de detalhes possíveis. É o jogo infantil do "Eu vejo com o meu olhinho", mas adaptado como um exercício para manter os pés no chão. Se isso não funcionar, então jogo "Cinco coisas para cinco sentidos". Por exemplo, o cheiro do café recém-preparado. O som das luzes zumbindo no teto. A sensação táctil da caneca quente. O olhar no rosto impassível de Stoney. O gosto do arrependimento.

Stoney leva um tempo para responder.

– Era. Ela morreu. Câncer de ovário.

– Meus sentimentos.

– Passei trinta anos incríveis com ela. Aproveitei cada minuto. Tive mais sorte que a maioria.

– Filhos?

– Três. Duas moças e um rapaz. Uma das meninas está morando na Flórida agora. Fica me pedindo para ir viver lá com ela e a família. Mas minha casa é aqui.

– Você cresceu aqui?

– Em Nova Jersey, mas me mudei para cá quando adolescente. Fica perto o suficiente.

– Este bairro, este bar, estas são suas lembranças.

– Ainda vejo minha Camille em todos os lugares – afirma Stoney. – E não estou reclamando quando digo isso.

– Netos?

– Quatro, entre 3 e 8 anos. Dois na Flórida, dois em Nova York.

– Todos os seus três filhos são casados?

– Minhas duas meninas são. Meu filho Jerome morreu aos 16 anos. Não é fácil ser um jovem negro. Mais difícil ainda quando você tem 16 anos, é burro e muito facilmente influenciado pelos colegas.

Como sempre acontece com Stoney, o que ele não diz é o que mais importa.

– Gangues ou drogas? – pergunto mais diretamente.

– Drogas. Destruiu o coração da mãe dele.

O do pai também, mas ele nem precisou dizer isso.

– Pretende morrer trabalhando aqui? – pergunto.

– O plano é esse.

– E como é isso? – digo num sussurro. – Saber exatamente o que você quer? Saber que esta é a sua casa? Sentir que você pertence a isto, a um lugar?

Ele não responde, mas eu também não esperava que respondesse.

– Você conhece a família? – É a vez de ele perguntar. – Da garota desaparecida, os Badeau?

– Não. Isso é só o que eu faço da vida. Procuro casos já esquecidos de pessoas desaparecidas. Depois encontro essas pessoas.

– Quantos já encontrou?

– Quatorze.

– Há quanto tempo?

– Nove anos, mais ou menos.

– Como você começou?

– Coisa do acaso. Eu tinha acabado de entrar para o AA, e uma das mulheres, Margaret, estava lidando com o desaparecimento da filha. A polícia pensou que a menina tinha fugido. Margaret não acreditava, mas não tinha como discutir. Comecei fazendo algumas perguntas, o que me levou a mais, e depois a mais algumas. Viciados são mais propensos a ficar obcecados. Acabei rastreando a filha até um barraco onde ela estava escondida com o namorado abusivo. A garota era menor de idade, então chamei a polícia. Eles cercaram o lugar para fazer a prisão, mas então o namorado atirou nela e depois em si mesmo. Clássico assassinato seguido de suicídio.

– Não é uma história feliz.

– Não, mas talvez seja por isso que estou sempre atrás desse tipo de coisa. Eu não acredito em felicidade. Casos como esse, situações como essa, eu entendo melhor.

Stoney concorda e bebe mais café.

– Obrigada – eu digo finalmente.

Nenhum comentário.

– Você sabe que sua gata é louca, não sabe? E uma assassina em série.

Nenhum comentário.

– Mas ela ronrona bonitinho – eu admito.

Stoney sorri. Nós dois esvaziamos nossas canecas. Em seguida, juntos, reempilhamos as cadeiras, lavamos as xícaras e enxaguamos a cafeteira.

Stoney vai para casa. E, sem garrafa na mão, eu subo as escadas.

*

Nos meus sonhos, Angelique aparece. Está correndo por um beco escuro e comprido que fica mais longo e mais escuro a cada passo. Ela é só um borrão de membros se debatendo freneticamente com seus cabelos escuros pulando sob um boné vermelho vivo.

– Me ajuda – ela grita, desaparecendo ao virar uma esquina. Eu vou atrás, mas, quando chego lá, ela já está fazendo a próxima curva fechada. Então eu corro para a esquerda, depois para a direita, zigue-zague e zigue-zague, mas nunca ganho terreno. Só consigo ouvir o eco de suas passadas e o som de sua respiração enquanto ela corre lá na frente.

Me ajuda, me ajuda, me ajuda.

Abruptamente, o beco escuro some. Estou parada no acostamento gramado de uma estrada, olhando para os restos retorcidos do carro dos meus pais, seus rostos ensanguentados enfiados com os olhos arregalados no para-brisa estilhaçado.

Não, estou debaixo d'água, lutando para fugir das garras esqueléticas de Lani Whitehorse enquanto ela me puxa cada vez mais para baixo, para baixo, para baixo.

Eu tento me beliscar. Tento gritar para acordar, mas não funciona. Continuo presa naquele pesadelo que parece uma mostra de *slides*, onde todas as cenas vão de ruins a horríveis a aterrorizantes a...

Paul. A cabeça dele no meu colo, o corpo dele banhado em sangue.

– O que você fez? – ele grita comigo, seus dedos se estendendo como garras. – Frankie, o que você fez?

"Shh", eu quero dizer a ele. "Economize suas forças."

Mas é tarde demais. Uma criança grita, uma arma dispara. Não há para onde ir, nada que possamos fazer. Estendo a mão para pegar a mão dele.

– O que você fez? – ele me pergunta uma última vez enquanto sua vida se esvai. Tanto sangue. Demais. E, ainda assim, ele agarra minha mão. Ainda assim, ele olha para mim.

– Eu te amava.

Então fecho os olhos e uma luz explode ao nosso redor, brilhante, excruciante, abrasadora. Eu grito. Em meu sonho. No meu sono.

Rezo para que a dor seja rápida agora.

Mas, assim como antes, ela não é.

CAPÍTULO 15

A manhã me desorienta. Acordo com medo e com a sensação de ter um buraco no estômago. Por um momento, permaneço deitada, quieta. Acabei bebendo. Deve ter sido isso. Cedi à besta e agora tenho de recomeçar minha sobriedade.

As lágrimas começaram a se formar no canto dos meus olhos antes mesmo que meu nevoeiro mental se dissipasse, então me lembro de que não me rendi. Stoney colocando a cadeira no chão. Stoney conversando comigo. Então eu choro assim mesmo, por puro alívio, porque a sobriedade é minha única e verdadeira realização em toda a porcaria da minha vida miserável, e perder isso seria...

Hoje eu vou a uma reunião, prometo a mim mesma. Ainda antes do trabalho. Deve haver alguma ao meio-dia, em algum lugar. Sempre há.

Eu me sento sobre a cama e balanço as pernas. Então percebo o que está diferente. Nenhuma garra corta minha pele nua. Não há carcaças de roedores enfeitando o chão. Aliás, não tenho nenhuma lembrança daquele ronronar reconfortante que alivia meus pesadelos crônicos.

Espreito embaixo da cama. Não vejo olhos verdes brilhantes. Verifico a tigela de água. Parece intacta.

Aparentemente minha colega de quarto não voltou para casa ontem à noite. Considerando que moramos juntas há apenas alguns dias, isso não deveria me incomodar, mas incomoda. Escovo os dentes, tomo banho, escolho o modelito do dia, tudo isso mantendo a atenção voltada a possíveis sons vindo da portinha para gatos. Estou pronta para sair e ainda não há sinal de Piper. Sinto que devo deixar um alimento para ela, mas nunca fui às compras nesta nova casa e não tenho sequer um pedaço de comida na minha cozinha.

Desço para a cozinha do bar e vasculho tudo até encontrar um tijolo de queijo. Tiro uma fatia. Acho que nem Stoney nem Viv vão se importar. Parto o queijo em pedaços menores, volto ao meu apartamento e coloco o lanche da gata ao lado de sua tigela de água.

Não tenho certeza do que mais poderia fazer, então, mesmo não estando muito tranquila, continuo os afazeres do dia.

Não sei muito a respeito do centro recreativo. Está em meu mapa impresso, uma grande estrutura ao norte em meio a um mar de área verde. Mais uma vez, a presença de um parque tão grande em meio à densidade urbana do centro da cidade me surpreende. Mas, com certeza, se eu fosse um adolescente entediado, provavelmente iria para lá.

É uma longa caminhada, o que significa que seria melhor eu pegar um ônibus. O que significa, por sua vez, que eu tenho de tentar entender o sistema de trânsito de Boston novamente. Já me sinto derrotada. Que senhora idosa vai me salvar hoje?

Vou primeiro ao Dunkin' Donuts. Preciso tanto do café quanto da orientação deles.

Considerando que é o final da manhã, sou a única cliente, a chocante mulher branca a entrar pelas portas de vidro. Reconheço a mesma turma de mulheres negras mais velhas atrás do balcão, incluindo a gerente que me ajudou com as direções para a padaria Le Foyer. A maioria delas parece se lembrar de mim também. Isso facilita encomendar um café grande e, em seguida, mergulhar no mapa e pedir ajuda.

Desta vez todas se juntam em volta, e eu fico sabendo de rotas e horários dos ônibus.

– Onde você mora, menina? – me pergunta a gerente, Charadee. Ela é alta e robusta, e chama a atenção apesar do uniforme marrom e fúcsia.

– Estou trabalhando no Stoney's e morando em cima do bar.

– Você é garçonete? – Uma sobrancelha se arqueia. Uma estrelinha prateada brilha na ponta. Não consigo decidir se é um *piercing* ou um adesivo.

– Faço um *mojito* excelente – informo. – Apareça um dia desses. Estou em dívida com você por toda a ajuda com essas informações.

Charadee concorda com a cabeça. As outras mulheres parecem gostar disso.

– Mas por que o centro recreativo, querida? Você tem filhos?

– Não, mas já ouvi coisas boas a respeito de lá e queria saber mais. Eu sou alcoólatra – digo espontaneamente, pois aprendi que, em muitas situações, falar isso ajuda a quebrar o gelo. – Estava pensando se eu também poderia fazer algo para ajudar os outros, já que eu mesma passei por tanta coisa, sabe?

Todas concordam. Charadee gira meu mapa e anota algumas coisas. Ela tem a letra bem arredondada, muito mais bonita que a minha.

Ela murmura, no que presumo ser francês, algumas perguntas para suas colegas. Várias respostas também afrancesadas levam a mais anotações rabiscadas. No fim, Charadee divide meu papel em três partes. A primeira contém números, a segunda, nomes, e abaixo da linha intermediária que divide a página há uma grande confusão de nomes e números.

Ela me guia em meio a tudo aquilo: os horários dos ônibus, que eu tinha reconhecido; os nomes dos seus "meninos conhecidos" no centro, que podem me ajudar; e uma lista dos melhores restaurantes naquela região.

– Uma menina magrinha feito você precisa comer direito – Charadee explica. Em uma cultura que se orgulha das mulheres curvilíneas, eu devo parecer particularmente patética. Para ser sincera, venho implorando a Deus para ter mais peito desde o dia em que fiz 13 anos. Continuo esperando.

Agradeço com sinceridade. Cumprimento todas com um *high five*.

Uma campainha soa quando um carro se aproxima do *drive-thru*. Elas retornam aos seus postos e eu me dirijo à porta, armada com meu café e meu guia local revisto e ampliado.

*

Entro no ônibus certo e desço no ponto certo. Isso me faz abrir um sorriso tão reluzente que até o motorista, um senhor negro idoso que parece ter alguma idade entre o bem velho e o muito antigo, sorri de volta. Sorrio ainda mais e ele abana a cabeça.

– A senhorita se cuide, viu? – ele diz, e o fato de eu tê-lo feito falar parece o meu segundo triunfo do dia.

Esqueça o detetive Lotham. Talvez eu esteja subindo no conceito de toda a população do Mattapan.

A sensação de sucesso dura até eu chegar em frente ao vasto complexo do centro recreativo. Mais uma vez, é muito maior do que eu esperava e, considerando o tamanho do parque ao redor, das quadras de tênis e das pistas de corrida, não é nada como eu imaginava. Claro, o prédio principal do centro parece meio antigo e caído; é um hangar gigante de metal que provavelmente foi muito impressionante em seu auge, e parece precisar de uma limpeza pesada e uma boa pintura. Mas o tamanho do prédio e seus acessos a ambiente externos são... Digamos que já visitei muitos bairros com muito menos que isso.

É claro que não consigo descobrir como entrar. Se o que o Charlie me disse for verdade, o horário do centro seria principalmente depois da escola, à noite e nos fins de semana. Isso explicaria as portas da frente estarem trancadas. Entretanto, uma placa presa com fita indica que entregas devem ser feitas nas portas dos fundos.

Eu sou uma entrega. De certa forma.

Circulo em torno do enorme edifício. A distância, consigo ver as fendas nos painéis laterais metálicos – mais sinais de antiguidade. Eu diria que a estrutura azul desbotada foi construída nos anos 1970 ou 1980. Talvez tenha sido alguma iniciativa governamental para oferecer mais oportunidades para os jovens da área central da cidade. Eu sei que, se fosse comigo, iria gostar um bocado de ter pistas assim para andar ou correr. Ou quadras de basquete ou campos de futebol. Está tudo vazio no momento, mas estimo que, por volta das 15 horas, este lugar realmente deve ganhar vida.

Descubro uma porta lateral e dou um puxão. Não tenho sorte. Continuo andando, agora por trás do prédio. Vejo um segundo conjunto de portas duplas idênticas à primeira. Desta vez, quando puxo, a porta de vidro fumê se abre. Entro nas dependências frias e escurecidas procurando sinais de vida humana.

Há um balcão de *check-in* diretamente à minha frente. Quando chego mais perto, vejo caixas com vários tipos de equipamentos esportivos empilhados atrás dele, trancadas atrás de grades metálicas. Então é aqui que os meninos deixam as coisas antes de irem para o vasto parque verde.

Sigo adiante no corredor sombreado dentro do edifício. Dada a falta de luzes no teto e o silêncio profundo quebrado apenas pelo som dos meus tênis no concreto, o lugar é um pouco sinistro. O exterior parecia cheio de promessas, mas o interior... Teve uma vez que passei alguns dias numa prisão municipal, e isto aqui me faz lembrar de lá. Me pergunto se os meninos daqui sentem o mesmo.

Passo por portas duplas que levam a um ginásio interno, mas estão trancadas. Em seguida, vejo o que parece ser uma sala de musculação, depois uma área que parece uma cozinha. Mais uma vez, tudo muito bem trancado. Com exceção daquela porta traseira aberta, eles parecem levar a segurança a sério por aqui. Tardiamente, percebo que deveria ter procurado câmeras de segurança no caminho, tanto lá fora quanto aqui dentro. Me pergunto se estou sendo gravada enquanto abro caminho pelo corredor central, ainda procurando por sinais de vida.

Em seguida, encontro um ginásio menor com tatames no chão e um ringue de boxe no meio. Isso me faz pensar no detetive Lotham, e me pergunto se ele já veio aqui para ajudar. Certamente o policial O'Shaughnessy conhece bem este lugar, na posição de agente de contato com a comunidade.

Vozes. Até que enfim. Sigo os sons até o final do corredor, onde a luz transborda de dois escritórios separados.

Chego com a cabeça na porta à direita, onde encontro dois homens afro-americanos, um alto e outro mais baixo.

– Oi – digo.

Eles me olham fixamente.

– Vocês que estão cuidando daqui?

Continuam me olhando fixamente.

Consulto as anotações das minhas novas amigas do Dunkin' Donuts.

– Algum de vocês é o... Holandês? Ou talvez o Antoine?

– Holandês sou eu – o mais baixo se entrega. Ele usa um apito no pescoço. Eu não sabia que esse tipo de coisa ainda existia.

– Ah, que bom. A Charadee recomendou que eu falasse com você sobre os cursos do centro recreativo. Acabei de me mudar para esta região e gostaria de saber mais.

Faço meu melhor sorriso de não-represento-perigo e estendo a mão. Eles me cumprimentam um de cada vez, o que parece quebrar o gelo.

– Soube que vocês têm um programa para jovens locais depois da escola...

– Sim, senhora – confirma Holandês. Seu sotaque parece puramente bostoniano, sem vestígios estrangeiros.

– Por favor, pode me chamar de Frankie. E você é...? – Eu me volto para o homem mais alto, que parece ter cerca de 40 anos e a postura aprumada de um líder nato.

– Frédéric Lagudu – diz ele, com resquícios de areia e mar. Me encanto imediatamente.

– Sou amiga da família Badeau. Soube pela Sra. Violette que sua sobrinha e seu sobrinho vinham aqui com frequência.

– A senhora está aqui por causa de Angelique Badeau? – pergunta Frédéric, seus olhos escuros se estreitando.

– Sim.

– Mas ela não desapareceu aqui. Foi na escola. Foi o que eles disseram.

– Eles disseram?

Ele fica sem graça.

– Foi o que eu soube.

– Foi o que eu ouvi também – asseguro a ele. – Estou curiosa para saber mais a respeito do verão antes do início das aulas. Quando Angelique e o irmão, Emmanuel, vieram aqui.

Os dois trocam olhares. Eu entendo a desconfiança natural deles. Não sou da polícia, o que me torna uma variável desconhecida.

– A Sra. Violette me colocou em contato com o policial O'Shaughnessy – digo de maneira despreocupada. – Ele recomendou que eu viesse falar com você.

Tomei alguma liberdade com a verdade, mas funcionou. Os dois homens ficam mais relaxados. O'Shaughnessy provavelmente já ajudou por aqui, como eu suspeitava. E, embora eu tenha usado uma mentirinha inofensiva, mesmo que os dois ligassem diretamente para O'Shaughnessy para verificar, duvido que ele fosse me desmentir assim. Nos últimos dois dias, despertei mais atividade no caso de Angelique do que a polícia de Boston nos últimos dois meses.

– Conheço Angelique e seu irmão – confirma Frédéric. – Por favor, venha ao meu escritório. Podemos conversar lá.

A oferta é maravilhosa. Eu o sigo para o outro lado do corredor, rumo a uma salinha pequena e simples. Mesa, computador antigo, cabideiro, planta de interior já meio morta. Há um pôster emoldurado com um brasão na parede. Uma palmeira erguida no meio de dois canhões dourados e o que parecem ser baionetas, balas de canhão, âncoras, cornetas, tudo envolto em tons patrióticos de verde, azul e vermelho. Embaixo, lê-se *L'Union Fait la Force.*

– Nosso emblema nacional – diz Frédéric, percebendo meu olhar. – Do Haiti, meu país do coração.

– Quando você imigrou?

– Há vinte anos.

O que significa que ele não foi apanhado pelo atual problema de vistos dos sobreviventes do terremoto.

– E você ainda tem familiares na ilha?

– Um irmão e duas irmãs.

– Eles não querem vir para cá?

– Talvez os filhos deles queiram. Para estudar. É melhor do que lá.

– Soube que Angelique e seu irmão são bons alunos. E Angelique está ansiosa para estudar medicina em uma faculdade dos Estados Unidos.

Frédéric dá de ombros.

– Sou apenas o diretor-executivo aqui. Nós servimos mais de quinhentas famílias por meio de nossos vários programas. Conheço todos um pouco, mas ninguém muito bem.

– Como funciona o programa de verão? Os meninos se inscrevem em atividades especializadas ou algo assim?

Frédéric me explica tudo. Os jovens se inscrevem em cursos específicos com base em idade e interesse. Depois de consultar seu computador, ele diz que Angelique se inscreveu no curso de moda enquanto Emmanuel quis o basquete. Não entendo por que uma futura médica escolheria moda até Frédéric me mostrar a descrição do curso. Aparentemente, o curso de moda envolve fazer muitos desenhos e ter um lado artístico. Quando me lembro dos desenhos anatômicos altamente detalhados que vi em meio aos livros de Angelique, faz sentido. A diretora de atividades é uma mulher chamada Lillian, que é professora de arte de uma escola local e trabalha no centro recreativo durante o verão. Frédéric reluta em me passar o contato dela, mas promete passar a ela o meu número de telefone.

Ele acessa os registros do programa e mostra dezoito jovens, dezesseis meninas e dois meninos. Como previsto, o nome de Marjolie está logo após o de Angelique. Muito provavelmente elas se inscreveram juntas, como amigas normalmente fazem.

– Você se lembra de Angelique andar com alguém em particular? – pergunto em seguida, não entregando o nome de Marjolie.

Frédéric faz uma pausa, reclinando sua extensa figura e juntando os dedos elegantes enquanto pensa no assunto.

– Havia uma garota, elas se sentavam juntas. Também haitiana. Mais baixa, bonita. Elas pareciam se conhecer bem, mas essa outra garota não se importava tanto com as aulas de moda. Passava mais tempo no ginásio.

– Jogando basquete ou algo assim?

– Mais olhando os meninos jogarem basquete. – Ele levanta uma sobrancelha sugestiva.

– Algum namorado? Ou ela só queria mesmo ficar vendo os rapazes?

– Tinha um garoto em particular. Uma vez tive de interromper uma... "situação social", digamos, que estava indo longe demais.

Isso deve significar que Marjolie estava de amassos com esse interesse amoroso em algum canto. Francamente, se eu estivesse em um programa de verão em um edifício desse tamanho e naquela idade... Tem de haver cantinhos isolados para todo lado, e aposto que os meninos daqui conhecem cada um deles.

– E Angelique? Alguma vez você teve de interromper alguma das suas... "situações sociais"?

Frédéric balança a cabeça.

– E ela tinha alguma tendência de sair de seu curso para, digamos, assistir basquete, boxe, beisebol, alguma coisa? – pergunto, seguindo a hipótese de que Angelique teria um romance secreto. Especialmente com sua melhor amiga distraída por um jogador de basquete, talvez Angelique tenha se sentido compelida a fazer o mesmo.

– Ocasionalmente, ela ia dar uma olhada no irmão – entrega Frédéric. – Mas só durante os intervalos. Ela nunca faltava às aulas. Pelo menos não que eu tenha conhecimento, e meu trabalho é tomar conhecimento desse tipo de coisa.

A forma como ele retrata Angelique é consistente com tudo o que me foi dito a respeito dela. Por ora, deixo de lado a ideia do namorado e volto ao meu pensamento da noite anterior.

– E quanto a alguma outra garota? Uma nova amiga de quem Angelique tenha ficado próxima enquanto Marjolie estava babando no menino do basquete?

Frédéric franze o rosto e hesita.

– Isso teria sido dois verões atrás...

– Sim, mas Angelique desapareceu pouco depois. Não me diga que você não pensou nisso.

Ele encolhe na cadeira. Não consigo nem imaginar como deve ser difícil o trabalho dele, tentando tanto proteger quanto inspirar centenas de adolescentes em situação de risco. Querendo fazer a diferença, sabendo que há limites. E então, quando uma daquelas crianças que mais poderia ser bem-sucedida, segundo tudo o que se acredita, simplesmente desaparece numa tarde de outono... Tenho a sensação de que Frédéric não fez outra coisa senão repassar suas lembranças de Angelique repetidas vezes.

– Gostaria de ter notado mais coisas – ele admite. – De ter prestado mais atenção, de ter feito algum esforço a mais. Mas Angelique era uma boa garota. Ela chegava na hora. Permaneceu no curso que escolheu. Fez muitos desenhos bonitos. Lillian afixou vários deles nos salões daqui. Eu me lembro de felicitar Angelique pelo bom trabalho. Ela parecia tímida, mas, como eu dizia, não era do tipo que se mete em problemas. Meu tempo e meu trabalho vão mais na direção dos meninos que dão problema. – Ele dá de ombros. – Tem horas que a gente se arrepende de ser assim, mas é o que é.

– E você tem algum problema com gangues aqui? – pergunto, mudando de marcha.

– Temos uma política de tolerância zero. Qualquer cumprimento de gangue, cores, qualquer atividade suspeita leva à expulsão imediata. Os meninos sabem disso. Lá fora, sim, tem esses problemas. Mas quando eles entram nesta propriedade... Se eles quiserem jogar basquete, vão ter de jogar dentro das regras. Isso funciona melhor do que você poderia pensar.

– E há momentos em que todos os meninos se misturam? Quero dizer, independentemente de serem do curso de moda ou de boxe ou qualquer outro?

– O almoço é restrito a cada grupo. Isso facilita o monitoramento. Mas há pausas durante o dia, e os meninos andam por aí. Alguns podem ir assistir a um jogo de futebol ou se reunir para aproveitar o sol lá fora. São adolescentes, sabe, e nós queremos que os cursos sejam divertidos, não só uma... – Ele peleja para encontrar a palavra certa.

– Uma prisão de luxo? – ofereço.

Ele suspira, mas não discorda.

– Posso ficar com uma cópia dessa lista? – Aponto para a lista de inscrição do curso de moda.

– A polícia já tem uma.

– Não quero incomodá-los. Estou tentando encontrar novas pistas para nos fazer avançar, não para fazê-los voltar ao que já sabem.

Ele hesita novamente, mas meu argumento é razoável. Então ele imprime uma nova lista.

– Só mais uma coisa, se você não se importar. É um exercício simples de memória. Você se lembra do rosto de Angelique?

Ele faz que sim com a cabeça.

– Agora, imagine ela aqui, como na última vez que a viu. Onde ela estava?

Ele leva um momento, mas obedece, chegando ao ponto de fechar os olhos.

– Angelique estava sentada do lado de fora, em um banco amarelo. Está com seu bloco de desenhos no colo, a cabeça abaixada enquanto desenha. Eu passo ao lado, fazendo minhas rondas, mas ela não olha para cima e continua a desenhar bem rápido, bem focada. Consigo ouvir o carvão arranhando o papel. Lembro de pensar que ela parecia uma verdadeira artista, com uma visão na cabeça que precisava capturar imediatamente, antes que desaparecesse para sempre. Fiquei impressionado.

– Você conseguiu ver o desenho?

– Não, ela estava com o cabelo solto. Cachos bem grossos pendiam à sua frente, como uma cortina.

– Havia outros meninos ao redor dela?

O silêncio se instala enquanto ele se aprofunda em sua memória.

– Vejo três rapazes. Eles estão chutando uma bolinha de *footbag*. Há mais duas garotas sentadas em outro banco. Uma está rindo. Há outros meninos espreguiçando na grama. O dia está muito bonito.

– Quem está mais próximo de Angelique? Um menino? Uma menina?

– Só vejo os três meninos, e eles estão ocupados com o jogo deles.

– Mais alguém? Alguém perto de Angelique, ou talvez na mesma situação que você, notando Angelique mesmo que ela não perceba?

Lentamente, ele diz:

– Tem outra menina. Ela está sentada no chão logo adiante, de costas para o prédio. Também está desenhando, mas na sombra, não no sol. Ela está olhando na direção de Angelique. Observando-a desenhar. Mas, quando eu passo, a menina abaixa a cabeça rápido. Rápido demais, eu acho. Estou prestes a parar, perguntar alguma coisa, mas ouço gritos no campo de futebol. Então me viro e vou para lá.

– Como é essa outra menina?

– É outra adolescente. Eu me lembro de vê-la no curso de moda. – Frédéric abre os olhos, balançando a cabeça. – Mas não consigo lembrar do rosto dela, nem tenho certeza se alguma vez a vi direito. Embora fosse fácil encontrá-la no meio dos outros pelo seu boné. Todos os dias, independentemente do tempo ou das condições, ela usava o mesmo boné vermelho. E de fato, agora que você mencionou, ela estava sempre olhando para Angelique.

CAPÍTULO 16

Mal saio do terreno do centro recreativo, indo em direção à avenida principal, com apenas uma vaga noção de onde encontrar meu ponto de ônibus, quando um carro branco passa zunindo por mim na pista oposta. Ele freia de repente, faz um retorno abrupto e para ao meu lado.

– Entre – ordena o detetive Lotham.

Eu o encaro por um momento, não tentando ser beligerante, mas definitivamente desorientada.

– Eu sei que você gosta de andar – ele rosna.

– Na verdade, eu estava indo pegar o ônibus.

– Pare de ser tão do contra e entre logo.

No momento em que ele me chama de "do contra", automaticamente quero contestar. Mas a urgência em sua voz, com um toque de raiva e talvez até mesmo uma pitada de medo, chama minha atenção. Eu entro. Mal fecho a porta e ele afunda o pé no acelerador. A aceleração súbita me força contra o assento e eu me esforço para achar o cinto de segurança.

– O que você sabe sobre falsificação? – ele pergunta, as duas mãos no volante, os olhos fixos à frente. Ele está inclinado na direção do volante, como se jogasse todo o corpo em sua condução agressiva.

– De dinheiro, você diz?

– De moeda americana, para ser mais exato.

– Sempre pensei que fosse muito difícil.

– Exatamente. O que significa que não tem como ser uma empresinha do tipo "faça você mesmo". As boas falsificações geralmente vêm do exterior. Europa, Rússia. Você precisa do equipamento certo e de um profissional gráfico especializado para conseguir imprimir.

Os computadores simplificaram o processo; bons falsificadores escaneiam centenas de imagens de, digamos, uma nota de cem com o Benjamin Franklin e depois criam uma placa matriz em 3D com base na imagem composta. Isso deixa as notas com as mesmas imperfeições de impressão que a Casa da Moeda dos Estados Unidos colocou propositalmente. Ainda assim, há marcas d'água e papel especial e corantes reflexivos. Não é o tipo de coisa que um criminoso comum possa executar.

Concordo, então começo a ligar os pontos de por qual razão o detetive Lotham parece, de repente, ter se tornado um especialista em falsificações.

– As notas no abajur de Angelique... – De todas as descobertas que poderiam advir daquele dinheiro escondido, eu definitivamente não esperava por esta.

– Um décimo delas é falsificado. Quase exatamente isso. E, segundo o agente do Serviço Secreto que apareceu no meu escritório esta manhã, é assim que eles fazem normalmente.

– Misturam dinheiro falso com o verdadeiro para que seja menos perceptível?

Paramos em um sinal vermelho. Lotham leva a mão a um interruptor no painel, emitindo uma sirene estridente, e nós passamos a toda velocidade. Eu agarro a alça de segurança do lado do passageiro, ainda sem saber para onde estamos indo com tanta urgência.

– A quantia de Angelique não é tão grande quanto parece. Estamos falando de rolos de vinte embrulhados em notas de cem.

– Entendi.

– É um truque popular entre os malandros de rua para parecerem mais ricos do que realmente são.

– E quanto foi o total?

– Havia cerca de doze mil dólares escondidos naquele abajur.

– Ainda assim, uma quantia impressionante.

– Sim. Mas as notas externas, as de cem...

– São todas falsificadas?

– Exatamente. E as coisas ficam mais interessantes. Essas falsificações em particular estão em circulação há anos, pelo jeito. São chamadas de "notas russas", porque o Serviço Secreto dos Estados Unidos acredita que foram impressas pela primeira vez na Rússia. Usando uma impressora *offset*, provavelmente em um armazém gigantesco com corantes especializados, ácidos e tudo mais. Repetindo: não é nenhum trabalhinho de fundo de quintal.

Concordo, embora mais para deixar claro que ouvi as palavras do que para confirmar que entendi tudo. Chegamos a outro cruzamento, e, com uma nova rodada de sirene, cortamos duas faixas de tráfego antes de investir numa curva fechada à esquerda bem na contramão. Meu estômago se encolhe. Um novo impulso de velocidade, então evitamos a morte iminente e passamos a correr por uma rua lateral estreita.

– Será que os falsificadores estão nos perseguindo neste momento? – pergunto ao detetive Lotham. – Ou essa pressa toda é só a sua competitividade reclamando, agora que uma agência federal está envolvida?

– Esqueça o Serviço Secreto. Eles já estão com as notas e, com base nos números de série, já até sabem de onde vieram. Para eles, isso é resultado de uma operação de décadas. Algum grupo criminoso russo imprimiu dezenas de milhões em falsificações quase perfeitas. Venderam cada nota por 10 centavos de dólar a um distribuidor que as vendeu por 25 centavos a vários intermediários em vários países, que terminaram a cadeia alimentar vendendo-as localmente por 60 centavos de dólar. Segundo o agente Ford, eles vão continuar recuperando Benjamins Franklins falsos para o resto da vida, e no mundo todo.

– Então, como Angelique acabou com eles?

– Esse continua sendo o nosso problema. Como, com quem, por quê? De acordo com o agente Ford, qualquer um de nós pode estar em posse de uma falsificação sem saber. Mas uma dúzia delas? Cada uma enrolada em torno de um maço de notas reais de vinte dólares? Isso não é aleatório. Com toda certeza há gangues russas em Boston, o que pode explicar como essas falsificações chegaram nesta região. Mas não há muitos chefões do crime russos que andam com gângsteres do Mattapan. Grupos criminosos são notoriamente esnobes, e nossas gangues locais não são sofisticadas o suficiente para atrair o interesse russo.

Não tenho a menor ideia do que dizer em relação a isso. Tudo bem. Então, como tipicamente acontece em Boston, uma rua aleatória aparece à frente, bifurcando em uma diagonal direita que não deve ser confundida com as três outras diagonais que se desprendem dela. Lotham faz a curva tão rápido quanto nas vezes anteriores. Aparentemente, ele está de muito mau humor esta manhã.

– Você dormiu ontem à noite? – pergunto a ele.

– Ficar debruçado em cima da mesa conta como "dormir"? No minuto em que registrei essas notas como prova, meu telefone começou a tocar até cair do gancho. E foi aí que meu sargento me chamou no escritório...

– Então é do seu sargento que estamos fugindo agora?

– Ah, não dá uma de engraçadinha.

– Estou mais preocupada em não virar uma engraçadinha morta. Por que tanto alarde e tanta pressa?

– Tivemos um avistamento.

– O quê?

– Uma adolescente que corresponde à descrição de Angelique acabou de tentar comprar um telefone descartável novo usando uma identidade falsa. A identificação tem o mesmo nome, "Tamara Levesque", que foi dado ao funcionário do cibercafé há duas semanas. O'Shaughnessy já está lá, fazendo a busca com outras unidades, vendo se temos sorte.

– E nós vamos participar da busca? – Não sei o que me surpreende mais: que haja uma busca ativa depois de todos esses meses ou que eu tenha sido convidada a participar.

– "*Nós*" não vamos fazer nada. *Eu* vou entrevistar os especialistas em vendas. E *você*... – Lotham solta uma profunda baforada. – Que Deus me ajude... – murmura ele.

– Eu o quê? Vou lá só para dar apoio moral?

– Não. Você vai porque uma das testemunhas, um cara chamado Charlie, perguntou por você.

*

Quando finalmente paramos com uma freada brusca, a cena em frente à loja de telefonia consiste em um monte de policiais de uniforme azul, uma multidão de curiosos e, se não me engano, vários traficantes correndo furiosamente para longe.

O detetive Lotham chega a dirigir seu olhar aos jovens que batem em retirada, mas não se preocupa com eles nem os persegue. Hoje é o dia de sorte deles; a polícia tem problemas maiores a enfrentar.

Vejo Charlie quase de imediato. Ele está em frente a uma vitrine, sua figura imensa e seu autêntico casaco do exército se destacando. Ao lado dele está uma policial de rua, claramente apenas aguardando.

O detetive Lotham me conduz pela da multidão. Uma vez que chegamos do outro lado da loucura, ele faz uma longa pausa só para dizer:

– Quando terminar de falar com o seu amigo, lembre-se de quem trouxe você até aqui. – Então ele desaparece dentro da loja, me deixando para atravessar sozinha o restante da cena até Charlie.

De repente me sinto constrangida, insegura do que dizer. Só nos encontramos uma vez, em uma reunião do AA. Em meio a esta confusão, por que ele iria falar de mim?

Charlie não fala de imediato, mas acena com a cabeça em cumprimento.

Então, ele olha para a policial. Ela me encara como se dissesse que agora ele é problema meu e se afasta cerca de um metro e meio. Ainda está monitorando, mas permitindo alguma privacidade.

– O detetive Lotham disse que você perguntou por mim.

Charlie me olha fixamente. Está com as mãos enfiadas nos bolsos do casaco. Isso o faz parecer maior, mais largo. Acho que ele não está tentando parecer intimidador, apenas não consegue evitar sê-lo. Mas eu ainda não o acho ameaçador. Esse homem se juntou ao exército porque tem um instinto de proteção. E algumas coisas, não importa o trauma sofrido, não mudam facilmente.

– Você perguntou sobre celulares baratos – Charlie diz. – E perguntou sobre a garota desaparecida, Angelique Badeau. Ainda ontem à noite, você me perguntou essas coisas.

Concordo com a cabeça.

– Passei pela loja hoje para cuidar de alguns negócios. Mas, enquanto eu estava aqui, comecei a pensar, comecei a me perguntar sobre você e as perguntas que fez. Quando levantei a cabeça, juro por Deus, ela estava bem ali na minha frente.

– Angelique Badeau.

– E estava tentando comprar um telefone. Eu não consegui me segurar. Olhei diretamente para ela. Quando dei por mim, ela já estava recolhendo sua identidade, jogando o novo telefone no balcão e rachando fora da loja. Então o maldito vendedor começou a gritar pelo segurança, e o idiota veio correndo para cima de mim. Quando consegui sair para a rua, já não podia mais vê-la. Mas ela estava lá dentro. Eu juro. Tentando comprar um telefone. – Seus olhos estão bem estreitos. – Mas... Como? Me diz. Como você sabia disso?

– Eu não sabia – digo com honestidade. – Não que ela fosse comprar um telefone novo. Mas li no jornal que a polícia tinha recuperado o celular original dela onze meses atrás. Considerando que nenhum adolescente consegue ficar sem celular, me pareceu razoável supor que ela teria comprado um substituto ao longo do tempo. Por isso eu perguntei sobre os descartáveis mais baratos. Porque, se eu fosse uma adolescente cheia de segredos, seria isso que eu compraria.

– Mas você não é uma adolescente – Charlie diz.

Eu sorrio um pouco tímida.

– Mas tenho meus segredos.

– Quem é você?

– Frankie Elkin. Sou alcoólatra. Trabalho como *bartender* no Stoney's e acabei de me mudar para esta região. Mas também tenho outra paixão: eu trabalho em casos de pessoas desaparecidas. Particularmente casos mais antigos. E, sim, eu vim para o Mattapan por causa de Angelique Badeau. Quero encontrá-la.

Charlie não fala de imediato. Nem a policial, que vinha ouvindo a conversa descaradamente.

– Você realmente viu Angelique Badeau? – pergunto agora.

– Venho olhando para a foto dela há onze meses. Diabos, sim, eu vi a garota.

– Havia mais alguém com ela ou ela parecia estar sozinha?

– Sozinha.

– E quando ela saiu? Tinha alguém esperando lá fora?

– Não tive como ver. Precisei arrancar um segurança enorme do meu pé para poder ir atrás dela.

Nossa acompanhante policial dá um sorrisinho sarcástico.

– Ela foi embora a pé ou entrou em um carro?

– Também não tive como ver. Mas... – Charlie aponta para cima, na direção logo abaixo do toldo da loja, onde vejo duas câmeras. – Os policiais serão capazes de responder a essa pergunta em breve.

– Como parecia o estado de espírito dela? – pergunto, ainda tentando entender.

– Não percebi de imediato. Mas, quando comecei a encarar, ela ficou nervosa. Então se virou e fugiu.

– Você já a tinha visto antes, Charlie?

– Nem por um minuto. Esta cidade não é tão pequena assim, e nossos caminhos não necessariamente se cruzam.

– Charlie, eu fui ao centro recreativo hoje. Falei com o diretor, o Frédéric. Você disse que seus caminhos e os de Angelique não se cruzaram, mas ela participou do programa de verão deles, e você é voluntário lá.

– Eu ajudo depois da escola, orientando jovens negros. Ensino habilidades, como cozinhar, para que eles consigam um emprego e fiquem fora da marginalidade. Talvez aquela garota também tenha estado no centro, mas eu nunca a vi. Não é como se ela fizesse parte de algum dos meus grupos. Ela está com algum problema?

– Acho que sim.

– Então, por que fugir? Ela saiu para comprar um telefone por conta própria. Por que não pedir ajuda?

– Não sei.

– Ela claramente está viva e ainda não voltou para casa. O que significa que talvez não queira. Talvez ela tenha uma boa razão para ficar longe.

Eu entendo seu ponto de vista. Dois avistamentos públicos de Angelique em duas semanas. Em ambas as vezes, ela está com uma identidade falsa e parece estar agindo de maneira independente. Ainda assim, não faz nenhum sentido para mim. A Angelique que sua família conhece nunca desapareceria por vontade própria. E entendo menos ainda sua mensagem codificada: "Nos ajude". Eu simplesmente não acredito que ela seja uma fugitiva. Mas... como explicar o que está acontecendo?

– Como ela estava fisicamente? – pergunto por fim. – Parecia cansada? Descansada? Bem alimentada? Com fome?

Charlie precisa de um segundo para pensar. Por fim, dá de ombros.

– Parecia uma adolescente comum. Jeans azul, camiseta cinza-claro. Tinha um emblema na parte da frente, mas de onde eu estava não deu para ver.

– E o rosto dela?

– Não consegui ver. Ela estava usando um boné.

– Um boné vermelho?

– Mas como você poderia saber disso? – O tom dele é novamente de suspeição.

– Desculpe, Charlie, mas não posso dizer. A polícia tem suas razões para deixar apenas alguns detalhes públicos.

Ele me olha com desconfiança, mas não insiste.

– Eu teria ajudado – diz, abruptamente. – Tudo o que ela tinha de fazer era pedir. Eu teria ajudado.

– Talvez ela não pudesse pedir. Às vezes, em situações assim, os bandidos ameaçam os entes queridos da pessoa.

– Ou viciam as garotas, assim elas ficam sempre por perto.

Essa parte eu não posso negar.

– Ela parecia viciada?

– Não. Ela se mexeu muito rápido. Sumiu porta afora. Viciados não têm controle assim.

Eu concordo.

– Acho que ela se meteu em alguma coisa. Mas não sei dizer o que é, nem tenho nenhuma prova. Se você a vir novamente, Charlie, acho mesmo que ela precisa de ajuda. Uma última coisa: você conseguiu distinguir o logotipo no boné?

– Não exatamente, não consegui vê-lo de frente. Era um boné vermelho-escuro. Não vejo muitos desses por aqui.

– Por que diz isso?

– Os meninos geralmente usam bonés dos seus times preferidos, os Patriots, os Red Sox, os Bruins. E esses são azul-marinho ou pretos. Basta olhar em volta. Você vai vê-los em todo lugar.

Agora que ele mencionou, realmente tenho visto bonés azuis-escuros em todos os lugares. Já se passou algum tempo de conversa quando me lembro do papel que peguei no centro recreativo. Tiro-o do meu bolso de trás, desdobro e o mostro para ele.

– Você reconhece algum desses nomes, Charlie? Do centro recreativo, da cidade, de qualquer lugar?

Ele estuda a lista de inscritos no curso de moda por um tempo. Grunhe duas vezes, depois aponta para os nomes dos dois rapazes.

– Já vi esses dois por aí. Um deles é irmão mais novo de um dos meus. São meninos bons. Se esforçam ao máximo para não se meterem em problemas. Mas... espera um minuto. Este nome aqui – Charlie aponta para uma das meninas da lista. – Livia Samdi. Já ouvi este nome. E foi recentemente. – Ele alisa a barba, parecendo pensativo.

Sua voz falha abruptamente quando a lembrança vem à tona.

– Foi em uma reunião. Meses atrás. Tenho certeza, agora. A mãe dela estava lá, tinha tido uma recaída recentemente depois de quase um ano sóbria. Estava atravessando um momento difícil, disse ela. Perdeu o emprego, o filho foi preso e, para completar, sua filha tinha fugido.

– A filha dela fugiu? Livia Samdi desapareceu?

– Foi o que a mãe pensou. E não era a primeira vez. Pelo jeito, essa Livia é esse tipo de menina: aonde ela vai, os problemas seguem atrás. Mas não tenho dúvidas: ela definitivamente desapareceu. Foi a própria mãe que disse.

CAPÍTULO 17

Permaneço na calçada com Charlie e nossa acompanhante policial até o detetive Lotham surgir de dentro da loja. O que quer que ele tenha visto lá dentro não melhorou seu humor.

Ele olha para mim e então avista o policial O'Shaughnessy, que está em uma profunda conversa com outros dois uniformizados. Consigo entender a forma como o debate se desenrola só vendo o rosto de Lotham. Ele se vira bruscamente e caminha na minha direção.

– Então? – ele diz, olhando de mim para Charlie e para mim outra vez.

– Este é o Charlie – digo, apresentando-os. Não sei o sobrenome do Charlie, então não tenho mais o que dizer. O lapso cria um momento incômodo, então o detetive Lotham estende a mão e cumprimenta Charlie.

– Exército? – pergunta Lotham, gesticulando para o casaco de Charlie, que concorda com a cabeça. O detetive completa: – Sou da Marinha das Forças Armadas. Obrigado por seu serviço.

– Obrigado, senhor.

– O senhor viu Angelique Badeau?

– Sim, senhor.

– E tem certeza de que era ela?

– Sim, senhor.

– E o senhor conhece a Srta. Elkin de onde?

Charlie não responde de imediato à súbita mudança no questionamento, mas olha para mim.

– Está duvidando que eu tenha amigos? – pergunto ao detetive, fazendo minha melhor cara de falsa indignação.

– Você chegou a este lugar há três dias.

– Mais uma razão para conhecer todo mundo. Basta perguntar à Charadee no Dunkin' Donuts, ou à Viv no Stoney's, ou ao Frédéric no centro recreativo. – Tento freneticamente lembrar de mais nomes. – Ou para a minha colega de quarto, Piper, embora ela não tenha voltado para casa ontem à noite e eu esteja preocupada com ela.

O detetive Lotham parece estar com dor de cabeça. Fica aberto para interpretação se é isso mesmo ou se é pela minha presença.

– Charlie tem outras novidades – acrescento rapidamente. – Mais cedo, eu estava no centro recreativo...

– Com seu amigo Frédéric.

– Isso aí. Ele me deu uma lista de todos os jovens que estavam no curso de moda com Angelique durante o programa de verão.

– Eu vi a lista. Já até interroguei os adolescentes.

– Incluindo Livia Samdi.

– Provavelmente. Estamos falando de onze meses atrás.

– Então ela ainda não tinha desaparecido. Interessante.

– O quê? Espera aí. – O detetive Lotham leva os dedos aos olhos. Juro que ele está respirando fundo e murmurando "merda, merda, merda", mas não dá para ter certeza.

– Pelo menos foi o rumor que Charlie ouviu – digo, olhando para o Charlie em busca de confirmação. – A mãe de Livia Samdi disse que ela fugiu. E, só para deixar as coisas ainda mais interessantes, de acordo com Frédéric, Livia é conhecida por usar um boné vermelho.

O detetive Lotham vira seu olhar para Charlie, que imediatamente concorda com a cabeça.

– Livia fugiu – Charlie diz.

– Onde o senhor ouviu este boato?

– Não importa – eu interrompo rapidamente. – E o policial O'Shaughnessy? Como agente de contato com a comunidade, talvez ele saiba mais alguma coisa. Deveríamos perguntar a ele.

– Sabe o que eu fiquei sabendo lá dentro? – o detetive fala abruptamente.

– O quê?

– Nada. Aliás, não, isso não é totalmente verdade. Fiquei sabendo que um rapazinho chamado Warren não consegue descrever nem a própria mãe, nem se a vida dele dependesse disso. Ah, e claro, as câmeras de segurança não funcionam direito há meses, apesar de que eles "vêm querendo fazer algo a respeito". Você, por outro lado, só ficando de pé aqui nesta calçada...

– É um dom que eu tenho – eu lhe asseguro. Então, percebendo que O'Shaughnessy está agora olhando na nossa direção, aceno rapidamente para que ele se aproxime antes que Lotham entre em combustão espontânea.

O detetive Lotham se afasta por um momento para consultar O'Shaughnessy. Agora é a vez de Charlie, a policial e eu ficarmos ouvindo a conversa descaradamente. E ouvimos o seguinte: os uniformizados se espalharam e vasculharam a vizinhança. De acordo com testemunhas, uma garota com um boné vermelho tinha corrido para fora da loja e ido na direção norte. Um policial já havia encontrado sua identidade falsa caída na calçada a dois quarteirões daqui. Mas não havia nenhum sinal de Angelique.

Lotham traz O'Shaughnessy para junto de nós. Charlie repete o que sabe. O'Shaughnessy franze o rosto, pensativo.

– Eu conheço a família Samdi, mas não tão bem. O pai foi embora. A mãe é alcoólatra.

Lotham olha para mim e para Charlie e finalmente parece conectar os pontinhos. Encolho os ombros, como quem diz "Até que enfim". Ele suspira novamente.

– Não tinha ouvido falar de Livia – continua O'Shaughnessy. – O irmão mais velho dela foi pego traficando recentemente. Era pouca coisa, e não foi exatamente uma novidade ou uma surpresa. A família... Digamos que eles não são do tipo que envolve a polícia em seus assuntos.

Lotham concorda.

– Vamos precisar falar com eles. Perguntar tudo sobre Livia, inclusive a última vez que ela foi vista, seu relacionamento com Angelique Badeau, *et cetera, et cetera.*

– Aquele "nós" – eu murmuro. – Ou talvez só o começo do "nós".

O'Shaughnessy me olha de um jeito engraçado.

– A família de Angel nunca mencionou o nome Livia. Então, não tenho certeza de que "nós" é esse que você está falando.

– Acho que eles não têm ideia. Acho até que ninguém sabia.

– Sabia do quê?

– Da amizade das duas. Ou o que quer que elas tivessem – respondo, começando a girar as engrenagens em minha mente. – Elas se conheceram no centro recreativo. Angelique tinha se inscrito no programa de verão com sua melhor amiga, Marjolie, mas, por fim, Marjolie estava mais interessada em um certo jogador de basquete do que no curso de moda. Então, Angelique acabou ficando por conta própria. Até que fez uma nova amiga, Livia Samdi, que, seja lá por qual razão, Angelique se sentiu compelida a manter em segredo. Talvez porque Livia tivesse um histórico de se meter em problemas? Ou seria a natureza do relacionamento entre elas? Ainda não sei todos os detalhes, mas Livia com certeza estava ciente de Angelique. O diretor-executivo do centro, Frédéric, relatou que a pegou observando Angelique em várias ocasiões. Vocês deveriam falar com ele.

– Mas eu *já* falei com Frédéric – Lotham praticamente rosna.

– Então você deveria ter feito perguntas mais relevantes em relação a meninas adolescentes – respondo, também começando a me sentir mais hostil. Não é minha culpa que ele não tenha percebido os detalhes. Talvez ele devesse ter investido mais tempo em experimentar as coisas durante a própria juventude. Afinal, eu certamente descubro a maior parte das coisas quando pergunto sob o ponto de vista do que o meu antigo eu, altamente reprovável, faria. E, *voilà*, consigo respostas assim.

– Você já comeu alguma coisa? – Lotham me pergunta de forma abrupta.

– Não...

– Ótimo. Vem comigo.

Ele não espera, apenas se vira e sai em direção à rua. Olho para O'Shaughnessy e Charlie. Ambos parecem tão confusos quanto eu. Charlie finalmente me dá um pequeno aceno de cabeça. Considero isso uma deixa e saio atrás de Lotham. Ele não abranda o passo nem se vira enquanto corta caminho através da multidão de curiosos que se dispersa lentamente.

Eu percebo várias coisas ao mesmo tempo. Já passa das 13 horas e estou morrendo de fome. Além disso, estou a duas horas de me apresentar para um trabalho a que não posso faltar pelo segundo dia consecutivo. Ainda assim, me afastar deste caso agora seria...

Lotham atravessa a rua. Eu o sigo de perto. À frente, uma placa gigantesca e bem surrada aparece. Parece uma enorme casquinha de sorvete empoleirada no alto de um telhado. Consigo ler somente a palavra "Simco" escrita no cone branco descascado. As palavras no topo do sorvete são mais difíceis de entender; talvez "cachorro-quente"? Mas por que uma casquinha de sorvete gigante iria anunciar cachorros-quentes?

Lotham acelera o ritmo. Eu me apresso para alcançá-lo.

O "Maior Cachorro-Quente do Mundo da Simco" parece ser nosso destino. É um edifício longo e isolado com uma fileira de janelas de onde se pode pedir comida. Metade das janelas estão cobertas com fotos de comida. Há de tudo além de cachorros-quentes, desde um prato de badejo frito até sabores caribenhos, passando por *frappés*, *donuts* fritos e *rickeys*, uma bebida de limão taiti, framboesa, muito gelo e, geralmente, gim, mas a daqui não é alcoólica. Estou tão hipnotizada pelas opções que mal noto que Lotham parou em frente a uma das janelas abertas, onde uma mulher negra de meia-idade espera impacientemente por nosso pedido.

– O que você vai querer? – ele me pergunta.

– Tudo! Eu nunca tomei um *rickey*. Parece incrível.

– Vamos levar dois cachorros-quentes, um *rickey* e um *frappé* de chocolate – pede Lotham.

– Perfeito. E você, o que vai querer? – pergunto com um sorriso.

Ele revira os olhos, claramente um efeito causado pelas minhas tiradas tão brilhantes.

Podemos escolher vários *toppings* para os cachorros-quentes. Não tenho ideia do que é melhor, então deixo o detetive escolher, já que ele é da região. Daqui a pouco, teremos um saco gorduroso de comida e duas bebidas bem geladas nas mãos. Estou animadíssima.

– Se eu for uma boa menina e comer toda a minha comida, posso comer um *donut* depois? Ou talvez uma *banana split*? Meu Deus, isso aqui é melhor do que a feirinha do condado.

– Feirinha do condado?

– Ah, acredite em mim. Era boa.

Comemos de pé na própria calçada. Os carros passam rugindo, algumas latas velhas, mas também alguns tão personalizados que me pergunto o que esses motoristas fazem da vida. Lotham parece imune a eles. Fica só mastigando e engolindo, seus olhos semicerrados de pura felicidade. Os cachorros-quentes são supercompridos, as batatas fritas bem salgadas e o *rickey* de limão e framboesa tem um toque refrescante de acidez.

– Esse vai para o número seis – informo a Lotham enquanto como. Parece que nunca vou terminar o maior cachorro-quente do mundo, mas vai ser divertido tentar.

– Número seis de quê?

– Das melhores coisas que eu já comi.

– Você faz um *ranking*?

– É bom lembrar dos momentos importantes da vida. E a comida muitas vezes é uma bela fonte de felicidade.

– E você está me dizendo que um cachorro-quente de rua é sua sexta refeição favorita de todos os tempos?

– Exatamente.

– Não te entendo de jeito nenhum, Elkin.

– Porque eu sou simples quando, na sua cabeça, você preferiria que eu fosse complicada. E sou complicada quando você preferiria que eu fosse simples. – Dou de ombros. Vivo comigo mesma há bastante tempo. E parte de manter minha sobriedade é ser honesta o tempo inteiro, mesmo quando machuca.

Lotham já terminou seu sanduíche. Ele começa a escavar as batatas fritas com precisão mecânica.

– Você me irrita – ele diz.

– Esse memorando aí eu já recebi.

– Nós fizemos perguntas. Eu visitei pessoalmente aquele maldito centro recreativo. Aliás, eu estava presente quando revistamos o apartamento, quando entrevistamos familiares e amigos. E ainda assim, você... – Ele parece não saber o que dizer. – Três dias, e você virou a coisa toda de cabeça para baixo.

– Você preferiria não ter nenhuma pista?

– Não, caramba!

– Então você queria que todas as descobertas fossem produto da sua grandeza?

– Não, eu não sou tão mesquinho assim!

– Então o que diabos você quer? Eu estou aqui. Estou compartilhando o que sei. Francamente, é você que está sendo um babaca.

Lotham faz uma careta e come mais batatas.

– Estou tentando descobrir seu segredo. Ou o que fazer com você. Ou como encarar sua presença. Talvez as três coisas.

– Hah. Boa sorte com isso.

– Por que você está aqui? Por que este caso? Por que justo essa garota? O que exatamente você está procurando?

Ele está arruinando meu humor e meu apetite. Eu fecho a embalagem da comida e tomo um gole da minha bebidinha de limão. Está derretendo rápido agora. Ela provavelmente não gosta de conversas regadas a raiva, igual a mim.

– Você quer saber quem eu sou.

– Precisamente.

– Talvez seja mais importante saber quem eu não sou.

– Estou com uma senhora dor de cabeça agora, e isso... não está ajudando.

Mas foi ele quem começou, e agora eu não vou parar.

– Você quer me conhecer melhor, Sr. Detetive Fodão, Sr. Policial de Merda de Boston, Sr. Expert em Todas as Coisas da Região? Você já puxou meu histórico. Já sabe o que precisa saber. Eu sou só uma mulher que não consegue ficar no mesmo lugar por muito tempo. Não tenho relacionamentos duradouros e ninguém próximo. Não tenho nenhuma aspiração a bens materiais ou estabilidade financeira. E eu luto pra caralho, todo santo dia, para não tomar uma bebida. Sabe uma coisa que eu posso fazer? Isso aqui: localizar gente desaparecida. Trabalhar em casos antigos. Eu não sei por que é assim, mas é só isso que eu tenho, praticamente a única coisa que eu tenho, então vou me agarrar a isso.

– É uma Sherlock Holmes dos tempos modernos.

– O Sherlock enxergava as respostas. Eu só tenho o dom de fazer as perguntas certas. – Eu pego a sacola da mão dele e enfio minha embalagem de comida vazia. – Eu não sei onde Angelique está. Não sei por que ela tinha um esconderijo de dinheiro falso ou qual é a relação dela com essa Livia Samdi, nem sei por que ela está correndo pela cidade com uma identidade falsa deixando mensagens codificadas. Mas também não estou nem aí por não conseguir enxergar tão lá na frente. Enquanto eu puder fazer mais perguntas... Eu vou dar um jeito de chegar lá.

Lotham já terminou seu almoço. Ele pega o saco de volta e junta seu próprio lixo. Seus olhos estão escuros e intensos. Ele está muito mais próximo de mim do que o necessário. Posso sentir o calor emanando dele. Ondas de fúria e frustração.

– Olha, você quer respostas... – eu digo calmamente.

– É claro que eu quero!

– Vocês só ligam para o que está na linha de chegada.

– Sim, cacete: trazer a menina desaparecida de volta para casa.

– Mas eu ligo mais para o processo de chegar lá. Assim que cruzamos a linha de chegada... é aí que eu fico perdida. É quando eu paro de entender bem as coisas.

Ele franze o rosto, parecendo genuinamente intrigado.

– Você realmente nunca vai sossegar em algum lugar? Vai ficar nisso a vida inteira, indo de cidade em cidade?

– Você vai sentir minha falta quando eu for embora? – digo com um sorriso. Mas é mesmo um pouco triste. Honestamente, eu acharia ótimo que o bom detetive me beijasse. Não, na verdade eu gostaria mesmo é que ele me arrastasse para a parte de trás do prédio e me comesse até eu sair do ar, porque minha fissura está nesse grau de intensidade. Mas ele é todo comportado e contido, o Sr. Marinha das Forças Armadas. A calmaria em meio à tempestade. Ao passo que eu sou o furacão que destrói tudo pelo caminho.

Lotham deve ter lido algo em meu rosto, porque, de súbito, ele agarra meu queixo. Sua mão está quente, as pontas dos dedos calejadas. Eu abro os lábios. Seu polegar roça o lábio inferior e eu prendo gentilmente seu dedo, tocando a ponta de seu polegar com a ponta da minha língua.

Seus olhos ficam ainda mais escuros. E aqui está outra coisa que eu sei: caras bacanas como ele têm um fraco por desastres horrorosos como eu.

É só perguntar ao Paul.

– Você quer me levar para casa? – pergunto suavemente, soltando seu polegar. – Eu vou. Podemos foder no seu sofá, na sua mesa da cozinha, talvez até na sua cama, se conseguirmos chegar lá. Você pode resolver todo esse tumulto aí dentro. Talvez até sinta que está mais no controle. Como se estivesse finalmente me entendendo melhor. Porque você me pegou bem onde queria.

Ele não fala, mas chega um passo mais perto.

– Eu amo sexo. Quanto mais animal, melhor. É um momento em que não preciso pensar, em que posso ficar livre da minha cabeça. Depois disso, até dá para ter uma boa noite de sono. Mas, assim que acabar, você vai querer o que sempre quer, e eu vou continuar sendo eu mesma. E isso vai te irritar de novo.

– Talvez você não me conheça tão bem quanto pensa.

Eu sorrio. E posso ver Paul tão claramente que sinto como se um buraco estivesse sendo rasgado no meu peito novamente.

O que você fez, Frankie? Meu Deus, o que você fez?

Eu te amava.

– Eu tenho de ir trabalhar agora – falo a verdade ao detetive. – Saio à meia-noite. Isso se você quiser me encontrar. Podemos falar sobre o caso. Ou não. Estarei lá.

Eu me afasto. Então, como só um passo não é o suficiente, dou dois, três, quatro, mais. Ele me observa ir para longe, ainda enraizado no mesmo lugar com os restos do nosso almoço. Quando me certifico de que ele realmente vai continuar ali, me viro.

Caminho rapidamente de volta para o Stoney's. Digo a mim mesma que estou bem. Digo a mim mesma que não estou abalada. Digo a mim mesma que posso lidar com isso.

Porque ninguém consegue ser honesto o tempo todo. Nem mesmo eu.

CAPÍTULO 18

Subo ao meu apartamento para me refrescar um pouco antes de ir para o trabalho. E também possivelmente – embora eu não queira me deixar levar por isso – porque estou preocupada com a Piper. Considerando que sou recebida com uma bola gigante de vômito no meio do chão, posso ver que minhas preocupações eram infundadas. Verifico debaixo da cama e, claro, lá estão os olhos verdes brilhantes me encarando de volta.

– Precisamos discutir seu estilo de comunicação – eu a informo.

Ela pisca lentamente.

– Acho essa história de ratos estripados e da bola de meleca um tanto passivo-agressiva. Se você está precisando de um pouco mais de espaço pessoal, basta dizer.

Ela boceja mostrando os caninos. Talvez seu estilo de comunicação seja bem direto, e eu é que simplesmente não goste da mensagem.

Pego algumas toalhas de papel e limpo a bagunça.

Prometo a mim mesma que amanhã irei à mercearia. Mas só depois de sobreviver ao meu turno de trabalho, assistir à reunião do AA e... bem, o que vier a seguir com o bom detetive.

Eu realmente não me importaria de ter uma noite de sexo louco e passional.

Mas também não estou convencida de que Lotham seja do tipo que saiba lidar com uma manhã seguinte casual.

Suspiro profundamente. Esfrego as mãos e o rosto com água, passo um pente no cabelo e então me apresento para o trabalho.

Encontro Stoney em seu silêncio habitual. Gosto disso hoje. Minha mente está a mil. A despeito de meu palavrório corajoso a Lotham, odeio ainda ter tantas perguntas. Livia e Angelique. Angelique e Livia.

Será que estou sendo ingênua demais? Talvez, em vez de melhores amigas secretas, elas fossem amantes e Angelique não estivesse pronta para revelar ao mundo sua sexualidade.

Pela minha experiência, os adolescentes de hoje têm a mente bastante aberta a respeito dessas coisas. Certamente bem mais em comparação com a minha geração. Ou será que orientações sexuais diferentes não são tão bem aceitas na cultura haitiana? Ou na família de Angelique? Como eu faria essa pergunta?

Isso é algo importante. Qual é a relação entre Angelique e Livia, e o que levou ambas a desaparecerem dentro de meses, uma depois da outra?

"Nós". *Nos ajude.*

E tem isso: quantas pessoas compõem esse "nós"? Será que a suposta fugitiva é o fim dessa pergunta, ou seria apenas o começo?

Ter conhecimento de uma segunda menina desaparecida pelo menos ajuda com algumas respostas. Por exemplo, dá para entender melhor a óbvia autonomia de Angelique em circular pela cidade, mas com uma contínua necessidade de sigilo e sua recusa em voltar para casa. Uma estratégia básica do tráfico humano é manipular as meninas e colocá-las umas contra as outras. Uma pode ter liberdade para passar a noite fora, mas basta um movimento falso para que a amiga pague o preço. Dada a reputação de Angelique de ser tão carinhosa, ela seria particularmente vulnerável a tais táticas de controle. Especialmente se Livia for uma nova amiga, ou mais do que amiga, a quem ela não iria querer trair.

Isso significa que, onze meses depois, Angelique teria adquirido algum nível de confiança e independência de seus sequestradores, enquanto permaneceria temendo por sua segurança e pela segurança de pelo menos mais uma garota.

Angelique não acreditava em sonhos, disse Emmanuel. Ela acreditava em fazer planos. Como enviar uma mensagem codificada. Como aparecer em uma grande loja de telefonia onde talvez esperasse ser vista nas câmeras de segurança. Dois avistamentos em duas semanas.

Qualquer que tenha sido seu plano, ele tem um senso de urgência bem definido. Será que isso quer dizer que alguma coisa mudou? O que poderia acontecer se não captássemos seu rastro de migalhas tão rápido quanto ela queria?

Eu desempilho cadeiras, limpo tampos de mesa, corto limões e sigo pensando, mas sem chegar perto de resposta alguma. Claramente, Angelique está tentando se comunicar. Infelizmente, eu ainda não recebi a mensagem.

Viv aparece na porta da frente. Ela para quando me vê.

– Ouvi dizer que você está procurando a pobrezinha daquela menina desaparecida.

– Sim, senhora.

– E você é algum tipo de detetive particular?

– Acho que "algum tipo de detetive" me define bem.

Ela murmura em aprovação, à maneira de Viv.

– Querida, criança nenhuma deveria ficar desaparecida da família. Se eu puder ajudar de qualquer forma, conte comigo.

– Você conhece a família Samdi? A filha deles é a Livia.

– Não me é familiar, mas posso perguntar por aí. O Mattapan não é tão grande assim, mas está lotado de gente. Teve uma época em que eu achava que conhecia todos os meus vizinhos, mas já não é mais o caso.

Viv desaparece para dentro da cozinha e cumprimenta Stoney, que grunhe em resposta. Enquanto isso, termino de organizar o bar a tempo para receber os primeiros clientes. Reconheço alguns dos mais habituais, e já não recebo mais tantas expressões carrancudas. Considero isso um progresso, e já vou começando a servir bebidas e entregar pratos de comida.

Me mantenho ocupada. Digo a mim mesma que não estou olhando para a porta toda vez que ela se abre. Prometo a mim mesma que não sou uma menininha do colegial, toda ansiosa, esperando que seu *crush* apareça.

A tática não funciona de verdade, mas felizmente a combinação de cerveja ordinária e comida barata mantém as mesas cheias e os pedidos chegando. Sou boa como *bartender*. Gosto do ritmo constante, da adrenalina de fazer malabarismos com dezenas de clientes intercalada com momentos mais calmos em que eu me recomponho, me organizo e me preparo para voltar a toda aquela agitação.

Bebedores convictos não são muito de conversar, mas eu também gosto disso. Um número maior deles faz contato visual comigo esta noite. Mais alguns dias e me tornarei digna de que eles pelo menos aprendam meu nome. Quando isso acontecer, minha lista crescente de contatos sociais realmente irritará o detetive.

São 21 horas. Os clientes que vieram jantar já se foram, as mesas vão diminuindo, o trabalho vai ficando mais tranquilo.

Nada do detetive.

São 22 horas. Estamos reduzidos a algumas mesas de cervejeiros aproveitando a noite.

Nada do detetive.

São 23 horas. Mesas praticamente desocupadas. O balcão está ocupado pelo pessoal mais *hardcore* que vai ficar até a hora de fechar.

Acho que eu o assustei. Nem todos os homens gostam de quando somos tão diretas, e nem todos conseguem lidar com a bagunça completa que eu sou.

Ou então ele está exausto depois de ter passado a maior parte da noite de ontem trabalhando. Ou ainda está no trabalho, já que as revelações de hoje levaram a ainda mais desenvolvimentos no caso.

E eu quero muito ouvir sobre esses novos desenvolvimentos. Quero...

A porta se abre.

Lotham aparece.

E, apesar de todas as minhas declarações ousadas, meu estômago se revira e minhas mãos tremem, e eu me sinto como uma menininha idiota, justo eu, tão sabedora de como são as coisas.

O detetive tomou banho e trocou de roupa. Está vestindo jeans escuros combinando com uma bela camisa social turquesa, que se estende sobre seu amplo peito. Ele irradia "policial" e "figura de autoridade" e "militar", tudo em um só. Quando ele se aproxima do balcão, vários dos beberrões que já estavam ali fazia tempo batem em retirada. Não os culpo.

– Bebida de moça? – pergunto enquanto ele se assenta.

Ele me encara.

– Vou tomar um copo d'água.

O pedido me desestabiliza. Será porque ele ainda está trabalhando e precisa manter a cabeça limpa? Ou porque quer se manter totalmente focado para nosso interlúdio por vir?

Despejo gelo em um copo e acrescento água. Stoney perambula por ali, cumprimenta o detetive com um aceno de cabeça. A esta hora da noite, nunca é ruim ter um policial por perto. Então Viv aparece na porta, reconhece meu impressionante novo cliente, olha bem para ele, olha bem para mim e solta um nada sutil "Vai nessa, garota!".

Eu fico vermelha, o que me deixa ainda mais irritada. Nunca fui o tipo de menininha risonha e ingênua que não sabe o que fazer. Francamente, eu estava muito chapada a maior parte do tempo para agir assim. Já fui maníaca? Já. Autodestrutiva? Certamente. Mas menininha nunca.

Coloco a água em frente a Lotham. Ele toma um gole. Na ponta do balcão, um dos frequentadores mais costumeiros me acena para acertar a conta. Fico grata pela distração.

Mais cerveja aqui. Uma rodada final de rum ali. Tirar pratos. Limpar mesas. Mexa-se, mexa-se, mexa-se.

Eu realmente gostaria de uma bebida neste exato momento – e isso, dentre todas as coisas, é o que mais me irrita. Está na hora de eu retomar a porcaria do meu autocontrole.

Quando volto para o balcão, meus nervos já se acalmaram e Lotham já terminou metade de sua água.

– Comida? – pergunto.

– Sinceramente, não comi nada além de gordura nos últimos dias. O que me cairia bem agora seria uma salada, mas acho que isso não está no cardápio.

– Viv é conhecida por atender pedidos especiais. Para os seus clientes favoritos.

– Viv, da cozinha?

– A própria. E, a julgar pela maneira como ela estava olhando para você, acho que você já é dos favoritos dela.

Isso me rende um sorriso dele. Por um instante, o detetive parece dez anos mais novo. Seu trabalho é um fardo que ele nunca tira dos ombros. O que é, ao mesmo tempo, extremamente atraente e meio triste. Tentar salvar o mundo pode virar um vício tanto quanto beber, com a diferença de que Lotham não tem um programa de doze passos para salvá-lo de sua compulsão. Eu me pergunto se ele vai se esgotar, se tornar amargo em relação ao seu trabalho, em relação à vida que ele nunca tirou tempo para construir. Talvez algum dia ele até me inveje, mas duvido disso.

Entro na cozinha. Pergunto à Viv se ela se importaria de fazer uma salada simples para um amigo. Isso rende tantas risadas e piscadelas que preciso sair antes de começar a corar novamente.

Mas a salada é providenciada, e o detetive volta sua atenção para a comida. Enquanto isso o bar esvazia e, não demora, Stoney já está lá, pronto para trancar a porta da frente. Ele encara o detetive de forma questionadora.

– Acho que ele vai ficar por um pouco mais.

Stoney acena com a cabeça, tranca e embolsa a chave antes de fazer questão de desaparecer em seu escritório. Eu não sei fechar o caixa, então depois ele mesmo terá de cuidar disso, mas por ora eu começo a empilhar cadeiras.

Sem dizer palavra, Lotham se levanta da mesa e leva seu prato para a cozinha.

– Olá, bonitão! – Ah, esqueça o que eu disse. Ele acaba de oficialmente fazer valer a noite de Viv.

– Obrigado à senhora. Era exatamente o que eu precisava.

– Se aparecer de novo, me avise que eu faço um bife para você. E aí você vai saber exatamente do que precisava.

Lá do fundo, ouço Stoney fazer um barulho com a garganta ao ouvir isso. Então Lotham reaparece, olhos ligeiramente arregalados e o rosto corado. Pelo menos não sou só eu. Entrego a ele uma vassoura. Já que está aqui mesmo, quem sabe pode ser útil.

Ele começa pela parede dos fundos, varrendo para a frente enquanto eu limpo a última das mesas e começo a empilhar as cadeiras.

– Descobriu mais alguma coisa sobre Livia Samdi? – pergunto por fim.

– Com certeza está desaparecida e com certeza a família não quer que a polícia se envolva.

– Espera aí, esse é o seu jeito de dizer que a minha forma de abordagem particular pode ter algum valor?

– Um bom policial nunca encorajaria o envolvimento de uma civil em um caso.

O que não é a mesma coisa de dizer "não".

– Quando Livia fugiu? – continuo.

– Em janeiro. Quase três meses depois de Angelique.

– Em quais circunstâncias?

– Foi para a escola e nunca mais voltou.

– Isso soa estranhamente familiar. E eles nunca entraram em contato com a polícia?

– De acordo com a mãe, Roseline, não foi a primeira vez que Livia desapareceu. Às vezes a menina não voltava para casa na sexta-feira, mas aparecia de novo na escola na segunda como se nada tivesse acontecido. Fica perdida o fim de semana todo, às vezes até uma semana inteira. Digamos que, dada a... natureza da família dela, fico até surpreso de terem notado algum sumiço.

– E o que Livia levou consigo?

– Aí é que está. Segundo a mãe, as roupas e objetos pessoais da filha ficaram todos para trás. Ela não tinha computador, só um celular, que desapareceu junto. Tentamos localizá-lo remotamente, mas não conseguimos nada. Estamos agora puxando o registro de ligações e mensagens do provedor dela. Vai ser interessante descobrir se o telefone está realmente fora de uso ou se só é ativado em intervalos curtos.

– E a família ouviu falar de Angelique Badeau?

– A mãe reconheceu o nome por ter visto as notícias um tempo atrás, mas só.

– Então eles não sabem por que Livia e Angelique eram amigas?

– Para ser honesto, acho que a mãe de Livia não conhece nenhum de seus amigos. Nem seus hobbies, nem sua cor preferida. Não é esse tipo de família.

– Em outras palavras, é o exato oposto da família de Angelique – digo, apoiando as mãos no encosto da cadeira. – Me pergunto o que teria unido essas duas meninas. Opostos que se atraem? Ou Angelique, a cuidadosa, achando que poderia ajudar a mudar a vida triste de Livia?

Lotham dá de ombros.

– Livia tem histórico de bebedeira e drogas? – pergunto.

– Considerando a família dela, eu diria sim para as duas coisas. Mas eles não falaram nada a respeito.

– Talvez o orientador da escola possa dar mais detalhes.

– É lá mesmo que eu pretendo ir assim que acordar amanhã.

– E eu achando que você ficaria para o café da manhã mais tarde... – resmungo.

Ao dizer isso, prendo totalmente a atenção do detetive. Seus olhos ficam ainda mais escuros. Ele está a mais de três metros de distância, ainda segurando a vassoura. Mas, subitamente, parece que o ar do salão inteiro sumiu.

– Isso é o que sabemos – ele diz suavemente. – Angelique está viva e precisa de ajuda.

Concordo com a cabeça.

– Ela está, de alguma forma, conectada a Livia Samdi, outra menina igualmente desaparecida. E nós, com toda a certeza deste mundo, não vamos mencionar uma palavra sobre bonés vermelhos para a imprensa.

– É o detalhe que você vai esconder.

– E uma forma de evitar dezenas de ligações sobre avistamentos de outras pessoas usando bonés vermelhos congestionando os telefones.

– E sobre a aparição de Angelique hoje? Vocês vão retomar a investigação com tudo?

– Estamos levando esse avistamento bem a sério. Mas, para o público, não vamos confirmar de jeito nenhum que era mesmo ela naquela loja. E isso casa perfeitamente com a declaração do balconista que disse "talvez, tipo, quem sabe, sei lá".

– Você não vai querer envolver mais gente? – pergunto, surpresa. – Editar aquele Alerta AMBER?

Lotham se inclina na vassoura.

– Angelique claramente tem alguma liberdade de movimentação, mas não sente que pode voltar para casa...

– Mas ela *precisa* de ajuda! "Nos ajude". Ela mesma disse isso.

– Exatamente. Ela se sente ameaçada e em perigo. Até entendermos mais sobre a natureza dessa ameaça e sobre quem e o que ela envolve, a abordagem mais segura é seguir as pistas e manter silêncio. Estamos colocando mais policiais no caso, não se preocupe. Mas nossa posição oficial, que eu preciso que você ajude a sustentar, é a de que "não há nada de novo para ver aqui".

– Não me insulte me pedindo algo tão óbvio – digo duramente. Volto a empilhar cadeiras.

Sendo sincera, não sei bem o que penso sobre isso.

– Mas você vai informar a família de Angelique sobre o novo avistamento – digo depois de um momento.

– Quanto menos pessoas souberem, melhor.

– Está brincando comigo? – Agora ele tem minha total atenção. – Você conseguiu uma pista bem significativa e não vai notificar Guerline e Emmanuel?

– Quando soubermos mais, quando tivermos alguma coisa específica para compartilhar...

– Ah, qual é, cara! Você nem teria feito essas últimas descobertas sem o Emmanuel. A família confia em você, eles vieram até você...

– Na verdade, Emmanuel veio até *você*...

– E a gente ainda se pergunta o porquê disso, não é? Eles sabiam que você estava sonegando informação, o que não fez nada além de alimentar a desconfiança deles.

Lotham permanece calmo, controlado.

– Olhe bem nos meus olhos e diga que você nunca mentiu para uma família. Que nunca omitiu um detalhe, escondeu uma pista nova. Você faz esse trabalho, você sabe como é.

Faço uma careta. Mas não posso olhá-lo nos olhos e nós dois sabemos disso. Já tive de tomar essa mesmíssima decisão antes. Só não concordo que seja a abordagem correta com a tia e o irmão de Angelique.

Empilho mais cadeiras. Lotham volta a varrer. Stoney aparece e cuida do caixa.

Viv termina primeiro. Seu marido mal aparece do outro lado da porta de vidro fumê e ela já sai correndo, vestindo seu casaco. Será telepatia, depois de tantos anos de casamento? Ou ele envia uma mensagem de texto ao chegar? Não sei por quê, prefiro a opção mais romântica.

Stoney vai embora em seguida. Um último olhar para mim e Lotham. Depois, com algum tipo de desculpa que ficou só na cabeça dele, ele desaparece pela porta lateral. Lotham deixa a vassoura. Eu termino de limpar a área do balcão.

Então é isso. O trabalho está feito. Os clientes e outros funcionários já se foram. Só há este homem, eu e uma gata assassina lá em cima.

Lotham caminha na minha direção. Ele tem passadas leves. Boxeador. Pensando agora, eu deveria ter reconhecido isso imediatamente.

Ele para bem na minha frente e não consigo me controlar. Levanto as mãos. Danço com as pontas dos dedos em seu rosto, sentindo sua linha do queixo, a borda macia e esfarrapada de sua orelha deformada, depois encontro outra cicatriz, logo acima de seu olho esquerdo. Ele tem cílios ridiculamente longos e grossos. Por que os homens têm sempre os melhores cílios?

Seu cabelo cortado rente raspa contra a palma da minha mão. A textura é mais próxima de sua barba ligeiramente por fazer e nada como suas sobrancelhas sedosas. Ele tem linhas sulcadas na testa.

Acompanho os traços de cada uma delas. Será outro sinal de seu trabalho estressante? Gosto do mistério dessas linhas. Das coisas que elas comunicam, mas não podem dizer.

Minhas mãos caem sobre seus ombros. Bastante musculosos, rígidos ao toque. O mesmo com seus braços. É um boxeador que ainda passa muito tempo no ringue. De perto assim, posso ver até a pulsação na base de sua garganta e ouvir sua respiração arfando.

Passo meus lábios por sua garganta. Ele cheira a sândalo, tem gosto de sal. É uma versão mais limpa desse homem, mas eu o acharia atraente de qualquer maneira.

– Boa noite, Frankie – ele diz.

– Boa noite, detetive. – Então, levanto os lábios e o beijo como se deve.

Por um momento, ele se solta. Há uma tempestade de atração selvagem e força bruta quando ele me aperta contra seu corpo. A boca dele me devora. Sua língua destrói tudo pelo caminho, e eu respondo com avidez. Isso não é uma bobagem de bêbados ou uma foda sem sentido. Isso é ter sentimentos de verdade.

Eu não reclamo quando ele me solta, deixa meus braços e se afasta.

– Boa noite, Frankie – diz ele novamente.

– Boa noite, detetive.

Então eu o deixo sair pela porta e o vejo ir embora.

CAPÍTULO 19

A manhã está brilhante e ensolarada quando ando pelos últimos quarteirões em direção ao apartamento dos Samdi. Mas, mesmo com a luz do dia jogando a meu favor, me pego olhando sobre os ombros e atenta a tudo em volta. Se o Mattapan é uma mistura de quarteirões bons e ruins, este certamente não é um dos bons.

Cercas de tela enferrujadas se fecham aqui e se abrem ali, revelando modestos pátios há muito negligenciados, com pilhas de brinquedos de crianças quebrados e largados, montes de arbustos mortos, garrafas de cerveja estilhaçadas e preservativos usados. Cada *triple-decker* aqui parece determinado a ser ainda mais destruído do que seu vizinho. E, sinceramente, nem sei dizer qual está ganhando.

Este não é um lugar para se estar depois de escurecer. Nem sei se eu mesma deveria estar aqui agora, pois sinto os olhares começando a recair sobre mim e cada vez mais silhuetas de tamanho humano aparecendo nas janelas para monitorar meu progresso. Definitivamente, sou uma forasteira aqui.

Respire fundo. Inspirando pela boca, expirando pelo nariz. Não é a primeira vez que eu passo por isso. Fique calma, relaxada, concentrada. Eu não sou uma ameaça. Não trago problemas. Apenas algumas perguntas para a família.

À minha direita, uma porta se abre e três homens afro-americanos saem andando, braços cruzados sobre os peitos musculosos e me fuzilando com seu melhor olhar ameaçador. Na sequência, um movimento semelhante acontece na casa do outro lado da rua. E na casa seguinte à direita. E em outra à esquerda.

Será que eu sou assim *tão* indesejada aqui?

Chego ao prédio dos Samdi, que não é o melhor nem o pior do quarteirão. O estreito *triple-decker* já soltou enormes placas de tinta verde-escura de sua fachada, enquanto a varanda frontal está perigosamente deslocada para a frente. Um pedaço gigante de compensado remenda um buraco do lado direito. Mais dois estão pregados no telhado.

Nem preciso abrir o portão da frente. Ele já está caído, com a quina dianteira profundamente enfiada na terra. Contorno-o para entrar, chutando uma bola de futebol furada que vai parar em uma pilha de garrafas vazias. Dou um pulo ao ouvir um barulho. Acabei prendendo minha jaqueta em uma ponta enferrujada da tela e fazendo um buraco nela.

– Merda! – eu xingo, logo me controlando depois desse deslize. Relaxada e concentrada. A família com quem preciso falar está procurando razões para não gostar de mim, desculpas para não ajudar. Meu trabalho não é fornecer essas razões.

Abro caminho até os degraus da frente. Uma das tábuas está tão podre que preciso pular por cima dela, pousando com mais força do que gostaria na tábua acima. Sinto-a tremer com o impacto e continuo a subir as escadas em uma explosão de adrenalina.

No segundo em que chego ao patamar, a porta da frente se abre. Um jovem negro se posta diante de mim vestindo uma camiseta branca justa e jeans *baggy* escuros. Seu cabelo é composto por inúmeras tranças, que curvam-se para trás do rosto e caem como uma cortina em seus ombros. Ele tem um *piercing* gigante de diamante em uma orelha e tatuagens suficientes para servir como uma segunda camisa forrando os antebraços e subindo pelo pescoço. Mesmo olhando diretamente para ele, é impossível ver através da confusão de tatuagens, joias e extensões de cabelo. Camuflagem urbana.

– Não queremos você aqui – ele diz. Seus olhos são escuros e vazios.

– Estou procurando a Sra. Samdi – respondo.

– Não queremos você aqui.

– É sobre a filha dela, Livia.

– Saia da minha propriedade.

– Você é dono da casa toda? – pergunto, curiosa. – Que grande realização com tão pouca idade.

Um único piscar de olhos lento.

– Não queremos piranhas brancas aqui.

– Ok, mas eu sou uma piranha branca que não cobra caro. Isso com certeza conta para alguma coisa, né? Minha especialidade é localizar pessoas desaparecidas, e eu faço isso de graça. Já estou nesta área procurando por Angelique Badeau. Talvez você a conheça.

– Vai se foder.

– Você é o irmão da Livia? Tio? Um conhecido aleatório? Eu soube pela polícia que a família acha que Livia fugiu. Eu discordo respeitosamente. Acho que seu desaparecimento tem a ver com o desaparecimento de Angelique e eu gostaria de ajudar as duas.

– Você tem problema de audição, dona? Some. Daqui. Caralho. – Ele dá dois passos à frente. Suas palavras duras não estão surtindo efeito, então ele começa a jogar com o corpo para passar sua mensagem. Ele tem 1,80m e uns sólidos 80kg de músculos bem definidos. Eu tenho exatamente... bem, nada a oferecer contra ele.

– Estou aqui pela Sra. Samdi – repito mais rapidamente agora. – Se ela quiser que eu vá embora, eu vou. Mas não antes de eu vê-la. Olha só, não estou aqui para meter você em encrenca nem para julgar sua família. Eu não trabalho para a polícia, para a imprensa, para ninguém. Estou aqui apenas pelas pessoas desaparecidas e só preciso de alguns minutos do tempo da sua mãe. Cinco minutos. Quem sabe, ao final, eu e ela nos entendamos bem.

O rapaz – que só pode ser o irmão mais velho de Livia – abre a boca novamente. Seus punhos já estão fechados, sua garganta esticada. E eu já estou inclinada para trás, desejando ter sumido dali uns dois segundos antes, quando uma voz cansada e áspera vem de dentro da casa.

– Deixa ela entrar, Johnson.

Meu recepcionista faz uma careta e afrouxa as mãos.

– Johnson? – pergunto, arqueando uma sobrancelha.

– J.J. – ele corrige rápido.

J.J. me deixa passar, acenando para os muitos jovens musculosos que continuavam de vigia do outro lado da rua. Seus amigos? Sua gangue? Não importa. O'Shaughnessy tinha classificado o irmão de Livia como traficante de drogas. Isso faz com que o melhor para mim seja manter a cabeça baixa e os olhos no chão enquanto ele me leva pelo corredor até a parte de trás do prédio.

Emergimos em uma área aberta totalmente enevoada por fumaça de cigarro. À minha direita há uma cozinha, com quase todas as superfícies disponíveis cobertas por embalagens vazias de comida industrializada e garrafas grandes de bebida. Alguma coisa grande, marrom e brilhante se arrasta pelo chão. Depois, mais duas dessas coisas.

Eu engulo em seco devagar. Passar do apartamento colorido e acolhedor de Guerline para este faz com que seja difícil acreditar que Livia e Angelique tivessem alguma coisa em comum. E ainda assim...

Dirijo minha atenção para a mesa de cartas posicionada contra a parede, à esquerda. Uma mulher afro-americana bem magra está sentada ali, o rosto coberto pela fumaça do cigarro aceso. Ela usa um vestido de ficar em casa com flores azuis desbotadas e tem a expressão envelhecida de uma vida inteira de bebida.

Eu puxo a cadeira dobrável em frente a ela e me sento.

– Roseline Samdi?

A mulher dá uma longa tragada, depois bate as cinzas do cigarro em uma lata de cerveja amassada.

– É você a mulher? A que está procurando a Badeau?

As primeiras palavras de Roseline soam com o típico sotaque de Boston. Mas quando ela diz "Badeau", sua herança insular a entrega. O nome sai ao mesmo tempo duro e suave, ecoando palmeiras e nuvens à deriva.

– Você imigrou quando criança? Ou foi mais recentemente? – pergunto. Estou me esforçando para não enrugar o nariz contra o fedor de comida estragada, roupas não lavadas e suor humano. Se eu vivesse aqui, também fumaria o dia todo só para encobrir o cheiro.

– Quando eu era pequena. Vim com minha *manmè* trinta anos atrás.

Levo um momento para entender que Roseline não é muito mais velha do que eu. Mas ninguém diria só de olhar para ela...

Por impulso, estendo a mão e pego a mão dela. Ela se assusta demais para se afastar.

– Nove anos sóbria. Nove anos e sete meses. Ainda sinto falta da bebida o tempo todo. É um saco, não é? Querer tanto uma coisa sabendo que não deve.

Ela não fala de imediato. Sua pele é ictérica. Sua expressão é sombria. Mas em seus olhos, acho que vejo certo brilho de gratidão.

– Uma vez eu consegui um ano inteiro. Não posso dizer que foi o melhor ano da minha vida, sofrendo cada maldito dia querendo beber. Mas depois... – Ela traga o cigarro mais uma vez e concorda lentamente com a cabeça. – Depois que eu bebi de novo, me arrependi de não ter continuado sóbria.

– Todos nós já passamos por isso.

– Então é isso? Você é viciada, eu sou viciada, e só por isso vou te contar tudo o que você quiser?

A amargura em suas palavras é o suficiente para que eu solte sua mão e me encoste de novo na cadeira. Não vai ser uma conversa fácil ou amigável. Melhor abreviar a coisa.

– Livia conhecia Angelique Badeau?

– Não. – O som sai áspero. Como se ela estivesse exalando muito rapidamente, atirando aquela palavra de dentro de si para o mais longe possível.

– Livia alguma vez mencionou Angelique do programa de verão no centro recreativo?

– Não.

– Por que ela faria o curso de moda?

Roseline para e pisca os olhos. Seu cigarro está quase acabando. Ela tira um novo do maço e usa o velho para acendê-lo, sem fazer nenhuma pausa entre eles.

– Por que não? – pergunta por fim.

– Ela não conversou com você sobre isso? Talvez para dizer o quanto ela queria ir, se adorou ir, se estava feliz de ter participado? Você pagou para ela, não foi? Com certeza você iria querer uma satisfação.

Roseline para novamente. Inspira. Expira. Traga. Ela não pagou pelo curso. Posso ver isso em sua expressão. Livia deve ter se qualificado por meio de algum programa para famílias de baixa renda. Quer dizer que a mãe nunca nem pensou em perguntar qualquer coisa sobre o curso?

No fim, Roseline oferece um único e fatalista encolher de ombros. Em outras palavras, Livia realmente compareceu ao curso de moda, mas sua mãe nunca se preocupou em descobrir o porquê. Reparo que o cigarro em sua mão treme levemente agora. Ela não é tão impávida quanto quer parecer.

– Livia tinha alguma amiga que estava fazendo o curso com ela? – insisto. – Ou talvez alguma obsessão por aquele programa de TV, *Project Runway*? Sonhava em desenhar roupas para ganhar a vida?

Inspira, exala, traga. Até que...

– Livia gostava de fazer coisas.

– "Fazer coisas"... Então o curso de moda foi o mais próximo que ela pôde chegar de... fazer alguma coisa?

Isso é interessante, porque eu já havia presumido que Angelique também não se interessava particularmente por moda. Para ela, era mais como uma oportunidade de fazer arte. Quem sabe, para Livia, o interesse fosse *design*?

– Quem são as amigas mais íntimas de Livia? – pergunto.

– Não tem nenhuma. – Mas a afirmação da mãe sai sem convicção, dando mais uma vez a entender que, mesmo na posição de mãe da menina, ela não sabe a resposta.

Eu espero um pouco, caso ela queira esclarecer. Em meio ao silêncio, ela traga mais uma vez o cigarro, tão profundamente que, por um instante, seu rosto parece esquelético.

– Nós não somos do tipo que faz amigos – diz ela por fim, exalando lentamente.

– Livia gostava do curso?

– Ela ia.

– Qual era a matéria preferida dela?

– Não sei. – Inspira, exala, traga. – Ela trazia para casa uns projetinhos aí que ela fazia. Tipo uma abóbora falsa. Pequenininha, esculpida em plástico laranja. Até os olhos ela tirava. Era bonitinho, só isso. Sem valor nenhum. Que diabos a gente faz com uma coisa dessas?

Não tenho ideia de que tipo de aula na escola ensina a criançada a fazer minúsculas lanternas de Halloween.

– Você ainda tem essa aboborazinha?

Roseline olha para o chão. Faz-se mais um movimento por baixo da grossa camada de lixo. Não consigo mais olhar.

– Talvez você possa me mostrar uma foto no computador da Livia? Ela deve ter algum registro dos trabalhos de escola.

Roseline bate outra vez o cigarro contra a lata de cerveja e balança a cabeça.

– Você está vendo algum computador? A menina tinha de usar o que eles tivessem na escola.

– Então ela gostava da escola? E seus colegas eram...

– Ela ia. Todo dia de manhã. Levantava, saía. Isso é tudo que me importa.

Mas eu posso ouvir na voz de Roseline. Não era só com isso que ela se importava. Não era só com isso que ela estava se preocupando.

– Soa como algo muito solitário – digo em seguida. – Ir para a escola todos os dias, sem amigos.

– A menina ficava longe de problema.

– Ela é tímida?

– Ela é esperta. Sempre está onde você não espera. Vê coisas que não deveria ver. Ouve coisas que não deveria ouvir. Mesmo quando ela era novinha. Mas aí você olhava para o lado e ela sumia de novo. Aprendeu com o irmão a nunca ficar em um lugar por muito tempo. Quer ser sorrateira, menina? – Roseline me olha fixamente. – Então é melhor ser rápida também. Livia sabia fazer as coisas.

Isso significa que a nova conhecida de Angelique no curso de moda costumava ser subversiva? Ou talvez, pelo fato de bisbilhotar onde não era desejada, estaria envolvida em algum tipo de problema sério?

– Nas semanas antes do desaparecimento de Livia, alguma coisa pareceu diferente?

– Foi tudo igual sempre foi.

Era a resposta que eu esperava.

– E seu filho, Johnson? Ele tem algum interesse pela irmã?

– Johnson nunca faria mal à irmã! – A resposta é dada em puro reflexo, e não totalmente desprovida de medo.

– Por que não?

– Família é família. E também... – Este é o primeiro momento de leveza de Roseline. – Drama não é bom para os negócios.

Entendo o que ela quer dizer. A não ser pelo fato de que, de acordo com O'Shaughnessy, Johnson fica bem lá embaixo na cadeia alimentar. Isso significa que ele provavelmente se reporta a gângsteres de níveis bem acima, que provavelmente se reportam a chefões do tráfico de nível mais alto. Será que eles considerariam uma menina de 15 anos como carta branca em seu jogo? Especialmente se essa menina tinha a tendência de estar onde não deveria?

– Qual é a escola de Livia?

Roseline solta um nome diferente da escola de Angelique.

– E isso é...?

– Uma escola técnica. Não tem nada de errado nisso. Esses meninos precisam aprender alguma habilidade para a vida. Ou então...

Ou então eles se voltariam para o negócio familiar de tráfico de drogas.

– Ela tem algum professor preferido?

Inspira, exala, traga. Dá de ombros.

– Uma matéria preferida?

– Ela gostava do negócio de fazer abóboras.

Ouço um tumulto agora. Um ruído vindo da frente da casa. Roseline se endireita de repente, apaga seu cigarro. É a primeira vez que ela para de fumar desde que entrei na sala.

– Seu tempo acabou.

– Espera, eu...

– Você tem de ir embora agora. A porta está atrás de você. Você conhece o ditado: a porta da rua é serventia da casa.

Aparentemente, não posso sair pelo mesmo caminho que entrei, e tenho de fugir pela porta traseira. Faço menção de argumentar, mas de repente Roseline está de pé, a ponta do dedo manchada de nicotina apontando furiosamente na minha direção.

– Fora! – Seu tom de voz é subitamente autoritário.

Eu hesito.

– Venha comigo. Vou te levar a uma reunião. Nós vamos juntas. Eu seguro sua mão, você segura a minha.

– Some!

– Precisa só de um passo. Lembra daquele ano de que você estava falando? Mesmo agora, você sente falta dele. Vem comigo. Eu vou te ajudar.

– Saia *agora*!

– Sra. Samdi...

Sua mão esquerda se estende para mim, agarra meu ombro e o aperta com uma força surpreendente.

– Você não está segura aqui.

Fico sem palavras. Minha boca de repente está totalmente seca, enquanto os dedos dela parecem garras me mantendo no lugar.

– Livia não estava segura aqui.

– Sra. Samdi, você está me dizendo que fica agradecida por ela ter ido embora? É por isso que você nunca informou à polícia que ela desapareceu? Você espera que ela tenha mesmo fugido? Acha que ela está mais segura assim?

– Aqui não é lugar para meninas.

– Eu posso lidar com o Johnson...

– Não é do meu filho que você deve ter medo.

O barulho lá fora se transforma em um tumulto de passadas duras e gritos com palavrões. E está vindo diretamente na nossa direção.

Quero fazer mais perguntas. Quero entender. Mas Roseline já está me empurrando em direção à porta dos fundos.

– Se você encontrar minha Livia... – a Sra. Samdi diz entre os dentes, já abrindo a porta.

– Espera...

– ...não a traga de volta para isso.

Então Roseline Samdi me empurra direto para fora. Tropeço pelos degraus abaixo com os braços girando para manter o equilíbrio. Mal consigo parar quando ouço vozes masculinas gritando atrás de mim.

– Mãe!

– Para ela, agora!

– Mas que merda, J.J.!

Não me detenho nem por um momento para olhar para trás. Corro o mais rápido possível da casa. Bem rápido, depois mais rápido ainda, sem sequer me virar quando ouço a percussão dos passos atrás de mim. Por uma fração de segundo, no entanto, consigo ver, com o canto do olho, um homem negro estranhamente alto, bem magro, usando um moletom vermelho e muitas correntes de ouro. Reconheço aquele sujeito retrô. É o cara da escola de Angelique, vestido como se tivesse acabado de sair dos anos 2000.

Há um olhar em seu rosto. Como um aviso.

Acrescento uma nova explosão de velocidade bem no momento em que um tiro irrompe no ar. Seguido por outro.

Desvio para a esquerda, encolhendo os ombros para me tornar o menor alvo possível, e alcanço a calçada, ofegando em meio a lágrimas de pavor. Viro uma à esquerda, outra à direita. Continuo a toda. Não olhe para trás. Nunca olhe para trás.

Meus pensamentos desordenados de repente derivam para Paul. Então, aquele buraco gigante em meu peito se abre, e eu e eu corro por ele também. Mais rápido, mais rápido, mais rápido.

Não olhe para trás, não olhe para trás, não olhe para trás.

Corro tão rápido que minhas lágrimas secam antes de chegar às bochechas. Corro tanto que parece que nem estou mais nesta cidade, mas em algum lugar distante onde as árvores são sombras sinistras e a lua mordisca meu cabelo e eu tenho de apertar os olhos para não me deparar com o mais puro terror.

Não olhe para trás não olhe para trás não olhe para trás.

A próxima coisa que consigo distinguir é que estou entrando aos trancos no Dunkin' Donuts, onde minhas novas amigas me encaram assustadas.

– Chama a polícia, chama a polícia, chama a polícia! – eu grito para Charadee.

E é isso que ela faz, mas não me lembro do resto; estou chorando demais e minha mente está em frangalhos, misturando o agora e o antes, o que é e o que foi. E o que nunca mais será outra vez.

Por fim, Lotham irrompe pela porta. Ele olha meu rosto arrasado e me puxa para seus braços.

– Paul! – soluço histericamente.

Ele me deixa cair em seu peito e me abraça enquanto eu choro.

CAPÍTULO 20

Estou sentada em uma das mesas do Stoney's. À minha frente há uma caneca de café, um copo de água e uma caixa gigante de bolinhos Munchkins que Charadee enfiou em minhas mãos quando eu estava saindo de lá. A caixa está aberta. Consegui comer dois, o que explica o açúcar em meus dedos, lábios e bochechas. Lotham desaparece na cozinha apenas por tempo suficiente para arrumar um pano úmido. Agora, ele o usa com cuidado para limpar meu rosto manchado de ranho e lágrimas. Não faço nada para impedir ou ajudar.

Meu cérebro entrou em curto-circuito. Meu coração explodiu em meu peito. O fato de que nada chegou a acontecer comigo é a menor das minhas preocupações.

– Café – ordena Lotham.

Eu levanto a caneca, tomo um gole.

– Açúcar.

Ele estende a caixa de bolinhos. Mastigo obedientemente.

– Água.

Mudo da caneca para o copo.

– Repete.

É o que eu faço. Outras duas, três, quatro vezes. Até que minha caneca de café esteja vazia e a água do copo tenha desaparecido, assim como um número suspeito de bolinhos. A julgar pela mancha vermelha de geleia no canto da boca de Lotham, não sou a única que usa doce para se automedicar.

– Comece pelo começo.

Eu tento. Não sei exatamente o que há para dizer. Eu me encontrei com a Sra. Samdi. Fiz um monte de perguntas sobre sua filha, Livia, a maioria das quais ela não soube responder. Isso significa que, basicamente, fiquei sabendo do que o detetive Lotham havia resumido para mim no dia anterior: que a família de Livia não é exatamente do tipo amoroso.

– Ela ordenou que você saísse – ele repete.

– Alguém chegou. Pela porta da frente. Pude ouvir um tumulto. Não cheguei a ver quem era, mas o comportamento da Sra. Samdi mudou. Ela me empurrou pela porta dos fundos. E disse... – Eu respiro fundo, com um tremor. – Ela disse que a casa não era segura para meninas. Me disse que, se eu encontrasse sua filha, não era para levá-la de volta para aquela casa.

– Por que a casa deles não é segura para meninas?

– Não sei.

– O filho dela, J.J...

– Johnson.

Lotham levanta a sobrancelha.

– Você deveria chamá-lo assim – insisto. – Senão realmente vai deixá-lo irritado. Pelo jeito, ele não tem nenhum crédito nas ruas como "Johnson".

– Com certeza não.

– Mas ela também insinuou que ele não faria mal à irmã. A família não vai atrás da própria família. O problema é outra pessoa, acho que algum dos conhecidos de Johnson, dos chefes dele, não sei. Alguém mais alto naquela cadeia alimentar criminosa.

– Certo. Então a Sra. Samdi te empurrou pela porta de trás. Você saiu e...?

– Não vi mais nada.

– Mas alguém saiu atrás de você. E disparou uma arma?

– Eu ouvi tiros, mas não parei para olhar. Podia estar atirando contra mim, contra outra pessoa, ou outra pessoa atirando contra eles, que estavam atirando em mim, sei lá. Qualquer palpite é válido.

– E palpites são tudo o que temos – resmunga Lotham. – A polícia já vasculhou a área. Como diz o ditado, ninguém sabe de nada, ninguém viu nada. Naquele quarteirão é assim. Os técnicos de balística recuperaram uma bala recém-disparada na lateral de uma varanda, provavelmente a menos de um metro de onde você passou correndo. A trajetória indica que ela não veio de trás de você, mas do outro lado da rua.

– Ah, que ótimo. Então era um dos vizinhos que me queria morta.

– Primeira vez que atiram em você, Frankie?

– Não.

– Quer falar sobre isso?

– Não.

– Quer uma bebida?

– E a água é molhada, Lotham? É claro que sim.

– Então, em vez de beber, você fala.

Não consigo conter o sorriso. Esse homem é inteligente e sabe manipular direitinho. Mas não vou falar com ele sobre meu colapso nervoso, sobre estresse pós-traumático, ou seja lá como você queira chamar. É pessoal demais. E, mesmo depois de todos esses anos, talvez ainda seja íntimo demais. É uma coisa que pertence só a mim e a Paul. Falar sobre isso com qualquer outra pessoa seria...

Vou ligar para o telefone dele. Ouvir tocar. O clique dele atendendo. O som reconfortante de sua respiração, sincronizada com a minha. O batimento do meu coração. O batimento do coração dele. Interligados.

Depois a voz da mulher: "Você precisa parar com isso, Frankie. Você precisa de ajuda".

Não precisamos todos?

Me levanto da mesa e vou para a cozinha pegar mais café. Já tenho tanta cafeína correndo no corpo que estou à beira da náusea. Ironicamente, não é em momentos assim que me sinto mais tentada a recair na bebida. Estou exausta demais até para me autodestruir. Se eu finalmente me servisse essa bebida pela qual venho ansiando há longos malditos nove anos, acredite: seria com gosto e eu iria querer me lembrar muito bem dela.

Quando me viro para voltar, Lotham está atrás de mim na cozinha. Ele tira a caneca da minha mão, que ainda treme bastante, e me leva de volta para a mesa.

– Fale comigo – ele pede.

– Eu não acho que Livia e Angelique se tornaram amigas de propósito.

– Certo.

– Acho que alguma outra coisa uniu as duas. Nenhuma delas se matriculou naquele curso de moda porque se importava com o assunto. Angelique é uma futura médica que gosta de desenhar. Livia, pelo que vi, é uma sobrevivente que sabe ser sorrateira e tem uma propensão para construir coisas. Mas então a melhor amiga de Angelique a deixou de lado para correr atrás de um jogador de basquete, e Livia nunca teve amiga nenhuma, para início de conversa. Então, temos duas meninas que estão se sentindo sozinhas, ambas calmas, mas inteligentes. Talvez elas simplesmente tenham se sentado lado a lado em algum momento e... Não sei. Acho que elas se tornaram amigas por acidente, apesar de serem tão diferentes.

– Mas uma nunca mencionou o nome da outra para as respectivas famílias?

– Livia nem tem esse tipo de família. Quanto a Angelique... – Eu hesito e encaro o detetive. – No início, pensei que Angelique estivesse guardando segredo de Livia para não afastar as outras amigas. Mas considerando o quanto Angelique e Livia devem estar ligadas, já que ambas desapareceram assim... E se estivéssemos certos lá no início? E se Angelique de fato se apaixonou, mas não por um menino?

– Você acha que ela e Livia estavam namorando?

– Isso explicaria o segredo. Aos 15 anos, tentando descobrir quem elas são, como se identificam. Livia com uma família toda errada. Angelique com uma família muito mais tradicional. – Eu dou de ombros. – Nada disso é fácil, mas claramente há uma conexão entre essas duas meninas. E mesmo assim, como você disse, Angelique nunca mencionou o nome de Livia para ninguém. No mundo em que ela vive, essa é uma omissão bem grande.

– A menos que Livia a tenha envolvido em alguma coisa criminosa.

– E você realmente acha que Angelique não falaria com Marjolie e Kyra sobre atividades ilegais? Por favor, né? Melhores amigas são, por definição, co-conspiradoras. Não, esse nível de sigilo dá a impressão de que era algo mais pessoal.

Lotham concorda lentamente com a cabeça.

– Tudo bem. Mas mesmo se presumirmos que a relação entre Angelique e Livia era íntima, isso ainda não explica como ambas acabaram desaparecidas com três meses de diferença. E muito menos por que Angelique tinha milhares de dólares, incluindo falsificações de notas de cem, escondidos em um abajur de cerâmica.

– Detalhes, detalhes – eu murmuro, mas o detetive tem alguma razão. – Vamos recuar um pouco. O que sabemos sobre cada garota?

As duas vivem no Mattapan, mas não frequentavam a mesma escola, o que significa que provavelmente se encontraram pela primeira vez no curso de moda. Angelique estava lá por causa de seu interesse em arte, enquanto Livia gosta de fazer coisas. Ambas têm origens familiares bem diferentes. E, aparentemente, ambas são boas em guardar segredos.

Lotham concorda. Sua mão permanece ao lado da minha sobre a mesa. Ele agora acaricia meu polegar. Não tenho certeza se ele sabe que está fazendo isso, mas eu não me mexo e ele não para.

– Que tipo de coisas Livia sabia fazer? – ele pergunta.

– A mãe dela mencionou uma lanterna de abóbora de Halloween, de plástico, que Livia levou da escola para casa. Com os olhinhos cortados em triângulo, aquela coisa toda. Eu não faço nem ideia de que tipo de aula ensina a fazer abóboras de plástico.

– Livia frequentava uma escola técnica. Eu estava justamente conversando com sua orientadora quando recebi a notícia dos tiros. Livia fazia cursos de construção básica, trabalhos em metalurgia e aulas de *design* no computador. Não me lembro de nada envolvendo plástico. Mas espera... – Lotham levanta a mão e estala os dedos. – O curso de *design* usa o computador. Eles têm uma impressora 3D. Isso permitiria fazer essa abóbora. Desenhar e imprimir sua própria lanterna de Halloween.

– E falsificar dinheiro – murmuro. – Seria possível começar desenhando e imprimindo abóboras e terminar fazendo o mesmo com dólares?

– Não mesmo. Lembra da história de que falsificação é uma operação muito sofisticada, que envolve prensas em *offset*, gráficos muito avançados, tintas extremamente raras e especializadas...?

– Sim, eu me lembro. Mas veja que...

– Temos duas meninas desaparecidas com pelo menos uma conexão pessoal, e isso sem mencionar as habilidades delas em arte e *design*, que de certa forma se complementam. – Lotham balança a cabeça. – Estou sendo honesto quando digo que, quanto mais eu descubro neste caso, menos as coisas fazem sentido. Dito isto, acho que devemos voltar à escola de Livia. Temos de determinar exatamente que tipo de habilidade ela tinha, e também saber se ela alguma vez esteve com Angelique na sala de aula depois do expediente. Aquelas notas falsas têm de significar alguma coisa, mas eu não tenho a menor ideia do que seja.

– Vamos dar um pulo na escola de Livia?

– Bem, por uma questão de segurança pública, acho que tenho de manter você por perto. Não pode haver mais tiroteios hoje.

Ele diz as palavras como quem não quer nada, mas está me dando algo de verdade e ambos sabemos disso. Eu gostaria de poder dizer que é por causa dos meus encantadores poderes de persuasão, mas é mais provável que seja por pena. A cavalo dado não se olha os dentes, então eu não discuto.

Me preparo lentamente para sair da mesa. Um último gole de café. Um último bolinho de açúcar com canela. Minhas mãos ainda estão tremendo com as desventuras da manhã. Estou com uma sensação de vazio e um embrulho no estômago. Mas meu trabalho é meu trabalho, e, considerando todos os erros do passado que não posso mudar, graças a Deus ainda tenho isto, pelo menos.

Eu fico de pé.

Lotham desliza para dentro de seu casaco azul e me guia porta afora.

CAPÍTULO 21

O Sr. Riddenscail é o professor de AutoCAD de Livia na Politécnica de Boston. É um sujeito branco, alto, com uma compleição um pouco frágil e uma expressão distraída. Está vestido casualmente com um jeans gasto, uma camiseta fina sobreposta por uma camisa de flanela e botas surradas. Uma colher e um garfo sobressaem do alto de sua bota direita, mas ele parece não notar. Ele se move pela sala se esquivando das estações de trabalho com a ágil eficiência advinda da prática, nos levando para a frente. Não parece preocupado em ter um detetive da polícia e uma associada em sua sala de aula durante a hora do almoço. É o tipo de cara que parece já ter visto de tudo.

– Sim, eu conheço Livia Samdi – ele confirma quando chega à sua mesa, abrindo uma gaveta e tirando uma lancheira de metal que parece saída diretamente dos anos 1950.

– Ela fez uma abóbora de plástico em uma de suas aulas? – Lotham pergunta, seu crachá dourado claramente exposto.

– Claro. É uma de nossas tarefas tradicionais de outono.

– Como você a descreveria?

– Boa aluna. Consistente. Mas tenho a sensação de que não é por isso que você veio aqui.

– Quando foi a última vez que você a viu?

– Em janeiro. Relatei a ausência dela à administração, se é isso que você está perguntando.

– Não, não estou aqui para julgar ninguém – diz Lotham, o que é ótimo, porque estou julgando um bocado. Minha vontade é perguntar "Como você não se preocupou com ela? Como não tentou conversar com essa menina que claramente precisava de você? Como, tendo visto as condições da casa de Livia, os negócios da família dela...?". – Descreva-a como aluna – ele pede novamente.

Riddenscail faz uma pausa enquanto desembrulha seu sanduíche, obedientemente considerando a pergunta.

– Hã... Ela tinha uma aptidão natural para imaginar coisas nos planos X, Y e Z. Não é algo que eu possa afirmar sobre a maioria dos meus alunos.

– Mas ela era boa aluna?

– Excelente. Mas também bastante quieta. Não era de falar nem de ajudar seus colegas. Eu a descreveria como um talento adormecido.

Não consigo evitar e levanto a mão antes de falar. Afinal, é uma sala de aula, e sou condicionada.

– O que isso significa?

O Sr. Riddenscail se vira para mim.

– Ela tinha essa aptidão natural, mas o negócio dela era ficar contida em sua própria bolha. Ela sabia o que sabia, fazia as coisas que fazia e então seguia em frente.

– E ela era boa? – Lotham continua.

– Eu a descreveria como uma de minhas melhores alunas. – Riddenscail hesita. – Olha, eu trabalho com muitos meninos em situação de risco. Para muitos deles, descobrir o ofício certo representa um bilhete de saída daquela vida. Ou seja, uma vez que encontram uma coisa que sabem fazer bem, eles entram de corpo e alma nisso. Aí, sim, eles criam um laço comigo, trabalham mais com os colegas, fazem horas extras. Esses meninos... Vocês não acreditariam no talento deles. Se derem para eles a oportunidade certa, cara... Livia Samdi, por outro lado... Eu tentei me conectar com ela em várias ocasiões, tentei dar tarefas especiais para ela trabalhar sua autoconfiança. E, no fim, ela não mordeu a isca. E sim, eu fiquei preocupado com isso.

– Ela falou alguma vez sobre sua família? – Lotham, mais uma vez.

O Sr. Riddenscail nega com a cabeça.

– E quanto a amigos? – pergunto.

– Eu não saberia te dar nem mesmo um nome. Ela era um lobo solitário, pelo menos nas minhas aulas.

– Ela ficava trabalhando depois da aula? – Lotham novamente. – Passava um tempo extra aqui?

– Eu a incentivei a participar de uma seleção para a competição técnica da SkillsUSA durante a primavera, o que exigiria uma preparação. Ela aceitou, então, sim, ela esteve aqui muitas vezes depois das aulas. Eu diria até que vários dias por semana. Pelo menos até ela desaparecer.

– Você já viu alguém esperando por ela? – Minha vez de novo. – Ou talvez ela tenha trazido uma amiga para a sala de aula enquanto trabalhava?

O Sr. Riddenscail nos encara.

– Nunca.

– Conte para a gente sobre essa competição – ordena Lotham.

– A especialidade de Livia era projetar moldes de plástico para a fabricação de materiais termoplásticos. Basicamente, é usar impressão em 3D para ajudar a criar peças de reposição. Pense no seguinte: no processo de fabricação, por exemplo, do seu computador portátil, dezenas de componentes são de plástico. A capacidade de projetar a peça certa, ou de criar um molde para a fabricação contínua dessas peças, é altamente valiosa. Livia tinha o que era preciso para esse trabalho. Ela sabia naturalmente o que fazia uma coisa funcionar. Mais ainda, ela podia ver como cada peça funcionava dentro do todo. A partir daí, era fácil para ela projetar a peça necessária ou até, nos melhores dias, projetar toda uma nova configuração que melhorava consideravelmente o conjunto operacional. Como eu dizia, ela é bastante talentosa.

– Você pode nos mostrar um exemplo de projeto dela? – pergunta Lotham.

Balanço a cabeça vigorosamente, porque, até o momento, não consegui imaginar nada disso. Mas ciência nunca foi o meu forte.

– Ela usava um computador daqui, certo? – acrescento.

– Claro, mas vejam, estamos falando do ano passado. Acho que eu não tenho mais nenhum trabalho dela guardado em arquivo. Então quem sabe... – Riddenscail junta as mãos no nariz pensativamente. – Eu não esvaziei a gaveta dela. Pode ser que ainda tenha alguns de seus desenhos, talvez até amostras menores do trabalho dela.

Com seu almoço devidamente esquecido, ele nos conduz até um enorme armário de metal. As portas se abrem, revelando uma série de gavetas rasas. Inclinando-se até o fundo, Riddenscail puxa várias folhas grandes de papel de projeto, seguidas do que parecem ser várias traquitanas de plástico.

Lotham pega os desenhos. Eu exploro as coisinhas. Um cubo com lados móveis, uma série de espirais que giram para lá e para cá. As peças são feitas de plástico branco simples e ásperas ao toque, claramente protótipos de algo. Mas o fato de eu poder realmente mexer o cubo e brincar com as espirais é fascinante para mim.

– Ela tinha apenas 15 anos...? – pergunto, incrédula, porque esse tipo de projeto está muito além da minha capacidade como adulta funcional, e mais ainda da adolescente bêbada que fui.

– Ah, sim, as engenhocas que Livia projetou especialmente para se manusear. A tarefa da abóbora foi divertida e tal, mas nem chegou a ser um desafio para ela. A maioria dos meninos daqui passa uma semana fazendo aquilo, mas Livia desenhou sua abóbora em um único dia, depois desenhou mais duas no tempo restante. Vários de seus colegas expressaram interesse, mas, como eu dizia, ela não era de compartilhar.

Sem conseguir me conter, levanto a mão novamente. Está claro que Livia era mesmo muito habilidosa, o que significa que ela também tinha como sair de sua vida familiar empobrecida, dominada pelo crime e pelo tráfico de drogas. Uma educação daquelas, combinada com sua habilidade natural... O céu seria o limite. Então, o que deu errado? Por que ela não estava mais na escola, fabricando moldes e aperfeiçoando mais abóboras e bagulhinhos de girar, enquanto se preparava para escrever o próximo grande capítulo de sua vida excitante?

E como isso envolveria Angelique?

– Isso aqui foi fácil para ela? – pergunto, segurando as engenhocas. – Tipo, totalmente natural?

– Com certeza.

– E ela sabia fazer moldes de plástico? Para fabricação em larga escala, algo assim?

– Sabia. Era meio rudimentar, mas Livia só ia melhorando. Especialmente considerando o dom que ela tinha de desenvolver uma visão geral do sistema e entender como uma parte se relacionava com a outra. Esse tipo de perspectiva do processo como um todo não é possível ensinar: ou a pessoa tem ou não tem.

Ao meu lado, Lotham concorda com a cabeça.

– Ela alguma vez experimentou com, não sei, moldes plásticos de imagens, flores, símbolos do Tesouro dos Estados Unidos, qualquer coisa assim?

O Sr. Riddenscail segura o nariz novamente.

– Hã... não.

– Mas ela tinha habilidade suficiente para isso, não tinha? Talvez tivesse até trabalhado em algum projeto paralelo em casa?

– Habilidade, sim, mas projetos paralelos, não. Qualquer trabalho que Livia tenha feito, foi aqui. O software de *design* é comprado e licenciado; os meninos não podem acessá-lo dos computadores de casa. Além do fato de que, para fazer qualquer um desses produtos – ele aponta com o nariz para os itens de plástico na minha mão –, você precisa de uma impressora 3D. E isso também não é o tipo de coisa que Livia teria em casa.

– E você tinha conhecimento de todos os projetos em que seus alunos trabalhavam? – Lotham pressiona, enquanto eu fico olhando para as espirais em minha mão e digerindo aquela última informação.

– Impressão em 3D não é algo barato. É claro que eu monitoro tudo. Você já viu o orçamento da nossa escola? Além disso, meu trabalho é avaliar os desenhos dos meus alunos um monte de vezes. Só imprimimos quando o desenho está absolutamente pronto. Caso contrário, será perda de tempo e material. Você já viu uma impressora 3D, detetive?

Lotham nega com a cabeça. Sem dar mais uma palavra, o Sr. Riddenscail se vira e nos conduz a uma porta lateral da sala, que se abre para uma sala menor dominada por uma caixa de vidro grande, totalmente fechada, com todo tipo de peças mecânicas no meio. Parece pesar uma tonelada e custar uma fortuna, o que condiz com o que Riddenscail disse sobre não ser o tipo de coisa que qualquer adolescente teria em casa.

– Esta é a uPrint – diz ele.

– Tem como imprimir uma arma de plástico nisso? – pergunto. Levando em conta a família de Livia e meu recente encontro com eles, me parece que essa seria uma mercadoria altamente valorizada.

– Dá para fazer? Dá. Mas fazemos esse tipo de coisa aqui? Definitivamente não – o Sr. Riddenscail diz firmemente.

– Mas não seria um conhecimento altamente valioso? – eu insisto. – Particularmente neste bairro.

– Não seria.

Lotham levanta uma sobrancelha ao ouvir essa resposta, fazendo com que o Sr. Riddenscail a elabore melhor.

– A maioria das armas de plástico só servem para dar um único tiro. E dada a falta de estrias no cano, ele teria de ser dado de perto, à queima-roupa. Agora, se você precisasse passar uma arma sorrateiramente pela segurança, seja em um aeroporto, em um tribunal, em alguma situação estilo Jason Bourne, tudo bem. Mas eu conheço um pouco os meus meninos, e nenhum membro de gangue vai querer uma pistola pequena que só pode dar um único tiro. Eles querem poder de fogo. Quanto maior, melhor. Nada que alguém fizer aqui vai ser impressionante o suficiente para as necessidades deles. Além disso, o fato de a maioria dos traficantes aí fora saber puxar o gatilho não significa que eles vão saber usar bem a arma e apontá-la direito. Isso explica o amor deles por rifles automáticos. Qualquer arminha de plástico vai ser só um brinquedo delicado. – O Sr. Riddenscail dá de ombros. – Não é o que eles querem nesta região.

Lotham concorda brevemente com a cabeça. Faz algum sentido, mas a explicação também nos leva de volta para onde estávamos no começo. Livia tinha um talento que envolve *designs* complexos e uma enorme impressora 3D. E isso se traduz em quê?

Moldes de plástico para ajudar na falsificação de dinheiro? Mesmo que fosse o caso, seria só um pequeno passo em um processo altamente elaborado e abrangente. E não é nada provável que um grupo europeu criminoso de falsificação de dinheiro iria querer recrutar uma menina de 15 anos do centro de Boston.

No entanto, Angelique tinha notas de cem falsificadas e, ao mesmo tempo, alguma relação – íntima ou não, sabe-se lá – com Livia. Angelique desapareceu e, três meses depois, Livia desapareceu. As meninas estavam conectadas de alguma forma. E o dinheiro estava conectado também, o que naturalmente leva a pensar que tudo isso – as habilidades de Livia, as ambições de Angelique – também tem de estar conectado.

Mas... como?

– Há outros professores ou outras aulas que Livia tenha mencionado? – pergunta Lotham.

Um encolher de ombros.

– Vocês podem verificar com a Sra. Jones, a orientadora da escola. Talvez ela saiba mais detalhes.

Lotham concorda com a cabeça. Ele havia dito no início da manhã que conversara com uma orientadora da escola, então suponho que já tenha coberto esse terreno.

– Alguém pareceu mais perturbado ou particularmente incomodado quando Livia parou de vir à escola? – eu me pronuncio.

O Sr. Riddenscail balança a cabeça.

– É uma pena, mas não. Ela era uma boa moça. Sinto muito por não poder ajudar mais.

Não parece haver muito mais a ser dito ou feito. Lotham aperta a mão do professor. Eu sigo o exemplo. Então, voltamos ao corredor.

– E onde isso nos deixa? – resmungo em voz alta.

Lotham faz uma careta, apertando os lábios.

– Não sei.

– Os desaparecimentos de Livia e Angelique têm de estar relacionados.

– Eu não acredito que seja só uma grande coincidência – ele concorda.

– O dinheiro no abajur de Angelique, os telefones descartáveis... As meninas estavam tramando alguma coisa que as colocou em contato com o dinheiro falso, mas que também as ajudou a ganhar grana de verdade. E essa coisa claramente colocou as duas em apuros. Levou ao desaparecimento de Angelique, depois de Livia. Mas por que elas sumiram com três meses de diferença? A mensagem de Angelique dizia "Nos ajude". Isso significa que elas estão juntas agora? E ainda mais em perigo, mesmo onze meses depois? Sendo mantidas presas contra sua vontade? Por quem? Como...?

De repente, eu paro de andar. Pego a mão de Lotham.

– As filmagens. O último dia de aula de Angelique. Todas as câmeras que *não mostram* Angelique saindo da escola ou andando pela rua.

Lotham me olha confuso.

– Você não sabia sobre Livia naquela época. Você assistiu a todos aqueles vídeos, quadro a quadro, procurando somente por Angelique. O caso, naquela época, era sobre *apenas uma* menina desaparecida. Só um desaparecimento. Mas sabendo o que sabemos agora...

Lotham também para de repente.

– Temos de assistir àqueles vídeos de novo.

Eu sorrio.

– Sim, com certeza *temos* de fazer isso agora – digo, com ênfase em "temos".

Ele não refuta. Juntos, corremos porta afora.

CAPÍTULO 22

Lotham é exatamente o tipo de profissional dedicado e *workaholic* que eu suspeitava que fosse. Ele não me leva a um laboratório cheio de provas ou a um especialista em vigilância. Em vez disso, dirige até a delegacia do Departamento de Polícia de Boston no Mattapan. "Distrito B-3", é o que diz a placa azul exposta no alto de uma estrutura de tijolos que parece bastante nova. A fachada é imponente e me lembra a escola de Angelique. Pelo que pude entender, a arquitetura típica da região da Nova Inglaterra adora causar impacto logo no primeiro momento.

Dentro da delegacia, as coisas se parecem mais com uma série policial de TV. O teto rebaixado, o piso barato, o balcão com seguranças na entrada. Lotham acena para a encarregada da recepção e me faz assinar um registro, sem dar qualquer explicação. A policial, com cara de poucos amigos, parece entediada, mas eu me deslumbro fácil. Afinal, meus últimos trabalhos de investigação envolveram lugares onde o posto policial não passava de um *trailer* mais comprido. Em comparação, isso aqui é um luxo. Realmente é a porra da polícia de Boston.

Lotham faz seu caminho pelo corredor e sobe as escadas. Mais uma vez, meu trabalho é só andar atrás dele. Vislumbro brevemente paredes cobertas com fotos de "Procurados" ao lado de homenagens aos oficiais que tombaram no cumprimento do dever. Não há tempo para examinar nada disso, pois acelero meu passo na tentativa de acompanhar um pugilista com uma missão.

Quando finalmente chegamos ao espaço de trabalho de Lotham, isso se revela ser apenas uma mesa em um ambiente aberto. As paredes baixas do cubículo têm de tudo, desde fotos de crianças em idade escolar – certamente seus sobrinhos e sobrinhas – até vários escudos de agências policiais e várias citações de Muhammad Ali emolduradas.

O cartaz de "Desaparecida" de Angelique está alfinetado em um canto, no ângulo exato de onde ele podia ver toda vez que se sentava ao computador. Ele não comenta, eu também não.

Mas fico com uma curiosa sensação de orgulho. Eu tinha razão. Ele é quem eu pensava que seria. O que é muito mais do que posso dizer da maioria das pessoas.

Lotham liga seu *desktop*. Some por um momento e retorna com dois copos plásticos de água. Então pega uma cadeira do cubículo desocupado ao lado e a arrasta para perto. Ele não fala, apenas faz gestos. Eu me sento. Pego minha água. Vejo os dedos dele voarem sobre o teclado.

Minhas habilidades técnicas são pra lá de limitadas. Mas, como bem cabe a um detetive de cidade grande, Lotham parece tão à vontade na frente do computador quanto nas ruas.

Quando dou por mim, ele já está empurrando sua cadeira para trás, acenando para eu me aproximar.

– Este é o primeiro e melhor ângulo de câmera – diz. – Veio da mercearia da esquina, do outro lado da rua. Vemos todos os meninos saírem no fim do dia, sexta-feira, 5 de novembro. Dia do desaparecimento de Angelique.

Eu concordo e me concentro na tela enquanto ele aperta o *play*. Não dá para ouvir a sirene da escola, pois o vídeo não tem som. Mas posso praticamente imaginar o áudio quando as pessoas começam a jorrar pelas portas e descer as escadas.

É uma massa fluida de humanos adolescentes. Quase toda afro-americana e vestida com o mesmo "uniforme": jeans, moletom com capuz e camisa de flanela. Acabo não vendo Angelique primeiro, mas sim sua curvilínea amiga Marjolie. O que me leva a Kyra, e depois, logo atrás delas, a Angelique. Ela está usando uma *legging* jeans e um suéter *oversized* vermelho profundo. Também tem um cachecol bordado de cor brilhante firmemente enrolado no pescoço, luvas pretas finas nas mãos e botas de escalada desamarradas nos pés. Sua mochila azul-marinho está no ombro. O dia está ensolarado, mas claramente fazia frio.

Lotham aponta para a tela, no caso de eu ainda não ter visto nosso alvo. Indico com a cabeça que a vi. Seguimos assistindo quando ela e as amigas ficam um pouco maiores na imagem à medida que andam em direção ao supermercado da esquina. Depois, desaparecem de vista.

– Lanchinho depois da escola – murmuro. Ou "gorozinho", como era meu caso.

Lotham clica em avançar. O vídeo acelera. Agora vemos as três meninas reaparecerem. Parece haver risadas e abraços. Uma cabeça se descola do grupo. É mais alta, então suponho que seja Kyra. Isso deixa Marjolie e Angelique em foco. Marjolie deve ter voltado para dentro da loja, pois simplesmente desaparece de vista. Mas Angelique aparece mais claramente, atravessando a rua em direção à escola. Entretanto, ela não se dirige para os degraus da frente, apenas vai sumindo do enquadramento, a mochila pendurada sobre o ombro enquanto caminha pela lateral direita do prédio em direção ao infame esconderijo da garotada e da porta lateral, onde desaparece completamente.

É uma sensação desconcertante. Só uma menina. Bem ali, com suas amigas, seu cachecol favorito e sua mochila. Então ela some. E reaparece em um cibercafé onze meses depois.

Sinto vontade de estender a mão e tocar sua imagem na tela. Me pergunto se sua família sente o mesmo. Se acariciam uma foto emoldurada de seu rosto sorridente antes de ir para a cama todas as noites. Se pousam os dedos sobre os lábios foscos da foto ao acordar novamente a cada manhã. Como uma pessoa pode passar de tão presente, tão viva, para desaparecida sem deixar rastros?

Concentro novamente minha atenção na tela. Tento pensar além da imagem, imaginar a Angelique que hoje conheço melhor. A aluna inteligente e séria. A cuidadora do irmão, da tia e da mãe em sua terra natal. Nas palavras de seu irmão, não uma sonhadora, mas uma planejadora.

O que eu percebo agora é a forma como ela caminha. Reta, direta, sem um traço de incerteza. Angelique não perambulou pela lateral do edifício rumo ao que quer que fosse acontecer em seguida. Ela caminhou firme com um propósito. Era uma menina com uma missão.

– Que diabos você está fazendo, Angelique? – murmuro.

Lotham balança ligeiramente a cabeça. Já se fez a mesma pergunta um milhão de vezes.

Ele aperta o *stop*.

– Posso te antecipar como este vídeo termina: sem mais nenhum sinal de Angelique. O que nos leva a mais meia dúzia de câmeras, incluindo as de trânsito em cada grande cruzamento, nenhuma das quais traz imagens dela.

– Pelo que vi, nenhuma das amigas de Angelique voltou a entrar na escola depois dela. Parece que Kyra vai para a esquerda, enquanto Marjolie passa mais tempo na mercearia.

– Na verdade, em questão de minutos, Marjolie desce o quarteirão na direção oposta à da escola até o ponto de ônibus que Angelique normalmente usava. Tracei o caminho dela de volta para casa usando imagens de várias câmeras. Kyra também. Ambas saem dali para vários ônibus e para as próprias residências.

Concordo, impressionada. Deve ter demorado um tempão para visualizar isso, dada a quantidade de câmeras envolvidas. Mas também é o tipo de informação boa de se ter: o que quer que tenha acontecido em seguida *não envolveu* as melhores amigas de Angelique.

E isso nos deixa com... o quê?

– Tudo bem. Então, sabemos para onde Angelique foi, pela lateral da escola. Sabemos que Kyra e Marjolie vão para casa. O que nos leva à nova amiga... colega... sei lá, Livia Samdi. E ela?

Lotham obedientemente rebobina as filmagens da mercearia. Mais uma vez os estudantes fluem pelos degraus da frente rumo às ruas da cidade. Dessa vez, fico de olho em algum boné vermelho. Não conheço bem as características de Livia além dessa.

Lotham rebobina mais seis vezes. Usamos um sistema: eu procuro no quadrante superior esquerdo enquanto ele cobre o inferior direito. Vamos seguindo em direção um ao outro. O resultado final: nada de boné vermelho. Nada de Livia Samdi.

Bebo mais água e esfrego os olhos. Lotham fecha aquele vídeo e carrega o seguinte.

– Este é da câmera de trânsito no cruzamento a oeste da escola.

Agradeço por não ter de trabalhar hoje à noite, já que, pelo jeito, temos filmagens suficientes para assistir por uma semana.

– Como você viu tudo isso da primeira vez? – murmuro.

– Dolorosamente. Nosso técnico de vídeo também correu as filmagens por um *software* de reconhecimento facial, ainda que, pela quantidade de meninos e pelo fato de poucos olharem diretamente para a câmera, a probabilidade de achar alguma coisa era bem baixa.

– Mas não podemos deixar de vasculhar cada centímetro – digo.

Ele concorda.

O vídeo da câmera de vigilância de tráfego começa um minuto antes do grande êxodo do fim do dia de aula. Vejo alguns carros passando pelo cruzamento. Depois, algo se move nos limites da câmera: são os estudantes descendo. Em seguida, algumas formas individuais ficam mais claras à medida que dezenas de estudantes atravessam o cruzamento em direção a seus respectivos pontos de ônibus, quaisquer que sejam. Nenhum deles é Angelique ou suas amigas, o que faz sentido, pois já sabemos que elas estão na mercearia do outro lado da rua.

Estudo os rostos assim mesmo, procurando não apenas por Livia Samdi, mas por qualquer um que possa, de repente, acender uma centelha de inspiração ou responder magicamente às nossas milhões de perguntas. Nada.

Assistimos a esse vídeo por uns bons quinze minutos, até o último dos meninos sumir de cena e apenas carros aparecerem no campo de visão da câmera.

Eu bocejo, estalando a mandíbula, como se isso fosse fazer meus olhos focarem de novo. Honestamente, é um trabalho bem tedioso.

– Próxima câmera? – pergunta Lotham.

– Próxima câmera.

Repete e repete. Os detetives de Boston subiram no meu conceito. Esse é um trabalho que esgota a gente, e sequer tenho certeza de que não estou perdendo alguma coisa. Com tanto para ver em uma rua movimentada de uma cidade grande, é difícil saber para onde olhar e muito menos como manter o foco.

Lotham vai mudando de vídeo. Ele deve ter baixado todas essas filmagens no próprio computador meses atrás, no qual poderia assistir repetidamente, mesmo no meio da noite, sempre procurando, procurando, procurando.

Dividimos a tela em quadrantes novamente, já que essa parece ser uma abordagem mais científica. Estudamos, encaramos, grunhimos, gememos. Sem sorte.

Uma hora depois, nós dois empurramos nossas cadeiras para trás e esfregamos os olhos.

– Isso já está me irritando – digo.

– Bem-vinda ao meu mundo.

– Eu tinha tanta certeza de que Livia seria o elo perdido. Sabendo agora que ela está envolvida, era para você carregar esses vídeos, a gente ver o boné, o rosto dela, alguma coisa assim, e então, catapimba! Todas as peças do quebra-cabeça cairiam no lugar.

– "Catapimba"?

– Gosto de dar um drama para as minhas narrativas. – Esfrego o dedo entre os olhos. Meu estômago rosna. Estou morrendo de fome. Lotham também deve estar, mas posso dizer, pela sua expressão, que ele está tão pronto quanto eu para seguir adiante. Exigimos algum resultado depois de todo esse esforço. É da natureza humana.

– Vamos conversar sobre isso – diz ele. – O que sabemos das filmagens?

– Angelique com certeza desce pela lateral da escola até a saída de emergência e o esconderijo. Marjolie e Kyra não vão junto.

Lotham concorda, trança os dedos atrás da cabeça e estica os ombros.

– Nossa suposição tem sido a de que Angelique entra novamente na escola por aquela porta lateral. Então, se naquele momento sabemos que Marjolie e Kyra estão indo para casa, quem abriu a porta?

Suspiro fundo.

– Eu perguntei sobre a possibilidade de ela ser deixada aberta. Aparentemente, a escola está ciente desse truque dos meninos e monitora a porta. Então os meninos usam alguém de dentro. A única pessoa em quem posso pensar é Livia Samdi. O irmão de Angelique frequenta outra escola, certo?

– Sim.

– Então não tem como ser ele.

Lotham gira sua cadeira e fica de frente para mim.

– Livia não é aluna ali. Como ela entraria na escola?

– Depois do horário – eu começo.

– Não tem como. As portas da frente são trancadas e monitoradas. Os alunos têm de mostrar sua identificação se quiserem entrar de volta. Bem-vinda à segurança escolar dos dias de hoje.

Eu franzo a testa e mastigo meu lábio inferior.

– E durante o horário escolar? – O pensamento me ocorre de súbito, voltando para as cenas que eu havia testemunhado sem prestar atenção. – Depois do almoço – falo com entusiasmo. – A saída em massa da mercearia de volta para a escola. Com todos os meninos voltando para dentro ao mesmo tempo e correndo para chegar antes de o último sinal tocar... Mesmo os melhores seguranças provavelmente estão mais de olho nas mochilas e na triagem do que nos rostos de cada aluno. E Livia é de outra escola, mas é aluna do ensino médio. Seria fácil para ela se misturar.

Lotham abaixa os braços e puxa a cadeira de volta para a posição de condutor na frente do monitor.

– Temos vinte e quatro horas de vigilância neste vídeo. Vamos checar.

É preciso um pouco de esforço para chegar ao momento da hora do almoço, quando, novamente, o êxodo em massa dos meninos saindo da escola em direção à calçada e ao outro lado da rua se tornou estranhamente familiar. Passam-se trinta minutos. Então, sem mais nem menos, todos aparecem novamente, entupindo a rua enquanto voltam para a escola. Eu fico de olho em Angelique e suas amigas.

– Ali.

Lotham concorda com a cabeça ao vê-la. Como estamos apenas algumas horas mais cedo naquele mesmo dia, ela está usando o mesmo suéter e o cachecol, caminhando entre Marjolie e Kyra. Todas parecem estar conversando, sem prestar atenção especial a nada.

Então, ao atingirem a calçada em frente à escola... Angelique faz uma pausa. Angelique olha para trás.

E lá está, na borda inferior do vídeo. Um boné vermelho aparece.

Assistimos em total silêncio enquanto Livia Samdi atravessa a rua, vestindo jeans rasgados e um capuz cinza nas costas. Angelique e suas amigas já estão subindo as escadas até a porta da frente. Angelique não olha para trás novamente, mas eu sei que ela sabe que Livia está lá. Fica nítido por sua postura rígida. Pela maneira como ela fica atraindo a atenção das amigas, mantendo-as concentradas apenas no que está à frente.

Angelique, Kyra e Marjolie desaparecem para dentro das portas de vidro da escola. Minutos depois, Livia segue atrás delas, carregando no ombro uma mochila azul suspeitosamente parecida com a de Angelique.

Lotham balança a cadeira.

– Mas que coisa...

– Acho que sei o que aconteceu – eu sussurro.

– Verdade, Sherlock?

Sem dizer mais nenhuma palavra, Lotham carrega um novo vídeo, o da câmera de trânsito do cruzamento mais próximo. Ele encontra a inundação adolescente do fim das aulas. Depois avança cinco, dez, quinze minutos. Pausa. Olha para mim. E aperta o *play*.

Mais alguns minutos se passam. Até que, em meio ao então aleatório tráfego de pedestres, uma nova forma aparece vinda do lado da escola. Atravessando reto rumo ao cruzamento, de cabeça baixa. Boné vermelho bem visível. Calça jeans rasgada. Capuz cinza. Mochila azul.

Mas, olhando de perto, consigo ver agora que o boné foi colocado na cabeça de forma meio desajeitada. Isso porque a massa de cabelos embaixo é consideravelmente maior. São os cachos de Angelique. Sem falar na forma de caminhar bem particular dela. Direta, determinada, cheia de propósito. Bem Angelique.

– Angelique trocou de roupa com Livia Samdi – murmura Lotham. Seus dedos dançam por cima do teclado. Outros vídeos aparecem e desaparecem, mas nenhum melhora nossa visão.

– Isso explica por que não faltava nenhuma peça de roupa de Angelique. Ela vestiu as de Livia. Mas por quê?

Lotham não responde. Em vez disso, ele volta para a câmera da mercearia da esquina, mas agora vinte minutos depois do fim do dia escolar. Cinco minutos depois que Angelique – vestida como Livia – aparece e desaparece do quadro, uma nova menina emerge do lado da escola. Ela se move de maneira totalmente diferente de Angelique. É hesitante, meio tímida, como se quisesse se esconder enquanto caminha para a borda interna da calçada.

É Livia Samdi, agora vestindo uma calça *legging* preta e uma camisa de flanela azul-marinho. Seu cabelo mais curto está preso por grampos; pela primeira vez, posso ver seu rosto. Ela parece mais jovem que seus 15 anos de idade.

Uma pausa no cruzamento, à espera da sua vez de atravessar. Ela olha para cima. Pelo tempo de um único batimento cardíaco, ela olha diretamente para a câmera de vídeo.

Parece aterrorizada.

Então ela atravessa a rua e desaparece de vista.

Lotham aperta o *stop*. Mais uma vez ele empurra a cadeira para trás.

– Puta que pariu... – ele solta.

Para variar, tento não ser tão óbvia.

– Angelique tomou o lugar de Livia. As roupas, o boné. Ela não está tentando se esconder. Ela está tentando se parecer com Livia Samdi.

Lotham suspira, esfregando o rosto com as mãos.

– Venho trabalhando no maldito caso *errado* de desaparecimento.

Começo a entender, então, as implicações do ardil de Angelique, o plano dela e de Livia. Angelique, a séria, a trabalhadora, a zelosa. Ela não se envolvia em situações de risco nem fazia escolhas erradas de vida, o que tinha tornado seu desaparecimento um completo enigma.

Mas isso porque não era ela que estava em perigo.

Ela não tinha sido o alvo.

O alvo era Livia Samdi.

E, agora, ela também tinha desaparecido. A menina com o dom de visualizar planos X, Y e Z. A menina que morava com um conhecido traficante de drogas. A menina que claramente temia por sua vida.

– Que diabos elas estavam tramando? – pergunto calmamente.

Mas nenhum de nós dois tem qualquer resposta.

CAPÍTULO 23

Sou a melhor versão de mim mesma quando estou ocupada. Após deixar o detetive Lotham, volto para o Stoney's. O bar está em pleno funcionamento com seus clientes habituais. Metade das mesas estão ocupadas. O barulho a meio volume. Sei que cheguei há apenas alguns dias, mas já me parece estranho não ocupar o posto atrás do balcão. Vou até meu apartamento e descubro que Piper me abandonou para passar a noite fora. Como é minha noite de folga, eu poderia repor um pouquinho o meu sono ou finalmente cuidar de tarefas domésticas como lavar roupas ou fazer compras.

Em vez disso, faço algo mais sensato: vou a uma reunião. Dado o horário mais cedo, fico surpresa e feliz ao descobrir que Charlie também está lá. Tomo o assento vazio ao lado dele, bebendo café enquanto passamos por todas as apresentações, e então partimos para a reunião em si. Esta é sobre os doze passos, o passo nove em particular: fazer reparações. Nunca passei por todos os passos. Não é por não querer pedir desculpas pelos erros que cometi – eu os admito completamente. O problema que me levou a parar na metade foi catalogar todos os meus pecados. Mesmo com toda a minha ladainha sobre honestidade, existe um limite para o quanto eu consigo encarar a mim mesma. Embora pedir perdão também possa ser um problema. Como você se desculpa com os mortos?

Chego ao fim da reunião, contente por estar mais uma vez na companhia de meus semelhantes, mesmo que o tema não seja o meu favorito.

Ajudo Charlie a limpar tudo após a reunião, trabalhando em um silêncio companheiro. Depois, quase em sincronia, ambos perguntamos:

– Gostaria de uma xícara de café?

Esse é o jargão do AA para "Quer sentar e conversar?".

Sorrimos também em uníssono.

– Sim.

Eu o sigo do porão da igreja para a noite de outono. Ele parece saber aonde vai, por isso não me preocupo quando saímos trançando de quarteirão em quarteirão. Finalmente, chegamos a um pequeno restaurante que eu nunca teria encontrado sozinha. Quando Charlie entra, sua ampla figura em seu casaco do exército, é instantaneamente reconhecido e saudado como amigo. Ganho um ou dois olhares do pessoal, mas as boas-vindas também me incluem. Sorrio abertamente, feliz por encontrar rostos amigáveis depois de minhas aventuras matinais.

Charlie se senta mais para o fundo. Ele nem precisa pedir: surge diante dele uma caneca de café grosso e escuro. Sinalizo que vou querer o mesmo. Ainda não comi, então peço um cardápio. Charlie diz que não vai querer mais nada. Após um breve momento de contemplação, vou de salada grega, o que me faz lembrar de Lotham e outras coisas em que eu preferiria não pensar.

Minha salada chega em poucos minutos, já que somos os dois únicos clientes ali. Caio em cima do prato, mastigando avidamente a alface romana e as azeitonas pretas, enquanto Charlie bebe seu café.

– Muito obrigada por ontem – digo por fim. Agradeço a ele por ter avistado Angelique Badeau na loja. Por ter pedido para me ver no local. Por ter dado a dica sobre Livia Samdi também estar desaparecida.

– Alguma novidade? – pergunta ele.

– Nada tangível ainda. Visitei a Sra. Samdi hoje de manhã. – Eu hesito, sem saber o que dizer.

– "Não comigo, e pela graça de Deus eu sigo" – intona Charlie.

Concordo vigorosamente e ficamos em silêncio, elucubrando acerca dos horrores que compartilhamos sobre aquela única dose de álcool que poderia desfazer nossas horas, nossos meses ou mesmo anos de trabalho duro. Não há julgamentos no AA; apenas medo mútuo.

– Tentei fazê-la vir comigo – revelo a ele. – Fazê-la se juntar a mim para participar de uma reunião.

– Não dá para ajudar alguém que não quer ser ajudado.

Concordo, mastigando devagar.

– Aquela casa, aquele filho... Não sei se eu mesma conseguiria largar o álcool naquelas condições.

– Por muito tempo eu achei que não conseguiria ficar limpo, pelo menos não se continuasse vivendo nas ruas – diz Charlie. – E então, mais tarde... Passei a me perguntar se a vida de sem-teto não seria mais fácil. Longe de qualquer responsabilidade, da agitação da vida cotidiana. Louco, triste ou feliz... Não precisamos de motivo para beber. É mais fácil culpar outra coisa.

Concordo. Ele tem razão. As condições de vida da Sra. Samdi são deploráveis, mas não insuperáveis. O AA nos ensina que nosso pior inimigo não vive fora dos nossos portões, mas dentro de nossas almas. Não precisamos de desculpas para beber. Enquanto tivermos ar em nossos pulmões, será sempre uma tentação.

No entanto, me sinto triste por ela de maneiras que nem sei explicar. Ela é prisioneira de mais do que apenas sua doença. De sua família, de sua pobreza, de suas escolhas de vida – as causas são infinitas.

– Charlie, você parece... – Não sei exatamente como dizer. – ...estar em contato com a vida nas ruas por aqui.

Charlie sorri, um brilho branco em meio a seu rosto pesado.

– Sim, senhora.

– Existe, nesta região, algum bando, alguma organização criminosa sofisticada o suficiente para fazer dinheiro falso?

A pergunta o faz levantar a sobrancelha.

– Dólares americanos?

– Notas de cem dólares, para ser mais exata.

A sobrancelha sobe mais alto.

– Teria de ser um belo trabalho. O quão alta é a qualidade de que você está falando?

– Muito alta mesmo. Extremamente bem-feito.

Charlie toma outro gole de seu café descafeinado, parecendo contemplar o assunto bem seriamente.

– Você está falando de papel especial, fios metálicos, marcas d'água, toda essa maluquice?

– Exatamente.

– Então, não. Temos nossa cota de criminosos por aqui, e alguns desses meninos têm mesmo um apetite pela violência, mas não se engane em pensar que eles não são inteligentes. Só que esse tipo de *know-how* técnico, de equipamento especializado... Não. Nem em um milhão de anos.

Concordo e compartilho com ele o que soube de Lotham a respeito de operações de falsificação: notas impressas na Europa, depois vendidas a intermediários por centavos de dólar, por fim vendidas a usuários finais por 65 centavos de dólar.

– Trinta e cinco por cento de margem de lucro – deduz Charlie, concordando com a cabeça. – Faz sentido. A pessoa que vai gastar o dinheiro deve receber a maior porcentagem, pois é ela quem suporta o maior risco. – Ele bebe mais café. – Mas usuários finais... Taí, *essa* é uma coisa que eu posso imaginar por aqui. Drogas e armas requerem dinheiro. Se um novo jogador chegasse e dissesse que eu poderia lhe passar dinheiro barato... Sim, muitos jogadores topariam isso. – Ele faz uma pausa. – E muitos outros jogadores morreriam de ódio quando percebessem que foram pagos com notas falsas. É uma proposta arriscada de todos os ângulos que se olhe.

– Mas considerando a demanda...

– "Sem dor, sem ganho", como diz o ditado. Imagino que pelo menos alguns estariam dispostos a experimentar.

Eu me inclino para frente.

– Algum jogador em particular?

Charlie precisa pensar um pouco.

– Não consigo responder assim, de improviso. Mas posso pensar em algumas pessoas para perguntar.

– Se não for atrapalhar...

– Não, não me importo. Mas eu gostaria de saber por quê.

Em poucas palavras, explico a ele a respeito do dinheiro falso descoberto no abajur de Angelique, além de sua amizade com Livia Samdi e a experiência de Livia com impressoras 3D, que pode ou não ter relação com alguma coisa. E que Angelique estava vestida como Livia quando desapareceu.

– Você está pensando que Livia era o verdadeiro alvo?

– Talvez. Bem possivelmente. Quando me permito a prepotência de chegar a conclusões.

– Mas depois Livia ainda desapareceu assim mesmo. E Angelique ainda está viva.

– Sim.

– Diabos, isso não faz sentido algum.

– Exatamente.

Charlie esvazia sua caneca de café e gesticula para a garçonete pedindo um refil.

– Muito bem. Se Livia era o alvo e essas meninas ainda estiverem vivas...

– Angelique conseguiu contrabandear uma mensagem. "Nos ajude."

– Caramba, isso é assustador. Mas... – Charlie considera o assunto. – Se as meninas ainda estão vivas e não podem voltar para casa, é como se estivessem presas contra a própria vontade.

Concordo com a cabeça.

– Então elas devem valer alguma coisa, certo? É a única razão para manter as duas vivas, pois essas meninas sabem de alguma coisa ou estão fazendo alguma coisa de que seus captores precisam.

Eu gosto da maneira como ele elabora esse pensamento. Simples, lógico. As meninas sabem de alguma coisa ou estão fazendo algo.

– O que nos leva de volta às habilidades de Livia com o AutoCAD e a impressão 3D. Mas isso ainda não é suficiente para falsificar dinheiro, e aparentemente armas de plástico não estão nem perto de serem tão valiosas quanto a gente poderia pensar.

É a vez de Charlie concordar.

– Se falsificação de dinheiro é tão difícil quanto matemática avançada ou algo assim, então o que dizer de outros tipos de falsificação? A começar por falsificação de carteiras de identidade. Isso, sim, valeria uma grana séria.

– Explique para mim.

– Na minha época, fazer uma carteira de motorista falsa era uma simples questão de separar o laminado e colocar uma foto nova. Mais recentemente, ouvi alguns meninos do centro recreativo falarem sobre compra de falsificações *online*, especialmente de documentos de identidade estrangeiros. Da Irlanda, por exemplo, lugares assim. Se você quer entrar em um bar que pede identidade, elas cumprem bem o prometido. Mas agora, com os estados adotando a identidade única nacional...

– Que é bem mais sofisticada, certo? Marcas d'água, imagens ocultas, tinta reflexiva. Não é por isso que elas agora são o novo padrão para a Agência de Segurança nos Transportes?

– Exatamente. O modelo antigo de carteira de motorista falsa simplesmente não serve mais. O mundo está ficando mais sério nesse sentido, o que significa que todo mundo, inclusive os criminosos, têm de levar mais a sério também. Não estou dizendo que falsificar essas identidades novas seria fácil, mas comparado com notas de dinheiro falsificadas, ainda é um passo abaixo. – Charlie dá de ombros.

Penso em Angelique aparecendo no cibercafé com uma identidade falsa. Depois tentando comprar um celular da loja de telefonia com a mesma carteira. E a deixando cair no chão durante sua fuga.

De súbito, me pergunto se não teríamos ignorado o óbvio. Ela não tinha tentado nos deixar uma mensagem codificada. A própria identidade era a pista.

– Mas que burra eu sou... – murmuro.

– Não enquanto você não beber.

– Charlie, tem algum jogador novo na cidade? Sei lá, alguma nova gangue ou empresa criminosa? Qualquer coisa, mesmo que seja só uma história fantasiosa. Tipo aquele filme do Keyser Soze, sabe?

Charlie levanta a sobrancelha outra vez.

– As ruas adoram uma boa história fantasiosa. Mas não há nada que eu tenha ouvido.

– E quanto a um bando mais novo que se destacou de repente? Que chegou tomando o poder?

Ele leva mais tempo considerando essa pergunta.

– Talvez – responde finalmente. – Mesmo considerando todos os males do Mattapan... A maioria das nossas gangues são pequenas. Fracionadas. Não temos só negros contra negros, mas também salvadorenhos contra asiáticos contra haitianos. A coisa pode tomar uma proporção diferente a cada quarteirão. Isso faz com que a violência se mantenha sempre em alta, porque alguém está sempre atirando em alguém, mas também mantém o nível de sofisticação lá embaixo. Ninguém fica grande o suficiente ou dura o suficiente para causar danos maiores. O que você está sugerindo é...

– Eu não sei bem o que estou sugerindo.

– Identidades falsas de qualidade, dinheiro falso de qualidade, ou pelo menos acesso a falsificações de qualidade...

Eu espero.

– Assim, de cabeça, eu diria que não precisa ser uma nova gangue – ele continua lentamente –, mas talvez um jogador tradicional com uma nova conexão. Eu posso fazer umas pesquisas.

– Não se coloque em risco, por favor.

Charlie levanta uma sobrancelha e olha para baixo, indicando seu tamanho imponente.

– Já vivo por aqui há bastante tempo, menina. Cresci nesta cidade. Vivia nestas ruas. Não se preocupe comigo.

– Mas eu me preocupo.

– Você é bem gentil para alguém que não gosta de criar laços.

– Ah, isso não significa que eu não seja sentimental.

– Pensei que não criar laços significava exatamente isso.

– Não, não... – digo, balançando a cabeça com seriedade. – Só aprendi a viver com a dor.

Ele não tem resposta para isso.

– Você realmente acha que essas meninas, Angelique e Livia, estão envolvidas em algum tipo de atividade criminosa? – ele pergunta.

– Eu acho que... acho que Livia estava claramente aterrorizada com alguma coisa. Dá para ver isso em seu rosto na câmera de segurança. E o fato de Angelique ter deixado a escola disfarçada como a amiga... Angelique foi descrita para mim como muito protetora das pessoas. E ela claramente tinha um relacionamento próximo com Livia. Talvez até íntimo demais.

Charlie levanta a sobrancelha novamente, mas não diz nada.

– Posso imaginar Angelique tentando elaborar um plano para ajudar Livia. Para salvá-la. Só que... – eu suspiro com tristeza. – No fundo elas são só crianças. E você sabe como é são os adolescentes. A primeira coisa que eles conseguem é se meter em problemas.

– E só descobrem o real perigo mais tarde – Charlie conclui para mim.

– Exatamente. Qualquer que seja a utilidade delas para seus captores, estou me perguntando se a coisa toda está chegando a um fim. Daí as tentativas desesperadas de contato de Angelique: postar uma mensagem codificada, aparecer na loja de celulares. Alguma coisa mudou, e o relógio provavelmente está correndo para elas de um jeito terrível e perigoso. Considerando que as duas já estão desaparecidas há tanto tempo, nada impede que os captores as façam desaparecer de vez.

– Caramba... – resmunga Charlie. – Vou ficar de ouvido em pé. – Então ele diz para que só eu possa ouvir: – Mas, já que estamos falando de coisas perigosas, acho melhor te contar que eu fiquei sabendo de algumas coisas, mas não sobre elas.

Levo um segundo para entender.

– Sobre mim?

– Você está perguntando demais. Sua visita à casa dos Samdis hoje deixou as pessoas irritadas.

– Quem? Foi por isso que atiraram em mim?

– Você precisa ter mais cuidado, minha amiga.

– Mas por quê? Se o irmão da Livia é só um traficantezinho de baixo nível, quem se importa com a minha visita?

– Você pode ser morta só de fuçar coisas erradas por aqui. Não confie que você é tão imune quanto pensa.

Inclino o queixo para cima em uma exibição impressionante de falsa coragem.

– Estou aqui para encontrar uma menina desaparecida. Ou meninas, como parece ser o caso. Vou continuar até que esse trabalho esteja feito. Você pode começar a espalhar seu próprio boato por aí: se eles querem que a magricela branca vá embora, então mostrem Angelique e Livia. E aí, em questão de horas, estarei fora daqui. Dou minha palavra.

– Não funciona assim.

– Para mim, funciona.

Charlie sorri, mas dessa vez sua expressão é mais breve. Ele se inclina para a frente.

– Tem de ter olhos nas costas, mocinha.

– Eu já estive em lugares difíceis antes.

– Não desse jeito.

– Como você pode saber?

– Porque eu estive na guerra, e ainda assim não era tão assustador quanto viver aqui.

Não tenho resposta para isso. Termino minha salada. Charlie termina seu café. Eu pago para nós dois. Então, apesar dos meus protestos, Charlie me leva para casa.

Mesmo assim, de repente percebo todas as formas escuras ao nosso redor, ruídos de ruas laterais, pequenos grupos no escuro. Um rapaz com uma arma. Tudo o que seria preciso para dar um jeito em mim. Rápido, sujo, eficaz. Charlie não está errado sobre isso.

Na entrada lateral do Stoney's, dou um beijinho de agradecimento na bochecha do meu novo amigo, então me retiro lá para cima e me escondo na solidão do meu apartamento.

*

Eu ligo para Lotham. É tarde, mas não me surpreende que ele atenda de imediato.

– Você deveria investigar a identidade falsa que Angelique deixou cair ontem. Tenho razões para acreditar que a identificação em si pode ser uma pista.

Uma pausa, com o peso de muitas perguntas não expressas – por exemplo, por que eu passei a acreditar em tal coisa agora e com quem eu andei conversando. Então:

– Vou pegá-la entre as provas logo de manhã.

– Obrigada.

Não falamos mais nada depois. Fico colada no meu pequeno e insignificante telefoninho de *flip*. Eu o ouço respirar, e é como facas esfolando minha pele. A sensação de *déjà vu*. O entendimento incômodo de que esta é a única maneira que eu conheço de me conectar com alguém. Depois de todos estes anos, nada mudou. Eu sou eu, e o resto do mundo, os caras legais como Paul, como Lotham...

– Boa noite – digo por fim, com uma voz mais grossa. Posso estar chorando, mas não queria estar.

– Boa noite – ele responde.

Ele termina a chamada. Me sento no meu quarto pobrezinho, segurando o telefone contra o peito e dizendo a mim mesma que não tenho motivos para ficar triste, já que esta é a vida que escolhi para mim. Por fim, troco de roupa, visto meu pijama, escovo os dentes e caio na cama. Luzes apagadas. Um dia acabado, outro prestes a começar.

Mas, mais uma vez, meus sonhos me assombram.

Paul: – Você vai me dizer o que realmente está acontecendo?

Eu: – Só tenho um trabalho para fazer.

– Você está bebendo de novo?

– Não! Não tem nada a ver com isso.

– Então por que esse segredo todo, essa história de sumir assim?

– Já falei, estou investigando algo, a filha desaparecida de um amigo...

– O que isso tem a ver com você?

Eu, hostil: – E o que isso tem a ver com você?

– Lá vai você de novo. Eu tento fazer uma pergunta, você transforma numa guerra.

– Eu não estou fazendo guerra nenhuma!

– Você guarda segredos, Frankie. Coloca limites, ergue muros. Depois volta e tenta fingir que nada disso importa. O que é preciso para você ser honesta comigo?

– O que é preciso para você confiar em mim?

– Você é uma viciada. Será que realmente precisa perguntar isso?

Eu, olhando fixamente para ele, sentindo minha garganta fechar e meu peito se comprimir: – Nem sempre se trata de bebida!

– Então se trata de quê?

Minha boca se abre, mas as palavras não saem. Olho fixamente para seu rosto gentil e honestamente preocupado. Olho nos olhos do homem que me ama. E, mais uma vez, não sinto nada além de meu próprio batimento cardíaco frenético. Preciso ir. Preciso sair. Não consigo lidar com isso.

Eu encontrei este homem. Me apaixonei por sua bondade, sua paciência. Ele me viu, a minha inteireza, e não virou as costas. Ele me deixou entrar. Ele segurou meu cabelo enquanto eu vomitava durante minha desintoxicação. Ele me serviu sopa enquanto eu lentamente lutava para voltar a viver. Ele se deitou na cama ao meu lado por todas aquelas noites horríveis, quando eu tremia incontrolavelmente e rezava pela morte, mas nunca me deixei ir totalmente porque não queria desapontá-lo.

Ele é minha âncora. A melhor pessoa que eu já conheci. Se eu pensar na vida sem ele, eu sinto dor, bem lá no fundo, no lugar que o álcool levou embora, e agora eu vou ter de viver para sempre com essa ausência.

E, no entanto, dia após dia após dia, esta vida. Esta existência. Não sinto alegria, nem contentamento, nem paz que dure.

Só consigo pensar, na maior parte do tempo, "não olhe para mim, não olhe para mim, não olhe para mim".

Só penso o tempo todo. Gostaria de poder desaparecer. Desaparecer sem deixar rastros. Para nunca mais ser vista.

Minha mão na maçaneta da porta, tremendo levemente: – Volto mais tarde.

Paul, com seu rosto tão lindo agora contorcido: – Nem se preocupe.

– Ok.

– É assim tão fácil para você? Só vai embora, nunca olha para trás? Pelo amor de Deus, eu te amo, Frankie.

Eu, já girando a maçaneta da porta: – Ok.

– "Ok"? Isso é tudo o que você tem para dizer? A porcaria de um "ok"? Você destrói o meu coração.

– Eu te amo – sussurro finalmente, embora não seja o suficiente. Ambos sabemos que não é o suficiente. Eu gostaria tanto de estar do outro lado da porta. Gostaria tanto...

– Some daqui, Frankie.

– Ok.

– Não, não é ok – ele diz amargamente. – Nunca foi ok.

E eu, como um maldito disco quebrado: – Ok.

Vou embora.

Ele deixa que eu vá.

Ok. Ok. Ok.

E depois, apenas horas, dias, uma vida inteira depois:

– O que você fez, Frankie? Meu Deus do céu, o que você fez?

Agora sou eu quem está chorando. Sou eu quem está segurando a cabeça dele nos meus braços. O sangue, o sangue, o sangue. Meu Deus, o sangue.

– Eu te amo. Eu te amo, eu te amo. Eu prometo que te amei.

Mas há tanto sangue quando seus olhos se fecham e sua respiração começa a engasgar.

– O que você fez? – Paul me pergunta uma última vez. – Eu te amava...

*

Acordo gritando. Ou talvez esteja soluçando. É difícil ter certeza do quê. Piper está deitada toda enrolada junto à minha lombar. Eu me concentro no som do ronronar dela enquanto olho para a escuridão, tentando forçar minha respiração a se acalmar e o horror a se desvanecer.

Paul se foi.

Duas meninas estão desaparecidas.

E eu ainda sou eu. Com medo de tudo. De qualquer coisa.

Vou encontrar Angelique e Livia, prometo a mim mesma, as mãos fechadas contra os lençóis. Vou trazê-las para casa. Eu juro. Porque eu preciso disso. *Preciso* disso.

O que explica o telefonema que recebo em seguida.

CAPÍTULO 24

– É o Emmanuel – diz ele.

Ainda estou grogue, me recuperando da minha noite conturbada.

– Emmanuel?

– Estou aqui com a minha tia. Precisamos falar com você.

Falar. Agora. A família da vítima.

– Claro, posso ir aí no apartamento de vocês.

– Já estamos aqui fora, na porta lateral.

É claro que estão.

– Me dá cinco minutos – eu murmuro, mas é uma completa mentira. Estou enterrada na cama, ainda vestindo minha camiseta de dormir, com um bafo de onça e sem minha feroz companheira de quarto, há muito desaparecida na rua.

Desligo o telefone e cambaleio até o chuveiro. Me sujeito a um esguicho gelado, depois me jogo em um jeans e uma camiseta de manga comprida e desço as escadas sem nem pensar direito. É a família de Angelique. Eles podem ter novas informações para mim. Ou querer novas informações de mim. De qualquer forma, a dor deles é importante.

Abro a porta lateral do estabelecimento do Stoney só por tempo suficiente para identificar Emmanuel e sua tia. Guerline está usando a tradicional bata de hospital turquesa, mas há algo em sua expressão...

Pisco contra a severidade da luz do dia e olho para o meu relógio. São 10 horas da manhã. Tarde, segundo alguns padrões. Mas cedo demais para o pessoal do turno da noite. Abro um pouco mais a porta pesada de metal.

– Vocês estão com fome? – pergunto.

– Não, já comemos alguma coisa – diz Guerline.

– E café?

Ninguém recusa café. Além disso, Lotham me disse que essa é uma parte importante da hospitalidade haitiana, e eu quero parecer a mais acolhedora possível. Guerline concorda com a cabeça. Abro caminho para que ela e o sobrinho entrem. Emmanuel, já um *expert*, segue na frente para a mesma mesa que havia ocupado antes, enquanto eu sumo para a cozinha só por tempo suficiente para ativar as máquinas que produzem cafeína. Meu estômago está resmungando. Inspeciono a geladeira de Viv e espero que ela me perdoe por escolher dois ovos, jogar em sua frigideira e colocar para fritar.

Volto com a cafeteira, servindo três canecas com a habilidade adquirida em uma vida inteira como garçonete. Emmanuel começa a mexer com o creme e o açúcar. Volto à cozinha, onde engulo os ovos mexidos na tentativa de acalmar o estômago, e depois concedo a mim mesma uma silenciosa e breve conversa de incentivo. Volto para o salão.

– É a polícia – diz Guerline, enfim, com a mão na caneca de café. – Eles perguntam muito, mas não contam nada. Você deve ter alguma informação.

Eu entendo o que eles querem dizer. As famílias frequentemente recaem em um limbo de angústia, sem confiança das autoridades, sem informação, sem qualquer representação efetiva nas investigações sobre seus próprios entes queridos desaparecidos. Já trabalhei em muitos casos nos quais as suspeitas sobre o envolvimento da própria família acabaram sendo confirmadas, mas meu instinto diz que Emmanuel e sua tia não fazem parte desse grupo.

Resumidamente, conto a eles a respeito das descobertas envolvendo o dinheiro de Angelique, especialmente sobre algumas das notas serem falsificações de alta qualidade. Os olhos de Guerline se alargam em verdadeiro choque, enquanto Emmanuel para sua caneca de café no ar.

– Falsificação? – pergunta ele.

– Provavelmente impressas na Europa e importadas.

– Mas nós não temos dinheiro falsificado – diz Guerline. – Não... temos nem dinheiro.

E ainda assim, Angelique tinha.

– Angelique alguma vez falou sobre uma amiga que fez no curso de verão, uma tal de Livia Samdi?

Ambos negam com a cabeça.

– Vocês conhecem essa Livia?

Mais cabeças balançando negativamente.

– Alguma vez ouviram esse nome sendo mencionado, talvez quando Angelique estava conversando com outra amiga, ou talvez um de vocês chegou mais cedo em casa um dia e encontrou uma menina nova visitando...?

Guerline balança a cabeça ainda mais enfaticamente desta vez.

Emmanuel hesita.

– Um dia, eu ouvi a Lili falando no telefone. Ela estava tentando acalmar alguém. Ficava falando "Eu sei, eu sei". E depois "Estou trabalhando nisso. Por favor, confie em mim".

– E...? – tento ir mais adiante.

– E então Angelique me viu. Ela virou para o outro lado e encerrou a chamada. Só muito depois me ocorreu que a maneira como ela segurava o telefone não estava certa.

– Como assim?

– O iPhone dela é plano, igual ao de todo mundo. E esse telefone que ela estava usando, a maneira como ela estava com a mão enrolada em volta dele... Tinha de ser menor, mais grosso. Como um telefone mais antigo de *flip*.

– Um telefone de "depois do expediente", você diz... – eu completo.

– O que é um telefone de "depois do expediente"? – pergunta Guerline.

– É um descartável. Estamos suspeitando que Angelique tinha um segundo celular, e por isso deixou o seu original na mochila.

Era para completar seu disfarce de Livia, eu suponho, ao mesmo tempo em que eliminava qualquer chance de seu celular pessoal ser descoberto com ela ou ser usado para rastrear seus movimentos.

– Você tem certeza de que ela não estava falando com uma das amigas de sempre, a Marjolie ou a Kyra? – pergunto a Emmanuel.

– Eu acho que não. O tom dela... – Ele dá de ombros. – Quando me viu, ela parecia culpada. Por que pareceria culpada falando com as amigas?

Emmanuel é um jovem astuto. Estou disposta a apostar que ele está certo, que Angelique estava falando em um celular descartável com Livia, e, mais uma vez, fico impressionada com o nível de sigilo que a menina mantinha quanto àquela relação. Mas não creio que este seja o momento de entrar nesse nível de detalhe com a família.

– Acho que Angelique não estava tentando fugir ou desaparecer – concluo. – Parece que ela fez amizade com uma menina chamada Livia no programa de verão. A história dessa Livia... Digamos que parece que ela estava metida em algum tipo de problema, e Angelique estava tentando ajudar. Tanto é que Angelique estava vestida como Livia quando desapareceu naquela tarde de novembro. É por isso que, de início, a polícia não conseguiu encontrar provas de que Angelique tivesse saído da escola. Ela fez isso disfarçada de Livia Samdi.

Guerline arregala os olhos. Ela claramente não sabe o que dizer. Ao seu lado, Emmanuel parece igualmente chocado.

– E o que essa Livia tem a dizer em sua defesa? – Guerline pergunta por fim.

– Ela também está desaparecida. Aconteceu alguns meses depois. Só que a família dela nunca reportou o fato, e é por isso que a polícia não fez a conexão entre as duas. A família só presumiu que a menina tinha fugido.

– E essa menina é problema?

– Não sei. Mas o irmão dela é um conhecido traficante de drogas.

– Minha Angelique não usava drogas!

Levanto a mão, afastando essa possibilidade.

– Ninguém está pensando que usava. Aliás, também não há provas de que Livia usasse. Assim como Angelique, Livia era uma estudante talentosa, mas os talentos dela estavam no *design* por computadores e na impressão em 3D.

Guerline parece ainda mais perdida. Emmanuel se recupera primeiro.

– Lili era inteligente. E ela sabia desenhar, mas à mão livre. Nunca a vi fazer nada assim no computador.

– Essa menina, essa com a família da droga... – diz Guerline. – O dinheiro falso poderia ser dela? Porque minha Angelique... Esses meninos cometem erros, sim, mas ela é uma boa garota. Esse tipo de dinheiro só vem de coisas ruins. E Lili não tem nada a ver com esse tipo de coisa.

Agora é a minha vez de me sentir burra. Quando encontramos o dinheiro, ainda não sabíamos de Livia. Mas, olhando em retrospecto, parece mesmo mais provável que o dinheiro tenha vindo de Livia ou de seu irmão traficante. Talvez Angelique só estivesse guardando-o em segurança.

Ou seria algo como uma rede de segurança para alguém? Essa quantidade de dinheiro, milhares de dólares, definitivamente é algo que Johnson – tudo bem, "o J.J." – iria querer de volta. Mas, pensando especificamente nas notas de cem falsas... Será que Angelique e Livia sequer sabiam que elas eram falsas? Duas meninas tão inteligentes, ambas conhecidas por sua atenção aos detalhes?

Será que Livia teria descoberto que seu irmão se metera em alguma coisa muito mais perigosa do que tráfico pé-de-chinelo de rua? Ela poderia ter roubado aquele dinheiro e pedido à sua amiga Angelique que o guardasse. Ou...

Minha mente está começando a girar. Sinto que, de repente, tenho informações demais com as quais trabalhar – exceto pelo fato de que, mais uma vez, como vou organizar isso de forma que faça sentido?

Descanso os cotovelos sobre a mesa, encarando firmemente Guerline e Emmanuel.

– Tem algo mais que vocês possam ter ouvido ou lembrado desde o momento do desaparecimento de Angelique? Qualquer coisa mínima que talvez não tenha parecido importante na época, mas, agora, olhando para trás...? Trechos de conversa, algum e-mail? Conversas rápidas demais? Um comportamento estranho?

– Ela era muito quieta – Emmanuel finalmente desembucha. – Eu a encontrei um dia enrolada no sofá. Só sentada lá... Sem TV, sem telefone. Quando perguntei, ela disse que estava cansada. E teve uma outra tarde...

Ele hesita e abaixa a cabeça.

– Fale – exige Guerline.

– Ela estava segurando a foto da nossa mãe. Tinha pegado da prateleira e estava só olhando. Ela parecia tão... triste. Muito triste. Quando me viu, ela colocou de volta. Claramente tinha chorado pouco antes. Eu presumi que ela estivesse com saudades de casa. Às vezes, eu também tenho saudades de casa, e eu nem mesmo me lembro mais de casa.

Tia Guerline pega a mão do sobrinho.

– Quando foi isso? – pergunto.

– Não sei direito. A escola já tinha voltado. Foi em algum dia do outono.

Concordo com a cabeça. Eu já havia inspecionado o porta-retrato durante minha primeira busca no apartamento deles e vi a carta amorosa escondida atrás da foto desbotada. Nenhum dos filhos tinha visto a mãe em quase uma década, mas, claramente, ainda tinham muita saudade dela. Talvez até o suficiente para que, o que quer que estivesse acontecendo na vida de Angelique, ela não sentisse que podia dizer à sua tia. Então, em vez disso, buscou conforto na foto da mãe.

Respiro fundo antes de falar.

– Duas manhãs atrás, Angelique foi avistada em uma loja de celulares na praça central do Mattapan.

Guerline engasga, parecendo indignada. Emmanuel também. Essa pequena revelação vai me trazer um caminhão de problemas com Lotham, mas sinto que era necessário.

– Enquanto ela fugia, deixou cair uma identidade falsa. Eles estão investigando isso agora. Acho que você também deveria dar uma olhada – aponto com o queixo para Emmanuel. – No caso de ela ter usado algum tipo de código de novo. Você a conhece melhor que ninguém.

Emmanuel concorda imediatamente. Apesar de jovem, ele é sério, até mesmo solene. Neste momento, vejo nele sombras da irmã mais velha que ele me descreveu. Ambos solucionadores de problemas, ambos fazedores de coisas. A vida nem sempre foi gentil com eles, mas os tornou mais fortes, mais determinados. A oportunidade nem sempre é dada, ela tem de ser feita.

O que me faz pensar novamente no que Angelique andara fazendo. Ajudar uma amiga faz sentido, e explicaria o esconderijo de dinheiro, assim como seu disfarce de Livia para ir a algum encontro misterioso naquela sexta-feira. Mas o que tinha acontecido em seguida para manter Angelique permanentemente longe de casa e que não foi suficiente para salvar sua amiga, que desapareceria três meses depois?

Penso no que Charlie disse. Se elas estiverem sendo mantidas contra sua vontade, mas ainda vivas, então devem ter valor. Mas que tipo de valor teriam duas garotas de 15 anos? Digo, para além do óbvio, claro, no comércio sexual. Sinto que tem algo a ver com o dinheiro falsificado, que é o outro ponto fora da curva. Talvez os captores soubessem que as garotas tinham notas de cem falsas e quisessem que elas fossem buscar mais? Ou fazer mais? Mas seria um pedido bem exorbitante, considerando que são necessários especialistas altamente habilidosos para conseguir notas de qualidade.

Minha mente gira em torno das possibilidades, mas nenhuma delas faz sentido.

Decido neste instante que Livia é a chave para entender o que aconteceu no passado. Ela é a garota desaparecida que ninguém sabia que estava faltando, e provavelmente era também o alvo original. O que nos deixa com Angelique, dadas as suas recentes aparições, como a melhor esperança para encontrar ambas as meninas no futuro. Antes que o tempo se esgote.

Com isso em mente, finalmente consigo organizar alguns arremedos de próximos passos.

– Vou chamar o detetive Lotham – anuncio, já me levantando da mesa. – Vou pedir a ele que traga a identidade falsa de Angelique. Emmanuel, você fica aqui para estudá-la.

Eu hesito e olho para Guerline.

– E eu... preciso fazer alguns telefonemas – ela diz. – E retornar ao trabalho. Posso voltar depois...

– Sem problemas. Emmanuel entrará em contato com você quando terminarmos. – Imagino que a tia não tenha muitos dias de férias, e, depois dos eventos do ano passado, provavelmente não pode mais se dar o luxo de tirar folga.

Guerline se levanta e se dirige para a porta.

Eu saio para ligar para Lotham. Então o atualizo sobre os acontecimentos da manhã e seguro meu telefone longe do ouvido quando a gritaria começa.

CAPÍTULO 25

Lotham parece já ter deixado para trás o pior de sua birra quando chega ao Stoney's. Ele me dirige um só olhar penetrante quando eu o deixo entrar e então se encaminha para a mesa em que Emmanuel está sentado.

Fiz uma segunda garrafa de café. Sem dizer nada, despejo uma caneca para Lotham. Me sento ao lado de Emmanuel enquanto Lotham se posta à nossa frente.

Lotham remove um saco plástico transparente do interior de sua jaqueta cinza-carvão. A espessa faixa vermelha no topo do pacote praticamente grita "EVIDÊNCIA". Lotham não o abre, mas o coloca em cima da mesa.

Dou uma olhada no conteúdo: uma única carteira de motorista de Massachusetts. Me lembro de quando eu e Emmanuel estudamos a fotocópia em preto e branco desta mesma carteira, usada por Angelique no cibercafé, dias atrás. Esta é muito mais nítida, e espero que forneça melhores detalhes.

– Não abrir a sacola, não tocar na carteira, não tirar nada da minha vista – afirma Lotham. São as regras do combate, importantes para preservar a cadeia de custódia da prova.

Emmanuel concorda. Mais uma vez, seu jovem rosto fica totalmente sério quando ele pega a sacola, olha bem a parte da frente da identificação e depois a vira para estudar o verso.

A foto é de uma jovem afro-americana de cabelo preto amarrado para trás em um rabo de cavalo bem apertado. Sobrancelhas escuras, olhos escuros, rosto cheio, muito mais bem maquiada do que eu teria imaginado, enquanto enormes brincos de contas proporcionam mais distração. Noto principalmente seus olhos. Eles não olham para a frente com aquela expressão de animal assustado como em tantas identificações oficiais, mas parecem encarar diretamente o espectador. Eles irradiam inteligência.

– Esta sem dúvida é minha irmã – confirma Emmanuel. – Mas... eu nunca a vi usando essas joias. E Lili quase não usava maquiagem. É ela, mas diferente.

– Vemos isso muitas vezes em falsificações – diz Lotham. – Truques para fazer a pessoa parecer mais velha ou para obscurecer suas características verdadeiras. Nesta carteira, Angelique deveria ser "Tamara Levesque", de 21 anos.

Emmanuel inclina a cabeça.

– Ela usou esta carteira para postar seu trabalho do curso. Mas por que "Tamara Levesque"? Esse nome não significa nada para mim.

– Você sabe como verificar se uma carteira assim é falsa? – Lotham pergunta de pronto.

– Não, senhor.

– Ela se baseia na atual carteira de motorista de Massachusetts, que envolve um *design* bastante sofisticado. A tecnologia não é tão avançada quanto a das identidades nacionais que estão sendo produzidas agora e que são requeridas pela segurança dos aeroportos, mas também não é nenhuma brincadeira. É isso aqui que você tem de procurar. Em primeiro lugar, sinta o peso dela. As carteiras legítimas são de alta qualidade, têm um peso considerável e são quase impossíveis de dobrar. Experimente.

Emmanuel passa o dedo pela carteira por cima do saco plástico. Então, experimenta juntar as pontas. Nada.

– Em outras palavras, a estrutura inicial é sólida – continua Lotham. – Só aqui já vemos que há alguma habilidade envolvida no processo. Agora, passe o dedo ao longo da impressão. Deve ter um leve relevo. É uma técnica especializada de laser.

Emmanuel franze a testa.

– Não consigo sentir tão bem a superfície através do plástico.

– Então confie em mim quando digo que eles também acertaram nisso. O que nos leva aos elementos mais difíceis. Você vê a marca d'água da cúpula dourada da Assembleia? Então chegamos à imagem embutida do pássaro-símbolo e da flor-símbolo do estado.

Espiando do outro lado da mesa, eu interrompo.

– Espera aí, você está falando dessa bolha marrom no meio? Pensei que fosse um dragão.

– É um chapim.

– Hã...

Lotham olha para mim.

– Dá para ver que o holograma está todo errado e nem é um verdadeiro holograma se você o segurar contra a luz. Em vez de um holograma verdadeiro, eles criaram uma ilusão visual feita com tintas brilhantes especiais. Já vi essa abordagem antes. Além disso, sob luz azul, várias coisas deveriam se destacar se esta carteira fosse real. Mas quem produziu isso substituiu as tintas reflexivas por uma tinta UV da mesma cor deste modelo. Resumindo, eu consideraria isto aqui uma identidade boa o suficiente para você entrar num bar e encher a cara, por assim dizer, mas não para passar pela segurança de um aeroporto.

Emmanuel concorda.

– Mas agora é que vem a parte interessante. A última característica significativa é o código de barras. Se você escanear, ele tem de retornar todas as informações conhecidas para aquela carteira. Muitas falsificações trazem códigos de barras que não são nada além de uma imagem aleatória. Já este aqui é genuíno. Eles conseguiram fazer uma coisa bem decente. Investiram muito cuidado e tecnologia. Mais algumas versões bem-cuidadas e talvez eles conseguissem algo bom o bastante para a segurança dos aeroportos.

Emmanuel concorda outra vez. Estou desesperada para colocar as mãos naquela coisinha, mas ele ainda está agarrando a identidade com muito mais do que um mero interesse acadêmico. Esta é a última coisa em que sua irmã tocou. Mais uma pequena ligação com ela. Ele não vai largar disso tão cedo.

– O que nos leva às informações impressas na própria carteira – afirma Lotham. – Nome, endereço, data de nascimento. A melhor prática é manter o dia e o mês de nascimento do usuário e só mudar o ano. Dessa forma, quando um segurança suspeitar de alguma coisa e perguntar, o titular pode soltar a resposta correta num piscar de olhos. Conhecendo essas informações da sua irmã, já posso lhe dizer que o que está aqui não é verdade. Olha só. Essa data de nascimento significa alguma coisa para você? É algum código? Outro pedido de ajuda? Alguma coisa?

Emmanuel arregala os olhos.

– É o aniversário da nossa mãe – ele fala sem nem pensar. – Mas... por quê? Como você disse, só mudar o ano seria bem mais fácil.

– Pois é, eu esperava que você pudesse me dizer.

Mas Emmanuel não tem resposta.

– Certo, vamos às linhas seguintes. Altura, peso, cor dos olhos. Alguma coisa se destaca para você?

– O endereço – Emmanuel responde depois de uma breve pausa, novamente parecendo animado. – A caixa postal dezoito-zero-quatro.

– Isso é muito curto para ser um número de caixa postal válido por aqui – explica Lotham.

– É uma data importante para nós no Haiti. O ano da nossa independência.

Ergo as sobrancelhas com aquela revelação. Seria outra piada interna de Angelique? Mas com que objetivo?

– Há um endereço físico também – diz Lotham. – Veja aí.

Emmanuel estuda a impressão.

– Não conheço esse endereço.

– Até porque ele não é válido. Em uma agência do Detran de verdade, o sistema sequer aceitaria registrá-lo assim. Essa rua não existe em Boston, muito menos no Mattapan.

– Eu... posso mostrar isso para a minha tia?

– Por razões de cadeia de custódia, isto não pode sair da minha vista. Mas você pode anotar essa informação. Agora, preciso que você estude o número da carteira em si. Normalmente, essa sequência de números comunica informações às autoridades policiais. É mais um ponto de verificação. Então confie em mim quando digo que este número na carteira não é nada além de um monte de bobagem. E isso não faz sentido. Por que eles fariam tudo certinho no código de barras e estragariam o número da carteira? O que me faz pensar... Poderia ser outro código para você?

Emmanuel faz uma careta. Seus lábios se movem enquanto ele lê os números para si mesmo, repetindo várias vezes. Lentamente, ele começa a negar com a cabeça.

– Isso não é óbvio para mim, mas Lili tinha vários sistemas de cifras. Se eu puder comparar estes números com as anotações que ela mantinha em seu caderninho de códigos, talvez eu consiga descobrir.

– Então anote isso junto com o endereço – diz Lotham, já colocando um pedaço de papel sobre a mesa.

Emmanuel começa a trabalhar.

– Emmanuel... – eu finalmente me pronuncio. – Há algo do Haiti que possa ser relevante aqui? Uma referência a uma crença, uma religião, um costume, não sei. Mas o fato de Angelique ter escolhido a data de nascimento da sua mãe, assim como a independência do seu país na caixa postal... Isso com certeza não é acidental.

Emmanuel sorri levemente.

– Por crença você quer dizer algo do tipo "apontar para um arco-íris traz má sorte" ou "comer a parte de cima da melancia causa a morte da sua mãe"? Há muitas superstições na nossa cultura, e a maioria eu e minha irmã só ouvimos da nossa tia. Mas para nós dois... Lili acreditava na ciência. E eu vivi minha vida toda aqui, não lá. Então essas coisas são só historinha para nós, nada de mais.

– Então não é nada pessoal para Angelique – eu concluo. – Pelo menos, não pessoal o suficiente.

Emmanuel concorda. Ele passa mais uma vez os dedos pelo pacote com a prova e depois o coloca na mesa.

– Eu posso estudar o número da carteira e esse endereço. Por enquanto, tudo o que eu saberia dizer é que Lili deve estar pensando na nossa mãe.

Lotham expira alto, tentando não parecer tão frustrado como eu tenho certeza que está. Eu me viro para ele.

– Você disse que esta falsificação tem uma qualidade decente, possível de produzir com um computador e uma impressora, mas com algumas habilidades mais avançadas. Então, como algo assim foi parar nas mãos de Angelique?

– Provavelmente ela comprou na rua. Essa região tem alguns fornecedores conhecidos. Não seria muito difícil perguntar por aí e conseguir uma.

– Você acha? Porque estamos falando de uma menina que faz curso extra da escola no tempo livre. Ela não é bem do tipo que fica espreitando nas esquinas.

De repente, Emmanuel se sobressalta.

– Emmanuel? – A voz de Lotham é quase um rosnado de advertência.

– Outros meninos da escola e do centro recreativo falaram de identidades falsas.

– Compradas na internet – eu complemento. Pelo menos foi o que ouvi de Charlie.

– Talvez algumas. Só que... – Novamente aquela incômoda pausa de adolescente que não sabe bem o que dizer.

– Quem, Emmanuel? – Lotham exige saber.

O garoto se rende com um suspiro.

– Marjolie. A melhor amiga de Angelique. Ela tem uma identidade falsa. Ouvi ela falar sobre isso um dia com a Lili. Ela estava se gabando de ter entrado em uma balada. Quando Lili perguntou como, Marjolie começou a rir. Não consegui ouvir a resposta, mas Marjolie tem uma identidade falsa, e com toda certeza poderia conseguir uma para a minha irmã. Teve um momento em que eu teria falado que ela não desperdiçaria dinheiro com esse tipo de coisa. Mas, depois do que você encontrou no abajur... – Emmanuel olha para mim. – Tenho de reconhecer que eu não sei tudo sobre a minha irmã. Fico me perguntando... Talvez eu não a conheça de jeito nenhum.

– Você conhece, sim, Emmanuel. Você conhece e ela está contando com isso. O código no trabalho da escola, os detalhes desta carteira. Sua irmã está lá fora, em algum lugar. E ela está falando com você. Ela está contando com você.

Mas posso dizer que o menino não acredita nisso. E, depois de todos os casos pelos quais já passei, realmente não posso nem argumentar.

Eu recolho as canecas de café e levo para a cozinha. Já sei aonde vamos agora.

CAPÍTULO 26

Trinta minutos depois, estou em frente à escola de Angelique esperando o sinal tocar. Depois de passar horas no dia anterior olhando aquela mesma vista da mercearia da esquina pela câmera de segurança, parece que conheço este lugar desde sempre, e não que passei só uma tarde aqui.

Lotham queria entrar marchando na Academia de Boston, com seu emblema dourado bem à vista, e arrastar Marjolie diretamente para a delegacia para ser interrogada. Felizmente, prevaleceu a cabeça mais fria.

Agora, terei a honra de me encontrar com Marjolie e persuadi-la a entrar na viatura de Lotham, estacionada a vários quarteirões de distância, onde todos poderemos conversar em particular. Mais cedo ou mais tarde terei de ir trabalhar, então preciso que isso aqui seja rápido e tranquilo. Não, não há pressão alguma. Imagina.

Ouço a sirene começar a tocar. Demora cerca de cinco minutos, então as portas da frente da academia se abrem e a primeira onda de estudantes se despeja, carregando suas mochilas e irrompendo para a liberdade.

Alguns minutos depois, Marjolie aparece, com a cabeça baixa, ao lado de Kyra, ambas descendo os degraus da frente em uma conversa séria. Mais uma vez, me surpreende o contraste entre as duas. Kyra é alta e deslumbrante mesmo a distância, enquanto Marjolie, repleta de timidez, caminha com os ombros encolhidos. Bonitinha, ao passo que Kyra é linda de morrer. Gentil, ao passo que Kyra é mais áspera. Uma é líder. A outra é seguidora.

Sinto a primeira pontada de mal-estar no instante em que Marjolie levanta a cabeça e me avista. Do outro lado da rua, com filas de trânsito e enxurradas de garotos entre nós, ela vacila. Tantas expressões cintilam em seu rosto: vergonha, medo, arrependimento. Culpa. Um caminhão cheio de culpa.

Ela sabe que estou aqui por ela. Que, no fim, tudo conduz a ela e àquele programa de verão idiota do centro recreativo, e a todos os segredos que adolescentes sentem urgência em guardar.

Ela se afasta da amiga, já avaliando suas opções. Eu me inclino para a frente, preparando-me para iniciar perseguição.

Então, Kyra me vê. Ela agarra o braço de Marjolie, passando por cima de quaisquer nuances da situação. Puxa a amiga para a frente e, após um último momento de tensão, a menina mais baixa cede. Ela deixa Kyra guiá-la até mim, do outro lado da rua.

É isso. Onze meses depois, finalmente chegou a hora da verdade.

*

– Tenho algumas perguntas para Marjolie envolvendo o programa de verão de que ela participou com Angelique no centro recreativo – digo, mantendo a voz leve e com um tom casual enquanto desenrolo para ela a história que Lotham e eu imaginamos para justificar afastar Marjolie de seu rebanho.

– Tudo bem. – Marjolie olha fixamente para os pés, os punhos bem apertados nas alças da mochila.

– O que você quer saber? – Kyra intervém.

– Acho que seria melhor se falássemos a sós. Você concorda, Marjolie?

A menina ainda não olha para mim, enquanto Kyra, ao seu lado, pisca os olhos confusa.

– Por que agora você quer saber do programa de verão? Você descobriu mais alguma coisa sobre a Angel? – Kyra se inclina para a frente com entusiasmo. – Conta para a gente! Somos amigas dela, merecemos saber.

Mantenho meu olhar em Marjolie.

– Curso de moda. Você e Angelique se inscreveram juntas?

Marjolie faz que sim.

– E havia outra garota, Livia Samdi, nessa mesma classe? Uma que costumava usar um boné vermelho?

Um olhar de pura desolação varre o rosto de Marjolie.

– Sim.

– Vem comigo – sugiro gentilmente. – Não vai demorar muito, só tenho algumas perguntas. Nada de especial. – Eu olho para Kyra enquanto Marjolie concorda.

– Eu... hã... te encontro depois – Marjolie diz à amiga.

Mas Kyra não é burra. Ela olha de Marjolie para mim e de volta para Marjolie.

– Ah, eu vou com você...

– Não! – Marjolie exclama com a voz cortante, os olhos em chamas.

– Marjolie... – diz Kyra, agora quase suplicante. Percebo que ela está assustada. Não pelo que talvez soubesse, mas pelo que está percebendo agora que não sabe. E está preocupada com sua amiga.

– Desculpa – sussurra Marjolie, mas eu diria que Kyra ainda não sabe por que sua amiga está pedindo desculpas.

– Ela liga para você mais tarde – eu intervenho, então coloco a mão no ombro de Marjolie e a guio para longe antes que Kyra continue insistindo no assunto.

Kyra nos deixa ir. Posso sentir Marjolie tremendo sob meu toque enquanto a conduzo pelo primeiro quarteirão, depois pelo segundo. Caminhamos em silêncio total, o que aumenta a tensão.

Lotham tem seus truques, eu tenho os meus.

Viramos a esquina rumo ao carro não identificado da polícia. Quando abro a porta traseira, Marjolie levanta a cabeça de repente.

– Eu não quis fazer isso – ela exclama com toda a força. – Eu juro que não queria machucar ela! Eu não tinha nem ideia!

Então, ela irrompe em lágrimas.

– Por nada – digo a Lotham enquanto Marjolie desmorona e o show começa oficialmente.

*

A coisa vem aos borbotões. Começa com um menino, como tantas outras histórias. O tal jogador de basquete. Aquele que Marjolie seguiu até dentro do centro recreativo porque precisava proteger seu território.

Lotham e eu nos sentamos nos bancos da frente do carro, Marjolie no de trás. Nem foi preciso dirigir até a delegacia. Nosso alvo já está derramando seus pecados. Não temos tempo para pegar trânsito.

Lotham está com o telefone ligado, gravando discretamente. Ele olha para todos os lados, menos para a garota soluçante no banco de trás. Então, continuo a fazer as honras.

– Você convenceu Angelique a se inscrever com você. Como seu braço direito.

– Ela queria trabalhar, ganhar uma grana extra como babá. Mas eu implorei para ela. Era assim com Angelique. Ela fazia qualquer coisa pelos amigos, e eu e ela éramos melhores amigas desde a quinta série.

– Então você e ela se inscreveram no curso de moda. Só que nunca foi pelo curso.

– Foi pelo DommyJ – suspira Marjolie, com um soluço.

– Cafajeste? – pergunto.

– Eu pensei que ele me amasse. Pensei que... Eu deveria ter desconfiado. – Pobre menina. Acho que ela não poderia estar mais infeliz do que aqui, agora.

– Quantos anos tem DommyJ? – pergunto.

– 17.

E Marjolie tinha 15.

– Gostosão?

Lotham me olha em reprovação, mas eu mantenho a pergunta.

– Demais. Todas as meninas o queriam, mas ele me escolheu. Disse que gostava do meu sorriso.

Concordo com a cabeça, empática. Já sei para onde esta história caminha e me sinto péssima pela Marjolie. E por todas as garotas vulneráveis e tímidas que ousaram acreditar que o cara legal queria alguma coisa séria com elas, quando na verdade...

– E o que aconteceu, Marjolie? Você conheceu DommyJ, convenceu Angelique a se inscrever no curso, e aí...?

– A Angel não gostava dele. Ela me avisou. Aliás, mais do que isso... – Marjolie sorri amargamente. – Ela disse que eu poderia conseguir alguém melhor. Mas quem seria melhor do que ele? A burra aqui não quis ouvir, não quis acreditar.

Marjolie pressiona os lábios. Mais lágrimas deslizam pelo seu rosto. Dou tapinhas em Lotham até ele arrumar, já tardiamente, uma caixa de lenços de papel.

– O Dommy é mais velho, sabe? Ele não é do tipo que fica em casa à noite, e também tem um monte de amigos na faculdade. Jogadores de basquete que conhecem os lugares bacanas.

Concordo com a cabeça.

– Durante o dia, no centro recreativo, ele era muito legal. Me chamava de "minha menina", andava com o braço ao redor de mim.

Me fazia sentir toda especial. E eu não sou linda como a Kyra, nem inteligente feito a Angel. Eu sou só eu. – Marjolie dá de ombros. – Só que, quando o Dommy estava por perto, eu era a menina para a qual todas as outras meninas olhavam. A menina que todas queriam ser. Então, quando ele disse que queria sair à noite, passando por todos os *points*, e que eu deveria ir com ele, é claro que eu fui. Porque um cara feito ele, solto pela cidade com os amigos, em lugares tipo aqueles... De jeito nenhum que ele ia voltar para casa sozinho.

– Mas você tinha só 15 anos... – eu me solidarizo.

O queixo de Marjolie se firma.

– Ah, mas eu engano bem. Um pouco mais de maquiagem, um tapa no cabelo, as roupas certas. Eu só precisava de uma identidade para todo mundo ter certeza. E era tranquilo, porque Dommy conhece um cara que faz isso. Uma carteira falsa, cinquenta dólares. Rodar à noite com o meu homem, isso não tem preço.

Seus lábios se retorcem ironicamente. Ela enxuga o rímel manchado.

– De início, eu não contei para a Angel. Eu sabia que ela não ia aprovar. Depois ela ficou furiosa comigo. Eu fiz com que ela se inscrevesse no curso de moda, só que os intervalos do Dommy eram diferentes dos nossos, então eu ficava saindo escondida para estar com ele. E Angel disse que eu a abandonei. Eu não quis que parecesse isso, poxa. É só que... Eu era a menina dando uns amassos com o cara gostoso no corredor, sabe? Eu nunca tinha sido essa menina antes.

– E como você conseguiu a identidade falsa, Marjolie?

– Foi Dommy que conseguiu. Eu dei o dinheiro para ele numa terça-feira, ele me trouxe a identidade na quinta-feira seguinte. Naquela noite, a gente estava na balada preferida dele, na pista de dança com todos os amigos dele. Ele estava dançando, eu estava dançando. Ele comprou doses para mim. Todo mundo estava feliz. – Ela hesita, sua voz ficando mais baixa. – Eu sentia como se estivesse voando. Como se fosse a melhor noite da minha vida. Como se a vida nunca fosse ser melhor do que naquele momento. Então, Dommy me levou para o carro do amigo dele.

Ela faz uma pausa. Seu rosto fica inexpressivo.

– Ele estuprou você, Marjolie? – faço a fatídica pergunta. A mandíbula de Lotham se tranca, suas mãos se apertam.

– Não foi nada assim. Eu só me entreguei, sabe? Eu pensei... Pensei que era aquilo que eu vinha esperando mesmo. Pensei que era a merda do momento mais especial com a merda do cara mais especial. – Ela ri, mas o som é áspero. – No dia seguinte, no centro recreativo, eu disse ao Dommy que o amava. Que mal podia esperar para sair com ele de novo. Com a carteira falsa, eu iria a qualquer lugar, sabe? E aí o Dommy disse que eu deveria levar uma amiga. Porque era estranho, né, ele comigo e os caras todos lá. Então ele disse... Ele disse que talvez eu pudesse levar a Kyra.

A linda amiga de Marjolie. É claro.

– Ah, minha querida. Eu sinto muito por isso.

Marjolie já não chora mais. Está magoada demais para isso. E ela tem razão, porque o primeiro amor faz parecer que estamos voando mais alto do que o sol. E sempre, inevitavelmente, leva ao pior de todos os desastres na aterrissagem.

– Em vez disso, eu perguntei para a Angel. Eu não queria acreditar que... – Marjolie levanta o olhar para mim. – Eu pensei que, se eu levasse a Angel, estaria bom o bastante.

– Você pediu para Angelique ir com você às boates? – Lotham já está indignado o suficiente para finalmente fazer uma pergunta.

– Eu mostrei a identidade para ela. Que problema ia ter? Mesmo que ela não gostasse de sair para dançar, ela era a menina que nunca parava de falar em faculdade. Então ela poderia usar uma identidade falsa para entrar em algum *campus*, assistir às aulas lá, sei lá, o que ela quisesse. Ia ser bom para ela. Eu implorei para ela fazer também, mas ela estava com raiva. Então eu contei tudo. Contei o que Dommy e eu fizemos, contei que eu o amava. Contei o quanto eu precisava dela para fazer aquilo tudo. Porque eu não podia levar a Kyra, obviamente. E eu não podia... Não queria que aquilo acabasse.

– E o que Angelique disse? – Lotham novamente.

– Ela não disse nada. Só ficou calada, depois me abraçou bem apertado. E eu comecei a chorar, porque... Eu sabia, né? Eu só não queria admitir.

Marjolie fecha os olhos e solta um grande suspiro, ainda tremendo.

– Acontece que DommyJ é um colecionador, sabe? De virgindade. Ele e os amigos até competem para ver quem pega mais. E depois que ele tirou a minha... Ele terminou comigo dois dias depois. As baladas, a gente dançando, aquele "amor verdadeiro". Isso não significou nada para ele.

– Ai, querida... – digo novamente.

– Mas foi aí que tudo ficou bem esquisito.

Lotham faz uma careta e me encara, virando-se no banco do motorista.

– Esquisito como?

– Na semana seguinte, o tempo estava lindo, muito sol, todo mundo estava sentado ao ar livre. Então a Angel caminhou até o DommyJ. No início, não dava para ouvir o que eles estavam falando. Ela estava sussurrando furiosa com ele, e ele só tentava evitar ela. Ele olhava feio para mim, como se fosse culpa minha. Até que, de repente, ela levantou a voz. Começou a falar, o mais alto possível, que ele era um safado. Que as identidades falsas que ele vende não valem nem o plástico em que são impressas.

Agora Marjolie tem toda a nossa atenção.

– Eu tinha mostrado a minha identidade para convencer a Angel a comprar uma para ela também. E aí, de repente, ela está gritando que cinquenta dólares por aquilo é um roubo, que até o segurança do shopping ia saber que era falso, que o Dommy ia fazer todos os amigos dele serem presos. Depois ela disse, ainda super alto, que ele tinha de reembolsar todo mundo.

– Reembolsar? – Lotham pressiona.

Marjolie concorda solenemente.

– Dommy ficou furioso. Disse que ela não sabia do que estava falando. Que ela devia calar aquela merda de boca grande e sair da frente dele. E foi aí que aquela outra menina... Libby... Liv...

– Livia Samdi.

– Isso, Livia Samdi. Ela é totalmente calada, como se nunca tivesse falado nada na vida. Todo mundo sabe que o irmão mais velho dela foi expulso do programa dois anos antes por causa de drogas. É um tal de J.J., alguma coisa assim.

– Johnson.

– É sério que esse é o nome dele?

– Aham.

– De repente ela começou a falar junto com a Angel, gritando com o Dommy. Só que ela conhece bem essas coisas. Ela sabe que as falsificações que o Dommy estava vendendo não têm o holograma certo, não são impressas a laser nem têm todo o tipo de merda que elas têm de ter. Basicamente, ela também começou a insistir que o Dommy tinha enganado todos os amigos dele. Nesse ponto, *todo mundo* estava prestando atenção, e aí a coisa começou a ficar muito tensa. Quer dizer, todos os amigos do Dommy estavam lá. Vai saber quantas falsificações ele vendeu.

– *Você* sabe quantas identidades falsas ele vendeu? – Lotham vai adiante.

Marjolie nega com a cabeça.

– E quanto a outros envolvidos? Tem mais algum amigo dele vendendo identidades também?

– Eu só sei do Dommy, e não é ele quem faz. Pelo menos, eu acho que não. Ele disse que é um amigo. Mas, quando a gente foi para a balada, todos os amigos dele estavam usando uma. E nenhum deles tinha nem perto de 21 anos.

Cinquenta dólares cada carteira. Lotham e eu trocamos outro olhar.

– Você está com a sua aí? – pergunto.

Marjolie hesita, como se finalmente se desse conta de que está falando com a polícia. Lotham levanta uma sobrancelha. Ela cede, enfia a cara na mochila até encontrar a carteira e nos mostra a identidade falsa. Entrega a Lotham, que primeiro sente o peso dela nas mãos, depois a torce contra a luz. Ele não diz uma palavra, apenas a passa para mim.

Marjolie estava falando a verdade. É um trabalho vagabundo. Papel muito fino, foto borrada, nem mesmo uma tentativa de fazer uma holografia. Em comparação, a falsificação que Angelique deixou para trás no outro dia é uma obra-prima. Cinquenta dólares por *isto*? Dou toda a razão para a reclamação de Angelique.

– Então Angelique e Livia acusaram DommyJ de arrancar grana dos amigos – eu digo. – E na frente de todo mundo.

– A Angel estava tentando se vingar dele pelo que ele fez comigo. A outra garota, essa Livia, eu não sei qual é a história com ela. Mas esse pessoal aí, o DommyJ e o povo que anda com ele... Eles não são brincadeira. Angelique não deveria ter falado com ele daquele jeito, especialmente na frente de todo mundo. As coisas com o Dommy ficam sérias bem rápido. Se o empurram, ele empurra de volta. Ele falou para elas calarem a boca ou elas iam se arrepender.

– Ele ameaçou as duas? – Lotham pergunta, só para esclarecer.
– Acho que sim.
– E depois?
Marjolie dá de ombros.
– O diretor veio lá de dentro, o Sr. Lagudu. Acabou o intervalo, todo mundo tinha de voltar para dentro. A Angel ainda estava tremendo de tão nervosa. Eu sabia que ela tinha feito isso por mim, mas eu disse para ela parar. Que ela ia se meter em problema. E eu... Eu estava envergonhada. Talvez ainda esperasse que o DommyJ pudesse mudar de ideia, me ganhasse de volta. Mas depois daquele showzinho todo... – Marjolie expira com pesar. – Angel e eu tivemos uma discussão. Uma briga feia mesmo. A Angel... Ela não conseguia ver as coisas, sabe? Às vezes ela era inteligente demais, capaz demais de fazer tudo. Ela não entendia o que era ser só uma menina normal feito eu. Ela não entendia que, às vezes, ela ser do jeito dela só me fazia sentir mal.
Marjolie engole em seco e fala ainda mais baixo.
– As coisas não foram mais as mesmas entre a gente depois disso. Ela ficava sentada do lado dessa Livia. Às vezes, eu jurava que elas estavam sussurrando coisas a meu respeito. Eu queria pedir desculpas, acertar tudo. Eu fiquei muito magoada também, sabe? Eu amava o cara, aí ele foi e fez... Nem sei. O programa de verão foi uma merda, de verdade. Quando acabou e a escola começou, aí as coisas se acalmaram. Não tinha mais a Livia por perto, e a turma voltou a ser a Angel, a Kyra e a Marjolie. Pensei que, com o tempo, a gente iria se aproximar de novo. Como era antes, como sempre foi. Só que, um dia, a Angel desapareceu. E nós nunca tivemos outra chance de ser amigas de novo.
– Você viu a Angel com a Livia outra vez, depois do programa de verão? – pergunto.
Ela nega com a cabeça.
– E o DommyJ? – Lotham insiste. – Houve mais alguma desavença entre esses dois?
– Não entre Angel e ele.
– Mas entre os outros dois...?
Marjolie respira fundo.
– Foi na última semana do programa de verão. Eu já estava saindo de lá quando vi o DommyJ na esquina da rua. E aí eu fui mais devagar, porque... Porque eu sou uma idiota, por isso. Então eu vi a Livia, com

aquele boné vermelho. Ela estava bem na frente dele, mas não era ela quem estava gritando dessa vez. O Dommy estava claramente puto da vida, aos berros, e ela meio encolhida, tentando apenas resistir ao furacão. Então ele agarrou o braço dela. Eu fiquei assustada. Nunca o vi sendo agressivo com meninas antes. Aí, de repente, ela mudou de expressão. Firmou os pés no chão, olhou fixamente para ele e disse bem alto: "Você sabe quem é meu irmão, não sabe?". Ele respondeu que estava pouco se fodendo para o tal de J.J., e ela balançou a cabeça: "Não tô falando do J.J. Tô falando do meu outro irmão".

– *Outro* irmão dela? – pergunta Lotham, sem rodeios.

– Exatamente. Então ela olhou para o outro lado da rua, e foi aí que eu vi. Tinha um cara super alto de moletom azul, cheio de correntes de ouro. Ele nem me pareceu muito assustador, mas, cara, a reação do Dommy... Ele largou o braço da Livia e saiu correndo tão rápido que pensei que fosse tropeçar nas próprias pernas.

– Ele viu esse cara do outro lado da rua e fugiu? – Sou eu que pergunto dessa vez, porque de repente me lembrei da minha primeira visita à escola e daquele cara que vi me observando. Possivelmente, o mesmo que ficou espreitando fora da casa dos Samdi antes das balas começarem a voar.

– Parecia que o DommyJ ia cagar nas calças. Nunca vi ele assustado daquele jeito.

Lotham olha fixamente para Marjolie.

– E o que Livia fez?

– Aí é que está. No segundo em que o Dommy a deixou ir, ela saiu correndo, mas não na direção do cara. Na direção totalmente oposta. Eu vi o rosto dela, bem antes de ela sumir pela calçada. Eu juro, ela parecia tão assustada quanto o Dommy. E tipo, se esse cara é irmão dela, por que ela queria tanto fugir dele?

CAPÍTULO 27

Às 15 horas, saímos daquele meio-fio e voltamos para o coração do Mattapan. Vou chegar atrasada ao trabalho, mas, se tiver um pouco de sorte com o trânsito, talvez não seja tarde demais. Estou agitada. A ideia de passar as próximas oito horas servindo bebidas e limpando mesas quando tenho tantas perguntas a respeito de Angelique e Livia exatamente *neste momento*... Quando sinto que estamos tão perto de conhecer a verdade *neste momento*...

Alcoólatras são notoriamente obsessivos. Particularmente quando se envolve algo tão estimulante como o que está acontecendo *neste momento*.

– O que você acha da identidade falsa de Marjolie? – pergunto a Lotham, batendo as pontas dos dedos incansavelmente no joelho.

– Definitivamente um serviço vagabundo. Fico surpreso até que eles tenham conseguido entrar em alguma boate com aquilo. Mas existem lugares em que você só precisa molhar a mão do segurança com uma mixaria que o negócio está feito. Eles só querem uma desculpa plausível caso as coisas deem errado.

– A identidade de Angelique é muito melhor do que essa que Marjolie mostrou.

– Com toda certeza, está alguns níveis acima.

Eu aperto os lábios e me viro no banco do passageiro para vê-lo melhor.

– Isso não é interessante? Que ela reclame com esse tal de DommyJ sobre a qualidade do trabalho e...

– Sobre a maneira como ele tratou a amiga.

– E que, um ano depois, a própria Angelique esteja por aí com uma falsificação muito superior?

Lotham concorda, reflexivo. Chegamos a um semáforo vermelho. Ele me olha de relance com uma expressão difícil de decifrar.

– Você acha que Angelique fez essa carteira? Ou ajudou alguém a fazer?

– Acho que, se a história de Marjolie for verdadeira, Livia Samdi sabe um bocado sobre identidades falsas e tem habilidade para fazer melhor. Quero dizer, cada uma custa cinquenta dólares... Se DommyJ consegue centenas de dólares naquelas identidades de merda durante um programa de férias de verão, imagina quanto a Livia poderia ganhar com uma mercadoria de qualidade?

– De todas as falsificações que discutimos até agora, fazer uma identidade é o tipo de trabalho "faça-você-mesmo" mais viável. Com o *software* certo e uma impressora especializada, consigo ver duas adolescentes fazendo isso. – Lotham franze o rosto. – Infelizmente.

– Quem sabe, talvez, o dinheiro no abajur de Angelique tenha vindo de sua própria lavra? Livia provavelmente gostou do desafio do projeto, enquanto Angelique tinha uma motivação pessoal para fazer DommyJ cair fora desse negócio.

– Mas por que as notas de cem falsificadas? – Lotham replica, virando bruscamente à direita em meio a um congestionamento na cidade.

– Talvez alguém tenha pago as duas com falsificações. Talvez elas nem soubessem que tinham notas falsas.

– Então elas são espertas o suficiente para ver falhas em identidades falsas, mas não em notas falsificadas?

Ele levanta uma questão bem válida. Mas, diabos, não dá para entender como passamos de notas de cem de impressão russa para carteiras de identidade falsas fabricadas localmente. Também estou curiosa para saber por que o diretor-executivo do centro recreativo, Frédéric Lagudu, nunca mencionou aquele confronto entre Angelique e Livia e o tal DommyJ. A não ser que ele tenha visto só o finalzinho, só o suficiente para acabar com a história, e não considerou o episódio nada além de um acontecimento banal em um dia ordinário. Porque, uma vez que Angelique desapareceu, certamente sua gritaria com um aspirante a bandidinho seria algo digno de se mencionar.

– Vamos supor que Livia Samdi saiba alguma coisa sobre produção, considerando seu talento em *design* – Lotham imagina depois de um instante. – Depois do confronto com DommyJ, ela e sua nova melhor amiga, Angelique, começam a bolar um esquema. Elas começam a fazer suas próprias identidades falsas. Com uma qualidade tão superior que vai tirar o idiota do Dommy do negócio, ao mesmo tempo em que vai render às duas um dinheiro extra.

– Livia é a operacional, Angelique faz *marketing* e vendas.

Lotham concorda. Os carros à nossa volta não estão andando. Ele aguarda dez segundos, então pisca suas luzes de polícia. O carro à nossa frente faz o melhor que pode para se apertar de lado. Lotham se enfia por uma abertura bem estreita entre as faixas congestionadas, chega à primeira esquina e faz a curva. Não tenho ideia de onde estamos, mas gosto do estilo dele.

– Mas sabe o que eu não entendo? – pergunta Lotham. – Os primeiros clientes de Angelique não deveriam ser seus próprios amigos? Pense no modelo do DommyJ. Ele provavelmente se inscreveu no programa de verão só para vender para seus colegas. Então Angelique apareceu, e estamos supondo que ela tenha vendido o suficiente para ter milhares em dinheiro. Mas ela nunca ofereceu para seu próprio círculo social? Isso é estranho.

Eu me recosto no banco, mal-humorada. Depois, me lembro da minha conversa com Charlie.

– Talvez ela e Livia tenham vendido só *online*. As carteiras internacionais são vendidas assim. E nós temos duas meninas descritas como caladonas. Então, venda pela internet iria funcionar, e ainda isolaria essa nova atividade criminosa de suas vidas reais, com sonhos de ir para a faculdade e tudo mais.

– É possível, mas isso adiciona mais infraestrutura na história. Como elas são pagas? Transferência de dinheiro? Bitcoin? Elas precisariam ter contas em banco, e as duas são menores.

– Não de acordo com o *alter ego* falso de Angelique, Tamara Levesque.

Os olhos de Lotham se arregalam ligeiramente.

– Merda. – Ele bate a mão no volante. – Mas é claro. Nós examinamos aquela identidade em busca de pistas forenses, depois quebramos a cabeça, com a ajuda do irmão de Angelique, atrás de mensagens codificadas. Talvez, esse tempo todo, a trilha de migalhas fosse o próprio nome, "Tamara Levesque". Era essa a pista sobre a vida secreta de Angelique, que claramente colocou ela e sua amiga em algum problema.

– Ahhh! – eu finalmente entendo. – É claro, Angelique não tem conta bancária e Livia Samdi não tem nenhum registro financeiro, mas essa "Tamara Levesque"... Ah, ah, ah!

– É isso que dá ficar sem dormir – murmura Lotham. – Vou começar a ver isso assim que eu te deixar no bar.

Suspiro profundamente. Tanta coisa acontecendo *neste momento*. Estamos na iminência de tantas respostas *neste momento*.

– Ainda temos um problema – diz Lotham, finalmente capaz de andar um pouco mais rápido, cortando um labirinto de ruelas minúsculas. – Presumindo que Livia e Angelique estavam fazendo isso juntas... Por que Angelique desapareceu primeiro?

– Ela estava tentando se passar por Livia. Tentando protegê-la de... alguém.

– E levou três meses para essa pessoa perceber que estava com a garota errada? Não seria uma pessoa muito inteligente. Além disso, se você é um criminoso que quer dar seguimento num negócio de identidade falsa novo e melhorado, você não pegaria as duas?

Preciso parar e pensar a respeito.

– Se Livia é o gênio do *design* por trás da operação, então ela seria mais valiosa do que Angelique. Talvez seja por isso que ela tenha parecido tão assustada. Talvez Angelique tenha se oferecido para ir a uma reunião no lugar de Livia. Quando esse grupo criminoso, seja qual for, descobriu essa estratégia, eles mantiveram Angelique e a usaram como chantagem para forçar Livia a trabalhar para eles.

– Então, por que levar Livia três meses depois?

– Bom... Coação só funciona por um tempo, né? Ou talvez as operações tenham crescido tão rápido que essas pessoas precisavam de Livia à disposição. Talvez eles mantenham Livia sem comunicação em algum lugar, desenhando um milhão de carteiras falsas por dia, não sei. E Livia agora é a garantia que está sendo mantida contra Angelique. Foi assim que Angelique ressurgiu para realizar outras tarefas menores, porque, enquanto eles tiverem Livia, eles sabem que ela vai voltar para eles.

– Tem suposições demais nessa teoria – argumenta Lotham. – Por outro lado, jogar as meninas uma contra a outra é uma estratégia testada e comprovada. Traficantes de pessoas de todos os lugares a usam. Na verdade, muitas vezes é mais fácil sequestrar duas pessoas do que apenas uma, porque isso dá ao sequestrador mais vantagem sobre as duas.

– Pobres meninas... – eu murmuro. – Para Angelique, isso provavelmente começou como uma forma de atacar o babaca que machucou a melhor amiga dela. Para Livia, talvez fosse só uma forma de impressionar a nova amiga e se inserir mais profundamente no mundo de Angelique. E, só por quererem se resolver, as duas foram sequestradas e agora muito provavelmente estão sendo forçadas a se envolver em algum tipo de atividade criminosa, como falsificação de carteiras ou qualquer coisa assim. Não sei se eu conseguiria lidar com esse tipo de estresse. Especialmente onze meses depois.

Lotham concorda, e finalmente chegamos ao Stoney's.

– Então, recapitulando, nós temos as vítimas: Angelique Badeau e Livia Samdi. Temos uma possível atividade criminosa: falsificação de identidades. Tudo isso ainda me parece peixe pequeno demais. São só milhares de dólares por mês, em vez de centenas de milhares que podem ser conseguidos com drogas. Quem se envolveria em algo assim e ainda veria algum incentivo para sequestrar e manter prisioneiras duas adolescentes por quase um ano?

– E quanto a esse outro irmão? Não o Johnson, o outro irmão Samdi que apareceu no centro recreativo?

– O cara alto e sinistro? – Lotham dá de ombros. – Vou fazer umas perguntas por aí. Tem chances de que a força-tarefa encarregada de gangues já saiba o nome dele.

– Eu vi esse cara.

– Você *o viu*?

– Foi na primeira vez que visitei a Academia de Boston. Um cara negro magricela, com uma noção de moda desatualizada pelo menos uns vinte anos. Eu tinha acabado de falar com Kyra e Marjolie quando o vi do outro lado da rua. Ele estava me observando.

Lotham se vira no banco do motorista, seus ombros enormes ocupando aquele espaço confinado.

– E você ia mencionar isso quando??

– Mas o que havia para mencionar? Eu estava em uma escola pública em Roxbury e tinha um cara negro do outro lado da rua. Nossa, que chocante... Francamente, ele tinha mais motivos para acusar a mulher branca esquisita que estava abordando duas alunas na mercearia da esquina. Eu não percebi que a presença dele ali tinha qualquer tipo de significado. Muito menos que ele pudesse ser o irmão perdido de Livia Samdi. Aliás, naquele dia, eu nem sabia que existia uma Livia Samdi. Mas ele definitivamente sabia que eu estava ali. – Eu hesito. – E eu... posso ter visto ele uma segunda vez, também.

– Onde?

– Do lado de fora da casa dos Samdi, quando atiraram em mim.

– Porra, você está de sacanagem comigo?

– É que eu não estava exatamente prestando atenção em tudo a minha volta. Eu estava correndo feito louca em um calçadão, tentando salvar minha pele miserável. Mas, só por um momento, com o canto do olho, pensei ter visto esse mesmo cara do outro lado da rua.

– Em outras palavras, você o viu no lugar de onde os tiros estavam vindo. – Lotham já soa mais do que irritado. Não sei exatamente por que, já que o alvo fui eu.

– É possível – eu admito.

– Vou mandar os técnicos de volta ao local. Mandar fazerem uma nova varredura na área.

– Ninguém vai falar nada. Especialmente se for mesmo o misterioso e assustador irmão mais velho.

Lotham balança a cabeça. Seus lábios estão pressionados em uma linha sombria.

– Você estará aqui hoje à noite? – Ele gesticula para o Stoney's.

– Até a meia-noite.

– Não quero você andando por aí sozinha. Se precisar ir a uma reunião, me ligue. Se eu não puder ir, mando um carro patrulha.

– Sério? Para me levar ao AA? Uau, que jeito bom de exagerar as coisas.

– Frankie...

Para mim, já chega. Não dá para aguentar essa superproteção masculina por muito tempo. Já estou por minha há bastante tempo. E não sou nenhuma idiota.

– Estou indo trabalhar – eu informo. – E depois, considerando como o dia foi cheio, provavelmente vou me retirar no meu apartamento para ficar com a minha incrivelmente hostil companheira de quarto.

Quem precisa de cão de guarda? Desafio qualquer malfeitor a enfrentar a Piper. Aquela gata morde primeiro e pergunta depois.

– Me ligue quando terminar o trabalho – ordena Lotham.

– Não, me ligue *você*. – Agora estou mesmo sendo babaca, mas não estou nem aí.

– Se é isso que você prefere...

– E você, o que vai fazer hoje à noite?

– Procurar qualquer conta em nome de Tamara Levesque e pesquisar a árvore genealógica de Livia Samdi.

– Acha que pode precisar de uma gata guerreira para isso?

– Eu sou detetive da polícia, pelo amor de Deus...

– E eu sou uma mulher que já viveu em mais bairros assustadores do que você provavelmente vai visitar na sua vida inteira. Ambos temos nossas habilidades.

– Frankie...

– Lotham.

– Queria conseguir entender você.

– Detetives gostam de quebra-cabeças. O que significa que, no momento em que você me entender...

– Não, eu não sou tão superficial como você pensa.

– E eu não sou tão complicada assim, também. Estou aqui para encontrar uma adolescente desaparecida, que agora são duas adolescentes desaparecidas. É isso que eu faço. Sou experiente e já lidei com situações como essa antes. Esse tipo de caso... – Dou de ombros. – Eles sempre envolvem segredos, e geralmente há pelo menos uma pessoa disposta a matar para manter esses segredos escondidos.

– Você carrega uma arma?

– Eu tenho um apito. Um apito bem alto. Mas, se é que ajuda, o Stoney tem um taco de beisebol atrás do balcão.

– Leva esse taco lá para cima com você hoje à noite.

– Muito bem. – Eu olho para o relógio. 15h30. – Tenho de ir. – Abro a porta e ponho o pé na calçada.

– Frankie – Lotham chama do banco do motorista. – Tenha cuidado, tá bem? Só tenha cuidado.

– Digo o mesmo para você.

Eu fecho a porta do carro e vou para o trabalho.

CAPÍTULO 28

Stoney não está nem um pouco feliz com o meu atraso.

– Desculpa, desculpa, desculpa – eu digo.

Ele me lança um olhar. *Aquele* olhar. Ninguém gosta daquele olhar.

Não dou nenhuma explicação ou motivo. Já sei que isso não importa. Em vez disso, providencio o melhor controle de danos que posso: começo a trabalhar e trabalho bem rápido. Trinta minutos depois, quando as portas da frente se abrem e chega a primeira onda de frequentadores locais, já estou servindo amendoins picantes e tirando cervejas da torneira. Hoje, recebo até uns poucos acenos de cabeça em reconhecimento. Nenhuma palavra ainda, mas o reconhecimento físico de que estou aqui. Aceito numa boa.

A noite está agitada, o que para mim está tudo bem, tudo ótimo. Porque eu não quero nem preciso do burburinho constante de pensamentos demais rodando pela minha cabeça.

Às 21 horas é o meu primeiro intervalo. Vou para a cozinha só tempo suficiente para pedir uma salada à Viv. Ela me olha de cima a baixo.

– Você não está transando.

– Como é?

– O que você está esperando? Nenhum homem vai ser mais bonitão do que aquele.

– Não diga isso para o seu marido.

Uma risadinha.

– Aproveita sua salada. Mas vê se vive um pouco, também. A vida é muito curta, ou você nunca ouviu isso?

Mais pedidos de comida em várias mesas, mais jarras de ponche de rum. Depois, tenho quinze minutos para engolir a salada.

– Adorei – digo a Viv. – Muito obrigada. Já disse que roubei seus ovos e suas batatas fritas?

– Não eram meus.

– Então roubei os ovos e as fritas do Stoney.

– Melhor trabalhar duro, então. Ele é exigente com isso.

Levo o conselho bem a sério e me transformo em uma fanática prestadora de hospitalidade. Mesas servidas, bebidas entregues, sorrisos para todos. Sou tipo a Mulher Maravilha dos comes e bebes. Por volta das 23 horas, quando as coisas já se acalmaram e estamos reduzidos aos habituais clientes das altas horas, Stoney diz:

– Vê se você se acalma agora. Está começando a me assustar.

– Eu realmente sinto muito.

– Você não é uma funcionária muito boa.

– Mas pelo menos tenho boas notícias. Eu não sou tão ruim quando se trata de pessoas desaparecidas.

– Angelique Badeau já está voltando para casa?

– É, você é difícil de agradar. Talvez amanhã.

Ele me encara.

– Talvez, quem sabe... – eu insisto. Então, digo de maneira mais ponderada: – Stoney, você já deve ter visto um monte de identidades falsas aqui.

– Às vezes.

– E o que você acha?

– Sobre o quê?

– Sobre o mercado delas, a qualidade, esse tipo de coisa.

Ele dá de ombros e recolhe alguns copos sujos.

– Não tenho opinião. As que eu vi, apreendi para agir de acordo com a lei. Além disso, não tenho nenhum interesse em servir crianças aqui. Mas você também já viu que o nosso público não é exatamente do tipo universitário. Enfim, eu não vejo nenhum grande problema. Se você pode morrer pelo seu país aos 18 anos, por que não poderia tomar uma cerveja?

– É um crime sem vítimas?

Ele dá de ombros outra vez.

– Tem coisas muito maiores para a gente se preocupar.

– E se não for só uma questão de bebida? Quero dizer, uma identidade falsa pode dar acesso a todo tipo de coisa.

– Como o quê?

– Bom, se você for menor de 18 anos, seu próprio celular.

– Tem os telefones de depois do expediente – diz ele, sem que eu sequer precise mencionar.

– Você sabe a respeito disso?

– Todo mundo sabe.

Eu me surpreendo.

– Bom, então, dá acesso a...

Honestamente, fico sem palavras. Ter 18 ou 21, dependendo da preferência, dá o direito de voto, a honra de se juntar aos militares e... bom, acesso à vida noturna de Boston.

– Quantos meninos por aí você acha que querem uma identidade falsa? – eu pergunto, já trocando de marcha.

– Muitos. Boston é uma cidade universitária, a maioria dos calouros quer beber ou farrear. E os proprietários como eu levam a sério essa história de pedir identidade, ou então correm o risco de perder a licença do estabelecimento. Sabe quanto custa conseguir uma licença para vender álcool?

– Uma pequena fortuna?

– Uma grande fortuna. O bastante para que a maioria dos estabelecimentos não brinque com isso.

– Ou seja, tem uma demanda decente o suficiente por documentos de identidade falsos. Uma pessoa poderia ganhar um bom dinheiro com isso.

Outro encolher de ombros.

– Se o seu negócio for falsificação, por que não imprimir dinheiro?

– Acontece que isso é bem mais difícil.

– Nem me fala. Mas e ações ou títulos ou notas promissórias contra algum bar antigo numa vizinhança qualquer?

Entendo o que ele quer dizer.

– Aí eu não sei. Pode ser possível.

– *Green card*. – Uma voz se pronuncia lá da ponta do balcão. É um dos frequentadores regulares, Michael Duarde. Já o servi várias noites, mas essa é nossa primeira conversa. Seu sotaque definitivamente não é daqui, embora seja difícil identificar o país. O fato de ele já estar arrastando um pouco a fala também não ajuda. – Se eu fosse falsificar alguma coisa, falsificaria a merda de um visto permanente. Ou até um visto de trabalho. É o que todo mundo quer.

Michael levanta sua cerveja e toma um longo gole. Stoney e eu o observamos.

– Você tem um SPT? – pergunto a ele. Significa Status de Proteção Temporária, que é o que a maioria dos imigrantes haitianos, como Angelique e seu irmão, receberam após o terremoto.

– Eu não. Mas um monte de gente aqui, sim.

– Dá para falsificar um visto desses? – pergunto a Stoney, genuinamente curiosa, porque o bebum levantou uma boa questão.

– Tem como falsificar um passaporte? – ele me pergunta.

– Só com muita perícia.

– Aí é que está.

– Mais caro que uma nota de cem dólares? – pergunto.

– Bem além do que eu poderia pagar.

Ele está certo, mas me fez pensar outra vez no que Lotham disse no caminho para cá. Mesmo que Angelique e Livia estivessem conseguindo milhares de dólares por mês traficando identidades falsas, seria peixe pequeno em comparação com a receita advinda de drogas ilegais... Então, por que raptar duas garotas por causa desse peixe pequeno?

Falsificar *green cards* ou vistos de trabalho seria jogar na série A. Quantidades absurdas de dinheiro. A não ser pelo fato de que, se você não consegue nem acertar o holograma da carteira de motorista de Massachusetts, como diabos falsificaria um documento do nível de um passaporte norte-americano? Falsificar vistos me parece uma loucura típica de células terroristas. E exige categoria técnica do nível das notas russas.

Parece que tudo se resume a uma pergunta-chave: Angelique e Livia claramente se envolveram em algo ilegal, mas *o quão* ilegal? Que tipo de crime motivaria o sequestro e a detenção de duas adolescentes por quase um ano?

Me debruço sobre as possibilidades enquanto termino a jornada da noite, fechando contas, levando as últimas louças sujas para Viv, limpando mesas.

– Cadê o seu bonitão? – ela me pergunta quando finalmente consegue sair da cozinha, já vestindo o casaco.

Meu telefone não tocou. Me recuso a admitir quantas vezes chequei.

– Trabalhando.

– Aham.

– Foi um longo dia.

– Aham.

– Ah, olha lá, seu marido está esperando você.

– Aham.

– Para com isso!

Finalmente um sorriso.

– Garota, você tem que organizar suas prioridades. Ninguém aqui vai viver para sempre. Você sabe do que estou falando?

– Que meus óvulos já se petrificaram nos meus ovários?

– Não, esquece isso, querida. Estou falando de se divertir. Tá entendendo?

Ela não está errada. Mas isso não serve de conforto para mim enquanto a deixo sair pela porta da frente, trancando em seguida. Observo enquanto o marido dela toma seu braço. É um casal adorável. São como pão e manteiga.

Viv me dá um último aceno todo animadinho. Faço meu melhor para não vomitar na frente de todo mundo.

Stoney fecha o caixa e traz minhas gorjetas. Eu recuso.

– Venho comendo demais as coisas da cozinha. Me desculpa.

– Quer dizer que você está chegando tarde e comendo minha comida?

– O que me falta em disciplina me sobra em personalidade.

Ele me dá uma olhada.

– Olha, eu confesso meus pecados abertamente. Até ofereço pagar por eles. Mas, considerando como funcionários podem ser ruins, até que eu não sou das piores.

Ele parece aceitar a argumentação.

– Eu até limpo a bagunça da sua gata assassina.

– Piper é uma boa trabalhadora. E reclama menos do que você.

– Não mordi o pé de ninguém ultimamente.

Ele dá de ombros. Pelo jeito, meu feito não é tão impressionante quanto eu esperava.

– Você vai trazer aquela menina de volta para casa? – ele pergunta.

Me sinto imprudente.

– Diabos, eu vou trazer duas meninas de volta: Angelique Badeau e Livia Samdi.

Ele me entrega os cinquenta dólares das gorjetas, dinheiro de que preciso muito.

– Se você fizer isso, nós estamos quites.

– Você adora essa comunidade, não é?

– É a minha casa.

– Eu não tenho casa, mas entendo bem o que você quer dizer.

Nós dois terminamos nosso trabalho em silêncio, então Stoney sai de cena pela esquerda e eu subo as escadas para o meu apartamento. Eu realmente quis dizer o que disse a Lotham: foi um longo dia. É melhor eu me retirar cedo.

Mesmo assim, ainda verifico meu telefone. Nada de ligações, nada de mensagens. Me sinto inquieta, como se houvesse uma tarefa inacabada martelando na cabeça. O que será que Lotham descobriu sobre o outro irmão de Livia Samdi? E sobre possíveis contas bancárias em nome do *alter ego* de Angelique, "Tamara Levesque"? Odeio ficar no escuro.

Ando para lá e para cá no meu minúsculo apartamento. Para um lado, para o outro. Sinto minha inquietação crescer, minha pele começar a formigar, meu couro cabeludo se arrepiar. Talvez eu devesse ir a uma reunião. É exatamente em noites como esta que eu preciso de uma reunião.

Não vejo necessidade de uma maldita escolta policial. Já passei por mais aperto do que isso e já estive em bairros mais perigosos. Não estava mentindo para Lotham quando disse isso mais cedo. Eu posso me virar sozinha.

Abro a cortina e fico olhando para a rua lá fora.

É quando o vejo.

Parado ali, exatamente sob um foco de luz, onde ele tem certeza de que eu posso vê-lo. Bem alto, com um corpo mais para esquálido, moletom vermelho, muitas correntes de ouro. Seu cabelo está puxado para trás em um padrão intrincado, revelando um rosto magro e insensível. Cruel.

Ele olha diretamente para mim. Eu o vejo. Ele me vê.

Deixo a cortina cair. Desabo na cama.

Em meus pensamentos rodopiantes, penso que preciso da Piper. Onde está minha gata guerreira?

Mas, quando verifico debaixo da cama, ela não está lá.

Ordeno a mim mesma que não vou entrar em pânico. Digo a mim mesma que sou forte e capaz e que já estive muito na merda antes. Então, nervosamente, destravo a fechadura da porta, deixando-a aberta só por tempo suficiente para que eu desça as escadas e pegue o bastão do Stoney. Já que estou lá embaixo mesmo, verifico a porta da frente; está segura. Depois, a porta lateral; também bem trancada. A porta lateral é de metal sólido e sem marcas. Ninguém consegue passar por ela. A porta da frente, no entanto... Vidro fumê. Fácil de estilhaçar. Provavelmente acionaria um alarme, mas talvez o barulho nem incomode um predador determinado em sua caça. Entrou, saiu, está feito.

Volto a verificar as fechaduras, depois subo as escadas, segurando o bastão firmemente à minha frente.

Uma vez no meu apartamento, travo o ferrolho da fechadura. Movo a cortina para o lado discretamente. Ainda vejo o cara retrô de pé na calçada, me encarando.

Eu deveria ligar para Lotham. Mas dizer o quê? O malvadão do irmão mais velho de Livia está me observando? E por que eu ainda não tive notícias de Lotham? Com certeza, o melhor detetive de Boston já descobriu alguma coisa a essa altura. Então, por que o silêncio?

Uma da manhã. Duas. Estou sentada na cama de frente para a porta, com o taco sobre os joelhos, o telefone ao alcance.

Eu apago. Vêm sonhos de sangue e de Paul e de gritos tão primitivos que me arrepiam a espinha. Estou perseguindo Angelique Badeau por um longo corredor, nunca conseguindo alcançar. Até que eu dobro uma esquina e o homem de moletom vermelho está lá, apontando uma arma.

– Não podia deixar barato – ele diz.

Ele puxa o gatilho. Angelique grita e cai no chão com um buraco sangrento na barriga. Ele puxa o gatilho novamente, e agora sou eu caindo no chão com um buraco sangrento na barriga. Um terceiro tiro com um estrondo. Paul é quem grita mais alto, sangue por toda parte, e ele colapsa ao nosso lado.

– Me desculpa – eu arfo.

– Mas você nos matou.

E agora os dois estão com raiva, e é tudo culpa minha, e são tantas coisas que eu deveria ter feito diferente, que deveria ter feito melhor.

Estou caindo e caindo e caindo. Em um abismo de almas torturadas e de mãos ávidas por agarrar e de consciências culpadas, em especial a minha própria.

Uma gata aparece, rosnando baixo. Ela salta para a briga, estendendo as garras. Sinto uma dor assustadoramente severa, refrescantemente clara, no momento em que me ponho na vertical, segurando meu braço contra meu peito. Meu telefone está tocando.

Vejo Piper, agora na minha cama, girando sua cauda com mau humor enquanto asseia sua pata dianteira direita. Olho meus antebraços e descubro novos arranhões.

Não tenho tempo para considerar o assunto. São 3 horas da manhã. Meu telefone ainda grita. Eu o atendo.

Finalmente, ouço a voz de Lotham:

– Nós temos um corpo.

E assim, sem qualquer aviso, falhei novamente.

CAPÍTULO 29

Lotham se senta em uma mesa dos fundos. Está vestindo o mesmo conjuntinho chique do dia anterior, com a gravata frouxa e a camisa social amassada. Ele parece muito abatido.

Sirvo uma xícara de café quente. Quando ele a olha sem expressão, vou até o balcão, pego uma garrafa de rum e adiciono uma dose. Só porque eu sou alcoólatra não significa que outras pessoas não possam beber.

Devolvo o rum e me sento em frente a ele. Ainda estou vestindo minha camiseta superlarga e bermudas masculinas. Eram do Paul, mas não estamos aqui para discutir isso.

– Fala – eu mando.

– O que aconteceu com seu braço?

Olho para os arranhões com sangue incrustado.

– Piper.

– Você tentou dormir de conchinha com ela ou algo assim?

– Foi o "algo assim". Fala.

Lotham toma um gole do café fortificado com rum. Sua mão está tremendo. Não tenho certeza de que ele percebeu até tentar pousar a caneca de volta e deixar cair um pouco do café pela borda.

– Desculpe.

Eu espero.

– Eu nem sabia que ela estava desaparecida – ele murmura finalmente. – Uma menina de 15 anos, e nós nem sabíamos que ela estava perdida até alguns dias atrás.

E é assim que fico sabendo de que estamos falando de Livia Samdi, não de Angelique Badeau.

– Onde você encontrou o corpo?

– No Parque Franklin. Jogado atrás de uma árvore.

Eu me encolho.

– Que horrível.

– Ela estava totalmente vestida – diz ele.

Entendi. Há outras opções.

– Causa da morte?

– Contusões ao redor do pescoço. Hemorragia petequial nos olhos.

– Estrangulamento.

– O parque foi só o local da desova. Os gurus forenses vão ter de fazer alguma mágica para ver se conseguimos identificar o local da morte. Um sem-teto fez sinal para um carro patrulha. O pobre homem estava apenas procurando um lugar para passar a noite quando encontrou o corpo.

Concordo com a cabeça. Lotham continua falando.

– A análise inicial é a de que, onde quer que Livia estivesse, não era nas ruas. Ela estava muito limpa para isso. Estava vestida de um jeito simples: jeans, uma camiseta dos Patriots, tênis. Nenhum dos itens era novo, mas também não pareciam tão velhos. Ela estava visivelmente magra, suas unhas roídas até o toco, seus molares traseiros desgastados por bruxismo. São sinais claros de estresse crônico, de acordo com o examinador, embora não necessariamente de abuso físico. Sem hematomas, lacerações recentes, fraturas em cicatrização, nada disso. Ela parecia muito bem, na verdade, considerando o quadro geral. A não ser, bem, pelo pescoço – Lotham expira fortemente e toma mais café.

– E Angelique?

– O sem-teto não viu ninguém na região. Ainda estamos revendo as filmagens, mas aquela seção do parque fica fora das trilhas abertas. Eu diria que quem a desovou ali sabia bem o que estava fazendo.

É um termo tão triste. "Desovar." Como se faz com lixo ou bens indesejados, não com uma adolescente.

– E a família de Livia? – eu pergunto.

– Eu mesmo notifiquei. A mãe dela não pareceu nem um pouco surpresa. Só decepcionada. É o tipo de mãe que sempre temeu o pior e agora não precisa mais ter medo.

– Eu sei como é.

– J.J. estava lá.

– O Johnson – eu digo. Não sei por quê. Acho que só para dar uma última alfinetada nele.

– Dos dois, ele estava o mais emotivo. A resposta inicial foi de choque, depois chateação, seguido de um soco na parede.

Isso me faz pensar um pouco.

– Ele nem suspeitava de que a irmã estivesse morta?

– Não. Para dizer a verdade, ele estava enfurecido. O que quer que esteja acontecendo com aquela família, eu apostaria meu distintivo que Johnson não queria que a irmã fosse ferida. Se é que ele sabe o que aconteceu com ela.

– E você perguntou sobre um irmão mais velho?

– Eu sei fazer meu trabalho! – Lotham fala muito alto.

Ele teve uma noite difícil, então eu deixo passar. Ele toma mais um gole do café batizado.

– Que merda – diz, finalmente.

Não posso discordar disso, então não digo nada.

– J.J. já tinha sumido de lá quando abordei o assunto de um possível irmão mais velho de Livia. Pensei que estar sozinho facilitaria a conversa com Roseline, mas ela se fechou. Se ela não tivesse continuado a sugar cada cigarro até a morte, acho que eu nem teria acreditado que ela ainda estava ali na minha frente. Mais tarde, vou tentar de novo com ela, mas considerando seu apreço pela polícia...

Lotham não está pedindo que eu me envolva. Como detetive, ele nunca pediria a uma civil para se inserir em uma investigação, quanto mais voltar a uma residência de onde ela foi expulsa a tiros. E, no entanto, na minha mente, eu mesma decido fazer parte. Afinal, a Sra. Samdi não fala com a polícia. Ou seja, se quisermos saber sobre o misterioso irmão de Livia...

– E o boné vermelho? – pergunto.

– Não estava com o corpo.

Em outras palavras, Angelique ainda o está usando.

– Alguma coisa mudou – eu murmuro.

– É mesmo?

– Estou falando sério. Angelique desapareceu há onze meses. Livia, alguns meses depois. Mas só nas últimas semanas é que Angelique ressurgiu, e foi enviando uma mensagem codificada para o irmão. Deixando cair uma identidade falsa. As meninas estavam claramente sendo mantidas vivas para algum propósito. Talvez produzindo carteiras falsas razoavelmente decentes, não sei. – Quando digo as palavras em voz alta, tudo soa como um plano-mestre um tanto duvidoso. Afinal, que tipo de gangue criminosa sequestra duas meninas e as mantém contra sua vontade para fabricar falsificações menos que perfeitas? Não consigo entender.

Por enquanto, eu continuo.

– Claramente as coisas estão começando a descarrilar. Os sinais de estresse físico agudo de Livia, as aparições frenéticas de Angelique. E agora... o assassinato de Livia. Acho que, fosse lá qual propósito essas meninas estivessem servindo, o tempo acabou. E ambas sabiam disso. Sabem disso. – Minha própria voz acaba tremula. Será que Angelique ainda está viva? Ou é apenas uma questão de tempo até encontrarmos seu corpo? E, se ela ainda está respirando, meu bom Deus, o que deve estar passando? Depois de tudo o que ela fez para tentar ajudar a amiga.

Onde essas meninas vêm sendo mantidas? O que diabos tem acontecido com elas no último ano?

E por que diabos não poderíamos ter encontrado Livia a tempo?

Lotham vira meia caneca de café com rum. Sua expressão sombria serve como um espelho para meus próprios pensamentos sombrios.

– Você conseguiu localizar o pseudônimo de Angelique, Tamara Levesque? – pergunto por fim, tentando conjurar alguma aparência de profissionalismo. – Levou a alguma conta bancária?

– Sim, consegui rastrear alguma coisa. Não, não levou a nenhuma conta bancária recheada de ganhos obtidos indevidamente. O que eu descobri: Tamara Levesque é uma estudante universitária. Matriculada na Universidade Gleeson, para ser mais exato.

– Sério?

– E eu pareço um cara com senso de humor?

Estou a um triz de ir buscar mais rum, mas desta vez para nós dois. Em vez disso, esfrego minhas têmporas furiosamente.

– Então Tamara Levesque é o *alter ego* de Angelique. E Angelique usou sua identidade falsa para ir para a faculdade? Quando é que esse caso vai começar a fazer algum maldito sentido? – eu vocifero para ninguém em particular. – É uma faculdade de medicina?

– Não. É uma pequena faculdade de belas artes no oeste do estado. Vai ser preciso escavar mais um pouco para saber mais do que isso. Você tem ideia de quantas faculdades existem em Massachusetts?

– Muitas?

– Centenas.

Concordo, como se qualquer uma dessas coisas fosse perfeitamente normal para mim.

– Perguntei ao Stoney sobre identidades falsas hoje à noite. Ele me assegurou que há mesmo um mercado, mas não acredita que esteja no mesmo nível financeiro de, digamos, tráfico de drogas.

– E ele provavelmente tem razão.

– Ainda assim, agora temos provas de que duas garotas podem estar envolvidas na produção de falsificações, e pelo menos uma foi assassinada por isso. O que teria nessas falsificações que justificaria matar alguém por elas? Especialmente considerando que nem eram falsificações de primeira qualidade.

– Não faço ideia.

– Sabe uma coisa que não tem preço e pela qual valeria a pena matar alguém? *Green cards*. Ou vistos de trabalho. Um cara no bar sugeriu isso hoje. Temos milhares de imigrantes aqui cujo visto temporário está prestes a expirar, e todos eles firmaram raízes e ninguém quer ir para casa. Isso faz com que vistos falsificados valham uma pequena fortuna.

Lotham, no entanto, já está negando com a cabeça.

– Não tem como ser feito. Certamente não por duas adolescentes. Valeria mais a pena falsificar dinheiro. É algo tão difícil quanto.

– E existe algo no meio disso? Digo, mais valioso do que uma identidade falsa e menos complicado do que um visto?

– Que eu consiga pensar agora... – Ele faz uma pausa e fecha os olhos para pensar, por exaustão, sei lá. Então os abre novamente. – Suponho que cartões de crédito falsos. Mas isso envolveria roubo de identidade, que é uma bola de neve totalmente diferente. E não sei por que alguém precisaria raptar duas garotas para isso. Há várias gangues russas em Boston conhecidas por isso. Eles já recrutaram pessoas que perambulam pelas ruas, têm até cibercafés com *malwares* que registram dados financeiros diretamente da carteira de alguém. Depois, os dados são transferidos para um cartão clonado. Para essas operações, sequestrar alguém traria mais problemas do que vantagens.

Entendo o que ele quer dizer. Infelizmente, isso só aumenta nossa confusão. Eu tento recomeçar do começo.

– Angelique e Livia foram sequestradas por uma razão. Primeiro Angelique, que provavelmente foi mantida refém para forçar o alvo original, Livia, a fazer o que quer que fosse. O mais provável é que envolva projetos de computador, impressão 3D, fabricação de peças, qualquer coisa assim. Mas, por fim, Livia também desapareceu. Só para manter essa linha de raciocínio, vamos supor que foi porque as operações chegaram a um ponto em que precisavam dela no local, ou porque queriam ter mais controle. Agora ambas as meninas estão sequestradas, mas vivas, alimentadas, vestidas, alojadas. Angelique não se atreve a fugir ou contatar sua família por medo do que eles possam fazer com Livia, e vice-versa.

Respiro, continuo.

– E as meninas estão trabalhando. Fazendo alguma coisa importante, senão, por que seriam mantidas vivas? Talvez tenha começado com as carteiras forjadas, que mostraram as habilidades de Livia. Mas pode ter migrado para algo com maior potencial de renda para justificar manter duas garotas sequestradas por quase um ano. Sem mencionar que eles precisariam de um espaço para manter as meninas, além de pelo menos um par de homens servindo como guardas, enquanto supervisionam as operações... Não é que elas precisariam necessariamente de um galpão inteiro para gerar falsificações por computador, mas espaço ainda é espaço.

Lotham concorda.

– Então, faz onze meses que essas meninas estão trabalhando em... sei lá, alguma coisa. Ficou intenso e estressante demais. Livia não está aguentando, enquanto Angelique está aterrorizada o suficiente para arriscar fazer contato e deixar rastros de migalhas para nós. Só que ainda não é o suficiente. Os piores medos de Angelique se tornaram realidade. Livia foi morta...

Minha voz se distancia.

– Ou seja, qualquer que seja o projeto, ele está próximo de ser concluído. Eles não precisam mais de Livia. Nem de Angelique.

Lotham não discorda.

– Exceto que tudo isso ainda são perguntas, não respostas – diz ele. – Quase um ano depois, não estamos mais próximos de quem, o quê ou onde. A melhor pista que temos é um mítico irmão mais velho de Livia que inspira medo.

– Eu o vi de novo hoje à noite.

– Quem?

– Nosso cara misterioso. Ele estava do outro lado da rua do meu apartamento. Quando puxei a cortina, ele olhou diretamente para mim.

– Mas que merda! – Lotham bate a caneca de café na mesa. – E você não me ligou?

Apenas dou de ombros.

– E dizer o quê? Ele só estava lá parado. A não ser que... Se ele estava em frente ao meu apartamento, então não pode ter sido ele quem matou Livia. Ou pode?

– Eu não chegaria a essa conclusão tão rápido. Ainda não temos a hora da morte, o que significa que ele poderia muito bem ter matado Livia e depois ter ido monitorar o que você estava fazendo. Cacete! Tudo nesse caso! Cacete, cacete, cacete!

– Você precisa dormir um pouco, Lotham. Nós dois precisamos dormir um pouco.

– Porque vai ficar tudo melhor de manhã? Já é a porra da manhã e a menina está morta!

Não digo nada, apenas pego a mão dele. Sinto sua raiva, sua frustração. Eu mesma já passei por isso. Catorze vezes. Nem por isso fica mais fácil de lidar.

– Angelique ainda está viva – eu digo.

– Talvez.

– Ela precisa de nós. O que quer que esteja acontecendo... está acontecendo rápido. Temos de descobrir o que é. Nós *vamos* descobrir. Mas não desse jeito em que estamos. Quando foi a última vez que você sequer tirou um cochilo?

Ele não responde. Pelos meus cálculos, provavelmente já se passaram dias. E a exaustão está claramente cobrando seu preço.

– Vamos, vou te levar lá para cima. Descanse por uma hora ou duas. Depois podemos rever tudo de novo. Quando estivermos os dois um pouco menos insanos.

Lotham parece contrariado, mas não resiste quando pego sua mão e o levo escada acima. Meus próprios pensamentos estão agitados. São uma mistura: tristeza esmagadora por uma garota que nunca conheci e que não consegui salvar; desespero profundo por ter perguntas demais e respostas de menos; pavor crescente de que o relógio esteja correndo impiedosamente agora, e, se não desvendarmos isso logo...

“Nos ajude”, Angelique escreveu.

Só que não ajudamos.

Faço Lotham se sentar na borda do colchão. Ele retira sua arma e seu distintivo dourado, deixando-os em ordem sobre a mesinha de canto. Ele se move no automático, as pálpebras já se abaixando e o corpo desmoronando enquanto eu o despojo de tudo, menos de sua camiseta e cueca. Seu peito é largo e muito musculoso. Mas eu não traço sua clavícula com a ponta dos dedos. Não arrasto meus lábios ao longo de sua garganta.

Em vez disso, levanto suas pernas e o aconchego na cama.

– Boa noite, detetive.

– Quem é Paul?

– Eu não disse Paul.

– Disse sim.

– Boa noite, detetive.

Eu o coloco para dormir. Depois, monto vigília em frente à janela, afastando a cortina só o suficiente para espreitar lá fora. Mas nenhum gângster com correntes de ouro está me encarando.

– Eu vou saber dos seus segredos – diz meu convidado grogue de sono.

– Shhh...

Deixo o detetive dormir. Então, encosto minha testa contra o vidro frio da janela e penso em Livia Samdi e em Angelique Badeau, e no que significa ser uma adolescente. Penso nos erros que todos nós cometemos. Nos momentos que nunca mais voltaremos a ter.

Então, eu digo o nome dele.

– Paul.

E sinto o cheiro de sangue e sinto toda a dor, e deixo que ela me lave como se fosse o preço dos meus pecados.

– Sinto muito – eu sussurro. Mas não estou mais falando com Paul. Estou falando com Livia Samdi e todas as garotas como ela.

Eu rezo, com toda a minha força, por Angelique Badeau. Para que a encontremos a tempo. Para que ela esteja lá fora, ainda viva, ainda bem.

Para que ela, por favor, por favor, por favor, volte para casa novamente.

CAPÍTULO 30

Não durmo. Meus pensamentos estão girando muito rápido. São 5 horas da manhã. Lotham vira de um lado para o outro incansavelmente. Desisto de tentar descansar e saio do quarto na ponta dos pés. Stoney tem um antigo computador *desktop* em seu escritório. Eu o ligo na esperança de que ele possa me trazer alguns *insights*.

Preparo uma garrafa de café fresco enquanto espero que a máquina inicie. Depois me sento e começo a usar.

Primeiro, pesquiso no Google o nome "Tamara Levesque". Tem de ter algum significado, eu acho. E penso: por que uma estudante universitária do oeste do estado? Emmanuel disse que sua irmã não sonhava, e sim fazia planos. Então, o que Angelique estava tentando nos dizer? Do que precisávamos saber?

O nome me retorna apenas quatro *links*. Três deles são de Tamaras Levesques que moram em outros estados. O quarto é uma menção em uma página do Instagram.

Tenho bastante experiência com mídias sociais; nos dias de hoje, é impossível procurar por pessoas desaparecidas sem seguir suas pegadas digitais. Então, faço o *login* e procuro por aquela Tamara Levesque em particular.

Imediatamente, uma página da Universidade Gleeson carrega. Descubro dezenas de fotos de um *campus* universitário cercado por colinas verdes ondulantes e edifícios antigos. Há fotos de jovens sorrindo sentados ao ar livre e mais alunos sorridentes dentro das salas de aula. Demoro um pouco para identificar Tamara. Ela está em um laboratório com o rosto parcialmente obscurecido por óculos de proteção enquanto manuseia um frasco sobre um bico de Bunsen. Seu cabelo preto está todo repuxado para trás; é a mesma imagem da Tamara da carteira, em contraste com os cachos pesados que se pode ver na Angelique do pôster de "Desaparecida". Mas é a mesma garota.

E isso me deixa ainda mais confusa. Angelique está usando sua identidade falsa para se matricular na faculdade? Isso não faz sentido algum. Então, o que ela queria que eu visse aqui? O que ela está tentando nos dizer?

A Gleeson é descrita como uma pequena faculdade de belas artes. Parece ficar aos pés das montanhas Berkshires, num endereço cuja cidade eu nunca ouvi falar. Oferece aulas *online*, assim como a opção mais tradicional em sala de aula. Vou passando uma foto após a outra, todas de estudantes universitários radiantes, e então leio um texto do reitor, um cara branco de aparência austera, óculos pretos grossos e terno cinza de três peças. Eu não sabia que as pessoas ainda vestiam ternos de três peças.

Examino cada foto em detalhes, depois volto à página com a coleção toda. No geral, a Gleeson se parece com qualquer universidade da Nova Inglaterra, embora com um *campus* particularmente bonito.

Só na quinta ou sexta vez em que estou repassando cada detalhe é que percebo. No fundo de uma foto, há outra aluna quase nada visível sentada na parte de trás de uma sala de aula. É Livia Samdi. Tenho certeza.

Então ela e Angelique fugiram para entrar em uma universidade? De jeito nenhum. Não acredito nisso nem por um minuto. Mas o que diabos está acontecendo?

Me recosto na cadeira, mais perdida do que antes.

Um minuto depois, amplio minha busca no Google a fim de procurar a Gleeson como um todo. O *site* oficial, no entanto, parece só repetir a maioria das fotos do Instagram. Encontro uma página pela qual posso solicitar informações adicionais; inscrevo meu e-mail na esperança de receber alguma resposta mais cedo ou mais tarde.

Eu me levanto e fico indo e voltando, por toda a extensão do salão do bar, várias vezes.

No fim, concluo que só há uma coisa que preciso fazer: falar com a mãe de Livia, Roseline Samdi. E, eu espero, sem levar tiro de novo, o que é mais fácil falar do que fazer.

Ando mais um pouco. Finalmente, me ocorre algo. Volto para o andar de cima e pego minha jaqueta e meu telefone. Lotham está roncando desimpedido, um som suave e ondulante que não casa bem com a profunda carranca em seu rosto experiente. Não acho que ele esteja tendo sonhos felizes. É mais uma coisa que temos em comum.

Volto lá para baixo, enfiando as mãos nos bolsos do casaco até encontrar o que estou procurando: a lista de telefones da minha primeira reunião do AA. Que inclui o número do Charlie. 6 horas da manhã com toda certeza é cedo demais para a maioria das pessoas noturnas. Mas Charlie atende quase imediatamente.

– Quem é?

– Sou eu, Frankie Elkin.

Uma pausa.

– Você está bem, Frankie?

– Não estou ameaçando ter uma recaída na bebida, se é com isso que você está preocupado. Mas precisava de uma ajuda agora.

Explico a ele sobre a descoberta do corpo de Livia Samdi, juntamente com a revelação de que ela tem um irmão mais velho.

– Eu não conheço a família tão bem assim para saber a respeito – diz Charlie.

– Eu entendo. Quero me encontrar com Roseline de novo, mas... Da última vez que fui até a casa... Digamos que eu prefiro minha cabeça sem buraco de bala, sabe.

– Então, o que eu posso fazer por você?

– Você poderia tentar um contato? De um AA para o outro? Talvez conseguir que ela se encontre com você em algum lugar, por exemplo, naquele restaurantezinho aonde você me levou. Preciso que seja em terreno neutro.

– Não sei se ela iria me ouvir.

– Mas você pode tentar? Diga a ela que tem informações sobre a filha dela. E que só falaria diretamente com ela. O que, aliás, é verdade. Eu tenho algumas informações e só falarei diretamente com ela.

Charlie fica em silêncio por um longo tempo.

– Vou tentar, sim – diz, por fim. – Mas não tenho como prometer nada.

– Muito obrigada, Charlie. E tem uma coisa que... Bom, é que eu preciso falar com ela o mais rápido possível. A vida de Angelique Badeau está em jogo.

– Você lembra do que eu te falei antes, não é? Muita gente não gosta de saber de problemas. Especialmente se eles vêm de uma mulher branca que se intromete onde não é bem-vinda ou querida.

– Ah, eu ouvi isso a vida inteira, grandão... – Faço uma pausa, então digo mais suavemente: – Eu quero trazer Angelique para casa. Quero corrigir essa situação. *Preciso* corrigir isto.

– "Deus me conceda a serenidade de aceitar as coisas que não posso mudar" – entoa Charlie.

– Pois é, eu sei.

– Vou ver o que posso fazer. Mas meu palpite é que aquela família não sai da cama antes do meio-dia, então a gente tem algumas horas pela frente.

– Obrigada, Charlie.

Ele desliga. Eu fecho meu telefone de *flip*. A menção do meio-dia me dá cinco horas inteiras para fazer alguma outra coisa. Qual a próxima linha lógica de questionamento? Penso no assunto enquanto subo as escadas de volta. Abro minha porta e então paro estupefata.

Lotham está com os olhos arregalados, totalmente alerta. Mas ele não se mexe. Possivelmente porque Piper também está acordada e, agora, empoleirada em cima da cama, olhando fixamente para ele.

– Socorro – ele diz quando eu entro.

– O grande pugilista malvadão está com medo de uma gatinha?

– Socorro – diz ele novamente.

Mas eu não me aproximo mais. Ainda tenho sangue da noite anterior no braço.

– Procurei a respeito da Universidade Gleeson. Uma das fotos mostra Livia Samdi ao fundo. Tenho certeza disso.

– O quê? – Lotham se assusta o suficiente para se virar na minha direção. Piper rosna imediatamente. Ele retorna ao seu estado imóvel. Acho que até gostei desse joguinho. E a vista não é nada mal. Lotham, naquela camiseta apertada, é um cara bem bonitão.

– Espera, vou encontrar alguma coisa de comer para ela se distrair. Já volto.

– Você vai me deixar sozinho com ela?

– Você tem uma arma, não tem?

– Eu não vou atirar em um gato!

– Ótimo. Porque eu tenho quase certeza de que ela iria dar uma de *Cemitério maldito* e voltar ainda mais assustadora que antes.

Volto lá embaixo, onde encontro um pequeno recipiente marcado como "Piper" na geladeira de Viv. Em um prato, coloco pedaços de algo que cheira muito mal e levo de volta ao apartamento. Piper ainda está vigiando Lotham. E Lotham ainda não mexeu um músculo.

Coloco o prato no chão. Alguns minutos se passam. Então, com um último retorcer de cauda, Piper salta graciosamente da cama e se encaminha para a oferta de paz. Ela me dá uma olhada rápida no caminho, depois engole os pedaços de fígado de frango em duas mordidas antes de recuar mais uma vez para debaixo da cama.

– Agora é mais seguro se mexer em cima da cama – informo Lotham. – Só não ponha os pés no chão muito perto do colchão. Ela gosta de atacar calcanhares.

– Que ótimo. – Lotham se senta, parecendo meio fora de órbita, embora seja difícil ter certeza se é por sua noite difícil, pelo pouco sono ou pelo despertador assassino.

– Preciso ir trabalhar – diz ele.

Faz sentido. Me aproximo da cama, subindo no colchão com uma abertura imensa de pernas, projetada especialmente para evitar garras de destruição em massa. Me sento de pernas cruzadas e observo minha conquista noturna. Eu gosto do detetive. Acho que ele gosta de mim. Mas ainda não tenho certeza se quero contar a ele sobre meus planos em relação a Roseline Samdi. Em minha experiência, homens tendem a ser superprotetores, especialmente os que trabalham para fazer cumprir a lei. Então eu tendo a ficar mal-humorada perto deles, quando não francamente rebelde.

Eu deveria aprender com meus erros, mas essa é outra daquelas coisas que é mais fácil falar do que fazer.

– Quem é Paul? – pergunta Lotham.

– Você não tem um assassinato para investigar?

– Posso esperar mais cinco minutos.

– Que pena. Essa história leva pelo menos uns trinta.

– Ex-amante, namorado, marido?

– Eu nunca fui casada.

Ele concorda com a cabeça, como quem diz que é informação suficiente.

– Por quanto tempo estiveram juntos?

– Nove meses. Talvez um ano. Depende de como você faz as contas.

– Aquele infame "não conseguimos sequer concordar em quando foi nosso primeiro encontro"?

– Alguma coisa nesse sentido. Nos conhecemos doze anos atrás. Ele me ajudou a ficar sóbria da primeira vez. Ele acreditou em mim quando eu precisava de alguém que tivesse mais fé e perseverança do que eu.

– E agora?

– Bom, acabou que aquela coisa de "vidinha normal" não era para mim. Sem mencionar que ele não aprovava esse meu novo *hobby*. Achava que eu estava sendo obsessiva e autodestrutiva, substituindo um vício por outro. Acontece.

– E ele é alcoólatra.

– Não. Só um cara com complexo de salvador.

– Então ele te ajudou a ficar sóbria...

– Eu mesma fiquei sóbria, que fique bem claro.

– Certo, certo. Então vocês se conheceram. Primeiro ele ajudou você, depois virou algo mais, e aí você começou a se interessar demais por essa coisa de brincar de detetive...

– Você quer morrer logo agora de manhã?

– Foi uma noite bem difícil.

– Para mim também, meu caro. Se você quer respostas, faça perguntas honestas.

Lotham fica em silêncio por um tempo. Sua respiração acelera. A minha também.

– Onde Paul está agora?

– Nós nos distanciamos há dez anos.

– Ainda mantêm contato?

– Eu ligo para ele às vezes.

– E ele atende?

– Não. A viúva dele atende.

Lotham não fala mais. Nem eu.

– Sinto muito por isso – diz ele por fim.

– Não tem nada a ver com você.

– Mesmo assim...

– Como eu disse, você tem uma investigação de assassinato pela frente. E eu também tenho trabalho a fazer.

– Vai trabalhar hoje à noite?

– Meu turno começa às 15 horas.

– E até lá?

– Não se preocupe. Vou dar o melhor de mim para não ser baleada nem perseguida por ninguém parecido com um gângster saído diretamente de um shopping.

– A menina foi assassinada. As coisas estão ficando sérias.

– Estou ciente.

– E você é uma civil...

– Saia da minha cama, senhor detetive. O chuveiro é ali, se você estiver interessado. Tem comida no fim do quarteirão. Quanto a mim, não preciso de babá. Eu cuido da minha própria vida.

– Isso é assim porque o Paul morreu? – Lotham me pergunta, sua voz mais suave, genuinamente curiosa. – Agora você não consegue confiar em ninguém?

Me inclino ligeiramente para a frente.

– Ou, talvez, pelo fato de eu não confiar em ninguém, Paul tenha morrido.

Saio da cama, viro as costas para o detetive e tiro a roupa. Se ele quiser assistir ao espetáculo, problema dele. Eu tenho trabalho a fazer.

Pego uma calça jeans, encontro uma camiseta limpa. E, talvez porque o universo tenha seu próprio senso de humor, pego justamente uma camiseta vermelha desbotada com a estampa de um campista todo feliz em frente a uma Kombi, com montanhas ao longe. Diz "A vida é boa". Paul me deu para comemorar três meses de sobriedade, quando oficialmente inauguramos nossa então florescente relação, justamente indo acampar. O algodão está gasto pelo tempo e faz uma carícia suave contra minha pele.

Eu não olho para Lotham. Pego meus tênis e me dirijo à porta. Ele não me chama de volta. E isso é bom, já que eu desço desabalada pelas escadas rumo à luz do dia.

O sol ainda está brilhando. O mundo ainda está girando.

E Angelique Badeau ainda está desaparecida.

Eu começo a trabalhar.

CAPÍTULO 31

Vou para o Parque Franklin. Seria mais rápido pegar um ônibus, mas, depois das aventuras da noite passada, o exercício cai bem para acalmar minha mente agitada. O parque está no mapa que Charadee, do Dunkin' Donuts, desenhou para mim outro dia. É um enorme espaço verde logo depois do centro recreativo. Aliás, o centro é minha próxima parada, mas duvido que Frédéric esteja lá antes do fim da manhã. E talvez seja só o meu humor, ou outro sinal da minha obsessão, mas quero ver onde o corpo de Livia foi encontrado.

Concordei com Lotham ontem à noite sobre como é terrível perder uma menina que a maior parte do mundo nem mesmo soube que estava desaparecida. Será que é por isso que eu faço o que faço? Por não suportar a ideia de que aquela vida não importa? De que uma jovem possa ser esquecida assim? Ou de que uma pessoa possa sumir sem deixar para trás uma única repercussão em todo o universo?

Não sei dizer. A situação de vulnerabilidade de Livia Samdi ou Angelique Badeau é algo que me toca. Afinal de contas, meus próprios laços com este mundo são, na melhor das hipóteses, delicados. Se um dos casos que pego tomar um rumo errado, se uma bala a toda velocidade finalmente me alcançar... Nem sei se haveria sequer um funeral. Talvez eu apenas me vá e seja isso. O que é, ao mesmo tempo, assustador e reconfortante.

A caminhada é mais longa do que eu esperava. Leva uma boa hora pela larga avenida. O tempo hoje está ameno, tendo o sol trocado o calor do verão pelo frio do outono. Mas o exercício me renova, ajuda a limpar minha cabeça, e fico feliz de ter saído ao ar livre.

Passo primeiro pelo zoológico. É pequeno, mas charmoso, um cenário clássico da cidade. A esta hora, ainda está fechado, mas vejo algumas mulheres com crianças pequenas rondando o perímetro cercado. Sem dúvida, estão acordadas desde as primeiras horas do amanhecer e já estão desesperadas para arranjar alguma distração.

Encontro um caminho e sigo por ele, embora, dado o enorme tamanho do parque, talvez vaguear sem rumo não seja a melhor das estratégias. Decido ficar perto da rua principal que serpenteia por meio do espaço verde. Já joguei esse jogo antes, e a triste realidade das coisas é que um cadáver humano só pode ser carregado até certa distância. Ou seja, qualquer despejo de cadáver acaba sendo próximo a uma grande via.

Como esperado, quinze minutos depois eu encontro a primeira viatura da polícia, estacionada na rua interna no intuito de afastar os abelhudos. Mais para dentro do parque, perto de um ajuntamento de árvores, consigo distinguir um vislumbre amarelo entre as folhas. Fita de cena do crime. Cheguei ao lugar certo.

Viro à esquerda rumo a uma pequena elevação. Desse ângulo, posso observar a área de segurança lá embaixo. Um policial uniformizado está percorrendo o perímetro, circulando-o repetidamente. O pobre sujeito provavelmente esteve aqui a maior parte da noite e agora está dando o melhor de si para continuar acordado.

Não consigo ver muito. Há algumas árvores, uma moita maior de arbustos verdes bem fechados. Eu deveria ter feito mais perguntas a Lotham. A posição em que o corpo foi encontrado revelava que fora depositado pacificamente? Por exemplo, com as mãos cruzadas sobre o peito? Ou foi apenas jogado no chão? Não sou especialista em assassinatos, mas já estive por perto o suficiente para saber que tem uma diferença. A primeira opção é mais pessoal, salpicada de arrependimento, tingida por remorso. Digamos que é o que poderia acontecer se um membro da família se visse forçado a tomar medidas drásticas, ao contrário de um terceiro que tivesse ficado impaciente com uma adolescente aterrorizada.

As unhas de Livia tinham sido roídas até a carne, Lotham havia dito. Um claro sinal de estresse.

Continuo meu estudo e, em poucos minutos, já sei o que preciso saber. Há muitos outros lugares onde seria possível despejar um corpo nessa cidade. Lixeiras, becos, prédios abandonados. Mas esse ambiente aqui? Bonito, sereno, privado.

Quem trouxe o corpo de Livia para cá é o tipo de pessoa que se importava.

Seria o misterioso irmão mais velho de Livia? Ou talvez seu outro irmão, o traficante J.J.? E quanto à própria Angelique? Teria ela sido forçada a participar dessa atrocidade? Lembrando mais uma vez a primeira lição no manual de como controlar prisioneiros: imponha medo e intimidação por ameaça de morte e destruição das pessoas com quem seu prisioneiro mais se importa.

As peças do caso rodopiam ao meu redor. Duas meninas com futuro promissor. Pelo menos um esquema ilícito envolvendo identidades falsas, combinado a um segundo esquema envolvendo uma universidade linda no oeste do estado. Mas o que significa essa última parte? Porque tanto Livia quanto Angelique foram fotografadas naquela universidade, mas eu não acredito nem por um minuto que elas tenham fugido para entrar em uma faculdade sob nomes falsos.

Fico parada naquela parte do caminho. Posso ouvir pássaros chilreando e sentir uma brisa suave em meu rosto. É pacífico. É lindo.

Olho novamente para baixo, onde o corpo de uma garota foi abandonado na noite passada. Livia Samdi merecia muito mais que isso. Merecia ser encontrada viva. Merecia crescer, descobrir sua personalidade única no mundo. Ela merecia uma vida.

Sinto agora, mais do que nunca, o peso do meu próprio fracasso.

São tantos os casos de pessoas desaparecidas. E, no entanto, não há nenhuma que eu tenha levado viva para casa.

"Sinto muito", sussurro para Livia Samdi. Então fico quieta e apenas permaneço ali. Peso a magnitude dos meus arrependimentos. E decido dar o meu melhor, porque é só isso que qualquer um de nós pode fazer.

Dez, quinze, vinte minutos depois, desço de volta pelo caminho, mantendo-me longe da polícia, rumo à entrada do parque. São 10 horas da manhã, e já sei para onde seguir. Espero que Frédéric esteja trabalhando agora no centro recreativo.

Só há uma maneira de descobrir.

*

Preciso novamente dar a volta por todo o centro recreativo. É muito tranquilo aqui, e, somando os campos às quadras ao ar livre, lembra a beleza discreta do Parque Franklin. Será que isso significa alguma coisa? Meu humor fica sombrio. Mesmo com o sol no rosto, continuo pensando em garotas mortas, em fracassos pessoais e em lembranças que não vão me ajudar agora.

Mantenha o foco. Eu contorno a gigantesca estrutura metálica, encontrando lá no fundo as portas traseiras destrancadas, e entro graciosamente. Mais uma vez, o espaço é tranquilo e silencioso. As luzes estão apagadas ao longo corredor, com porções de escuridão mais profunda marcando as salas de aula adjacentes e a área da academia de ginástica. É um espaço tão grande. Cheio de cantinhos nos quais Marjolie poderia se esgueirar com seu namoradinho DommyJ. Isso sem mencionar os pontos sombrios perfeitos para entrega de drogas, venda de identidades falsas e...?

Sinto aquele tremor novamente. Não sei o que há de errado comigo. Começar o dia com um cara bonitão que faz muitas perguntas pessoais? Visitar uma cena do crime? Meus nervos estão uma bagunça. Acho que não gosto mais desse prédio. Afinal, à sua maneira, ele é também uma cena do crime. Foi onde Angelique enfrentou um babaca com a ajuda de sua nova amiga. Onde Livia Samdi pensou que sua vida finalmente estava caminhando para melhor. Onde um programa de verão estava acontecendo apenas como pano de fundo, mas não era páreo para o drama real que se desenrolava entre seus participantes adolescentes. Se essas paredes pudessem falar...

Encontro o caminho para o escritório de Frédéric na primeira tentativa. No meu estado de nervosismo, sigo caminhando suavemente, como se não quisesse que fantasmas de adolescentes do passado me encontrassem. Como resultado, quando bato suavemente na porta entreaberta, Frédéric se assusta, derruba uma pilha de papéis da mesa e dá um tapa no monitor do computador.

– Desculpe. – Não é o começo mais auspicioso para uma conversa.

– Como você entrou aqui? – ele pergunta incisivamente.

– A porta dos fundos estava aberta.

– Hum. – Ele parece se recompor. – Costumo mantê-la trancada quando estou sozinho no prédio.

Portanto, não sou a única que fica incomodada com todo esse espaço vazio e sombrio.

– É que eu tenho mais algumas perguntas – eu começo.

Frédéric concorda com a cabeça, se abaixando para recolher os papéis.

– Você está procurando por Angelique Badeau, não é isso? – diz ele, em seu belo inglês afrancesado. – Eu me lembro. Alguma novidade sobre a menina?

– Não exatamente. Mas, depois da minha conversa com você, pudemos conectar Angelique com Livia Samdi. Elas eram amigas.

Ele faz que entendeu, endireitando sua forma longa e enxuta, mas essa constatação parece não significar muito para ele.

– Livia Samdi também estava desaparecida. Foram oito meses atrás. Esta manhã, a polícia encontrou o corpo dela no Parque Franklin.

Agora Frédéric engole em seco. É difícil ler sua expressão. Estoico, resignado. Como alguém que trabalha com jovens em situação de risco em um bairro central da cidade, ele provavelmente já teve essa conversa antes. Será que isso a torna mais fácil?

– Eu sinto muito – diz ele, finalmente. Então, tenta continuar: – Overdose?

– Foi assassinada – entrego sem rodeios. Sou recompensada por uma onda de emoção que atravessa seus traços escuros e suaves. Então, ele se rende mais uma vez à aceitação estoica.

– Você acredita que a morte de Livia e o desaparecimento de Angelique estão relacionados? Foi por isso que você voltou?

– Sim.

– Por quê?

– Porque elas se conheceram aqui. Ficaram amigas aqui. Foi durante o programa de verão.

Frédéric dá de ombros.

– Tem certeza de que elas se conheceram aqui? Muitos de nossos meninos já se conhecem. Esse bairro não é tão grande assim.

– Elas se conheceram aqui mesmo. O que você pode me dizer sobre DommyJ?

A mudança abrupta de assunto o pega desprevenido uma segunda vez. Seu rosto fica sem expressão. É um mecanismo de defesa instintivo, no sentido de que ele sabe muito sobre DommyJ e já está se organizando mentalmente sobre o que deve e não deve revelar. Então me pergunto: isso é porque ele precisa proteger a si mesmo e ao programa, ou porque tem medo de DommyJ?

– O que você quer saber? – pergunta ele, depois da pausa. Excelente estratégia. Quando em dúvida, responda a uma pergunta com outra pergunta.

– Ouvi dizer que ele negocia identidades falsas.

– O assunto chegou ao nosso conhecimento – Frédéric concede, enfim, com a mão posta à sua frente. – Houve um incidente, perto do final do programa. Angelique estava envolvida. Ela estava zangada com DommyJ por ter vendido uma identidade falsa para sua amiga, mas não porque ele não deveria ter coagido a menina a fazer algo ilegal. Foi porque a qualidade da falsificação era tão ruim que ele deveria ter vergonha de vender aquilo. Ela alegou que ele devia um reembolso à amiga. Naturalmente, Dommy discordou. Eu saí a tempo de romper a discussão e mandei os três envolvidos para a minha sala. Depois de algumas perguntas, no entanto, todos negaram a existência de um problema. Você sabe como é. Minha equipe e eu ficamos de olho depois disso, mas nunca mais vimos sinais de problemas. Então o programa acabou e os meninos tocaram a vida.

– Muitos de seus comandados aqui compram identidades falsas?

– Não tenho ideia.

– Ah, qual é... Você trabalha com adolescentes. Com certeza tem alguma noção de como é a demanda.

– Na verdade, não. A quantidade de bens e serviços ilícitos que esses meninos já podem conseguir em qualquer esquina, desde drogas a armas e telefones... Há uma economia de mercado ilegal em toda essa região. Você não precisa de identidade válida para fazer esse tipo de transação.

Ele tem alguma razão. Marjolie queria uma identidade falsa para acompanhar o namorado nas noitadas. Ou seja, havia coisas que os revendedores locais não tinham como fornecer. Mas, pelo jeito, não muito.

– O que teria acontecido se você tivesse pegado DommyJ vendendo identidades falsas?

– Nós o teríamos expulsado do programa. A política aqui é de tolerância zero, lembra?

– Como você fez com o irmão mais velho de Livia Samdi?

– J.J. Samdi? Sim, tivemos problemas. Ele foi banido do centro recreativo depois que um voluntário o pegou vendendo drogas. A polícia foi informada, embora eu não saiba o que foi feito do assunto. Mas nós não usamos os pecados do irmão contra a irmã. Livia Samdi permaneceu bem-vinda.

– É muito esclarecido da parte de vocês.

Frédéric simplesmente espera.

– Você já interagiu com J.J.?

– Sim. Como parte da programação pós-escolar. Abrimos as quadras para os meninos jogarem basquete e outros esportes, enquanto oferecemos oportunidades de tutoria, instrutores e aulas especiais de arte, *design* de vídeo, programação de computadores. Nossa missão é manter esses meninos fora das ruas. Precisamos ajudá-los a tomar boas decisões, porque eles estão crescendo rodeados de más influências.

– Eu tenho um amigo que diz que às vezes ajuda com a tutoria. Charlie.

– Ah sim, Charlie. Os jovens daqui, especialmente os meninos, gostam muito dele. Charlie é um deles. Um sobrevivente. Quando ele fala, até mesmo nossos adolescentes mais difíceis acabam ouvindo. E, às vezes, isso é suficiente para fazer a diferença.

– E J.J. não fazia parte desse "às vezes".

– Não. Infelizmente.

– E Livia?

– Eu não a conhecia bem o suficiente. Livia era uma artista talentosa, como eu disse a você, mas muito quieta. Ela também participava da nossa programação pós-escolar. Trabalhava com um de nossos professores em um curso da escola técnica.

A menção a "escola técnica" chama minha atenção.

– Vocês têm professores que vêm ajudar?

– Mas é claro.

– E sobre aulas de *design* com computador? Digamos, talvez, ministradas por um certo Sr. Riddenscail?

– Com certeza. Ele é muito bom. Um de nossos poucos professores brancos. Os meninos dificultam bastante a vida dele por aqui, mas ele é mais durão do que parece. Já tem anos que ele trabalha no nosso programa pós-escolar.

– Ele e Livia eram próximos? – pergunto de imediato.

– Ela frequentou uma das aulas dele.

– E vocês têm computadores aqui?

– Uma dúzia. Conseguimos por meio de uma bolsa especial.

– E uma impressora 3D?

– Também. – Ele me olha com curiosidade. – E por meio do mesmo subsídio.

– Foi o Sr. Riddenscail que requisitou esse subsídio?

Frédéric se endireita na cadeira.

– Na verdade... Espere, não entendi.

Mas eu já estou de saída. Preciso falar com Lotham. Conseguir que ele obtenha um mandado e volte aqui imediatamente.

– Eu vou voltar – informo a Frédéric.

– Espera – diz ele novamente.

Mas eu não espero. Meu senso de urgência tomou conta de mim. Preciso sair dali, preciso agir rápido. Livia está morta, Angelique pode ser a próxima. O centro recreativo, computadores, impressoras 3D, falsificações. Dá para fazer ligações entre tudo isso. Sinto que estou à beira de ver as peças se encaixarem no lugar. Isso se já não for tarde demais.

Percorro o longo corredor sombrio quase correndo. Empurro as portas de volta ao sol ofuscante, já puxando meu celular para ligar para Lotham.

E bato de frente com J.J. Samdi.

– Sua filha da puta, eu vou te matar.

CAPÍTULO 32

Não estou com meu apito no bolso, nem meus clipes táticos no cabelo. Saí do apartamento com pressa demais. Olho para o celular e mexo o polegar só o bastante para tentar ligar para a emergência. Mas J.J. está um passo à minha frente, dá um tapa e o arranca da minha mão.

– Não mexe um músculo. – Ele puxa para trás a barra da camisa desabotoada para que eu veja o cabo preto da pistola na cintura da calça jeans. O gesto deveria me intimidar, mas considero uma estupidez. Ele vai ter sorte se não explodir as próprias bolas.

Estamos a mais de seis metros das portas do centro recreativo, mas ainda fora da vista da rua e, dada a profundidade do edifício, a anos-luz do ser humano mais próximo. Isso faz com que eu e minha encantadora personalidade nos vejamos sozinhas contra um traficante de drogas homicida.

Digo a mim mesma que já enfrentei coisas piores.

Pode ser mentira.

– A trava de segurança está ativada? – pergunto a J.J.

A pergunta o pega desprevenido. Ponto para mim.

– Eu ativaria essa trava. Digo isso porque há partes valiosas do seu corpo na linha de tiro, olha. Sua bunda. Ou sua coxa. Ou, se você se atrapalhar na hora de puxar a arma, até seu pênis.

Eu adoro falar a palavra "pênis" na frente de meninos. Sempre os deixa sem ação.

– Cala a boca!

– Não estou dizendo que é comum atirar no pênis – continuo. – Mas, depois de ver acontecer uma vez, não é o tipo de coisa que a gente esquece. Então, na verdade, estou pensando no seu bem-estar.

– Minha voz fica mais grave. – Você não acha que sua mãe já perdeu o suficiente por um dia?

Minhas palavras calmas o atingem com mais força do que os comentários espertinhos de antes. Ele recua, e o olhar em seu rosto...

Ele não é apenas um irmão homicida. É um irmão de luto.

– Fica longe da minha família. Minha mãe não precisa de você nem do seu gorila.

Presumo que a tentativa de Charlie não tenha corrido como eu planejava. Eu não o culpo. A situação era bem delicada desde o começo, e Roseline Samdi já estava numa condição muito sombria antes mesmo de saber que sua filha tinha sido assassinada.

– Johnson, foi você que atirou em mim no outro dia...?

– Meu nome é J.J.!

– Foi você que me expulsou da sua casa?

Ele olha para mim com agressividade. Seu silêncio me leva a acreditar que não foi ele quem o fez. Mas há uma veia pulsando em sua testa suada, e eu juro que as linhas sinuosas de tinta que serpenteiam em seus braços e ao redor de sua garganta estão quase vibrando com tanta agitação. Ele está sob efeito de alguma coisa. Seus olhos escuros estão muito dilatados, seus dedos tremem. Ele está chapado, com raiva e com dor. Uma combinação muito perigosa.

Sei bem como é. Já passei por isso.

– Quem é seu irmão mais velho? – pergunto.

– Não tenho nenhum irmão mais velho.

– Livia tinha. Pelo menos ela falava para as pessoas que tinha. Um cara mais velho, alto, magricela, que gosta de correntes de ouro e moletons de vinte anos atrás. Eu mesma já vi esse cara.

– Aquele filho de uma puta.

– Então você sabe de quem eu estou falando?

– Ele não é nosso irmão. É meio-irmão. Filho de um desgraçado que estava com a minha mãe muitos anos atrás. Era um idiota de merda que foi para a cadeia. Pelo que eu sei, ele morreu lá dentro.

– E agora você tem esse meio-irmão que também esteve na prisão?

– O Deke foi preso por assalto à mão armada. Tem dez anos a mais que eu. É um bosta de um derrotado.

J.J. cospe as palavras, sua raiva agora se dirigindo mais ao meio-irmão e menos a mim. Mas ele continua tremendo mais do que eu gostaria, e seus dedos continuam passeando pela barra da camisa azul aberta, como se sentisse o tempo inteiro o peso reconfortante de sua amiga na cintura. Ele se preparou para ir à guerra. Um drogado armado procurando briga.

Um meio-irmão que passou um tempo na prisão. Isso explica a noção antiquada dele para se vestir.

– E por que esse Deke é um bosta de um derrotado?

– Porque ele destruiu a minha mãe. Ela precisava dele para ajudar em casa. Para pôr comida na mesa, para segurar as pontas. Eu era só um menino na época, mas até eu conseguia ajudar. Em vez disso, ele rachou fora. A gente só foi ter notícia dele de novo quando ele foi preso por assaltar um posto de gasolina. Tipo, vai com Deus, desgraça. Mas a minha mãe chorava toda noite. Ela não precisava dessa merda.

– Mas precisava do *seu* tipo de merda? – Não consigo me segurar.

A resposta dele é imediata e defensiva.

– Eu faço o que tenho que fazer. É isso que põe um teto em cima da nossa cabeça.

– E a Livia?

– O que é que tem a Livia? Ela não está metida nessa merda. Ela ia para a escola. Ela é uma menina boa, cacete. Ela era boa!

J.J. saca a arma. Seu rosto está molhado de suor e sua dor é uma besta feroz que eu praticamente posso ver com as garras em sua garganta. Eu mesma já passei por mágoa dessa magnitude. Sei exatamente como é. Isso me permite dar um passo para mais perto, depois outro, até estarmos quase peito a peito.

Ele é muito maior do que eu, e é todo músculos e tendões e raiva e tristeza. A arma está abaixada, ao seu lado, mas seria bem fácil para ele levantá-la entre nós e atirar em mim. Jogar tudo para longe com uma bala. Seria um último "foda-se" gigante para um mundo que só o tratou mal.

Eu não me mexo. Não falo nada. Mantenho meu olhar fixo em seu rosto, desejando transmitir um pouco da minha calma para sua figura trêmula.

– Angelique e sua irmã eram amigas. Amigas bem próximas. Você sabia disso?

Ele praticamente rosna para mim.

– Nem fodendo!

– É verdade. Elas se conheceram aqui no centro, durante o programa de verão. Então aconteceu alguma coisa que assustou sua irmã, e Angelique se prontificou para ajudar. Ela desapareceu naquele dia vestida com as roupas da sua irmã. Se passando pela Livia.

J.J. balança a cabeça. Seus olhos ainda estão esbugalhados. Posso observar a pulsação errática na base de sua garganta.

– Minha irmã não tinha amigo nenhum. Ela era na dela. Ficava sozinha.

– Angelique se fez passar por ela – repito.

– E por que minha irmã guardaria segredo disso?

– Eu não sei, J.J. Por que ela guardaria segredo?

Consigo ver a resposta em seu rosto abatido: porque teria sido mais uma coisa que ela poderia perder vivendo aquela vida em uma casa com um irmão chapado e uma mãe bêbada. Uma casa onde ela provavelmente já havia aprendido há anos a pisar em ovos e nunca chamar a atenção para si mesma.

– Porraaaa! – J.J. explode, balançando a pistola no ar e vibrando seu corpo inteiro. Ele vai acabar se machucando. Ou a mim. Ou ambas as opções. Pode ser que ele se arrependa disso mais tarde, mas, agora, preso em ondas de uma fúria insuportável e um sofrimento sem fim...

Em vez de me encolher, eu me aproximo ainda mais de seu rosto espumando de ira.

– Sua irmã está morta! – eu grito para ele. – E alguém vai ter que pagar por isso, não vai? É assim que funciona. Ela está morta e algum desgraçado fez isso e ele vai ter que penar pelo que fez! Ele precisa sentir essa dor. Ele precisa queimar de agonia, gritar de pavor, se borrar todo de medo. Ele tem que sentir isso tudo! E duas e três vezes! Até sentir uma coisa tão horrível como a que você está sentindo agora. Eu entendo, J.J.! Eu também quero isso!

Tenho toda a atenção dele agora. Não foi tão difícil assim. Só tive que falar as palavras que eu mais queria ouvir dez anos atrás.

Coloco a mão em seu ombro esquerdo.

– Me ajude a ajudar ela. Você pode fazer isso, J.J.? Você consegue se recompor o bastante para vingar sua irmã? Foi o Deke? Ele está por aí? Foi ele que fez isso?

J.J. se afasta. Fecho a mão na camisa dele e a agarro com força.

– Identidades falsas, cara. O que a sua irmã sabia sobre identidades falsas?

– Mas que merda...?

– Foca, J.J., foca em mim. Olha para mim. Ouve o que eu tô falando. Tinha um menino aqui, dois anos atrás, que estava vendendo umas identidades falsas muito fodidas. De qualidade baixa demais. E sua irmã e Angelique o fizeram passar vergonha por causa disso.

– DommyJ.

– Isso, ele mesmo. Você já viu esse cara lá pela sua casa? Sua irmã alguma vez mencionou o nome dele?

– Não. Mas uns carinhas aí me falaram sobre isso. Falaram que ela arregaçou com ele. E eram umas falsificações de merda mesmo. Nem entendo para que esse cara fazia isso.

– Sua irmã sabia exatamente o que tinha de errado naquelas carteiras. Em detalhes. Por que sua irmã sabia tanto sobre identidades falsas?

– Nem sei, não. Ela é esperta assim. Ela tá sempre anotando as coisas e fazendo coisas no computador da escola dela. Ela vai sair desse lugar, tá ligada? Vai ser a primeira pessoa dessa família a fazer alguma coisa de bom. – Ele então se dá conta. Está usando o tempo presente. Está declarando um sonho que já passou.

A tremedeira começa outra vez. Eu suavizo o aperto da minha mão em seu ombro, esfregando ligeiramente para tentar acalmá-lo.

– Será que DommyJ pode ter machucado sua irmã como vingança por ela ter feito ele passar aquela vergonha?

– O DommyJ não é nada, dona! É um aspirante a aspirante. Por que você acha que as identidades dele eram ruins daquele jeito? Ele não tem manha nenhuma de nada, só sabe fazer pose.

– Certo, então DommyJ não é o cara mauzão que ele finge ser. E o Deke? Ele foi visto aqui nos arredores do centro recreativo naquele verão, observando a Livia. Talvez ele também tenha conversado com ela?

– Ela nunca falou...

– DommyJ pareceu ter um medo danado dele. E Livia também. Por que eles teriam medo dele?

J.J. olha para baixo e emite um longo suspiro, ainda tremendo. Parte da tensão está finalmente se esvaindo dele. Menos adrenalina, pensamentos mais racionais.

– Se o Deke saiu mesmo... Ele tem uns contatos barra-pesada. Alguns das antigas, da época dele mesmo, e outros que ele conheceu na cadeia. Aqui, nessa região, você tem que respeitar isso. Se ele aparecesse na minha porta, eu ia ter que deixá-lo entrar. Eu não ia gostar, mas ia ter que deixar.

– Mas ele não apareceu? Não entrou em contato com a sua mãe? Pelo menos não que você saiba?

– Acho que ela não ia querer ter nada a ver com ele. Ainda mais com a Livia dentro de casa. Aquele cara é um filho da puta sem alma. Todo mundo sabe disso.

– Sua mãe disse que a sua casa não era segura para mulheres. Era do Deke que ela estava falando?

J.J. não responde de imediato, mas há um olhar em seus olhos. Não era do meio-irmão que Roseline Samdi estava falando. Era do próprio J.J. e de seus amigos, e ele sabe disso.

– Será que o Deke sabe mexer com falsificações? De identidade, de dinheiro, de vistos, qualquer coisa? – Estou obrigando J.J. a se concentrar em mim novamente. Preciso que ele raciocine. Angelique Badeau precisa que ele raciocine neste momento.

– Eu ouvi umas coisas – diz ele por fim. – Sobre o Deke e uns caras perigosos das antigas, cortesia do maravilhoso pai dele. Eles queriam subir de nível no esquema. Não queriam saber dessa merda de droga mais não. Queriam ser chefões do crime ou algo assim. Coisa grande de verdade, dinheiro grande de verdade. O pessoal falou na rua que eles andaram conversando com outra gangue. Queriam comprar a entrada deles no outro grupo. Foi por isso que eles começaram a roubar. Para provar que eles valiam a pena.

– E essa outra gangue negociava falsificações?

– Nem faço ideia. Hã... Uns anos depois que o Deke foi embora, eu achei uma grana escondida em casa. Numa caixa de sapatos, no fundo do armário. Umas pilhas de notas de cem. Pensei que era meu dia de sorte, tá ligada? Comecei a gastar aquilo de todo jeito que eu podia. Fiz mais dinheiro, paguei aluguel, tudo que você pensar.

Drogas, claro.

– Quando fui ver, tinha um cara gritando para que eu o pagasse com grana falsa. Eu não tinha ideia do que ele estava falando. Consegui sair dessa na base da conversa, mas, depois, escondi o resto. Não quis criar mais problema.

– Sua mãe sempre morou naquela casa? Mesmo quando estava com o Deke?

– Nunca moramos em outro lugar.

– Ou seja, essas notas falsas podem ter sido do Deke, parte da nova carreira criminosa em que ele estava se metendo?

– Podem. Eu era só um menino quando rolou isso.

Mas eu já estou concordando com a cabeça. As notas de cem falsificadas tinham de ser o pé de meia do meio-irmão mais velho. Era a única coisa que fazia sentido. Era parte de uma operação maior que ele havia iniciado, mas então fora pego e jogado na cadeia. Ele não deve ter contado a ninguém a respeito, por isso as notas ficaram esquecidas até J.J. trombar com elas. Anos mais tarde, Livia provavelmente fez a mesma coisa.

A não ser pelo fato de que ela talvez tenha reconhecido as notas como falsificadas logo de começo. De qualquer forma, ela sabia o suficiente para não contar nada ao irmão J.J. Em vez disso, ela as contrabandeou para fora de casa, entregando tudo à sua nova amiga, Angelique, para que as guardasse em segurança.

E será que Livia se inspirou nisso também? Que começou a fazer notas falsas, identidades falsas...? Talvez ela tenha decidido tentar por conta própria com suas habilidades de *design* e as tecnologias de computador melhoradas. Essa parte eu ainda não entendi completamente. Mais importante ainda, como Deke se encaixa nesse cenário? Porque, claramente, ele tinha saído da prisão e vinha rastreando sua meia-irmãzinha. Será que ele se aproximou dela? Ou ela se aproximou dele?

– Livia alguma vez foi próxima do seu meio-irmão? – pergunto depois de pensar um pouco.

J.J. balança a cabeça.

– Ela tinha 3 anos quando ele foi embora.

– Ele parecia ter algum sentimento por ela? Do tipo protetor ou qualquer coisa assim?

– Nem tem como eu saber. Isso foi há muito tempo.

Concordo e decido seguir por uma direção diferente.

– E a escola? Alguma vez sua irmã falou de um dos professores dela, um tal Riddenscail?

– Não.

– Ele também trabalhou no centro recreativo. Era parte da programação de extensão depois da escola?

– Quantas vezes vou ter que falar que eu não sei essas coisas?

– Está tudo bem, J.J. Eu entendo. Você tinha sua vida e sua irmã tinha a dela. E parte da sua vida era tentar tirar ela daqui. Parte da sua vida era garantir que ela pudesse ficar melhor do que isso.

Ele não responde, mas seu silêncio me diz o suficiente.

– Sua irmã conheceu esse professor, o Sr. Riddenscail, aqui. – Eu gesticulo para o centro recreativo atrás de nós. – E ela também encontrou seu meio-irmão mais velho, Deke, nessa propriedade. Por que, J.J.? Eu preciso saber por quê.

Mas J.J. não sabe responder a essa pergunta. Vejo isso na raiva que cresce em seus olhos. Ele amava a irmã, mas não passava muito tempo com ela. Não a conhecia tão bem quanto eu precisava que ele conhecesse neste momento.

Será que alguém conhecia?

– Eu te odeio – sussurra J.J.

– É, eu entendo – asseguro a ele num tom suave. – Tem dias que eu também me odeio. Mas eu vou descobrir quem matou sua irmã e você vai me ajudar. Porque ela merecia coisa melhor, certo? Porque... Porque ela era Livia Samdi. Brilhante, esperta e viva. E o mundo inteiro deveria chorar por ela. Todos nós deveríamos conhecer sua dor. Ela valia muito a pena.

Ele concorda miseravelmente.

– Preciso que você diga onde eu posso encontrar o Deke.

– Ah, pode saber que eu vou encontrar...

– Não, não, não. Precisamos dele vivo. Eu tenho perguntas que só ele pode responder. Pela memória da sua irmã, não mate seu meio-irmão. Prometa para mim, J.J.

– Livia está morta – diz ele. E, pelo olhar em seu rosto, percebo que é a primeira vez que ele diz essas palavras em voz alta. A permanência delas é como uma faca cortando seu rosto. E o resultado disso... Nem eu consigo olhar.

Suavizo mais uma vez o aperto da minha mão no ombro de J.J., depois a puxo de volta. Sinto muito pela perda dele. Tantos anos depois, também sinto muito pela minha perda.

– Sua irmã amava Angelique Badeau. O que quer que tenha acontecido no último ano, elas estavam juntas nisso. Eu sei. Se encontrarmos Angelique, descobriremos quem matou sua irmã. E aí faremos a coisa certa pelas duas. Ok? Então, esse Deke. Onde eu encontro esse cara?

J.J. não responde de imediato. Por fim, ele respira fundo. Se endireita. Devolve a arma para a cintura. Pega meu telefone no chão e o abre. Seus dedos voam pelas teclas minúsculas. Depois, ele o fecha e o devolve para mim.

– Não se preocupe – diz ele. – Quando chegar a hora, eu encontro você.

CAPÍTULO 33

Sinto que minha respiração já está relativamente sob controle quando decido ligar para Lotham. Mas, na verdade, não devo estar tão calma quanto pensei, porque, em questão de segundos...

– O que aconteceu? Onde você está? É o cara de moletom?

– O cara de moletom tem nome. Deke. É o meio-irmão mais velho de Livia e Johnson Samdi.

– O quê?

– Eu trombei com o J.J.

– *O quê?*

– A conversa seria mais rápida se você parasse de me interromper.

– Você está bem? Me fala pelo menos isso.

– Sim, estou bem. Estava visitando o centro recreativo. Agora estou voltando para casa depois de fazer algum progresso. – Na verdade, não estou voltando para casa, mas não me apetece agora contar a Lotham esse detalhe em particular. – Começo do começo?

– Meu Jesus... – diz Lotham. Ele parece exausto. – Sim, comece do começo.

– Roseline Samdi tem um filho mais velho, Deke, que é de outro homem, não do pai dos dois mais novos. Aparentemente, esse Deke esteve na prisão por assalto à mão armada, mas agora ele já saiu, e era ele quem estava observando a Livia no centro recreativo.

– Mas por quê?

– Isso eu não sei. Segundo o J.J., a própria mãe não queria ter nada a ver com Deke, porque ele é um desgraçado sem alma. Mas escuta isso: pouco depois que Deke foi para a prisão, J.J., ainda menino, topou com uma caixa de sapatos cheia de falsificações de notas de cem. E ele começou a gastar todas até ser pego passando dinheiro falso. Depois disso, ele escondeu o resto, e eu suponho que Livia descobriu anos depois.

– O irmão mais velho, Deke, tinha um esconderijo com notas de cem falsificadas?

– Sim. Pelo jeito, ele tinha aspirações de ser um grande criminoso. Queria ser cachorro grande. Os roubos à mão armada que andou fazendo eram uma forma de comprar sua entrada em outro grupo criminoso maior que oferecia ascensão na carreira.

Lotham não fala de imediato. É muita coisa para digerir de uma vez, então não o censuro.

– E você acha que esse Deke sabia que os meios-irmãos dele descobriram o esconderijo das notas antes de ele ir para a cadeia?

– Não sei. Mas Deke claramente está na rua agora e teve algum tipo de interação com Livia. E Livia claramente descobriu as notas falsificadas e as passou para Angelique. E isso nos deixa como? Meio-irmão e meia-irmã trocando figurinhas sobre falsificações, grupos criminosos, oportunidades de carreira? O diabo que me carregue se eu tiver alguma ideia do que aconteceu. Mas Marjolie conecta Livia ao Deke, e, de acordo com J.J., qualquer coisa envolvendo Deke é notícia ruim.

– Você pegou um sobrenome? – pergunta Lotham.

– Não pensei em perguntar isso na hora – admito.

– Não deve ser difícil rastrear. Assaltante armado em liberdade condicional chamado Deke. O pessoal de entorpecentes ou a força-tarefa de gangues provavelmente tem a ficha dele.

– Mas espera que tem mais.

Outro silêncio, agora irradiado de tensão. Como se Lotham estivesse com raiva de mim. O que me perturba, pois que razão ele teria para ficar irritado? Sou eu quem está fazendo todo o trabalho aqui.

– Pode falar – diz ele por fim, e definitivamente há uma nuance de frieza em sua voz. O grande policial fodão de Boston está frustrado porque a mocinha civil está descobrindo todas as coisas bacanas? Foda-se ele, é o que eu penso. Mas fico magoada.

– Fui ao centro recreativo – começo a dizer – para conversar novamente com o diretor. Acontece que, além do programa de verão, o centro também oferece atividades extracurriculares. E isso inclui uma aula de *design* com computadores ministrada por ninguém menos que o Sr. Riddenscail. Que requisitou uma bolsa, presenteando o centro com doze computadores e uma impressora 3D.

Lotham consegue não exclamar "o quê" dessa vez, mas posso dizer que ele está pensando exatamente isso.

– E Livia Samdi estava nessa aula – afirma ele.

– Sim.

– E Angelique?

– Eu não perguntei. O comparecimento de Livia é motivo suficiente para conseguir um mandado, certo? Quer dizer, ela desapareceu e depois apareceu morta. Certamente algum juiz em algum lugar vai dar a você acesso aos computadores do centro recreativo.

– Acho que posso conseguir isso.

– Não faria mal nenhum – ouso dizer.

– Pesquisei a respeito de Paul – diz Lotham abruptamente. – Encontrei o caso, Frankie. Eu sei o que aconteceu.

Não digo nada. Não é uma pergunta e não merece uma resposta. Além disso, não é da conta dele. Não é da conta de ninguém, exceto da minha e do Paul. E, ainda assim, tantos anos depois, dez longos anos depois, posso sentir minha garganta se fechar e meus olhos começarem a arder.

Eu penso em J.J. e em sua dor feroz. Sei exatamente como ele se sente.

– O que você está fazendo? – Lotham me pergunta calmamente. – Só entre nós, Frankie. O que você está fazendo aqui?

– Encontrando Angelique Badeau.

– Não vai mudar nada.

– Eu sei disso. Não sou burra.

– E se você for morta no processo? É isso que você quer? Você não tem coragem de fazer isso consigo mesma, então vai continuar perseguindo essa loucura até que alguém faça isso por você?

– Vá se foder – eu digo, mas não há fogo por trás dessas palavras. Ele não está dizendo nada que eu mesma já não tenha me perguntado muitas vezes. – Você não tem um assassinato para investigar?

– Como eu acho que você me disse uma vez, eu posso ser multitarefas.

– Então o que você tem para me mostrar do seu trabalho desta manhã? Porque eu acabei de te entregar um bocado.

– Tenho sacos com vestígios de provas e pilhas de vídeos de segurança para assistir. Posso dizer a você que uma van inteiramente branca entrou no Parque Franklin pouco depois da meia-noite. Sei que a placa estava manchada com lama para ocultar os números. Posso dizer que o rosto do motorista é difícil de distinguir, mas o perfil geral corresponde a um homem negro, alto e magro. Também posso dizer que havia uma passageira na van. Ela estava usando um boné.

– Deke e Angelique – eu murmuro. Então me corrijo. – Exceto que não pode ser o Deke, porque ele estava do lado de fora da minha janela ontem à noite.

– De acordo com a hora marcada no vídeo... Você provavelmente tem razão, não seria o Deke.

Isso me deixa tão confusa quanto Lotham se sente agora. Claramente há outros jogadores envolvidos entre os que sequestraram Angelique e Livia e que se revezaram para vigiá-las. Mas, novamente, quem e por quê? Em que diabos Angelique e Livia se envolveram para ficarem desaparecidas por quase um ano, sem mencionar uma faculdade em outra cidade?

– Eu tenho que ir – digo a Lotham.

– Eu preciso saber que você está tomando cuidado, Frankie. Nada de ir atrás desse Deke. Seu encontro com J.J. Samdi já foi arriscado o suficiente.

– Não estou à procura de Deke – digo, pensando que nem preciso, porque J.J. já se encarregou dessa tarefa.

– Você pode falar comigo, por favor?

– Não. Essa é a minha vida e são as minhas escolhas. Cuide da sua.

Desligo o telefone. Sinceramente, não quero ouvir nada disso. Estou bem ciente dos meus pontos fortes e das minhas fraquezas. E bolei um estilo de vida que se adequa a ambos.

Neste momento, esse estilo de vida envolve achar Angelique Badeau.

Eu não tenho uma máquina do tempo. Não há nada que eu possa fazer para mudar o que aconteceu há dez anos. Não tenho como lavar as mãos o suficiente para apagar o sangue, e não há arrependimento que alivie a culpa. Eu estraguei tudo. Paul morreu. Tudo isso é, ao mesmo tempo, muito simples e muito brutal.

E agora? Agora minha vida é ajudar os outros, é servir às vítimas.

Já falhei com Livia Samdi. Então, mais do que nunca, preciso ajeitar isso.

Angelique Badeau, aí vou eu.

*

Pego um táxi para a escola de Livia. Não tenho tempo nem energia para descobrir o labirinto de transporte público que me levaria até lá. As aulas estão em curso quando chego, então converso com os porteiros e me dirijo à sala do Sr. Riddenscail. Apenas entro e fico parada no fundo. Ele não está dando aula lá na frente, só indo de uma estação de trabalho à outra, verificando os projetos de cada aluno, oferecendo comentários aqui e ali. Ele me avista imediatamente, fazendo uma pausa enquanto inspeciona o desenho de um aluno no monitor. Será consciência pesada? Será que ele já sabe por que estou aqui, ou pelo menos suspeita que não conseguiria escapar para sempre?

Não sou policial, mas também não preciso ser. Só quero respostas. Depois disso, Lotham pode interrogá-lo o quanto quiser.

Riddenscail continua a se concentrar em sua classe. Eu espero. São doze computadores, observo agora. O mesmo número do centro recreativo. Foi assim que tudo começou, creio eu. O que quer que tenha metido Livia e Angelique em tantos problemas. Talvez a ideia de desenhar suas próprias identidades falsas? Se um idiota como DommyJ conseguiu chegar a isso, por que elas não conseguiriam? Livia seria a equipe de *design*, Angelique a de *marketing*. Ambas eram inteligentes o suficiente para pensar em coisas maiores e melhores. Livia conseguiria falsificações quase perfeitas. Angelique as venderia. Considerando o número de estudantes menores de idade em Boston que querem ir às boates e aos bares, como Marjolie... Isso certamente explicaria a quantidade de dinheiro no abajur de Angelique, enquanto Livia teria contribuído com as falsificações das notas de cem de sua própria casa.

Será que elas pensaram que, se misturassem os Benjamin Franklins falsos com notas verdadeiras, isso melhoraria suas chances de gastar aquele dinheiro?

É aí que eu começo a me perder novamente. Por que as fotos naquela faculdade? Não faz sentido duas adolescentes fugirem para frequentar uma universidade sob nomes falsos. E por qual razão

Angelique teria se disfarçado de Livia para fazer isso, e por que Livia pareceria tão aterrorizada?

Houve, ainda, o reencontro de Livia com seu meio-irmão há muito perdido. Sem mencionar o corpo dela, descoberto ainda nesta manhã, largado em um ambiente tranquilo de um parque...

O tempo está se esgotando. Livia morreu, Angelique virá a seguir. O que aconteceu, o que aconteceu, o que aconteceu?

Eu tenho tantas perguntas para o Sr. Riddenscail. E não tenho mais paciência para mentiras.

Um sinal finalmente toca. Os alunos se levantam e arrumam suas coisas. Vários me olham com curiosidade. O Sr. Riddenscail e eu somos as únicas pessoas brancas na sala. Talvez eles pensem que eu seja a namorada dele ou uma conhecida que veio encontrá-lo. Ninguém pergunta nada. Os meninos simplesmente se misturam porta afora, alguns já conversando avidamente enquanto vão para a próxima sala de aula.

Não entram outros jovens no lugar deles. Devo ter pego o Sr. Riddenscail em um horário vago.

Ele já andou até a frente da sala e está digitando em seu computador. Lotham deve conseguir um mandado para aquela máquina. Provavelmente vai conseguir. Ele é bem minucioso nesse sentido. Imagine, pesquisar sobre Paul...

Ordeno a mim mesma para me concentrar.

– Presumo que você tenha mais perguntas sobre Livia – Riddenscail diz por fim. – Ou gostaria de saber mais sobre impressoras 3D, plataforma AutoCAD ou noções básicas de *design*?

– Estou vindo do centro recreativo – eu digo, observando atentamente que resposta ele teria para isso.

Ele bate em mais algumas teclas e então olha para cima. Me observa pacientemente, como se estivesse esperando que eu dissesse mais alguma coisa.

– Fiquei sabendo sobre a bolsa. Os computadores e a impressora 3D que você conseguiu para o programa de extensão. A turma que você ensinou lá também incluía Livia Samdi.

Ele continua me encarando sem expressão.

– Por que não nos contou a respeito disso antes?

– Honestamente? Nem me ocorreu. Vocês estavam fazendo perguntas sobre a Livia nesta aula, então foi nisso que me concentrei.

– Você fez parecer que não a conhecia de verdade. Só que foi professor dela em mais de uma aula e em mais de um lugar. Isso não me soa como uma relação distante.

– Na verdade, eu disse que a incentivei a participar de uma competição que aconteceria na primavera. Era nisso que ela estava trabalhando no centro recreativo. Se preparando. Aquele local era mais conveniente para ela, ficava a uma distância que dava para ir a pé de sua casa. Além disso, ela precisava da minha ajuda para entender melhor alguns dos truques mais recentes que o *software* executa. Ou seja, quando eu estava ministrando o programa de extensão no centro recreativo, fazia mais sentido que ela me encontrasse lá. Eu disse que ela era bem talentosa e que eu estava tentando fazê-la sair da toca. Sinto muito se deixei de mencionar alguns detalhes.

– Livia Samdi está morta.

Agora eu recebo uma reação. O rosto dele fica pálido. Ele se senta pesadamente na cadeira.

– Quando? – Riddenscail pergunta suavemente.

– Encontraram o corpo dela hoje de manhã. – Eu o observo com muita atenção, mas não percebo nenhuma evidência de culpa. Apenas choque, talvez até luto.

Ele engole em seco.

– O que aconteceu?

– Alguém a estrangulou e jogou o corpo no Parque Franklin.

– Ah, meu Deus. Aquela pobre menina... – Ele treme levemente e enxuga os olhos.

– O que ela vinha fazendo aqui? Em que ela se tinha metido? Está na hora de botar para fora, Riddenscail. Antes que você seja preso por assassinato. Que diabos você a mandou fazer?

– Eu não tenho ideia do que você está falando. E com certeza eu nunca matei ninguém. Ela era uma promessa tão grande... Eu tinha certeza de que ela iria sair daqui e ir para a faculdade. Já tinha esperança de...

Ele estremece de novo, passa as costas da mão nos olhos. Se eu não fosse tão vivida, diria que o homem está chorando.

Talvez eu não seja tão vivida assim. Finalmente, me afasto da porta e me aproximo.

– Olhe para mim.

Riddenscail deixa cair sua mão. Seu rosto está molhado de lágrimas. Ele parece arrasado.

– Você não acha que isso é um pouco demais para uma aluna que você diz que mal conhecia?

– Eu a conhecia o suficiente. Eu vi o suficiente dela. Você acha o quê? Que eu faço esse trabalho pelo maravilhoso salário? – Ele gesticula para a sala de aula surrada, com o piso de linóleo velho e o teto manchado. – Eu apareço aqui todos os dias só por causa de jovens como Livia. Que se sentam na frente desses computadores e, pela primeira vez na vida deles, conseguem ver algum futuro. O *software* faz sentido para eles, o *design* em 3D faz sentido para eles. E aí, de repente, eles têm potencial para ir à universidade e oportunidades de trabalho e um caminho inteiramente novo para seguir. São esses bons meninos que fazem todo o resto valer a pena aqui. Esses bons meninos são o motivo pelo qual pessoas como eu se tornam professores, em primeiro lugar.

Continuo olhando para ele com suspeição, mas vejo cada vez menos razão para isso. Até agora, essa conversa não está sendo nada como eu esperava.

– Será que Livia poderia ter falsificado uma carteira de motorista? Será que ela entendia tão bem assim de *design* e do *software*?

Riddenscail me olha fixamente. Então, de supetão, ele mete a mão no bolso. Fico um pouco tensa quando ele tira uma pequena chave, a insere na fechadura da gaveta de sua escrivaninha e a abre. Ele pega a carteira, da qual tira sua carteira de motorista. Para olhar com mais atenção, percebo em seguida. Afinal, quantos de nós realmente prestamos atenção a tais coisas?

– Vocês perguntaram sobre falsificações e impressões antes. Perguntaram se Livia poderia ter forjado alguma coisa. Mas eu pensei que vocês estivessem falando de dinheiro.

– Estamos pensando em falsificação de documentos agora.

Ele concorda lentamente, girando a própria carteira de motorista na mão.

– O fundo definitivamente é fácil. Aposto que é possível até encontrar um modelo pronto *online*. O holograma precisa de tecnologia e tinta especializadas. Acho que ela não conseguiria fazer isso. Eu, certamente, não sei fazer.

– Ela simulou isso com uma tinta mais brilhante. Não ficou perfeito, mas é perto o suficiente para, digamos, entrar em um bar.

– Considerando isso, então acho que sim, Livia poderia projetar e imprimir uma carteira dessas. Especialmente se a intenção fosse apenas se aproximar o suficiente. Mas eu nunca a vi trabalhando em nada parecido aqui. Não que ela precisasse do AutoCAD para isso; é algo bem mais simples do que um projeto 3D. Mas ela precisaria de um computador e de uma impressora de altíssima qualidade para as tintas especiais.

– Você tem esse tipo de impressora aqui?

– Sim. Mas eu não tenho cartuchos de tinta sofisticados. Os mais básicos já são bastante caros.

– O detetive Lotham vai chegar aqui em breve com um mandado. Considerando que as impressoras armazenam informações no *cache*, é melhor você me contar tudo agora.

Riddenscail balança a cabeça.

– Eu não tenho nada para contar. Se Livia estava falsificando carteiras, não o fez nas minhas aulas nem aqui. Eu não a vejo desde janeiro. Então, que eles tragam os mandados que quiserem. Aliás, essa escola é toda coberta por câmeras. Verifiquem elas também. Livia não esteve aqui. Se ela tivesse vindo... Eu mesmo teria tentado convencê-la a voltar para a escola. Teria tentado me conectar com ela, descobrir o que a fez ir embora. Eu teria...

Sua voz se esvai. Ele esfrega os olhos novamente.

Eu quero dizer algo, tirar vantagem da situação, mas não consigo fazer nada. De repente, me sinto uma idiota parada na frente de uma sala de aula, fazendo um homem adulto chorar.

– Você alguma vez viu Livia com um cara alto e magro, que costuma se vestir de um jeito um pouco antiquado?

Riddenscail olha diretamente para mim.

– Um cara mais velho? Com certeza. No centro recreativo. Ele se encontrou com ela várias vezes quando ela estava de saída. Presumi que fosse o pai dela, que tivesse ido ali para acompanhá-la até em casa. Eu achava que era um gesto de gentileza.

– Não era o pai dela – eu o informo –, e sim o meio-irmão que saiu em liberdade condicional recentemente. Se você voltar a ver esse cara, por favor, entre imediatamente em contato com a polícia.

– Tudo bem. – A voz dele some outra vez, claramente embargada.

– Você já ouviu falar da Universidade Gleeson? – eu insisto, tentando desesperadamente conseguir alguma migalha de informação nova com essa conversa. – Fica no oeste do estado.

– Não. Mas eu sequer conseguiria listar todas as faculdades na área de Boston.

– Posso mostrar uma coisa a você no computador? Só vai levar um minuto.

Ele concorda, afastando-se da mesa enquanto eu assumo o teclado. Acesso o site da Universidade Gleeson, rolando até encontrar a foto com Livia ao fundo. Depois gesticulo para que Riddenscail se aproxime.

– Ela certamente se parece com Livia. Em um *site* de uma faculdade. Hã... – Ele pega o *mouse* e percorre a página para ver mais fotos. Então clica em várias opções do menu suspenso, navegando no *site*, vendo, uma após a outra, fotos de jovens felizes, sorrindo, sentados à frente de colinas verdes. – Espere. Talvez eu tenha algo para mostrar a você. Eu juro que já vi isso antes...

Mais navegação na internet. Riddenscail voa pela tela, claramente confortável quando se trata de tecnologia. Ele abre e fecha uma série de páginas em rápida sucessão. Eu mal tenho tempo de anotar os nomes das faculdades antes de ele pular para a seguinte, uma após a outra.

– Consegui – ele diz finalmente. Então se afasta, indicando para eu me aproximar.

Eu estudo a tela e franzo o rosto para ele.

– Você abriu o mesmo *site* em duas janelas diferentes.

– Olhe a barra do título.

Eu leio os cabeçalhos. Um diz "Universidade Gleeson". O outro, "Faculdade Lannister". As fotos são as mesmas. Os mesmos jovens sorridentes em salas de aula. Os mesmos jovens felizes em frente a colinas verdes. Elas não são parecidas; são as mesmas fotos.

– Me dá um segundo. – Riddenscail agarra o teclado, seus dedos voando. Ele está de volta à página da Gleeson, clicando nos *links* na parte inferior.

Mais uma vez, é rápido demais para eu seguir.

– Ok, você vai precisar de um especialista forense em informática para ter certeza, mas esse *site* da Gleeson tem só alguns meses de existência. É como se essa universidade tivesse aparecido do nada durante o verão. E a maioria dessas fotos foi tirada de *sites* de outras faculdades. Pelo menos as fotos externas e as dos edifícios. Posso dizer até que vieram de várias escolas diferentes, agora que estou verificando mais de perto.

– Não consigo entender.

– Deixa eu colocar de outra forma: não sei se Livia estava falsificando carteiras, mas, a julgar por esse *site*, ela definitivamente falsificou uma escola. Mas por qual razão no mundo alguém inventaria uma universidade inteira...? – Riddenscail balança a cabeça para mim. – Você entendeu o mesmo tanto que eu: nada.

CAPÍTULO 34

Saio da escola de Livia me sentindo confusa e sobrecarregada de perguntas. Preciso voltar ao Stoney's para o meu turno de trabalho. Preciso ligar para Lotham e informá-lo sobre a Universidade Gleeson. Preciso... de respostas mágicas, dos segredos do universo, de um "X" que marque o lugar. Esfrego a testa, apertando os olhos diante do sol brilhante, enquanto tiro o telefone do bolso.

Abro o *flip* e, do nada, o celular começa a tocar. Atendo totalmente surpresa.

– Alô?

– Alô. É o Emmanuel. Ouvi dizer que a polícia encontrou o corpo de uma menina. Foi no Parque Franklin. Será que...?

– Ah, meu querido, não. Não é a Angelique. Lamento muito que você tenha visto isso, Emmanuel. Não precisa se preocupar. Se fosse a Angelique, sua família seria a primeira a ser notificada, não o jornal da manhã.

Emmanuel não fala de imediato, mas consigo ouvir sua respiração, pesada e ruidosa. Ele deve ter ficado aterrorizado. E por que diabos Lotham ou o policial O'Shaughnessy não haviam contatado Guerline e seu sobrinho?

– E quanto... E quanto àquela outra menina? – Emmanuel murmura. – A amiga secreta de Lili?

Eu estremeço. Esperava que ele não ligasse os pontos. Não tenho certeza do quanto deveria dizer a ele sem a presença de sua tia. Mas minha política geral é sempre começar com a verdade.

– O corpo foi identificado como o de Livia Samdi.

Ouço ele engolir em seco.

– Como ela morreu?

– A polícia ainda está investigando.

– E a Lili? Houve mais algum avistamento? Agora, com a amiga dela morta... – A voz dele se aproxima de uma nova onda de pânico.

– Não houve novos avistamentos. Mas isso é bom, Emmanuel. Significa que ela está viva. Nós vamos encontrá-la.

Pausa longa. Depois, muito suavemente:

– Tô com medo.

– Eu também estou com medo.

– Você disse que já encontrou outras pessoas. Por que não consegue encontrá-la? Por que ninguém consegue encontrar a Lili?

Dou a ele um momento para lidar com seu sofrimento. Ele está frustrado e aterrorizado, é claro. Eu sou a profissional da história e até eu me sinto da mesma maneira. Por isso, trato Emmanuel como eu gostaria de ser tratada. Dou a ele algo a fazer.

– Emmanuel, você já ouviu falar da Universidade Gleeson?

– Não – ele suspira, sua voz tremendo um pouco. Está recuperando o controle, foi pego desprevenido pela minha pergunta. E era exatamente isso o que eu queria.

– Parece que Livia ou sua irmã criaram um *site* para uma faculdade falsa. Você consegue pensar em algum motivo para isso? O *site* é novo, foi criado no último verão. Acho que você vai ser capaz de descobrir mais a respeito. A maior parte do conteúdo parece vir de bancos de fotos copiadas de outras universidades que já existem.

– Mas... Eu não sei por que alguém faria isso. Gleeson? Vou procurar.

É um projeto perfeito para um menino que passa o tempo inteiro na internet, além de uma tarefa legítima. Nossa suposição era a de que Angelique e Livia tinham sido mantidas vivas por causa de suas habilidades. Mas forjar uma faculdade nunca passou pelas nossas cabeças. E isso ainda me confunde. Mesmo assim, a faculdade é inventada, como revelou Riddenscail. Criada ainda no verão passado. E agora, apenas meses depois, Livia está morta. Será que é porque essa havia sido sua tarefa, e agora estava concluída? Mas, de novo, o que poderia haver de tão especial em um *site* de faculdade?

Mudo de marcha na conversa com o garoto.

– E quanto ao nome Deke, você já ouviu? Ou já viu um cara magricela, alto, de moletom e correntes de ouro penduradas no pescoço nos arredores da sua casa?

– Não, não conheço nenhum Deke. É outro amigo novo da minha irmã?

– Não, é uma pessoa de interesse nessa investigação – digo, soando tão parecida com alguém da polícia que fico até preocupada que Lotham tenha me contaminado.

– É um suspeito? – Agora Emmanuel está entusiasmado.

– Não necessariamente. Mas algo assim. Estamos fazendo progresso. Eu prometo, Emmanuel. Não tem nada mais importante para mim neste momento do que sua irmã. Eu, o detetive Lotham, o policial O'Shaughnessy, estamos todos nisto. O tempo inteiro, horário integral, totalmente obcecados. Mas é o seguinte: você não deveria estar na escola?

– Eu estava. Então ouvi a notícia. E não consegui... simplesmente não consegui continuar lá. Vim aqui para fora. Tem uma política de nunca usar celular na sala de aula. – Emmanuel faz uma pausa. – Mas eu encontrei uma coisa.

– Na carteira falsa? Você decodificou o número? – É a minha vez de me animar.

– Não consegui descobrir nada sobre o número da carteira. Tem alguma coisa ali, mas não tenho certeza do quê. Eu tenho um amigo com um programa de computador que entende algoritmos. Vou levar o número para ele. Mas as outras coisas, o aniversário da minha mãe, o ano da independência do Haiti... Lili está com saudades da nossa mãe.

Concordo, segurando o telefone. Ele já havia mencionado isso.

– Aí, por causa disso... Eu peguei a foto que a gente tem da nossa mãe. E abri o porta-retrato.

Não tenho coragem de dizer a ele que já tentei esse truque quando estive lá.

– Tem um pedaço de papel na parte de trás. Com um recado da Lili e um desenho meu. Foi o nosso presente para a nossa *manman*. Só que, dessa vez, quando eu desdobrei o bilhetinho, outro pedaço de papel caiu.

Agora ele tem minha total atenção. Eu havia notado apenas aquele desenho tão meigo, sem perceber que estava sobre um pedaço de papel dobrado. Havia me concentrado em encontrar provas mais óbvias de crimes.

– É um recibo de uma loja de eletrônicos. Em cima, há um número anotado. É um número de telefone com a letra da Lili.

– Emmanuel, você está com esse recibo agora?

– Estou.

– Olhe bem para ele. O que ela comprou?

– Eu já olhei. Foi um Tracfone, desses descartáveis.

E ali, naquele momento, fico mais do que entusiasmada.

– Emmanuel, isso é maravilhoso! Nós sabemos que a sua irmã vinha usando um telefone descartável, não é?

– Isso.

– Mas a polícia vinha tentando e não conseguia fazer nada sem um número de telefone. É como se não tivesse nada para identificar, rastrear, essas coisas.

– Mas tem como rastrear um Tracfone?

– Se ele tiver tecnologia GPS, sim, tem jeito. E hoje em dia a maioria deles tem. Ele também tem de estar ligado no momento do rastreamento.

Emmanuel está entendendo agora.

– Então a polícia tem como rastrear esse número? Localizar minha irmã? Assim, do nada?

– Presumindo que ela esteja com o telefone... – Eu hesito, só percebendo agora a falha em meu plano. – Mas isso... pode ser um tiro no escuro. Imagino que ela tenha comprado esse telefone no outono passado?

– Dia 31 de agosto.

– Eu diria que é o que ela usava para se comunicar com Livia. Mas, depois que Angelique desapareceu, não sei se ela ainda teria o telefone. – Eu não digo, mas me pergunto se ela teria autorização para tal, supondo que estivesse sendo detida contra sua vontade.

– Ah... – A voz de Emmanuel fica mais baixa. Ele é um garoto inteligente, já entendeu o que eu nem disse. Afinal, que tipo de sequestrador deixaria sua vítima ficar com o celular?

– Mas...! – Dou o meu melhor para parecer animada. – Há outras informações que a polícia deve conseguir acessar, incluindo ligações anteriores, cópias de mensagens de texto, mensagens de voz salvas. Não tem como dizer ainda o quanto a gente vai descobrir com tudo isso. Mas pode haver a informação exata do que Angelique e Livia andaram fazendo.

– Livia está morta – diz Emmanuel. Sua voz mudou definitivamente. Ele soa sem ânimo, quase sombrio. Mais como um homem adulto do que um adolescente. – E, se ela foi morta...

– Nós vamos encontrar sua irmã, Emmanuel. E você ter achado esse recibo, cara, isso é coisa grande. Sua irmã está falando, mas você é o único que consegue ouvir. Você recebe as mensagens dela. – Minha voz fica mais grave, quase contra a minha vontade. – Você está fazendo a coisa certa por ela, Emmanuel. Eu nem tenho como... – Minha voz some totalmente agora. Não tenho palavras para dizer ao menino o poder do vínculo que ele tem com a irmã. Só espero que ele entenda. Aconteça o que acontecer, a culpa não será dele. Será minha. E do detetive Lotham. E nenhum de nós quer ter um arrependimento desse tamanho.

Mas posso imaginar o que J.J., irmão de Livia, vem passando. O tipo de tristeza e raiva que fez suas tatuagens quase saltarem da pele. Eu gostaria de dizer que vamos fazer melhor do que antes, mas, quatorze cadáveres depois, não sei se posso. E isso me assombra. Cada caso, cada descoberta, o corpo de Lani Whitehorse no fundo do lago, tudo isso me assombra.

Eu me obrigo a falar algo mais.

– Preciso que você entre em contato com o policial O'Shaughnessy e informe a ele sobre esse recibo. A polícia precisa disso imediatamente.

– Estou com ele dentro de um saco plástico – diz Emmanuel.

Isso me faz sorrir. Ele tem seu próprio saco de provas. É um menino que presta atenção.

– Universidade Gleeson – eu o lembro, olhando para o relógio. Preciso correr.

– Eu vou procurar – ele promete.

– Escuta, o *site* inclui uma foto com a sua irmã, assim como uma com Livia. Só para você saber.

– Tudo bem. Eu sou bom com *sites*. Talvez descubra alguma coisa a mais, especialmente se ele for tão novo e todo copiado de outros *sites*.

– Obrigada, Emmanuel. E só... fica de olho, tá? Em qualquer coisa fora do comum. Pela sua irmã.

– Vou passar a tarde na casa do meu amigo.

– Ótimo. É um bom plano.

Emmanuel encerra a ligação e eu permaneço de pé na esquina, com o telefone ainda na mão. Estou exausta, percebo agora. E sobrecarregada, mas também superestimulada. Hipervigilante. O que me faz sentir aquilo de novo. Aquele incômodo no meio das costas.

Alguém está me observando. Eu me viro sem sair do lugar, sem me importar se estou sendo óbvia demais. Tenho de saber. Quero ver quem é.

Mas só vejo pedestres aleatórios pela rua. Um sujeito aqui. Duas mulheres ali. Está tudo calmo a essa hora do dia. Um pouco tarde demais para o almoço, um pouco cedo demais para ir para casa.

Um último olhar em volta, então começo a caminhar para a avenida principal. Vou ter de chamar um táxi e queimar mais preciosos dólares. Mas estou ficando sem tempo.

Angelique está ficando sem tempo.

Ligo para Lotham e me preparo para sua próxima palestra na minha orelha.

*

Chego levitando ao trabalho às 15 horas, depois de ter tido tempo suficiente para dar um pulo rápido no apartamento, lavar as mãos e o rosto e prender o cabelo. Perfeitamente pronta. Nem um pouco atrasada. Vou até as mesas, agarro as cadeiras e as coloco no chão. Esguichar, enxugar, esguichar, enxugar. Depois, atrás do balcão, seco bandejas de copos limpos e os empilho. À cozinha. Limões e mais limões na tábua de cortar. Fatiar, descascar, fatiar, descascar. Bandeja de guarnição cheia. Bancada cintilante. Tigelas de amendoim cheias, garrafas de ketchup cheias. Barris de cerveja devidamente pressurizados.

Faltando dez minutos para abrir, ataco as prateleiras de bebidas. Puxo cada garrafa, limpo tudo furiosamente e depois as alinho de volta em perfeita ordem. Passo o pano na borda das prateleiras e limpo o fundo espelhado.

Quando me viro, Stoney está lá parado, olhando fixamente para mim.

– Dia difícil? – pergunta ele.

– Cabeça doendo.

– Ouvi dizer que encontraram o corpo de uma menina.

– O de Livia Samdi. A outra garota desaparecida. – Eu desanimo, minhas mãos caindo sobre a bancada. – Foi assassinada.

Stoney escuta.

– Venho me esforçando tanto para descobrir o que falta, para reconstruir o rastro que pode nos levar tanto à Angelique quanto à Livia.

Mas eu não cheguei a tempo para ela. Outra vez, foi tarde demais. – Odeio a amargura crua que toma minha voz, mas não consigo detê-la. Esses casos não deveriam ser pessoais para mim. Mas são. É isso que eu não consigo evitar, era isso que Paul não conseguia entender.

Stoney escuta.

– Eu só... Eu só quero consertar as coisas, sabe? – confesso, apressada. – Quero ser a pessoa que traz para casa o ente querido desaparecido. Quero estar lá para o desfile de abraços e alívio. Quatorze casos depois, eu *preciso* deixar tudo certo.

– Mas Angelique Badeau ainda está viva – afirma Stoney.

– Pelo que sabemos.

– Então você ainda tem um trabalho a fazer. – Ele segura seu chaveiro.

Entendo o que Stoney quer dizer. Tenho trabalho lá fora, tenho trabalho aqui dentro. Livia se foi, mas Angelique ainda precisa de mim. Charlie aprovaria essa estratégia. Concentre-se nas almas que você ainda pode salvar. Não nos pedaços de si mesma que andou perdendo pelo caminho.

Destranco a porta da frente e vou à luta. O *happy hour* começa muito devagar para meus nervos em polvorosa. Reabasteço tigelas de amendoim no segundo em que alguém os belisca e encho os copos d'água logo após o primeiro gole. Tendo em vista que muitos dos meus clientes sequer pediram água, recebo muitos olhares estranhos. Mas preciso continuar me mexendo. Ficar parada significa pensar. E pensar é, mais uma vez, descer rumo ao abismo. Identidades falsas, faculdades falsas, uma menina morta. E um irmão mais novo desesperado para ver sua irmã de novo.

Lotham não estava para conversa quando liguei para ele. Ficou tão confuso quanto eu ao saber que a Gleeson não era uma universidade de verdade. Ficou intrigado com as possibilidades do recibo e do número de telefone descartável que Emmanuel descobriu. E definitivamente não deu um pio a respeito do sobrenome de Deke, que eu já vinha adivinhando não ser Samdi.

Lotham não tinha conseguido o mandado para vasculhar o computador do centro recreativo, algo que me comunicou voluntariamente e de mau humor. Não havia causa provável suficiente para conectar os computadores ao assassinato de Livia, já que o corpo da garota havia sido encontrado nove meses depois de sua última visita ao local. No entanto, ele provavelmente conseguiria um mandado para rastrear o celular desaparecido de Angelique, e sim, eles poderiam tentar descobrir se ele ainda está ativo, sem falar na quantidade de dados, incluindo mensagens de texto, chamadas recebidas, etc. A essa altura, bem que poderíamos nos deparar com um bom golpe de sorte.

Terminei a chamada com Lotham com a mesma tensão que ambos tínhamos no início. Talvez o assassinato de Livia tenha cobrado um preço alto demais de nós dois. Talvez nossa falha tenha cobrado um preço alto demais de nós dois.

Pouco depois das 18 horas, uma figura familiar entra pela porta. Dou um suspiro gigantesco de alívio sincero. Charlie resolveu aparecer no bar e puxar uma cadeira. Já cheguei com um copo de água para ele.

– Aceita um café, comida, cerveja não alcoólica?

– A Viv está aí hoje?

– Sim, senhor.

– Então vou querer um hambúrguer. Pode dizer a ela que é para mim. – Esse homem definitivamente está com um brilho nos olhos. E posso apostar que, quando eu mencionar o nome dele, Viv terá o mesmo olhar. Preciso admitir que aquela mulher tem um ótimo gosto para homens.

Me dirijo à cozinha para fazer o pedido. Como esperado, Viv fica toda alegrinha.

– Diga ao Charlie para deixar comigo.

– Ei, você não é casada?

– Com o melhor homem do mundo, minha querida, com certeza. Mas olhar não dói. *Carpe diem, baby.*

– Nem tenho ideia do que isso quer dizer.

– É, eu desconfiei. Por falar nisso, onde está o seu bonitão essa noite?

– Provavelmente sentado lá na mesa dele, amuado. Acho que ele gosta de mulheres fortes e independentes que sejam menos fortes e menos independentes. Nhé... – Dou de ombros.

– Ele vai se dar conta logo, logo, menina. Os bons sempre demoram um pouquinho.

– Ah, mas eu sou do tipo forte e independente, não vou ficar sentada esperando o telefone tocar.

– Todo o poder para você, linda. Manda um abraço para o Charlie por mim, viu? Aquele homão tem os melhores braços do mundo.

Nem vou perguntar como ela sabe disso. Volto ao bar com uma xícara de café fresquinha para o Charlie, depois pergunto a mais dois clientes se eles precisam de alguma coisa. Em seguida, quando as coisas estão mais calmas, me planto à frente do Charlie com os braços cruzados e as orelhas em pé.

– Sinto muito por não ter dado certo com a Sra. Samdi – diz ele. – Fui lá pessoalmente, mas o filho dela não aceitou muito bem.

– Está tudo bem, Charlie. De um jeito meio estranho, acabou dando tudo certo. O próprio J.J. foi atrás de mim e me contou uma história interessante sobre um meio-irmão dele, mais velho, chamado Deke, que aparentemente tinha conexões no mundo da falsificação e também uma propensão para roubo à mão armada.

– Deke Alarie? Você está falando sério?

– Esse é o nome todo dele? E, sim, estou falando muito sério. Agora confessa aqui para mim: o que eu preciso saber?

– Alarie era um grande nome no passado. É francês, significa "todo o poder", e, rapaz, esse cara fazia jus ao nome dele. Cara mau e frio, esse aí. Se ele decidisse que queria alguma coisa que você tinha, ou se você fosse uma ameaça para o que ele tinha... – Charlie balança a cabeça negativamente. – É o tipo de cara que venderia a própria mãe para subir na vida, com certeza. Talvez até tenha feito isso mesmo.

– Imagino que ele tinha uns comparsas igualmente maus e frios.

– Deke andava com um pessoal da pesada. O tipo de gente que você deveria pedir para o seu amigo detetive investigar. E a senhorita nem deveria chegar perto. Escute o que eu digo: nem chegue perto. – A voz de Charlie se aprofunda de tal modo que quase me sinto tentada a obedecer. – A última coisa que ouvi sobre Deke Alarie foi que ele tinha começado uma nova parceria nos negócios dele, mas depois foi para a cadeia por assalto à mão armada, e aí pronto.

– E o que você já ouviu sobre ele quanto à falsificação de dinheiro?

– Nada nesse sentido. Mas se algum dia existiu um gângster interessado em se envolver em algo sofisticado assim... Sim, seria Deke Alarie, vejo isso bem claro.

– Então, talvez esses novos parceiros dele tenham o colocado em contato com esse tipo de coisa?

– Até os gângsteres sonham, sabe.

Eu reviro os olhos. Ele me dá uma piscadela. Depois, sua expressão fica mais sóbria.

– Alguma novidade sobre Angelique Badeau?

– Nada ainda. Com Livia assassinada... Não sei. Alguma coisa claramente mudou, e isso não é bom presságio para Angelique. – Eu me inclino mais para perto. – Temos quase certeza de que Livia e Angelique estavam vendendo identidades falsas. Só que não consigo entender como isso levaria ao sequestro delas. Como você e eu conversamos antes, dá para fazer dinheiro com falsificações assim, é claro, mas não são o tipo de falsificação que rende mais.

– É só uma empresinha de fundo de quintal.

– Exatamente. Então, como elas passaram disso para serem sequestradas? Digo, segurar duas meninas adolescentes contra a vontade delas... Isso é coisa de alto risco, tem logística complicada. Precisa envolver mais do que uma ou duas pessoas, o que significa também um empreendimento de maior escala. E aí deixa de ser fundo de quintal.

– Algo como uma gangue?

– Isso. O que me levou a pensar no irmão de Livia, J.J., a não ser pelo fato de que, com base na reação dele à morte da irmã, ele não estava envolvido de jeito nenhum. O que nos deixa com o meio-irmão Deke e seus comparsas.

Charlie concorda lentamente.

– Faz algum sentido.

– Mas o que eles estão fazendo, Charlie? Identidades falsas para beber não rendem tanto dinheiro assim. Como você disse, passaportes falsos, pacotes de identidade falsa completos, caramba, até vistos de trabalho, tudo isso faria sentido. Mas como passar de documentos que são apenas razoáveis para esse nível de especialização?

Charlie franze o rosto, bebe de uma vez sua caneca de café, franze outra vez. Viv toca a campainha da cozinha. Vou buscar o hambúrguer de Charlie, depois me ocupo de acertar contas e reabastecer bebidas.

Quando volto, Charlie já teve uma ideia.

– Você precisaria de um especialista.

– Em quê?

– Em falsificação. Alguém que pudesse guiá-los na logística. É assim que se pega um criminoso, certo? Você se pergunta: do que eles precisam? Quais são os problemas que eles vão enfrentar? Esse tipo de coisa. Pense como um falsificador.

– Eu conheci o professor de AutoCAD de Livia. Ele disse que a falsificação de carteiras envolveria um computador muito bom e uma impressora especializada, além de algumas tintas caras. Não pareceu tão complicado, nem algo que exigiria espaço demais. – Faço uma pausa para pensar. – Muito embora eles tenham de estar trabalhando em algum lugar. Talvez o mesmo lugar onde as garotas estavam sendo mantidas. – Eu tenho outro pensamento. – Provavelmente em algum lugar por aqui mesmo, já que Angelique foi avistada andando pelo Mattapan. E tem outra coisa: as meninas criaram um *site* para uma universidade que não existe. Colocaram um bocado de detalhes: fotos do *campus*, ofertas de cursos, uma mensagem do reitor. Tudo.

Charlie dá uma mordida no hambúrguer e mastiga, pensativo.

– Mas por que uma faculdade falsa?

– Essa é a minha pergunta. De identidades falsas para uma universidade falsa? Estou perdida.

Mastiga mais, engole mais. Avisto um cliente tentando chamar minha atenção. Volto ao trabalho. Charlie já está terminando seu hambúrguer quando eu volto. Sirvo mais água.

– Aconteceu uma coisa – ele começa. – Há uns cinco, seis anos. Um cara inventou uma empresa e a usou para emitir vistos de trabalho.

– Você quer dizer que a empresa fabricava vistos forjados?

– Não, não. A empresa era falsa, mas emitia papelada que pessoas reais podiam usar para solicitar vistos reais. Só que esse cara ficou ganancioso. Daí, quando essa empresinha precisou de centenas de engenheiros, as autoridades começaram a desconfiar. Especialmente porque nenhum dos estrangeiros que se candidatavam ao trabalho tinha diploma de engenharia. Mas foi bom enquanto durou.

Eu me inclino para mais perto.

– Então ele não forjava vistos, porque é quase impossível, mas criava documentos de uma entidade inexistente para solicitar vistos reais.

Me lembro do que Emmanuel havia dito sobre sua irmã, sobre a vontade dela de fazer cursos adicionais *online* para poder se formar no ensino médio mais cedo e entrar na faculdade o mais rápido possível. Isso lhe daria um visto de estudante e garantiria sua permanência no país.

– Charlie, e quanto a vistos de estudante? Uma universidade falsa para emitir vistos falsos de estudante?

– Poderia ser.

– Será que ninguém notaria? Não existem um monte de verificações para esse tipo de coisa?

Charlie dá de ombros.

– Aquela empresa falsa acabou sendo fechada, mas não antes de ganhar milhões. O sistema funciona com base no tempo e na energia que os burocratas têm para policiar se está tudo funcionando bem. Então, se uma verificação superficial mostra que a empresa ou a universidade existe, quem vai ter tempo para investigar mais a fundo? Sem mencionar que eu ouço rumores de crianças entrando com vistos J-1[3] genuínos de escolas genuínas. Só que, uma vez dentro do país, quem vai prestar atenção para aonde eles vão e o que eles fazem?

– Mas esses vistos expiram.

– O que só é problema se eles saírem e voltarem ao país. Mas e se eles ficarem por aqui, digamos, com uma nova carteira de identidade?

Me arrepio toda ao pensar nisso. O que valeria mais dinheiro do que identidades falsas? O que valeria a pena raptar duas adolescentes empreendedoras e mantê-las reféns? Que tal criar um sistema para gerar vistos verdadeiros de estudante? Posso até ver o interesse pessoal de Angelique em assumir um projeto assim, considerando seu status de imigrante e o de seu irmão. Talvez isso tenha parecido uma boa ideia no começo... até o momento em que deixou de ser.

Será que Livia tinha envolvido Deke por conta própria ou ele que se aproximara dela? Não sei se isso importa. Deke, com suas parcerias criminosas, deve ter tomado conta do empreendimento e tocado adiante. Forçou sua meia-irmã e Angelique a trabalhar para eles. Dadas as aptidões das meninas em programação e *design* com computadores, aquela pequena atividade poderia ter continuado a crescer indefinidamente em escopo e tamanho. De uma universidade falsa para emitir vistos de estudante a uma empresa falsa para emitir vistos de trabalho, como Charlie descreveu. Esse potencial de receita, sim, seria bastante grande – e definitivamente valeria a pena o risco de manter duas meninas em cativeiro.

Só que agora Livia está morta.

---

[3] Refere-se ao J-1 visa, um visto de não imigrantes emitido para pesquisadores acadêmicos, professores e intercambistas que participam de programas que promovem o intercâmbio cultural, especialmente para obter treinamento médico ou comercial nos Estados Unidos. (N.T.)

Será que, pelo fato de ter produzido os modelos, ela deixou de ser necessária? Ou o estresse da situação a tornara pouco confiável? E o que sua morte significou para Angelique? Pobre Angelique, a resolvedora de problemas de todo mundo, desesperadamente deixando migalhas para nós, fazendo tudo ao seu alcance para nos levar até elas.

Depois, bem tarde na noite anterior, entrando em uma van para ajudar a se desfazer do corpo de sua amiga.

Sabendo que nenhum de seus planos tinha sido bom o suficiente.

Sabendo que ela seria a próxima.

– Muito obrigada, Charlie. – Eu checo meu relógio. São 20 horas, ainda. Cedo demais para largar o trabalho, mas não tenho escolha. Não há como ficar parada aqui, servindo bebidas. Não com tanta coisa em jogo. Preciso entrar em ação. Preciso fazer alguma coisa. Espero que Stoney entenda.

Desato o avental ao redor da cintura. Charlie se levanta do balcão.

– Aonde você vai? – pergunta ele.

– Ainda não sei. – Talvez à delegacia falar com Lotham. Ou então... – Acho que vou para o centro recreativo.

– A essa hora da noite?

– Tudo começou lá. E todos os caminhos continuam levando de volta para lá. Ainda não sei exatamente como eles estão envolvidos, mas lá é o lugar onde eu devo estar.

– Então eu vou com você.

Não discuto. Um guarda-costas grandalhão não é uma má ideia. Isso me deixa com uma última tarefa. Corro para o escritório do Stoney, onde ele está catando milho em seu antigo computador.

– Tchau – ele diz, sem nem levantar o olhar.

– É que eu tenho uma pista muito boa e...

– Tchau.

– Eu vou voltar. Lamento demais.

Stoney finalmente me olha de relance.

– Vai – diz ele.

É o que eu faço, com Charlie a tiracolo. Nós mal saímos do bar quando meu telefone toca. É Emmanuel, e o garoto parece histérico.

CAPÍTULO 35

– É a Lili – Emmanuel diz ofegante. – Ela acabou de ligar. Eu ouvi gritos. Ela estava gritando. "Não, não, não." E depois "desculpa, desculpa, desculpa". Mas não era para mim, era como se ela estivesse falando com outra pessoa. Acho que ela estava com o telefone escondido e eles não podiam ver. Mas depois eu ouvi um barulho muito alto de "bum". Não entendi nada. Comecei a gritar o nome dela. Ela voltou e falou diretamente comigo. Ela disse: "Eu te amo". E depois o telefone desligou. O que está acontecendo? Frankie, o que está acontecendo?

– Você tentou ligar de volta?

– Não consegui. O número está bloqueado.

– E o número do celular que você encontrou no recibo?

– Nada. Acho que não está ligado.

– Certo. Olha, nós estamos indo até você agora mesmo. Me dá dez minutos e eu chego aí.

– Onde está a minha irmã!?

– Emmanuel, eu estou trabalhando duro para descobrir isso. Eu juro para você que...

– *Você está mentindo*! Você não sabe de nada! Você está mentindo!

– Emmanuel! Escuta o que estou te dizendo! Sua irmã precisa de você. O código no número da carteira. Pensa. O que você conseguiu com o número da carteira?

– Só consegui outra sequência de números. Talvez seja um código dentro de outro código. Ainda estou olhando isso.

– Me fala o que você já tem até agora.

Ele começa a falar números. Eu repito cada um em voz alta. Charlie enfia a mão em seu enorme casaco, puxa uma caneta e escreve a sequência de números na palma da mão, como se já viéssemos trabalhando juntos há anos.

– Fique onde está – eu ordeno a Emmanuel. – Mantenha seu telefone ligado. Se ela ligar de novo, faça tudo o que puder para manter a conexão, ok? Talvez a polícia possa rastrear. Vou ligar para o detetive Lotham agora mesmo.

Eu desligo com Emmanuel e ligo para Lotham. Charlie não diz uma palavra, apenas continua ao meu lado enquanto eu marcho em ritmo furioso em direção ao apartamento dos Badeau.

Lotham não responde até o quarto toque.

– Agora não...

– Lotham, Emmanuel acabou de me ligar. Lili telefonou para ele há cinco minutos. Gritos de ajuda, chamada desconectada, número bloqueado. Ele não consegue ligar de volta.

– Merda.

– Charlie e eu estamos indo para lá agora mesmo.

– Não! Estou mandando meus homens. Vá para casa. Agora, Frankie. Estou falando sério.

– Eu não quero parecer infantil, mas você não manda em mim.

– Cacete! – Ele respira fundo. Está claramente lutando para controlar as coisas, mas eu estou pouco me fodendo. Este caso é meu e eu não vou recuar.

– Frankie, estou aqui fora, na residência dos Samdi. Ele está morto.

Eu vacilo, perco o ritmo, olho para Charlie.

– Quem está morto?

– J.J. Samdi. Baleado. Provavelmente nos últimos trinta minutos.

– Era o *site* – eu sussurro.

– De que merda você está falando, Frankie?

– Era o último projeto. A peça final do quebra-cabeça. Eles precisavam que as meninas terminassem de inventar aquela universidade virtual para poder subir de nível, de identidades falsas para documentos falsos para vistos de estudante de verdade. Agora que tudo está no lugar e *online*, eles estão queimando arquivo. Deke Alarie está se livrando de todo mundo.

– Frankie, vai para casa.

– A família de Angelique também pode estar em perigo.

– É por isso que os policiais estão indo para lá.

– Ótimo, vamos encontrar todo mundo lá.

Eu desligo e me viro para Charlie, que ouviu claramente cada palavra.

– O que você acha de correr? – pergunto a ele.

– Bom, meus joelhos não vão gostar, mas considerando as circunstâncias...

Ambos decolamos pela calçada.

*

Chegamos ao último quarteirão, onde moram Emmanuel e sua tia, e eu registro duas coisas ao mesmo tempo: o som de sirenes distantes e o choro de uma mulher mais perto.

– Levaram ele! – grita Guerline assim que me vê. – Eles levaram Emmanuel!

– Quem, onde?

– Foi um homem. Eu desci as escadas para buscar Emmanuel. Uma van branca parou no meio da rua e um homem pulou para fora. Ele tinha uma arma. Apontou para Emmanuel e disse para ele entrar antes que alguém se machucasse. Eu tentei agarrar o braço de Emmanuel. Tentei parar o homem. Mas então ele... Ele pulou para bem perto e bateu forte na cabeça de Emmanuel com a arma. O meu menino... Ele desmaiou. E tinha sangue, tanto sangue. Eu comecei a gritar para ele parar, mas o homem só olhou para mim. Depois ele colocou Emmanuel no ombro e o jogou na van. Enquanto eles iam embora... – A voz dela se esvanece e fica mais grave. – Eu ouvi um tiro. E eu vi... um clarão na janela lateral. Eles atiraram no Emmanuel. No meu bebê. Meu Deus do céu, o que eles fizeram?

Agarro o braço de Guerline quando ela começa a desmoronar.

– O homem falou alguma coisa? – Procuro saber, fazendo o meu melhor para segurar a nós duas.

– Não.

– Como ele era?

– Alto. Magricela. Com o cabelo todo trançado amarrado para trás. E estava usando correntes de ouro.

– Deke Alarie – eu suspiro.

– Senhora. – É a vez de Charlie interceder. – A van, para que lado ela foi?

Guerline aponta para mais adiante no quarteirão. Posso ouvir as sirenes da polícia finalmente se aproximando.

– O celular de Emmanuel estava com ele?

– Ele deixou cair. Quando o homem bateu nele.

– Diabos... – O telefone teria nos dado uma maneira de rastreá-lo. O que, sem dúvida, Deke também sabia. – Sra. Violette, posso entrar no seu apartamento? Emmanuel estava trabalhando na decodificação de uma cifra que nós acreditamos que Angelique tenha deixado para nós. Preciso ver as anotações dele.

Guerline parece chocada demais para responder qualquer coisa. Eu a deixo com o abraço reconfortante de Charlie enquanto corro lá para cima, invadindo o apartamento. O *notebook* está aberto sobre a mesa da cozinha, cercado de pilhas de papel. Nem me preocupo em olhar. O computador, os papéis soltos, agarro tudo e faço uma pilha bagunçada. Vejo uma mochila azul-escura no chão, ao lado da parede. Provavelmente também é de Emmanuel. Despejo tudo dentro e coloco a mochila no ombro.

Um guincho de pneus do lado de fora acusa dois carros de patrulha freando até parar. Ouço Guerline gritar de novo em meio à voz suave de Charlie tentando acalmá-la. Depois a voz inconfundível do policial O'Shaughnessy, exigindo saber o que aconteceu.

Saio do apartamento, mas paro no segundo andar. Se eu descer agora, O'Shaughnessy vai exigir minha versão dos eventos também. Pode inclusive reconhecer a mochila de Emmanuel e me forçar a entregá-la.

Tempo. Eu o sinto se esvair. É a batida de tambor que tem me perseguido desde cedo esta manhã. Neste exato momento neste exato momento neste exato momento. Tudo está acontecendo *neste exato momento.*

E se eu for lá embaixo e me submeter ao interrogatório da polícia como uma boa menina? Não vai ter mais "neste exato momento". Vai ter conversa demais e explicações demais, gente com raiva e discussões acaloradas. Então, que os céus me ajudem se Lotham chegar e tivermos de começar aquela mesma conversa de novo.

No fim, não há muito o que decidir. É Angelique. Estou aqui para encontrar Angelique. Para salvar uma menina.

Para redimir um pecado que eu nunca vou poder mudar.

E, talvez, para perseguir uma bala da qual escapei há dez anos.

Viro à esquerda, no final do corredor, para a escada de incêndio. Então, desapareço na escuridão.

*

Chego ao fim da escada de incêndio. Caio sobre um chão de terra, saio pela cerca de tela esburacada atrás do *triple-decker* e rezo para não ser atingida por algum vizinho paranoico. Acabo chegando em um beco estreito que passa atrás da fileira de casas. Preciso de luz e de um espaço seguro onde eu possa analisar rapidamente as anotações de Emmanuel para encontrar os números decodificados que ele falou por telefone. Primeira pergunta: vou para a esquerda ou para a direita?

Escolho a direita. Então, ouço um barulho logo atrás de mim.

Eu giro instantaneamente, as mãos à frente em postura de pugilista. Só sei o pouco que aprendi durante o curso de autodefesa na YMCA, mas me recuso a ser um alvo fácil. Se os bandidos me quiserem, vão ter de lutar para conseguir.

Nenhuma forma se materializa no escuro. Em vez disso, ouço o som outra vez. Um gemido baixo, um suspiro sibilante. É o barulho de alguém tentando andar, mas com muita dificuldade.

Eu me embrenho na escuridão, me espreitando pela beirada da viela e rastejando em direção ao som. O que descubro me choca mais que qualquer outra coisa.

É Deke Alarie, inclinando-se pesadamente contra uma escada de incêndio rebaixada, o braço agarrando a lateral de seu corpo. Não preciso olhar mais de perto para ver que ele foi gravemente ferido, sua camisa coberta de sangue. Então foi ele quem tomou o tiro na van. Não Emmanuel. Foi Deke.

Ele tenta dar um passo à frente e desaba.

– Opa, opa, opa! Se segura. – Seja esse um movimento inteligente ou não, corro para o lado dele. Sua respiração é curta. Sob a luz de um poste, posso ver o suor pontilhando sua testa.

Aquela visão ameaça me colocar em uma espiral rumo a outro tempo, outro lugar, outro homem sangrando no chão.

Deke alcança meu ombro, agarrando-se dolorosamente. Eu estremeço, até grata pela distração, enquanto ele tenta me usar como uma muleta humana. Infelizmente, ele é grande demais e eu sou pequena demais. Nós dois despencamos no chão. Ele grunhe de dor. Eu me atrapalho tentando ficar de pé outra vez e assumo a ofensiva.

– Arma – eu exijo. – Cadê sua arma?

– Não... tenho...

– Quem diabos atirou em Emmanuel? Onde está Angelique? – Tomada pela adrenalina, eu me inclino e berro minhas perguntas na cara dele.

– Sinto muito – sussurra ele. Seus olhos estão fechados. Sua pele vai ficando cinzenta.

Outra hora, outro lugar. Ali estou eu, me equilibrando sobre os calcanhares.

– Não, não, não. Fica comigo. Por favor, Paul, fica comigo fica comigo fica comigo. Eu preciso de você.

– Sua família toda está morta! Você sabe disso, não sabe? Seu meio-irmão, sua meia-irmã. Os dois. Assassinados.

Ele balança a cabeça, tentando puxar o ar de maneira trêmula e dolorosa.

– Não era... para ninguém... se machucar.

– Não vem me falar uma merda dessas agora. Onde está Angelique?

Tento me afastar, mas ele agarra meu tornozelo. Eu olho ao redor. Não há ninguém neste beco. Só eu e ele. Eu e um homem moribundo.

Paul no chão, sua cabeça no meu colo enquanto suas mãos apertam a barriga, tentando evitar que suas entranhas vazem dali.

– Bom, não correu... como eu planejava.

Eu, gritando. Gritando, gritando, gritando.

Paul: – Shhh. Vai ficar tudo bem. Eu te amo.

Eu, gritando mais ainda.

– Eu não queria que eles se machucassem. – Deke mal consegue falar agora. – Não precisava... Era para ser... Era coisa de boa qualidade... Só queria ver minha família de novo. Minha mãe não atendia quando eu ligava... O Johnson... me odiava. Encontrei Livia. A pequena Livia. Ela disse oi para mim. A gente começou a conversar.

Fecho os olhos.

– Seu desgraçado burro.

– Pois é...

Acho que ele está sorrindo. É difícil dizer enquanto ele tosse, borrifando sangue pela boca. Ele não vai sobreviver. Conheço muito bem os sinais. Deke Alarie, meu principal candidato a vilão da história toda, está prestes a morrer.

Me sento ao lado dele. Acaricio o cabelo embolado em sua testa. Ele está, ao mesmo tempo, suado e frio ao toque. Não vai demorar muito agora. Nós dois sabemos disso.

Paul: – Me promete que você não vai se culpar por isso. Promete que não vai usar isso como motivo para beber. Vamos, Frankie. Promete!

– Eu gostava de Livia – murmura Deke agora. – Tão esperta... aquela menina. Será que eu... algum dia... fui esperto desse jeito? – Ele dá um sorriso ensanguentado. – Ela ficou... toda irritada... por causa das identidades falsas... produto ruim. Falei para ela... "Vai, conserta isso você mesma." Ela sabia fazer melhor... Eu conseguiria o equipamento para ela. Poderia conseguir o que ela quisesse.

– Você a colocou para fabricar identidades falsas.

– Foi... um começo difícil... essas novas carteiras estaduais. Não é tão fácil quanto parece.

Faço que sim, acariciando seu rosto úmido. Seus olhos estão fechados. Sua respiração está ainda mais pesada.

Paul: – Ainda bem que você ligou hoje à noite, Frankie.

Eu, chorando histericamente.

Paul: – Fico feliz por você ainda confiar tanto em mim.

– Livia trouxe uma amiga dela. Depois da escola. Trabalhou com ela. Chegou num ponto... que a coisa não era tão ruim assim. Levei as identidades falsas... pros meus fornecedores... entrei no negócio. Mas logo... já não era suficiente. Esses caras, eles são profissionais... da falsificação... Queriam identidades de verdade. Alguma coisa maior... melhor.

Deke tosse molhado. Há ainda mais sangue escorrendo pelos cantos de sua boca.

Paul: – Sede. Tanta sede. Você tem água, Frankie? Me dá um pouco de água?

– O que aconteceu, Deke? – Eu acaricio o rosto dele.

– Eles exigiram uma reunião... com a minha fonte. Mas Livia... com medo demais. Angelique apareceu... no lugar dela. Ela tinha... outro plano... Não identidade de verdade. Não dava... para fazer... – Ele tem dificuldade em continuar, tossindo de novo. – Vistos. Vistos de estudante.

– Angelique descobriu que forjar um visto era tão difícil quanto uma identidade de verdade – digo a ele. – Mas ela tinha como criar toda uma universidade fictícia para emitir documentos de solicitação para um visto real.

Ele concorda com a cabeça, em um movimento bem curto.

– Mas por que uma universidade para vistos de estudante, e não *green cards*?

– Visto de estudante... é menos visado. E tem faculdade demais... por aí. Lugar mais fácil... para começar. E também... foi ideia de Angelique. Ela queria. Para si mesma. Para o irmão.

– Então essa foi a proposta inicial. Fazer esses documentos do jeito certo e não ganhar rios de dinheiro agora, mas preparar o cenário para mais dinheiro depois. Só que eles não deixaram Angelique voltar para casa depois daquela reunião inicial, não foi? – Pelo menos tanto eu quanto Lotham já tínhamos descoberto isso. – A grande ideia de Angelique colocou mais coisa em jogo. Então os coleguinhas grandões e malvados decidiram proteger o investimento a sequestrando. O que também criou um jeito de forçar Livia a trabalhar.

Outra fraca concordância. A respiração de Deke está por um fio. Posso ouvir o início de um sibilo.

Paul: – Segura minha mão, Frankie? Por favor. Só segura minha mão.

Eu: – Desculpa, desculpa, desculpa.

Paul: – Eu sei. E eu te amo de qualquer jeito. Eu sempre te amei de qualquer jeito.

– Mas a coisa não estava progredindo rápido o suficiente, certo? – eu insisto. – Então eles pegaram Livia depois. Forçaram ela e Angelique a trabalhar dia e noite?

– Livia não estava... indo muito bem. A pressão toda... Eles ficaram nervosos. Preocupados que ela... fosse sair contando. Levaram ela também. Enfiaram as duas num... prédio abandonado. Se uma sair... a outra paga. Dois caras vigiando... o tempo todo. Eu tentei... quando pude... tentei dar para elas... um pouco de espaço para respirar. Deixei Angelique sair... mas ela tinha de voltar. Ela sempre voltava.

– Por Livia – eu digo.

– Ela... amava a Livia.

Então ele sabia. O quanto Angelique e Livia significavam uma para a outra.

– O que aconteceu? – pergunto mais uma vez, acariciando seu rosto. Não vai demorar muito mais agora.

– Eu pensei... pensei que eu poderia manter Livia e Angel a salvo. Pensei... que...

– Que você poderia controlar a situação?

– Não consegui. Tudo... mais difícil do que parecia. Os caras... em pânico. As meninas... desesperadas. Mês... depois de outro... e outro. Demorou tanto. Livia... pobrezinha da Livia. Então você chegou. Perturbou as coisas. Então eu tentei... assustar você. Parar com as perguntas.

– Você atirou em mim quando saí da casa de J.J. e Roseline Samdi.

– Pensei que... melhor... se você sumisse.

– Mas eu não sumi – eu murmuro. – E não ficou nada melhor.

– Angelique pensou... se elas colaborassem... tudo ia ficar... tudo bem. Conseguiu o *site* da faculdade... os documentos de registro... tudo. Teve a primeira avaliação.

– E funcionou, não foi? – eu completo para ele. – E aí foi um deus-nos-acuda. O grande plano de Angelique funcionou e, de repente, eles não precisavam mais de nenhum de vocês. Nem de Livia, nem de Angelique, nem mesmo de você, não é?

– Tentei avisar Livia... queria tirar de lá. Mas... nos pegaram. Ele a matou... bem na minha frente. É o que acontece... se tentar fugir.

– Você escapou. Você foi ao bar do Stoney. Eu vi você do lado de fora da minha janela.

– Queria falar com você... Mas depois... vi o policial chegar. Não sabia... em quem eu podia confiar.

– Onde está Angelique, Deke? Fala para mim. Eu vou protegê-la por você. Eu vou salvar aquela menina, e pode ter certeza de que ela vai saber que foi por sua causa.

A respiração de Deke está definitivamente se esvaindo agora. De repente, seu corpo convulsiona. Ele se encolhe, agarra a barriga, então se contorce de lado a tempo de vomitar sangue.

– Por favor, Paul, aguenta firme. A ajuda está chegando. Paul, Paul. Por favor, Deus. Paul!

– Eles tão... limpando a casa agora – sussurra Deke. – Sem ponta solta. Dei meu telefone para Angelique. Disse para avisar o irmão dela. Eles sabiam... das mensagens dela para ele. Mas a ligação dela... não a tempo. Pegaram ele. Jogaram... na van. Peguei minha arma. Achei que... aquilo... já era demais. Chega.

E lá está, o último estremecer antes da morte, como eu sei muito bem.

Eu agarrando a mão de Paul. Aos prantos, prantos, prantos.

Sirenes ao fundo, ainda muito distantes. Não vão conseguir salvá-lo. Ninguém vai conseguir.

Paul, seus olhos tremeluzindo: – Você é tão linda. Primeira vez que vi você... Eu sabia que tinha de ser você. Tantas que eu tentei consertar. Mas você... Você me curou. Eu te amo, Amy. Para sempre e sempre. Eu te amo por me amar tanto.

Eu aos prantos, prantos, prantos.

E o nome dela ressoa e ressoa. Amy, Amy, Amy.. A mulher que ele realmente amou. A mulher que o amava.

A mulher que eu nunca pude ser.

Agora não há sirenes. Nenhuma declaração final de amor. Um suspiro longo e estremecido.

– Livia – ele sussurra.

Então eu vejo a vida se exaurir de Deke Alarie. Sinto a mão dele perder a força junto à minha.

Me inclino o suficiente para fechar suas pálpebras. Esboço um beijo suave sobre sua testa. Agradeço a ele por tentar salvar Emmanuel e Angelique. O abençoo por ter tido a fortaleza de me dizer o que eu precisava saber.

Para onde eu devo ir agora.

Quando finalmente fico de pé outra vez, estou coberta de sangue e lágrimas. E mais uma vez me vem aquela noite, há tanto tempo.

– Eu te amo, Amy...

Eu aceito a dor como algo que devo sentir.

Então pego a mochila de Emmanuel e começo a correr. Não há muito mais tempo. Mas, finalmente, sei exatamente onde encontrar Angelique, assim como seu irmão.

Eu sei como consertar tudo isso.

CAPÍTULO 36

Ligo para a emergência da polícia, correndo em direção à avenida larga, e então sigo para o norte. Falo apressadamente sobre uma vítima de tiros em um beco naquela região. Digo ao confuso atendente que se trata de Deke Alarie e que ele já está morto e que o policial O'Shaughnessy está nas proximidades e que, por favor, devem avisá-lo. E um P.S.: por favor, diga a um senhor chamado Charlie que eu sinto muito. Então desligo antes que o atendente possa me fazer mais perguntas.

Em seguida, ligo para o celular de Lotham. Ele atende instantaneamente dessa vez, já em alerta máximo.

– Onde você está?

– Eles estão com Angelique e Emmanuel. Deke tentou impedir. Ele está morto. – Então digo a ele para onde estou indo e aviso: – Luzes apagadas, sirenes em silêncio. Se eles souberem que a polícia está lá...

Lotham não precisa de mais explicações. Penso em seu rosto largo, em sua orelha deformada. Penso que ele é um bom homem, um excelente detetive, e que, se tem alguém que consegue fazer isso do jeito certo... Penso até que, se eu levar um tiro nos próximos minutos, é ele quem eu gostaria que segurasse minha mão.

Ele não fala nada. Em vez disso, ouço seus pensamentos. Seu desespero silencioso para que eu volte para casa, para que eu fique segura. Sua implacável necessidade de salvar Angelique e proteger a mim.

Mas talvez eu realmente tenha subido em seu conceito, porque ele não diz isso em voz alta. Ele não me diz mais para fazer coisas que nós dois sabemos que eu não vou fazer. Desligo o telefone. E continuo correndo.

Na direção de onde tudo começou dois verões atrás. Onde tudo vai acabar esta noite.

O centro recreativo.

E seu gentil diretor, Frédéric Lagudu.

*

Me deparo primeiro com a van. Está estacionada na frente do centro, com as portas traseiras abertas e o interior vazio. Não ouso usar minha lanterna para examiná-la mais de perto. Em vez disso, sinto os cheiros, capturando o odor inconfundível de sangue. Seria de Deke, antes que o largassem? Ou cheguei tarde demais?

Me recuso a acreditar que Emmanuel está morto, mesmo que seja só porque não consigo suportar esse pensamento. Em todos os meus outros casos, persegui meu alvo a distância, nunca tendo conhecido a pessoa desaparecida em questão. Mas Emmanuel? Eu falei com ele, até o reconfortei. Ele é só um menino. Ele não merece isso.

Me espreito em torno do gigantesco edifício metálico. Não vejo vestígios de luzes nem detecto sons de atividades próximas. Mas sei como esse edifício é imenso. Há muitas salas de aula totalmente internas e espaços de armazenamento menores que não seriam perceptíveis do exterior. O que foi mesmo que o Sr. Riddenscail disse? Que a operação toda poderia ser simples o suficiente para utilizar só um único computador e uma única impressora. Não exigiria muito espaço físico.

Será que isso significa que Livia e Angelique estavam bem ali todas as vezes em que visitei o centro? E que Frédéric, entocado em seu escritório, tão bem-disposto todas as manhãs bem cedo, não tinha sido o diligente salvador de adolescentes em situação de risco que eu pensei que ele fosse?

Em retrospecto, a descrição do motorista que despejou o corpo de Livia, um homem negro, alto e magro, se encaixava tanto em Frédéric como em Deke; eu simplesmente nunca havia conectado esses pontos antes. Se combinarmos isso com o comentário de Deke de que "eles" tinham me visto falando com J.J... Bem, aquela conversa tinha acontecido bem em frente ao centro recreativo. Novamente, todos os caminhos trazem de volta a este enorme edifício. Onde Livia e Angelique se conheceram. Onde alguém na posição de Frédéric teria muitas oportunidades de observar o talento das duas. Ele provavelmente já vinha recrutando jovens locais para vários empreendimentos há anos. Bem mais de uma década, aliás, se Deke o conhecia desde antes da prisão. Tantas coisas fazem sentido agora, se eu tivesse ao menos prestado atenção antes.

Tento lembrar o nome do sujeito mais baixo e musculoso que estava no prédio na primeira vez em que visitei. Holandês? Alguma coisa assim. De acordo com Deke, havia vários outros conspiradores. Com certeza aquele tal de Holandês daria uma excelente mão-de-obra contratada, embora possa haver parceiros criminosos que eu nunca conheci. Mais um, ou dois, ou meia dúzia?

Ainda não sei o que não sei.

Mas isso não me impede de me esgueirar até a entrada traseira, abrindo, vagarosamente, apenas uma fresta na pesada porta de vidro.

Faço uma pausa e mantenho os ouvidos bem atentos. Nenhum alarme soa, nenhum ser humano aparece do outro lado. Eu deslizo para dentro, parando novamente para prestar atenção e me orientar.

Só consigo ver uma luz no fundo do corredor, perto do escritório de Frédéric. O que me traz meu primeiro obstáculo. Se eu for descoberta neste corredor, serei um alvo facílimo. E esses caras têm armas de verdade e não têm medo de usá-las. Ao contrário de mim, que sou a orgulhosa proprietária de um apito vermelho contra estupro.

Tento acalmar minha respiração e fazer o que faço de melhor: pensar como um mau-elemento. Me imagino com 17 anos, desesperada por uma bebida, sendo confrontada com o desafio de seguir por um corredor longo e escuro sem ser vista, só para conseguir minha garrafa. O que eu faria?

E assim, do nada, me ocorre.

Vou rapidamente para o lado, chegando ao balcão de entrega de equipamentos para uso ao ar livre. Uma vez atrás dele, tateio no escuro, descobrindo onde estão os armários trancados que guardam os artigos esportivos. Levo a mão ao cabelo e pego meu grampo tático. Está na hora de testá-lo.

Preciso de duas tentativas. Estar no escuro não ajuda, mas então, com um clique, a fechadura cede e as amplas portas se abrem. Volto o grampo para o cabelo. São os melhores quatro dólares que já gastei.

Depois volto a tatear no escuro, identificando a textura de uma bola de basquete, a forma de uma bola de futebol, depois tacos de beisebol, luvas, bolas.

Começo com uma bola de beisebol. De pé atrás do balcão, me curvo inteira e a atiro com toda a vontade nas portas de vidro. Nada se estilhaça, mas um ruído distinto ecoa pelo espaço quando ela ricocheteia na estrutura metálica da porta. Eu espero, em prontidão e alerta. Como nada acontece, faço o mesmo com uma bola de basquete, depois, com uma de futebol. Mais barulhos e ecos.

Finalmente, uma voz vem do fundo do corredor.

– Quem está aí?

Em resposta, mando uma bola de basquete pulando pelo corredor.

– Mas que diabos...?

Jogo outra bola de basquete, seguida de uma segunda, terceira, quarta, quinta. Depois, antes que eu possa pensar, e antes que a outra pessoa possa pensar, saio em perseguição, zunindo pelo corredor atrás de meia dúzia de bolas saltitantes e confiando nelas para mascarar minhas passadas.

É Holandês. Ele só tem tempo de erguer o olhar do chão para a frente. Só consegue registrar minha forma se materializando no escuro. Com atraso, sua mão tenta pegar algo ao seu lado.

Então, o atinjo em cheio com um taco de beisebol. Quando ele se dobra rumo ao chão, eu bato uma segunda vez na parte de trás de sua cabeça. Não me seguro nem um pouco. Ele desmaia e o sangue começa a fluir. Bastante sangue. Talvez eu o tenha matado. No meu estado de adrenalina, nem tenho ideia.

Faço uma pausa, apenas o suficiente para me movimentar em volta do corpo. Descubro um comunicador atado à cintura dele, assim como uma pistola enfiada na parte de trás de seu jeans. Recolho ambos. Em seguida, puxo o suéter dele até a metade, pela cabeça, e amarro as mangas por trás, restringindo seus movimentos. Só para o caso de ele não estar morto.

Verifico a arma rapidamente, apenas para tirar a trava de segurança. Não sou boa com armas de fogo. Armas são barulhentas e violentas. Elas me remetem a lugares onde não quero ir de novo e a lembranças que não quero experimentar outra vez. Mas não é hora de frescura.

Em seguida, verifico o rádio. Abaixo o volume e depois o ligo. À medida que aumento lentamente, ouço uma voz. É Frédéric.

– Holandês, está me ouvindo? Câmbio.

Penso por um segundo, então começo a clicar. SOS. Repetidas vezes. Vamos ver o que Frédéric fará ao ouvir isso. Arrasto o corpo incrivelmente pesado de Holandês para uma sala de aula aberta, deixando apenas seus pés visíveis.

Depois encontro a porta diretamente à frente, bem obscurecida, e me misturo às sombras.

Um minuto inteiro se passa. Sei disso porque conto os segundos, tentando estabilizar minha respiração.

Uma figura aparece. A esta distância, não tenho certeza de quem seja. Mas, à medida que se aproxima, consigo identificar que não é alto o suficiente para ser Frédéric. Capanga número dois, creio eu. Não identifico o tamanho e a forma aproximada como sendo de alguém que eu já tenha conhecido antes, mas isso não importa.

Se tenho um taco de beisebol, vou à luta.

– Holandês? – A voz sussurra. Retomo minha contagem mental. Ainda não, ainda não...

– Holandês! Mas que diabos?

Pés avistados. Capanga número dois correndo em direção ao seu camarada caído.

Ainda não...

Agora. Pulo no instante em que o homem passa pela minha porta. Um ataque baixo com o taco, diretamente na parte de trás dos joelhos, e o capanga número dois está no chão.

Ele rola surpreendentemente rápido. Registro a imagem de uma arma sendo levantada. Ouço o estampido do tiro. Uma onda de calor, um ardor como o de uma picada. Balanço o bastão novamente e a arma sai voando. Surro o homem repetidamente. Miro os braços, os ombros, o peito. Respiro pesadamente em uma mistura borrada de medo e raiva.

No último momento, me detenho, entendendo que o capanga não está mais se mexendo, apenas gemendo baixo e com um som borbulhante. Quebrei as costelas dele, tenho certeza. Sinto um instante de culpa. Então me lembro do corpo de Livia, da forma moribunda de Deke, e supero rapidamente o sentimento.

Procuro novamente no escuro. Encontro a arma caída e a jogo pelo corredor para dentro da segunda sala de aula. Há outro comunicador na cintura do homem. Eu o retiro. E saio novamente à caça.

*

O corredor escuro está silencioso enquanto eu sigo. Estou tremendo da cabeça aos pés. Será que há mais capangas? Dezenas deles? Não tenho como saber. Estou tentando pensar no que ouvi de Deke. Uma operação de falsificação para vistos de estudante. É algo que exige só um cabeça, além de homens suficientes para raptar duas adolescentes e forçá-las à servidão. Não deve exigir muita gente. Eu acho. Assim espero.

Todas as atividades criminosas precisam ser enxutas. São menos pessoas para dividir os lucros. Mais uma vez, é o que eu acho. O que espero.

Presumindo que Deke era um dos lacaios, assim como Holandês e o cara das costelas quebradas, a operação agora está com três a menos. Não deve faltar muitos mais.

Eu acho. Eu espero.

Olho à frente. Vejo uma luz. Ouço uma voz. Mas não é uma voz de homem, e sim de uma menina.

– Rápido – diz ela, com urgência. – Acorda. Por favor, Emmanuel. Por favor, acorda!

E assim, do nada, estou olhando para ninguém menos que Angelique Badeau dentro de uma sala iluminada. Seu cabelo está todo repuxado para trás – a exata imagem de sua carteira como Tamara Levesque. Ela veste jeans e uma camiseta, mas está coberta de manchas vermelhas. Sangue. Da van, eu acho. Do sequestro de seu irmão.

O que me leva a Emmanuel, cuja figura amarrada está prostrada no chão. Ele não parece se mover.

Cheguei tarde demais.

– Por favor – Angelique sibila novamente. Ela se ajoelha ao lado do irmão, sacudindo-o com força. Ela está tremendo, olhando paranoicamente em volta da sala. Observo vários computadores e o que parece ser uma impressora bastante impressionante. Acho que é aqui o núcleo de todas as operações. Mas não tenho tempo de considerar o assunto.

Angelique está claramente em alerta máximo. Será por causa da agitação que causei ou por saber que ela e seu irmão ainda não estão a salvo?

Quero dizer o nome dela. Quero marchar sala adentro e declarar: “Meu nome é Frankie Elkin, considere-se doravante resgatada”.

Mas estou terrivelmente ciente de que falta um indivíduo-chave. Frédéric Lagudu, o diretor-executivo do centro e dono da voz que ouvi no rádio. Onde diabos ele está?

Angelique corre para trás do irmão, tentando arrancar os nós em seus pulsos. E várias coisas acontecem ao mesmo tempo.

Ela olha para cima e me vê.

Eu ponho o dedo nos lábios, gesticulando para que ela fique em silêncio enquanto levanto meu bastão.

Ela balança a cabeça freneticamente.

E eu sou atacada por trás, o taco de beisebol voando de minhas mãos.

– Sua piranha imbecil!

Mal consigo estender os braços a tempo de deter minha queda. Frédéric está sobre mim, pressionando o corpo contra minhas costas, me prendendo no chão. Sua mão se enrosca no meu cabelo, sacudindo minha cabeça para trás.

Eu me debato, impotente, e não consigo tirá-lo do lugar. Ele é muito pesado, e, com meus braços presos debaixo de mim, não consigo alcançar a arma na cintura, nem o bastão, que rola para longe. Ele bate meu rosto contra o chão.

Ouço um estalo. É meu nariz estourando em uma confusão sangrenta, minha testa zumbindo em uma dor estonteante. Ele puxa minha cabeça novamente para cima e se prepara para o segundo golpe, meus olhos se enchendo de água e minha boca se enchendo de sangue. Ele vai me matar. Estou prestes a morrer.

Não será com uma bala, afinal de contas. Que interessante.

– Não, não, não!

Ouço a voz de Angelique. Então a sinto se aproximar correndo. "Salve-se", eu quero gritar para ela, mas não consigo emitir palavras.

Ela se joga sobre o meu atacante e o peso das minhas costas se alivia quando Frédéric cai para o lado.

Eu rolo para longe, cambaleando para ficar de pé, tentando desesperadamente me orientar. O taco, onde está? Ou a arma? Deve ter caído da minha cintura, porque não consigo encontrar.

– Eu te odeio! – Angelique está engalfinhada com Frédéric. Ele é maior, mais forte. Mas ela está possessa, atingindo-o na cabeça e no rosto. É uma irmã mais velha desesperada para salvar seu irmão. Uma namorada de luto pelo assassinato de sua companheira.

Não é o suficiente. Com apenas uma levantada de braço, Frédéric a joga longe.

– Cacete!

– Angelique! – eu grito.

Ela mal consegue levantar as mãos antes que Frédéric dê um soco em sua cara, seguido de um rápido golpe nos rins. Ela se dobra de dor, enquanto eu continuo tateando freneticamente o chão. Taco. Pistola. Taco. Pistola. Minha cabeça está zumbindo, minha visão embaçada.

Ouve-se um novo som. É Emmanuel, agora desperto. É Emmanuel, ainda com as mãos e os pés amarrados, tentando desesperadamente chegar até a irmã.

– Angelique! – ele grita.

Frédéric a golpeia repetidamente.

– Não – eu digo impotente, ainda cambaleante.

Frédéric se posta diante de mim. Agora é ele quem está com a arma. Me avista primeiro, depois a forma chorosa de Angelique, depois a figura de Emmanuel.

Está tudo acabado. Posso ver no rosto dele. É simplesmente uma questão de em quem atirar primeiro.

– Eu! – me pego dizendo. – Atire em mim. Os meninos não são ameaça para você.

– Sua piranha. Você não deveria ter voltado aqui.

– A polícia está chegando. Corra agora, enquanto você ainda tem chance. Eu vou mentir. Deixe Angelique e Emmanuel em paz e eu mando a polícia na direção errada. Eu prometo.

– Não importa.

– Importa, sim. Deke nos contou tudo sobre o *site*, os vistos de estudante falsos, o assassinato de Livia. Está tudo acabado agora. Pega sua grana e some.

– Ainda tenho meu prêmio.

Frédéric agarra Angelique pelo braço, forçando-a a ficar de pé. Ela ofega de dor. Seu rosto está todo ensanguentado, mas vejo uma luz feroz de determinação em seus olhos, ou talvez seja simplesmente ódio por este homem. Não importa, aceito qualquer uma das duas coisas, pois finalmente vejo o taco jogado. Meio metro atrás dela, à esquerda. É longe demais para eu alcançar, mas talvez não para ela. Se eu puder distrair Frédéric e conseguir um momento para Angelique...

Meu olhar corre para o taco, de volta para ela, de volta ao taco. Os olhos dela se alargam ligeiramente. Acho que ela entendeu. Eu me lembro do que Emmanuel disse: a irmã dele não sonha, ela planeja. E eu lamento muito por achar que nunca vou poder conhecer essa menina incrível, porque só consigo pensar em uma maneira de chamar a atenção de Frédéric, e ela não acaba muito bem para mim.

Emmanuel, choramingando no chão. Angelique, tensa, só aguardando.

E Frédéric, levantando sua arma.

E eu...

Estou de volta a uma loja de bebidas, dez anos atrás. Um menino jovem, suando de desespero e tremendo de abstinência, brandindo uma pistola.

– Me dá o dinheiro! O dinheiro todo, agora!

Só que eu não tenho dinheiro. Acabei de gastar o que tinha em uma garrafa de vodca, logo antes de ceder de vez e ligar para Paul, implorando a ele, tantos meses depois, que viesse me salvar de mim mesma. Agora, o balconista da loja está de olhos arregalados e nervoso.

Somente Paul está calmo, caminhando adiante e levantando os braços em um gesto de apaziguamento.

– Muita calma agora. Não tem necessidade de ninguém se machucar.

Será que o menino queria puxar o gatilho? Ou só aconteceu? Todos estes anos depois, ainda não sei. Só me lembro do som do disparo. O olhar de horror no rosto do menino. E o olhar de surpresa no rosto de Paul enquanto ele se afundava, se afundava, se afundava.

O menino fugiu pela porta.

E Paul...

Paul.

Agora, mantenho meus olhos bem abertos. Quero ver quando chegar. Quero ver a morte finalmente me encontrar.

Encaro Frédéric bem nos olhos e me lanço para a frente. Leva uma fração de segundo para eu registrar o choque em seu rosto. Ele não estava esperando por isso. Seu dedo escapole do gatilho de um jeito bem errado, e ele libera Angelique enquanto se prepara para receber meu salto.

Ela rola para o lado. *Por favor, pegue o taco*, eu penso, sentindo toda a dor, a porra de uma dor enorme. Eu caio, rolando pelo chão, e continuo rolando.

Bangue, bangue, bangue.

Gritaria. De Angelique, minha, de Emmanuel.

Seguida por uma nova voz bem alta.

– Parado! Polícia! Abaixa a arma!

Lotham explode para dentro da sala com sua arma à frente.

Frédéric se vira de forma selvagem, pego desprevenido pela nova ameaça. E Angelique aparece por trás dele, com o taco erguido bem alto.

– Lili! – grita Emmanuel.

– Polícia! – grita Lotham novamente.

Paul foi abatido. Paul está sangrando.

Não, agora sou eu. Eu estou no chão, eu estou sangrando.

Angelique o golpeia com o bastão. Acerta a lateral da cabeça dele, mas não com força o suficiente. Frédéric se vira com a arma ainda em punho...

E Lotham o atinge. *Bangue, bangue, bangue.*

Angelique deixa cair o taco.

– Emmanuel! Por favor, ajuda o meu irmão!

– Lili! Você está bem? Lili!

Mais passos retumbantes. Policiais entrando na sala, inundando o corredor. Eu deveria dizer algo, deveria me mexer. Mas parece que não consigo ficar de pé. Parece que não consigo encontrar minha voz. Uma pressão inacreditável está se acumulando em meu peito.

Então Lotham se ajoelha ao meu lado.

– Aguenta firme, Frankie. Aguenta firme. Eu ajudo você.

– Angelique... – eu sussurro. – Emmanuel...

– Você conseguiu, Frankie. Você encontrou os dois. Você os resgatou. Eles estão a salvo agora.

– Paul... – eu digo.

– Ele teria muito orgulho de você.

Eu começo a chorar. Sangue e lágrimas. Passado e presente. Feridas antigas e cicatrizes novas.

– Estou com você, Frankie. Estou com você – Lotham me tranquiliza.

E eu acredito nele.

CAPÍTULO 37

Fico no hospital por dias. Não me lembro de muita coisa. Só de um borrão de dor difusa enquanto eu lutava contra as ordens do médico de me prescrever morfina, gritando que sou viciada. Lotham pode ter estado lá. Ou talvez Charlie, Viv, Stoney. A certa altura, estou convencida de que até Piper me fez uma visita.

Não tenho nenhum tipo de seguro, o que significa que, uma vez que a bala foi removida do meu ombro esquerdo e a ferida no meu braço direito foi coberta, tenho de ir embora. Dessa vez é Lotham quem faz as honras de me buscar e me levar de volta ao meu apartamento no Stoney's.

Eu durmo. Sonho. Com Paul, com Angelique. Com Deke morrendo nos meus braços. Com Livia me perseguindo em um parque: *E eu, e quanto a mim?*

Quando acordo, não tenho resposta, então durmo novamente.

Em um dos momentos em que estou mais lúcida, fico sabendo que Frédéric, Holandês e um cara chamado Holden foram presos. Holandês sobreviveu ao encontro comigo. Holden ainda está no hospital, se recuperando de costelas quebradas, um maxilar quebrado e um baço rompido. Me disseram que ele vai sobreviver. Acho que fico grata por isso, mas não tenho certeza.

Aparentemente, Frédéric tinha entrado no tráfico de drogas quase vinte anos atrás. Ele vinha usando de sua posição no centro recreativo para encontrar e recrutar outros traficantes de nível mais baixo, antes de subir no mercado com a compra de centenas de milhares de dólares em moeda falsa.

De início, ele tinha considerado meramente divertida a ideia de Deke de entrar no mercado de identidades falsas. Mas, assim que percebeu o potencial de Livia e Angelique, ele rapidamente pulou naquele trem. Depois, a ideia fatídica de Angelique de criar uma universidade falsa para emitir vistos de estudante verdadeiros... Como eu suspeitava, o potencial de renda dessa operação era bom demais para ser ignorado. Se ele tivesse de raptar duas meninas para alcançá-lo, que assim fosse.

Frédéric tinha escondido as meninas em uma casa abandonada na esquina do centro recreativo, com Deke, Holden e Holandês servindo como vigias rotativos. Livia e Angelique trabalhavam à noite e dormiam durante o dia, o que mantinha a discrição.

Na maior parte do tempo, as meninas ficavam confinadas à casa, utilizando um par de computadores que Frédéric conseguira para elas. Mas, de tempos em tempos, elas iam para o centro recreativo depois do anoitecer para imprimir versões novas e melhoradas das carteiras de motorista. Deke ajudava nas vendas na região, enquanto Holandês tratava do *marketing online*. O negócio das carteiras não era ruim, mas, considerando que a qualidade das falsificações não era exatamente perfeita, ainda havia muita limitação. Transformou-se, então, em uma atividade meramente conveniente para criar fluxo de caixa enquanto as meninas trabalhavam no objetivo maior de aperfeiçoar a universidade falsa.

Infelizmente, a saúde mental de Livia havia se deteriorado lentamente sob aquela pressão constante. O sequestro inicial de Angelique já a havia estressado. Quando Deke a pegou também, sob as ordens de Frédéric, mas também porque Deke realmente pensava que poderia controlar melhor a situação se mantivesse as meninas juntas, Livia se tornou uma pilha de nervos. Angelique tinha feito o melhor que podia para interferir em tudo e ganhar algum tempo para elas. Especialmente depois que percebeu que Deke tinha afeição pela irmã.

Mas, infelizmente, Frédéric não era do tipo sentimental. Uma vez que a Universidade Gleeson ficou pronta e a primeira rodada de papelada para emissão de visto de estudante foi expedida, ele considerou a menina como um mero obstáculo. Primeiro, então, cuidou de eliminar Livia. Mas, como Angelique e Deke rapidamente perceberam, ela não seria a última. Frédéric ordenou que Holden matasse J.J., sequestrasse Emmanuel e depois matasse Deke quando ele tentasse intervir.

E assim seguiria até que não sobrasse mais ninguém.

No sexto dia, ou talvez no sétimo, consigo sair da cama só por tempo suficiente para tomar um banho e me forçar a tomar uma sopa. Então fico olhando meu reflexo no espelho. Meu rosto abatido, meu ombro fortemente enfaixado. Estou com uma cara péssima. E... como eu me sinto?

Não consigo decidir. Encontrei Angelique Badeau. Levei de volta para casa uma menina desaparecida. Não é que eu esperasse me sentir como uma super-heroína, mas esperava, pelo menos, me ver como uma pessoa melhor.

E, na maior parte, só me sinto como sempre me senti.

Volto para a cama. Quando acordo novamente, Stoney está ali, de pé no meu quarto.

– Você realmente é uma péssima funcionária.

– Sou.

Piper surge de debaixo da cama e se enrola ao redor dos tornozelos de Stoney. Ronrona. Vagabunda traidora.

– Mas você não é ruim nessa coisa de gente desaparecida – diz Stoney.

Levanto fracamente meu polegar para ele.

– Você tem visitas.

Então ele se afasta e eu vejo Guerline de pé na minha cozinha, com Angelique de um lado e Emmanuel do outro. Minha respiração se aperta. Sinto uma pontada forte de dor no ombro enquanto me forço para sentar, mas não me rendo. Não quero afugentá-los.

Emmanuel tem hematomas escuros já se desbotando no lado direito do rosto, resquícios de seu sequestro. Também está com manchas roxas sob os olhos escuros, resquícios de pesadelos recentes. Em comparação, Angelique parece relativamente ilesa, com apenas alguns machucados na lateral do rosto. No entanto, está muito quieta. É uma garota traumatizada lidando com isso bravamente. É uma sobrevivente, sozinha em uma sala lotada.

Me pergunto o que será pior para ela com o tempo: as lembranças dolorosas ou a culpa implacável. Quero dizer a ela que sei exatamente como ela se sente, mas duvido que ela acredite em mim. Ela ainda não alcançou esse ponto em sua própria cura. É apenas a adolescente que desapareceu, e eu sou apenas a mulher que finalmente a encontrou.

Não tenho ideia de como nosso relacionamento se desenvolverá a partir daqui. Isso nunca aconteceu antes.

Ofereço um sorriso hesitante.

– Obrigada – diz Guerline.

– Emmanuel e Angelique merecem os créditos. Sem as mensagens dela e a determinação dele, nós não estaríamos aqui.

– Sinto muito que você tenha levado um tiro – diz Angelique.

– Valeu muito a pena.

– Você... Posso...? – Angelique começa a falar. Ela parece não saber bem o que dizer, mas acho que entendo.

– Posso ficar sozinha com ela um momento? – pergunto a Guerline e Emmanuel.

Ambos hesitam. Tendo conseguido Angelique de volta, eles claramente não a querem fora de vista. Mas, um segundo depois, Guerline aceita meu pedido com um gesto de cabeça. Emmanuel a segue para fora.

Sozinha, Angelique parece ainda mais desconfortável. Finalmente, dou uma palmadinha na lateral da cama.

– Senta. Está tudo bem.

Ela obedece, mas, novamente, se mantém rígida.

– Vai melhorar – eu digo. – Não será hoje nem amanhã, mas no fim das contas.

– É tudo culpa minha.

– Não, não é. Mas eu entendo que você se sinta assim. Eu perdi alguém que eu amava. Isso já tem dez anos, mas eu ainda me culpo.

Ela me olha solenemente.

– Eu amava a Livia. Quando ela veio falar comigo sobre as identidades falsas pela primeira vez, eu disse que era muito arriscado. Mas ela queria me fazer feliz. E ela tinha começado a se encontrar de novo com o irmão mais velho, o Deke. Eu não achava que ele era bom para ela. Mas era irmão dela, e família é família.

Angelique dá de ombros.

Considerando sua proximidade com o irmão Emmanuel, consigo entender que ela não quisesse tirar essa oportunidade de Livia.

– Mas os amigos de Deke... Eles estavam sempre querendo mais. Por isso, a gente iria trabalhar mais. Só que nada parecia suficiente para eles. Deke tentou nos dizer que ia ficar tudo bem. Era só fazer isso, fazer aquilo, que tudo ia ficar bem. Mas eu sabia. Eu suspeitava que... Quando Deke disse que o amigo dele queria se encontrar cara a cara com Livia, nós duas ficamos nervosas. Livia achava que não ia conseguir. Eu disse a ela que iria no lugar dela. Pensei que poderia protegê-la. Eu até tinha um plano; tinha visto um artigo *online* sobre um grupo que havia criado universidades falsas para a emissão de vistos de estudante. Eles ganharam milhões e milhões. Achei que isso deixaria Frédéric mais tranquilo. Ele deixaria a gente em paz para trabalhar em um *site* misterioso. Aí, a gente poderia esquecer a história das carteiras falsas, que eram muito mais difíceis de aperfeiçoar do que havíamos pensado, e Livia deixaria de ficar tão estressada. Presumi que eu estivesse fazendo algo bom. Em vez disso, tornei tudo bem pior.

Eu entendo. A atração exercida pela possibilidade de tanto dinheiro tinha feito com que Frédéric se tornasse ainda mais intenso, levando a um eventual sequestro de ambas as meninas.

– Você não pode andar para trás agora – aconselho Angelique. – Então, considere o seguinte: se você não pode salvar as pessoas que já perdeu, talvez possa salvar alguma outra pessoa. Torne-se médica. Construa sua vida. Livia, Deke, todos eles iriam querer isso para você.

Ela encara as próprias mãos.

– Eu estava com Deke quando ele morreu. Ele tentou. Por você e por Livia. Ele amava a irmã e lamentava de verdade o que aconteceu com vocês. No fim, foi tudo muito mais culpa dele do que de qualquer uma de vocês.

– Deke tentou ajudar – diz ela, ainda olhando para o colo. Presumo que esteja se referindo ao relacionamento entre ela e Livia. – Na noite em que Frédéric estrangulou Livia... Ele teria me matado em seguida, mas Deke impediu. Eu ainda era útil, ele falou. Os vistos de estudante tinham sido ideia minha, não tinham? Ele também convenceu Frédéric a levar o corpo de Livia para o Parque Franklin. Disse que isso distrairia a polícia e que seria mais seguro do que fazer a polícia descobrir o corpo dela perto do centro recreativo. Mas a verdade é que Deke não conseguia suportar a ideia de jogarem Livia em algum beco. Eu também não conseguiria.

– Sinto muito por isso.

– Aí o Holden atirou nele na van. Emmanuel viu isso. Deke... Ele não era uma pessoa boa, cometeu erros demais, especialmente com a irmã, mas eu lamento que ele tenha morrido.

Não tenho certeza do que dizer. Estou ficando cansada, a dor no ombro mais lancinante.

– Você é uma sobrevivente, Angelique – digo por fim. – Você é forte, resiliente. Não se esqueça disso. Se você não tivesse arriscado postar aquela redação, largar para trás aquela identidade falsa, aparecer em público, não teríamos encontrado você. Não teríamos sido capazes de salvar você nem seu irmão.

Mas não é gratidão que vejo refletida nos olhos dela, e sim culpa. Ela não estava tentando se salvar. Estava tentando salvar Livia. E a morte de sua namorada era, agora, seu fardo a ser suportado.

– Vai melhorar – repito, ainda que ache que ela não acredita em mim. Ela ainda não está pronta para perdoar a si mesma. Talvez nunca o faça. Eu também entendo isso.

Angelique se levanta, me dá um aceno final um tanto solene e então se afasta. Eu me viro para tomar um pouco d'água e mais um pouco do que, suponho, seja a sopa caseira de Viv. Escovo meus dentes, penteio o cabelo, refaço meu curativo. O raspão de bala no meu braço direito já está significativamente melhor. O que me deixa apenas com o problema do buraco recentemente costurado em meu ombro. Isso com certeza vai deixar uma cicatriz. Consigo me imaginar passando o dedo por ela à noite, lembrando a mim mesma de que, uma vez na vida, fui bem-sucedida. Uma vez, fiz a coisa certa.

Será que já me sinto uma pessoa diferente?

Continuo esperando a sensação, mas não tenho essa sorte. Continuo sendo Frankie Elkin. Alcoólatra. Ex-amante. Alma perdida.

Me retiro para a cama, trazendo comigo minha bolsa de couro marrom. Tiro dois envelopes pardos e investigo o conteúdo até meus olhos ficarem pesados. Quando acordo de novo, meu quarto está escuro e uma sombra paira ao lado da cama.

– Shhh – diz Lotham, deitando-se no colchão ao meu lado. – Só descansa.

Então ele se junta a mim, e eu sinto o calor do seu corpo. Me perco em meio ao ritmo constante de sua respiração. Mais tarde, quando acordo chorando, ele enxuga minhas lágrimas com os dedos, depois com os lábios, e eu me viro totalmente de frente para ele. Passo a me mover com urgência, exigente, até que ele finalmente desiste e cede. Então, somos pele com pele, devagar, mas com força, suaves, mas com vontade. E é melhor do que qualquer gota de bebida.

Depois disso, eu finalmente durmo profunda e pesadamente, e quando acordo e vejo que ele se foi, fica tudo bem, também. Isso facilita o que tenho de fazer em seguida.

Pego meu telefone e ligo. É a primeira vez que ligo à luz do dia. Nem tenho certeza se ela atenderá. Então:

– Frankie, por favor...

– Encontrei uma menina desaparecida. O nome dela é Angelique Badeau. Ela tem 16 anos. Eu a trouxe viva para casa.

Uma pausa.

– Isso é... uma coisa tão boa. Paul ia gostar disso. Mas você não precisa de mim para lhe dizer isso, Frankie. E tantos anos depois, por favor, será que você poderia simplesmente parar de ligar? Porque isso dói.

– Ele morreu dizendo que te amava. Ele disse... Foram tantas que ele tentou consertar. Mas você o curou. Você foi o grande amor da vida dele.

Uma pausa muito mais longa agora. Talvez ela esteja chorando. Eu estou. Eu nunca disse isso a ela antes. Deveria ter contado. Mas não conseguia. De um jeito egoísta, eu precisava que tudo sobre Paul só dissesse respeito a mim. Precisava terrivelmente manter os últimos momentos dele como sendo só meus.

– Obrigada – diz Amy, por fim. Eu a ouço suspirar profundamente com um certo tremor.

– Escuta, eu vou parar de ligar. Sinto muito. Não sei por que...

Mas eu sei por quê, e ela também. Porque ela é tudo o que me resta dele. Assim como eu sou a única conexão dela com a memória dele.

– Bom, talvez se fosse só de vez em quando – ela permite.

– Você está feliz? – pergunto, genuinamente curiosa.

– Eu tenho um novo marido, uma bebezinha. A vida seguiu em frente, Frankie. Mas obrigada por ter ligado. Obrigada por me dizer isso.

– Adeus, Amy.

– Adeus, Frankie.

Abaixo o telefone. Respiro fundo. E então estou pronta. Não nova, não melhorada, mas talvez o modelo antigo seja melhor do que eu pensava. Uma chuveirada final, uma troca de roupas, depois encontro Stoney lá embaixo em seu escritório.

Ele nem precisa perguntar para saber.

– Então é isso? De volta à estrada?

Eu faço que sim.

– Você pode ficar com o apartamento até o final do mês. E por mais tempo, se quiser voltar a trabalhar.

Eu faço que sim.

– Aposto que há mais casos por aqui. Talvez as pessoas até procurem você quando a notícia se espalhar.

Ele me estuda. Adoro as linhas de seu rosto, de um homem que conheceu a dor no coração, mas também a esperança.

– Obrigada – eu digo a ele. E, para nós dois, isso é o suficiente.

Volto lá para cima e faço minhas malas. Cinco camisetas, três calças, as mesmas peças íntimas desfiadas que ainda não consegui trocar.

Faço uma pausa longa o suficiente para escrever um bilhete. Lotham vai ficar bravo, mas não surpreso.

Ele é quem ele é. E eu sou quem eu sou.

Meu nome é Frankie Elkin, e encontrar pessoas desaparecidas é o que eu faço. Quando a polícia já desistiu, quando o público nem se lembra mais, quando a mídia nunca se preocupou em dar atenção, é aí que eu começo a procurar.

Eu carrego minha mala. Desço as escadas.

E então desapareço.

AGRADECIMENTOS E NOTAS DA AUTORA

Este romance começou com um artigo *online*, no *site* da BBC, a respeito de Lissa Yellowbird-Chase, uma pessoa comum que também procura por pessoas desaparecidas. A partir dessa notícia, descobri que existe um universo inteiro de amadores que procuram fazer a diferença trabalhando em casos esquecidos de pessoas desaparecidas. O que aprendi com isso foi que, especialmente em situações em que a tecnologia falhou, ter a pessoa certa fazendo as perguntas certas pode fazer toda a diferença. Que totais estranhos se preocupem tanto com os desaparecidos, foi isso que eu achei tão poderoso – e também de partir o coração. Este livro, portanto, é para aqueles que se dedicam nesse sentido, sejam eles detetives amadores, pilotos profissionais, adestradores de cães, enfim, todos os que cedem seu tempo para que outra família veja encerrada sua busca. Fui completamente inspirada pelo que vocês fazem.

Já no departamento de funcionamento interno do livro, vários outros fizeram a diferença. Primeiro, Mary Nèe-Loftus, que trouxe à vida o mundo do Mattapan, sem mencionar o sistema escolar de Boston. Obrigada, também, a Betsy Eliot, por me apresentar à Mary.

Também agradeço à minha querida amiga Margie Aitkenhead. Quando eu disse "Ei, preciso andar pelas ruas de um bairro tenso em Boston", ela nunca hesitou em dizer que tudo bem. Além disso, os moradores locais fizeram de tudo para nos ajudar em nossos esforços – e a comida estava pra lá de maravilhosa. Faço referência a vários marcos do Mattapan neste romance, da Le Foyer ao Simco; você, leitor, deveria visitar e comer em ambos. As tortas de carne haitianas são minha nova comida preferida, e não vejo a hora de comer mais.

Também sou muito grata ao superintendente-chefe Dan Linskey, do Departamento de Polícia de Boston, que me mostrou todos os recursos que a polícia tem à sua disposição. Vou dizer apenas que desaparecer com uma pessoa nos tempos atuais, com câmeras de trânsito e detectores de placas de carros, é algo extremamente complicado. E fiquei bastante impressionada com todos os recursos que a força policial de uma grande cidade consegue reunir em uma investigação.

Também tenho uma dívida de gratidão com minha filha, que, tendo escutado minha conversa com o policial Linskey, me informou que eu fiz a ele todas as perguntas erradas. Ela então começou a me contar sobre todos os recursos que os adolescentes pelo menos razoavelmente inteligentes têm disponíveis para proteger suas comunicações de pais intrometidos. Como mãe, eu não sabia bem se deveria ficar impressionada ou chocada. Escolhi ficar impressionada, porque isso me permite dormir melhor à noite. Talvez.

E isso me leva a agradecer ao tenente Peter T. Eakley, da polícia de Nova Jersey, que me contou um bocado sobre identidades falsas, vistos falsificados e todo tipo de coisas divertidas. Tomei algumas liberdades neste romance, pois há uma linha tênue entre entreter os leitores e instruir aspirantes a falsificadores.

Além disso, tenha em mente que esta é uma obra de ficção e que todos os erros são meus e só meus. O mundo real é bastante complicado, portanto, agradeçamos a Deus pela ocasional fuga por meio da ficção.

Um alô também para a Piper da vida real, uma extraordinária gata resgatada que agora desfruta de uma vida cheia de mimos com minhas maravilhosas vizinhas Pam e Glenda, e que ainda sibila para mim toda vez que entro na casa. Já tentei usar petiscos com ela, já tentei erva-de-gato, e nada. A imortalidade literária é tudo o que me restou para adulá-la. Se ao menos os gatos soubessem ler...

Como sempre, meu amor à minha família, aos meus amigos e colegas autores que me mantiveram sã para a escrita deste romance. Considerando que a maior parte disto aqui foi feita durante a pandemia, foi difícil manter o foco, e todo o apoio foi mais que apreciado. Para aqueles que me seguem nas mídias sociais, vocês entendem que caminhar na natureza é a salvação da minha vida (e meu método preferido de *brainstorming*). Portanto, muito obrigada a Michelle

Capozzoli e Larissa Taylor por me manterem nas trilhas e imersa em pensamentos homicidas.

Para meus leitores ao redor do mundo: meu amor, gratidão e os melhores votos de saúde e felicidade. Obrigada por seu apoio. Vivi minha vida inteira cativada pelo poder de contar histórias. Obrigada por compartilharem essa jornada comigo.

Este livro foi composto com tipografia Electra Std e impresso
em papel Off-White 70 g/m² na Formato Artes Gráficas.